Español

西班牙語文法大全

從初學到進階
最快速建構完整文法體系

前 言

　　當我說「西班牙語是很規則又有秩序的語言」時，很多西班牙語學習者會感到驚訝。西班牙語有許多動詞變化、名詞與冠詞、代名詞、形容詞的性與數一致、冠詞用法、兩種 be 動詞（ser 和 estar）、反身動詞、兩種動詞過去形（線過去〔過去未完成時〕與點過去〔簡單過去時〕）、推測語氣〔未來時〕，還有特別困難的虛擬式……或許你會覺得不可思議，為什麼這樣的西班牙語還能說是規則又有秩序呢？

　　但如果追溯西班牙語的歷史，就可以知道它從複雜的系統逐漸收整，而達到現今合理的架構。而且，目前在廣大的地區所使用的西班牙語，給人相對統一的印象。不管到哪個國家，從課本學到的西班牙語都不至於無用武之地。所以，可以說**西班牙語是很規則又有秩序的語言**。

　　某一天，在「西班牙語教育、學習法」的課程中，我請學生練習寫出西班牙語圈 20 個國家的名稱。幾乎所有人都隨機寫出大約 10 到 15 個國家的名稱，但沒有人能把 20 個國家全部寫出來。於是，我們練習在教室黑板和學生各自的筆記本畫出簡略的地圖，並且在地圖上填入國家名稱。之後，藉由一邊想像地圖、一邊寫出國名的方式，許多人都能把 20 個國家名稱全部列出來了。一般的學習也是一樣，與其隨機想到什麼就學什麼，不如使用「**地圖**」一般的框架，會更有效果。

　　本書能夠為規則又有秩序的西班牙語提供「地圖」。只要有整理得簡單易懂的「地圖」，就能到達目的地而不會迷路。如果可以的話，不看地圖也能想像就更好了。到了最後，理想的狀態是不用意識到這張地圖，也能自由漫步在西班牙語的世界。在到達這個境界之前，請務必善用這張「地圖」。

　　大學的西班牙語課有很多事要做，包括西班牙語體系與結構的說明、練習、活動、文化介紹、小考、對答案、稍微離題放鬆一下……。顯然，光是要學習基本的內容，上課時間就已經不夠用了。在這樣的現實情況下，我認為上課時與其一個一個口頭說明個別的西班牙語知識，不如**把時間用在只有課堂上才能進行的活動與實踐練習**。這時候，如果有當作參考書的補充教材就很方便了，可以指示學生「進一步的詳細內容，請看這本書的某某頁」。此外，學習者也可以用本書補足課堂上沒有說明，或者即使說明了也不完全

iii

理解的內容。

外語學習要想成功，必須：

(1) 對外語有**興趣**
(2) **理解**體系與架構
(3) **獲得**技能

如果對外語本身 (1) 感**興趣**，而不是只看成溝通工具的話，學習的效果會更好。尤其在學習初期，很容易因為溝通不順暢而失去興趣，但如果是對外語本身感興趣的話，就能夠持續探究。而且，我認為如果是有興趣的東西，往往馬上就能記得住。

在學習過程中，建議在 (2) **理解**西班牙語有秩序的體系、原則、結構與規則的基本架構之後，(3) **獲得**實際運用的技能。雖然就算不了解其中的架構，透過大量練習與死背例句，也能勉強學會，但這樣的方法如果不是有幸在當地生活幾年，或者在國內累積非常大量的練習的話，是無法順利進行的。反過來也一樣，如果只是了解架構而不記住例子，就算有知識也無法習得語言技能。

這本書的目的，是讓學習者抱持著興趣，學習西班牙語的**基本架構**。此外，也藉由大量**實際運用的例子**，讓學習者獲得基本的技能。本書汲取並應用了國內外西班牙語研究所得的知識，以及外語教育領域提出的教育與學習法。尤其有以下這些特色：

☐ 將西班牙語**發音與文法**的基本項目，儘量劃分成可以一一檢視的**小單位**。請確實檢視這些小項目並逐漸累積。每完成一個項目的成就感，都能成為通往下個項目的踏板。

☐ 特別**重要的內容以粗體字表示**。初學者請先學習這些重要的部分。從哪裡開始都沒有關係，也可以依照上課或會話教材的順序進行學習。本書中的粗體字部分，是初級程度必須知道的內容。

☐ 藉由具體確認**對譯式的詞語和句子範例**，可以使知識變得扎實。在例句中，☐ 表示**簡單的例句**（現在、線過去、點過去、現在完成、過去完成時態的

簡單句與複合句），而☐表示比較**複雜的例句**（推測、過去推測、虛擬式、反身句、被動句、比較句、命令句、並列句、插入句、3行以上的長句）。初學者請從簡單的例句開始。把**簡單的例句**看過一遍之後，再挑戰**複雜的例句**。幾乎所有例句都使用日常的口語。

☐ 在每個章、節的開頭，用▶表示該章節的**概覽與引言**。請先看這個部分，大致掌握一個章節的概觀，然後再檢視個別項目。

☐ 為了不要讓每個項目只是分別列出個別的知識，所以用 ☞ **連結相關的項目**。

☐ 書中儘量不使用專業術語，**以淺顯易懂的方式說明**。

☐ 書中各種不同的括號，分別表示西班牙語《詞語的連結模式》、〈意義〉、「中文翻譯」，讓讀者能意識到其間的差別。

☐ 在概念方面採取**合理的編排**，讓讀者容易理解並記憶。

☐ 除了文字以外，也採用圖解，讓讀者能夠**直覺地理解**。

☐ 可以利用本書反覆進行**記憶練習**。

　　如果是和同學一起上西班牙語課的話，以兩人（或多人）互相確認項目的方式進行學習，效果會非常好。首先，在理解一個項目之後，向對方提問：「請向我說明～！」。如果認可對方的說明，就在他書中對應項目標題前的◇符號打勾✓。請輪流互換角色、互相教導。這時候，要把重點從努力學習，**轉移到享受教導別人**這件事。在教導別人的時候，其實自己也會學到很多。我們就把這種方式稱為「**相互教育、學習法**」吧。我在自己的課堂上也是使用相互教育、學習法。

　　至於獨自學習的人，比起單純「學習」，不如想成用這本書「**教自己**」，效果會更好。先設定「……是什麼？」的問題，再對自己說明「它是……」，如果認可自己的說明，就在書中的◇符號打勾。這也是一種「相互教育、學習法」。

　　輔助說明的詞語和句子範例，採用下面這種對譯形式。

☐ Ejercicios de traducción	☐ 翻譯練習

　　請進行《西班牙語→中文》和《中文→西班牙語》的**替換練習**。請先練習《西班牙語→中文》，因為這比《中文→西班牙語》來得簡單。如果能翻

譯出來的話，請在 □ 或 □ 中用鉛筆打勾 ✓。如果下次練習時無法順利翻譯，就用橡皮擦把 ✓ 擦掉。如果能做多次練習的話，就以「／」→「＼」→「—」→「｜」的順序在 □ 或 □ 中做記號，以最終完成 ＊ 符號為目標。在做這個練習的時候，也請務必使用「相互教育、學習法」。

〔補充〕部分討論程度稍高的內容。〔參考〕部分則是作為學習的參考而準備的。兩者主要都是**回答學習者經常提出的問題**。有時間的話，請閱讀這些內容。

讀完這本書之後，請接著製作自己的「進階手冊」。對於感興趣的主題，如果能取得道地的西班牙語內容，以及中文或英語的翻譯，就是很好的學習機會。我建議不要像本書一樣條列項目，而是逐步閱讀連貫的文章，並且製作「檢核式」的對譯表。另外，也要嘗試跳脫教科書和參考書的題材，和西班牙語老師以外的一般人進行交心的普通對話。這樣一來，西班牙語的世界就會瞬間變得寬廣。

這本書的原型是在網路上公開的《スペイン語ガイドブック》（西班牙語指南）。因為網站的讀者表達「希望有印刷版的參考書」，為了回應這樣的期望，所以重新編輯、追加並訂正了內容。書中也針對學生報告中提出的「問題」而增添了「回答」。

這本書經過研究社與共同作者 Carlos Rubio 先生的許可，使用了《研究社 Puerta 新西班牙語辭典》中許多值得背誦而且吸引人的例句。本書由 Carlos García de la Santa 先生、江藤一郎先生、福嶌教隆先生、斎藤文子小姐、崎山昭先生、高垣敏博先生、上田早苗小姐協助全文校對。從企畫階段到最後的修飾，也得到研究社編輯部川田秀樹先生與鎌倉彩小姐很大的幫助。本書的出版獲得了 Instituto Cervantes de Tokio (2011) 的援助。對於以上各位，以及向我提出許多問題、給了我學習機會的學生，還有給予我鼓勵的教師同仁，在此致上感謝之意。

2011 年　作者

目錄

前言 iii

1. 文字與發音

1.1 文字 1
◇ 1 字母 1
　[補充-1] 使用字母讀法的情況
　[補充-2] Ñ, ñ 字母的位置
　[參考-1] 西班牙語的母音和英語的母音
　[參考-2] 西班牙語字母名稱的字尾母音
　[參考-3] 西班牙語的歷史
◇ 2 雙字母 6
　[補充] 傳統字母排序
◇ 3 音標 6
　[補充-1] [ñ], [r̃], [r] 的寫法
　[補充-2] [b], [d], [g] 的寫法
　[補充-3] 字母的其他名稱

1.2 母音的發音 7
◇ 4 單母音 7
◇ 5 雙母音 9
◇ 6 三重母音 11
　[補充] 西班牙語和英語的雙母音、三重母音
◇ 7 分立母音 12

1.3 子音的發音 13
◇ 8 B, b 的發音 14
◇ 9 C, c 的發音 15
◇ 10 D, d 的發音 16
　[補充] 西班牙語的 [d] 和英語的 [ð]
◇ 11 F, f 的發音 17
◇ 12 G, g 的發音 17
　[補充] [b], [d], [g] 的類比性
　[參考] C 和 G
◇ 13 H, h 的發音 19
　[參考] 之所以寫出不發音的 H, h 的理由
　[補充] 外來語的發音
◇ 14 J, j 的發音 20
　[補充] je, ji 和 ge, gi
◇ 15 K, k 的發音 20
　[補充] qui, que, ca, co, cu 和 k
◇ 16 L, l 的發音 21
　[補充-1] [y] 的不同發音
　[補充-2] 阿根廷的摩擦音 [ʃ]
◇ 17 M, m 的發音 22
◇ 18 N, n 的發音 23
◇ 19 Ñ, ñ 的發音 23
　[參考] Ch, ch / Ll, ll / Ñ, ñ
◇ 20 P, p 的發音 24
◇ 21 Qu, qu 的發音 24
◇ 22 R, r 的發音 25
　[補充-1] [l] 和 [r]
　[補充-2] [r̃] 的發音練習
　[補充-3] 音節結尾和字尾的 [r]
◇ 23 S, s 的發音 26
　[補充] 音節結尾 [s] 的氣音化與無音化

vii

- ◇ 24　T, t 的發音 — 27
  - 補充　不送氣的 [p], [t], [k]
- ◇ 25　V, v 的發音 — 27
  - 參考　B, b 和 V, v
- ◇ 26　W, w 的發音 — 28
  - 參考　外來語的 W, w
- ◇ 27　X, x 的發音 — 29
  - 補充　墨西哥地名中的 x
- ◇ 28　Y, y 的發音 — 30
  - 參考　Y, y
- ◇ 29　Z, z 的發音 — 31
  - 參考　法語的軟音符
- ◇ 30　雙重子音 — 31
  - 補充 -1　雙重子音的結構
  - 補充 -2　墨西哥的 [tl]
- ◇ 31　子音的拼寫規則 — 33

1.4　音節與重音 — 35
- ◇ 32　音節 — 35
  - 補充 -1　開音節和閉音節
  - 補充 -2　音節結構
  - 補充 -3　字首和音節
  - 參考　音節結尾的子音
- ◇ 33　重音的位置 — 38
  - 參考　重音的規律
- ◇ 34　重音符號 — 40
  - 補充　重音符號的寫法
- ◇ 35　重讀詞與非重讀詞 — 42
  - 補充　重讀詞和非重讀詞的兩個原則
- ◇ 36　用來區分詞性的重音符號 — 44
  - 補充 -1　重音位置有變異的單字

- 參考　重音與母音的長度
- 補充 -2　字首的第二重音

1.5　單字間的連接和語調 — 46
- ◇ 37　單字間的連接 — 47
- ◇ 38　重讀詞組 — 48
  - 補充　《非重讀詞+重讀詞》
- ◇ 39　強調和語調 — 48
  - 補充 -1　句尾語調不上揚的疑問句
  - 補充 -2　語調的地區差異

1.6　符號與字體 — 51
- ◇ 40　大寫字母（ABC） — 51
- ◇ 41　小寫字母（abc） — 52
- ◇ 42　句點（.） — 52
- ◇ 43　問號（¿...?） — 53
- ◇ 44　驚嘆號（¡...!） — 53
  - 參考　顛倒的問號和驚嘆號
- ◇ 45　逗號（,） — 54
- ◇ 46　冒號（:） — 55
- ◇ 47　分號（;） — 55
- ◇ 48　刪節號（...） — 56
- ◇ 49　連字號（-） — 56
- ◇ 50　破折號（—） — 57
- ◇ 51　引號（«...», "...", '...'） — 58
- ◇ 52　圓括號（...）和方括號 [...] — 58
- ◇ 53　斜體（*ABC, abc*） — 59
  - 補充　手寫體

2. 名詞類

2.1　名詞的性 — 61

◇ 54	生物 61
	補充 macho「雄性」與 hembra「雌性」
◇ 55	無生物 62
	參考-1 無生物在文法上的性的由來
	參考-2 -o 結尾的陰性名詞由來
◇ 56	-o 以外結尾的陽性名詞 63
◇ 57	-a 以外結尾的陰性名詞 64
◇ 58	-e 結尾的名詞 65
◇ 59	-a 結尾的陽性名詞 66
	補充 源自希臘語的衍生形容詞
◇ 60	陰陽同形的名詞 66
◇ 61	有〈陽性與陰性形式〉的名詞 67
	補充 構成陰性形式的字尾
◇ 62	表示〈人〉的單一性別名詞 69
◇ 63	女性職業名稱 70
	補充-1 陰性形式和其他意義衝突的情況
	補充-2 比喻〈人〉的一般名詞
◇ 64	意義隨著性的不同而改變的名詞 71
◇ 65	性不固定的名詞 71
◇ 66	外來語的性 71
◇ 67	地名的性 72
	補充 新詞彙的性別
◇ 68	結尾 -o 和 -a 並非表示相同事物的成對詞語 73
2.2	名詞的數 73
◇ 69	可數名詞與不可數名詞 73
◇ 70	單數和複數 74
◇ 71	複數形 75
◇ 72	複數形與重音符號 75
◇ 73	-s 結尾的詞的複數形 76
	參考 重音和複數形
◇ 74	外來語的複數形 77
◇ 75	不可數名詞的複數形 78
◇ 76	表示〈一對男女〉的複數形 79
◇ 77	複數形的性 79
◇ 78	表示〈一對〉無生物的名詞 79
◇ 79	複數形的地名 80
	補充 表示〈分配〉「各自」意義的單數
◇ 80	複數形表示不同意義的名詞 80
	補充-1 〈總稱〉的《定冠詞＋單數名詞》
	補充-2 Buenos días. / Buenas tardes. / Buenas noches.
2.3	定冠詞 81
	補充 冠詞與詞序
◇ 81	定冠詞的形式與位置 82
	參考 定冠詞的字源和《el + [á] 陰性名詞》的原因
◇ 82	定冠詞的意義 83
◇ 83	從前後內容得知對象的指示 84
◇ 84	從情境得知對象的指示 84
	補充 表示共通理解的定冠詞、自己提到個別對象的不定冠詞
◇ 85	不言自明的指示 85
	補充 定冠詞與〈語言名稱〉
◇ 86	《定冠詞＋數詞》 87

- ◇ 87　用定冠詞進行名詞化 ……………… 87
- ◇ 88　定冠詞的代名詞化 ………………… 88
- ◇ 89　《定冠詞＋名詞》的代名詞用法
  …………………………………………… 89
- ◇ 90　《定冠詞＋專有名詞》 …………… 89
  - 補充　《定冠詞＋名詞》的並列
  - 參考　源自普通名詞的專有名詞的定冠詞
- ◇ 91　中性定冠詞 lo …………………… 92

2.4　不定冠詞 …………………………… 93
- ◇ 92　不定冠詞的形式與位置 ………… 93
  - 補充　unos / unas 的用法
- ◇ 93　不定冠詞的用法 ………………… 94
  - 補充 -1　不定冠詞與數詞 1
  - 補充 -2　不定冠詞與不可數名詞

2.5　無冠詞 ……………………………… 96
- ◇ 94　《ser ＋無冠詞名詞》 …………… 96
- ◇ 95　動詞片語中的無冠詞名詞 ……… 97
- ◇ 96　《介系詞＋無冠詞名詞》 ……… 97
  - 補充 -1　en casa de...
  - 補充 -2　Escuela *de* Medicina /
    Escuela *del* Vino
- ◇ 97　不可數名詞 ……………………… 98
- ◇ 98　列舉無冠詞名詞 ………………… 98
  - 補充　慣用語與諺語中的冠詞

2.6　重讀人稱代名詞 …………………… 99
- ◇ 99　主格人稱代名詞的形式 ………… 99
  - 補充　vos
  - 參考　使用 vos 的地區
- ◇ 100　主格人稱代名詞的用法 ……… 101

- ◇ 101　第三人稱主格代名詞 ………… 102
- ◇ 102　usted / ustedes ………………… 102
  - 補充　tú / vosotros 和 usted / ustedes
  - 參考　usted 的由來
- ◇ 103　人稱代名詞的陰性複數形 …… 104
- ◇ 104　《介系詞＋重讀人稱代名詞》
  ………………………………………… 104
  - 參考　conmigo 和 contigo
- ◇ 104　ello ……………………………… 105

2.7　非重讀人稱代名詞 ……………… 106
- ◇ 106　第一人稱／第二人稱的非重讀人稱代名詞 …………………………… 106
- ◇ 107　第三人稱的非重讀人稱代名詞
  ………………………………………… 106
  - 補充 -1　le / les 代用法的由來與原則
  - 補充 -2　中性是單數
  - 參考　定冠詞和第三人稱直接受格代名詞的形式
- ◇ 108　非重讀人稱代名詞的位置 …… 108
  - 參考　非重讀人稱代名詞位置的由來
- ◇ 109　非重讀人稱代名詞的連續 …… 110
  - 補充　非重讀人稱代名詞的連續與不連續
  - 參考　間接受格代名詞的變化 le, les > se 的理由
- ◇ 110　人稱代名詞與名詞片語的重複
  ………………………………………… 111

2.8　指示詞 …………………………… 113
- ◇ 111　指示形容詞 …………………… 113
  - 補充　西班牙語和日語的指示詞

x

| 參考-1 | 西班牙語指示詞的由來 |
| 參考-2 | 指示形容詞的陽性單數形 este, ese, aquel 的由來 |

◇ 112　指示代名詞 ──────── 115
| 補充-1 | ¿Qué es esto? |
| 補充-2 | 中性的定冠詞 lo 與中性的指示代名詞 eso |

2.9　所有格 ──────────── 117
◇ 113　前置所有格形容詞（短縮形）
　　　　──────────────── 117
| 補充-1 | su 的區分與《de ＋名詞/代名詞》 |
| 補充-2 | 西班牙語的定冠詞和英語的所有格形容詞 |

◇ 114　後置所有格形容詞（完整形）
　　　　──────────────── 119
| 補充 | 《副詞＋ de ＋代名詞》和《副詞＋後置所有格形容詞（完整形）》 |

2.10　不定代名詞與不定形容詞等 ── 120
◇ 115　algo ─────────────── 121
◇ 116　alguien ─────────── 121
◇ 117　alguno ─────────── 122
| 補充 | No tiene ningún dinero. 和 No tiene dinero alguno. 的差異 |
| 參考 | algo / alguien / alguno 相似的原因 |

◇ 118　ambos ─────────── 123
◇ 119　cada ─────────────── 123
◇ 120　cualquiera ─────── 124
◇ 121　otro ─────────────── 124

◇ 122　todo ─────────────── 125
◇ 123　uno ─────────────── 127

2.11　數詞 ──────────── 128
◇ 124　1 uno ─────────── 128
◇ 125　2-10 ─────────── 129
◇ 126　11-15 ─────────── 129
| 參考 | 11-15 是特殊的形式 |

◇ 127　16-19 ─────────── 130
◇ 128　20-29 ─────────── 130
| 參考 | 16-29 變成一個單字的理由 |

◇ 129　30-99 ─────────── 131
◇ 130　100-199 ─────────── 131
| 補充 | 三位數與 y |

◇ 131　200-999 ─────────── 132
| 參考 | cinco, quince, cincuenta, quinientos |

◇ 132　1.000-999.999 ─── 133
補充-1	複合數量形容詞的重音
補充-2	el año 1492 / cinco años
參考	mil 不用複數形

◇ 133　1.000.000 以上 ─── 134
| 補充 | 用拼字與數字表示的數 |
| 參考 | 羅馬數字 |

◇ 134　序數詞 ─────────── 136
| 參考-1 | primer / tercer |
| 參考-2 | 序數詞的結尾 |

3. 形容詞、副詞

3.1　形容詞的性數變化 ──── 139

xi

- ◇ 135　形容詞的分類　139
- ◇ 136　形容詞基本的性變化　141
- ◇ 137　源自地名的形容詞　141
- ◇ 138　形容詞的陽性、陰性字尾　142
- ◇ 139　形容詞的複數形　143
- ◇ 140　形容詞的性數一致　143
- ◇ 141　修飾多個名詞的形容詞　143
    - 參考　形容詞的性、數與名詞的性、數一致的理由

3.2　形容詞的位置　144
- ◇ 142　形容詞的功能　144
- ◇ 143　形容詞的詞尾脫落形　147
    - 參考　詞尾脫落的原因
- ◇ 144　《名詞＋形容詞》　148
- ◇ 145　《形容詞＋名詞》　149
- ◇ 146　隨著與名詞的位置關係而有不同意義的形容詞　149
    - 補充　形容詞位置的原則
- ◇ 147　一個名詞搭配兩個形容詞　150
- ◇ 148　兩個名詞搭配一個形容詞　151

3.3　副詞　151
- ◇ 149　副詞的形式　151
    - 補充　形容詞和副詞的區別
- ◇ 150　-mente 的副詞　152
    - 補充　-mente 的副詞與副詞片語
    - 參考　西班牙語的 -mente 和英語的 -ly
- ◇ 151　《介系詞＋無冠詞名詞》的副詞片語　154
    - 補充　表示〈時間〉或〈頻率〉的副詞片語
- ◇ 152　副詞的功能　154
- ◇ 153　副詞的位置　155
    - 補充-1　《副詞＋動詞（片語）》
    - 補充-2　出現在句子中自由位置的副詞

3.4　比較級與最高級　157
- ◇ 154　比較級　157
    - 補充　más / menos 是 mucho / poco 的不規則比較級嗎？
- ◇ 155　比較級的不規則形　159
- ◇ 156　同等比較級　160
- ◇ 157　形容詞的最高級　161
- ◇ 158　副詞的最高級　161
- ◇ 159　絕對最高級　162
    - 補充　形容詞和副詞的絕對最高級

4. 動詞

- 補充　「式」與「時態」
- 參考　動詞變化的由來

4.1　陳述式現在（陳述式現在時）　168
- ◇ 160　陳述式現在的規則變化　168
    - 補充-1　特徵母音
    - 補充-2　動詞變化與重音的移動
    - 補充-3　VOS 變化形
    - 參考　AR 動詞、ER 動詞、IR 動詞的頻率
- ◇ 161　ser 與 estar 的變化　171
    - 參考-1　ser 的變化
    - 參考-2　estar 的變化

- ◇ 162　陳述式現在的子音拼寫與母音重音變化 ⋯⋯ 172
- ◇ 163　陳述式現在的字根母音變化 ⋯⋯ 173
  - 補充-1　字根母音變化的兩個條件
  - 補充-2　字根有 -e- 或 -o- 的規則動詞
- ◇ 164　陳述式現在的字根子音變化 ⋯⋯ 179
  - 參考-1　ZC 動詞的由來
  - 參考-2　G 動詞的由來
- ◇ 165　陳述式現在：YO 的特殊變化形 ⋯⋯ 183
  - 參考-1　veo 的形式
  - 參考-2　動詞 ir 的變化形
- ◇ 166　陳述式現在：-uir 動詞 ⋯⋯ 185
- ◇ 167　陳述式現在時態的意義 ⋯⋯ 186
- ◇ 168　陳述式現在完成（陳述式現在完成時）⋯⋯ 187
  - 參考-1　haber 的 he 和 saber 的 sé
  - 參考-2　英語和西班牙語的現在完成形式

4.2　陳述式線過去（陳述式過去未完成時）⋯⋯ 189

- ◇ 169　陳述式線過去的規則變化 ⋯⋯ 189
  - 參考　YO 變化形與 ÉL 變化形相同
- ◇ 170　陳述式線過去的不規則變化 ⋯⋯ 191
- ◇ 171　陳述式線過去的意義 ⋯⋯ 192
  - 補充　表示「就在要～的時候」的線過去
- ◇ 172　陳述式過去完成（陳述式過去完成時）⋯⋯ 193

4.3　陳述式點過去（陳述式簡單過去時）⋯⋯ 194

- ◇ 173　陳述式點過去的規則變化 ⋯⋯ 194
- ◇ 174　陳述式點過去的子音拼寫變化 ⋯⋯ 195
- ◇ 175　陳述式點過去的字根母音變化 ⋯⋯ 196
  - 補充　字根母音變化的條件（點過去）
- ◇ 176　陳述式點過去的強變化 ⋯⋯ 197
- ◇ 177　陳述式點過去：dar 與 ser / ir ⋯⋯ 199
  - 參考-1　在點過去時態中區分 ser 和 ir
  - 參考-2　「線過去」「點過去」「點過去完成」的名稱
  - 參考-3　點過去「強變化」的由來
- ◇ 178　陳述式點過去的意義 ⋯⋯ 203
  - 補充-1　線過去與點過去的組合
  - 補充-2　現在完成、線過去、點過去的差異
  - 參考　線過去與點過去的由來
- ◇ 179　陳述式點過去完成（陳述式先過去時）

4.4　陳述式現在推測（陳述式未來時）⋯⋯ 207

- ◇ 180　陳述式現在推測的規則變化 ⋯⋯ 207
  - 參考-1　推測語氣規則變化的由來
  - 參考-2　「推測」的名稱
- ◇ 181　陳述式現在推測的不規則變化 ⋯⋯ 209

xiii

| 參考 | 推測語氣不規則變化的由來
◇ 182　陳述式現在推測的意義 ─── 212
◇ 183　陳述式現在完成推測（陳述式未來完成時）─── 214

4.5 陳述式過去推測（條件式）─── 215
◇ 184　陳述式過去推測的規則變化 ─── 215
◇ 185　陳述式過去推測的不規則變化 ─── 216
| 參考 | 現在推測與過去推測的不規則變化
◇ 186　陳述式過去推測的意義 ─── 218
| 補充-1 | 過去推測的〈委婉〉意義
| 補充-2 | 過去推測的意義區分
◇ 187　陳述式過去完成推測（複合條件式／條件完成式）─── 219
| 補充 | 「過去時態」表示的〈委婉〉意味
| 參考 | 陳述式的時態與變化形

4.6 虛擬式現在（虛擬式現在時）─── 223
◇ 188　虛擬式現在時態的規則變化 ─── 224
| 參考 | 陳述式現在時態、虛擬式現在時態的變化形態對調的理由
◇ 189　虛擬式現在時態的子音拼寫變化 ─── 225
◇ 190　虛擬式現在時態的字根母音變化 ─── 226
| 補充-1 | 字根母音變化的條件（虛擬式現在）
| 補充-2 | sentar 和 sentir 的變化形
◇ 191　虛擬式現在時態的不規則變化

（1）：陳述式現在時態 YO 變化形是 -o 的動詞 ─── 231
◇ 192　虛擬式現在時態的不規則變化
（2）：陳述式現在時態 YO 變化形不是 -o 的動詞 ─── 232
| 補充 | 陳述式與虛擬式的原則
◇ 193　虛擬式現在完成（虛擬式現在完成時）─── 234
◇ 194　名詞子句的虛擬式 ─── 234
| 補充-1 | ¿No crees que ...? 的虛擬式
| 補充-2 | 表示〈事實〉的虛擬式
| 補充-3 | para que / sin que / estar contento de que
◇ 195　關係子句的虛擬式 ─── 238
| 補充 | 表示〈不確定〉〈否定〉的關係子句使用虛擬式的理由
◇ 196　副詞子句的虛擬式 ─── 238
| 補充 | 表示〈未來〉的時間副詞子句使用虛擬式的原因
| 參考 | Si...〈條件〉子句、疑問句、推測語氣不使用虛擬式現在時態的理由
◇ 197　主要子句的虛擬式 ─── 240

4.7 虛擬式過去（虛擬式過去時）─── 240
◇ 198　虛擬式過去時態的規則變化 ─── 240
◇ 199　虛擬式過去時態的不規則變化 ─── 241
| 參考 | 虛擬式過去與陳述式點過去的 ELLOS 變化形
◇ 200　虛擬式過去時態的不規則變化 ─── 243

◇ 201　虛擬式過去時態的 -se 形 ──── 244
　　補充-1　虛擬式的時態一致性
　　補充-2　虛擬式過去時態 -se 形與 -ra 形的差異
　　參考　虛擬式過去時態 -ra 形與 -se 形並存的由來
◇ 202　虛擬式過去完成（虛擬過去完成時）──── 246

4.8　條件句與假設句 ──── 247
◇ 203　條件句 ──── 247
◇ 204　假設句 ──── 248
　　參考　表示〈現在〉的假設句使用虛擬式過去時態的原因

4.9　命令式與命令句 ──── 249
◇ 205　肯定命令句 ──── 249
　　補充　VOS 的命令式
　　參考　命令式的由來
◇ 206　命令式的不規則變化 ──── 250
　　參考　命令式的不規則形式
◇ 207　肯定命令句的非重讀人稱代名詞 ──── 251
◇ 208　否定命令句 ──── 252
　　參考-1　否定命令句不使用命令式的理由
　　參考-2　否定命令句的代名詞位置

4.10　不定詞 ──── 253
◇ 209　不定詞的形式 ──── 253
　　參考　西班牙語的原形不定詞與英語的《to +原形》
◇ 210　不定詞的用法 ──── 254

◇ 211　《助動詞＋不定詞》──── 255
　　補充-1　《ir a +不定詞》與推測語氣的差異
　　補充-2　《deber / tener que / haber que +不定詞》

4.11　現在分詞 ──── 259
◇ 212　現在分詞的形式 ──── 259
◇ 213　現在分詞的用法 ──── 260
　　補充　《表示〈感覺〉的動詞＋不定詞／現在分詞》
◇ 214　現在分詞構句 ──── 262
◇ 215　進行時態（進行式）──── 262
　　補充　《estaba / estuve +現在分詞》

4.12　過去分詞 ──── 264
◇ 216　過去分詞的形式 ──── 264
　　參考　過去分詞的規則形與不規則形的由來
◇ 217　過去分詞的用法 ──── 266
◇ 218　過去分詞構句 ──── 267
◇ 219　被動句型 ──── 267
　　補充　被動句中過去分詞的性數變化

5. 關係詞類

5.1　介系詞 ──── 269
◇ 220　a ──── 269
◇ 221　ante ──── 272
　　補充　ante / delante de / enfrente de / al frente de

◇ 222　bajo ———————————— 273
　　　補充　bajo / debajo de
◇ 223　como ———————————— 274
◇ 224　con ————————————— 275
◇ 225　contra ———————————— 276
◇ 226　de ————————————— 277
　　　補充　vacaciones de verano 與
　　　　　　summer vacation
◇ 227　desde ———————————— 282
　　　補充　desde ... hasta ～ / de ... a ～
◇ 228　durante ———————————— 283
◇ 229　en ————————————— 283
　　　補充 -1　en / a
　　　補充 -2　en / dentro de
◇ 230　entre ———————————— 286
　　　補充　entre tú y yo / entre los dos /
　　　　　　entre todos
◇ 231　excepto ———————————— 288
　　　補充　excepto / menos / salvo ＋
　　　　　　yo, tú
◇ 232　hacia ———————————— 288
◇ 233　hasta ———————————— 289
　　　補充　hasta mí / hasta yo
◇ 234　mediante ———————————— 290
◇ 235　menos ———————————— 290
◇ 236　para ———————————— 290
　　　補充　hasta / para
◇ 237　por ————————————— 292
　　　補充 -1　被動句＋ por / de
　　　補充 -2　a lo largo de / a través de /
　　　　　　cuando / durante / por

　　　參考　por / para
◇ 238　salvo ———————————— 295
◇ 239　según ———————————— 296
◇ 240　sin ————————————— 296
◇ 241　sobre ———————————— 297
　　　補充 -1　en / sobre
　　　補充 -2　de / sobre / acerca de /
　　　　　　respecto a
◇ 242　tras ————————————— 299
　　　補充　tras / detrás de
◇ 243　介系詞片語 ———————————— 300
　　　補充　介系詞片語的限制

5.2　關係詞 ———————————— 302
　　　補充　關係代名詞的四種用法
◇ 244　que ————————————— 304
　　　補充 -1　《介系詞＋關係詞》
　　　補充 -2　關係代名詞不能省略
　　　參考　qué / que 疑問詞與關係詞
◇ 245　el que ———————————— 306
◇ 246　el cual ———————————— 307
◇ 247　quien ———————————— 308
　　　補充　que / quien
◇ 248　como ———————————— 309
◇ 249　cuando ———————————— 310
◇ 250　cuanto ———————————— 310
◇ 251　cuyo ———————————— 311
◇ 252　donde ———————————— 311
　　　補充　簡單句、並列句、複合句／
　　　　　　從屬句、從屬子句

5.3　對等連接詞 ———————————— 313

◇ 253 y ……………………………………… 313
　　補充-1　A y B ＋動詞的單數形
　　補充-2　y/o
　　參考　　y / e
◇ 254 o ……………………………………… 315
◇ 255 pero …………………………………… 316
◇ 256 mas …………………………………… 316
◇ 257 ni ……………………………………… 316
◇ 258 對等相關詞片語 ……………………… 317

5.4 從屬連接詞 ………………………………… 318
◇ 259 apenas ………………………………… 318
◇ 260 aunque ………………………………… 318
◇ 261 como …………………………………… 319
◇ 262 conforme ……………………………… 319
◇ 263 conque ………………………………… 320
◇ 264 cuando ………………………………… 320
◇ 265 donde ………………………………… 321
◇ 266 mientras ……………………………… 321
◇ 267 porque ………………………………… 321
　　補充-1　porque / por ＋形容詞／副詞
　　　　　　＋ que / por el que / por qué /
　　　　　　porqué
　　補充-2　como / porque / pues / puesto
　　　　　　que / ya que
◇ 268 pues …………………………………… 323
◇ 269 que ……………………………………… 323
　　參考　　qué / que 疑問詞、關係詞與
　　　　　　連接詞
◇ 270 según ………………………………… 325
◇ 271 si ……………………………………… 326

◇ 272 連接詞片語 ………………………… 326
◇ 273 從屬相關詞片語 …………………… 332

6. 句子

6.1 疑問詞與疑問句 ………………………… 333
◇ 274 adónde ………………………………… 334
◇ 275 cómo …………………………………… 334
◇ 276 cuál …………………………………… 335
◇ 277 cuándo ………………………………… 336
◇ 278 cuánto ………………………………… 336
◇ 279 dónde ………………………………… 336
◇ 280 por qué ……………………………… 337
　　補充-1　¿por qué? / ¿cómo?
　　補充-2　¿por qué? / ¿para qué?
◇ 281 qué …………………………………… 338
　　補充　　¿qué? / ¿cuál?
◇ 282 qué tal ……………………………… 339
◇ 283 quién ………………………………… 339
　　補充-1　《疑問詞＋不定詞》
　　補充-2　《定冠詞＋疑問詞》

6.2 感嘆詞與感嘆句 ………………………… 340
◇ 284 使用疑問詞的感嘆句 ………………… 341
◇ 285 情緒感嘆詞 …………………………… 342
◇ 286 情感交流感嘆詞 ……………………… 345
◇ 287 擬聲詞、擬態詞 ……………………… 352
　　補充　　擬聲詞、擬態詞的用法

6.3 否定詞與否定句 ………………………… 354
◇ 288 no 與否定句 ………………………… 354
◇ 289 否定詞 ………………………………… 355

xvii

參考	《no＋動詞＋否定詞》與《否定詞＋動詞》

◇ 290　apenas ……………………… 356
◇ 291　jamás ………………………… 357
◇ 292　nada …………………………… 357
◇ 293　nadie …………………………… 357

補充	作為〈虛詞〉的否定詞

◇ 294　ni ……………………………… 358
◇ 295　ninguno ……………………… 359
◇ 296　nunca ………………………… 359

參考	nunca / jamás

◇ 297　tampoco ……………………… 360

補充-1	《肯定句＋tampoco》
參考	también 與 tampoco 的由來
補充-2	不定詞語與否定詞
補充-3	否定詞的數
補充-4	雙重否定

6.4　句型 ……………………………… 362

◇ 298　《主詞＋連繫動詞＋補語》… 362

補充-1	主詞與補語的數不同的情況
補充-2	表示〈存在〉的 estar
補充-3	《estar de＋無冠詞名詞》
補充-4	〈不變的性質〉與〈暫時的狀態〉
參考	ser 和 estar 的由來

◇ 299　《主詞＋不及物動詞》……… 367

補充	兩種《介系詞＋名詞》

◇ 300　《間接受詞＋不及物動詞＋主詞》
　　　　……………………………… 368

參考	gustar 的由來

◇ 301　《主詞＋及物動詞＋直接受詞》
　　　　……………………………… 371

參考	《a＋表示〈人〉的直接受詞》的理由

◇ 302　《主詞＋及物動詞＋直接受詞＋間接受詞》 ……………… 372
◇ 303　《主詞＋及物動詞＋直接受詞＋受詞補語》 ……………… 373
◇ 304　反身句 ……………………… 373

參考	第三人稱反身代名詞是 se 的原因
補充-1	sí 與 consigo
補充-2	反身代名詞與所有格形容詞
補充-3	《se＋間接受詞＋第三人稱動詞》
補充-4	《ser＋過去分詞》的被動句與反身被動句
補充-5	反身被動句與不定主詞
補充-6	《反身代名詞 se＋直接受詞 le / les》

◇ 305　無主詞句 …………………… 380

補充-1	haber 的誤用
參考	詞尾的 y
補充-2	haber / estar
補充-3	Hace frío. / Tengo frío.

◇ 306　不定人稱句 ………………… 383

補充-1	表示〈謙虛〉、〈共同感〉的 NOSOTROS 變化形
補充-2	名詞主詞＋NOSOTROS / VOSOTROS 變化形

6.5　詞序 ……………………………… 385

◇ 307　《舊資訊（話題）＋新資訊》 ──────── 385
◇ 308　句首強調 ──────── 387
　　　[補充]　句中的詞序與主詞
◇ 309　插入、省略、替換說法 ──────── 388
　　　[補充]　片語中的詞序

規則動詞的變化 ──────── 391
不規則動詞變化表 ──────── 394
索引 ──────── 406

xix

1. 文字與發音

▶本章介紹字母的唸法與個別語音的發音方式。相較於英語，西班牙語字母的發音方式非常規則且簡單。請開口唸唸看並確認。請注意有些文字和符號的用法和英語不同。

Teclado español

1.1 文字

▶西班牙語使用拉丁字母。

◇ 1 字母

西班牙語以拉丁字母書寫，字母的發音中包含了西班牙語使用的所有語音。

	大寫	小寫	名稱	音標
1	☐ A	☐ a	☐ a	☐ [á]
2	☐ B	☐ b	☐ be	☐ [bé]
3	☐ C	☐ c	☐ ce	☐ [θé], [sé]
4	☐ D	☐ d	☐ de	☐ [dé]
5	☐ E	☐ e	☐ e	☐ [é]
6	☐ F	☐ f	☐ efe	☐ [éfe]
7	☐ G	☐ g	☐ ge	☐ [xé], [hé]
8	☐ H	☐ h	☐ hache	☐ [átʃe]
9	☐ I	☐ i	☐ i	☐ [í]

1

10	☐ J	☐ j	☐ jota	☐ [xóta], [hó-]
11	☐ K	☐ k	☐ ka	☐ [ká]
12	☐ L	☐ l	☐ ele	☐ [éle]
13	☐ M	☐ m	☐ eme	☐ [éme]
14	☐ N	☐ n	☐ ene	☐ [éne]
15	☐ Ñ	☐ ñ	☐ eñe	☐ [éñe]
16	☐ O	☐ o	☐ o	☐ [ó]
17	☐ P	☐ p	☐ pe	☐ [pé]
18	☐ Q	☐ q	☐ cu	☐ [kú]
19	☐ R	☐ r	☐ erre, ere	☐ [ére], [ére]
20	☐ S	☐ s	☐ ese	☐ [ése]
21	☐ T	☐ t	☐ te	☐ [té]
22	☐ U	☐ u	☐ u	☐ [ú]
23	☐ V	☐ v	☐ uve	☐ [úbe]
24	☐ W	☐ w	☐ doble uve (uve doble)	☐ [dóble úbe] ([úbe dóble])
25	☐ X	☐ x	☐ equis	☐ [ékis]
26	☐ Y	☐ y	☐ ye (i griega)	☐ [yé] ([í griéga])
27	☐ Z	☐ z	☐ zeta	☐ [θéta], [sé-]

英語沒有的字母是 Ñ, ñ，字母順序在 N, n 後面。

補充-1 使用字母讀法的情況

例如提到機場登機門編號或公車路線的時候，經常用到字母的讀法，所以應該把每個字母的讀法記起來。請注意如果用英語式的讀法，會讓人聽不懂。另外，因為東方人的名字對於西班牙人而言不容易聽清楚，所以也應該學會說明自己名字的拼法，也就是把每個字母用西班牙語的方式說出來。

☐ el autobús de la línea G(ge). / G 路線公車
☐ Mi nombre es Ito: i, te, o. / 我的名字是伊藤：i、t、o。

> **補充 -2** Ñ, ñ 字母的位置

Ñ, ñ 是西班牙語特有的字母。在字典裡排在 N 的後面。在單字中間的 ñ，例如 pañal（尿布），順序也在 panzudo（肚子凸出的）後面。在專門用來輸入西班牙語的鍵盤上，Ñ 有自己的按鍵，位置如右圖所示，在 L 的右邊。

> **參考 -1** 西班牙語的母音和英語的母音

西班牙語母音字母的讀法和音標一致。至於英語，原本母音字母的發音也一樣，但後來有了很大的變化。以下比較兩種語言的母音字母讀法。

字母	西班牙語	英語
☐ A, a	☐ [á]	☐ [éi]
☐ E, e	☐ [é]	☐ [í:]
☐ I, i	☐ [í]	☐ [ái]
☐ O, o	☐ [ó]	☐ [óu]
☐ U, u	☐ [ú]	☐ [jú:]

同樣的讀法變化也出現在其他字母上。

字母	西班牙語	英語
☐ B, b	☐ [bé]	☐ [bí:]
☐ C, c	☐ [θé], [sé]	☐ [sí:]
☐ D, d	☐ [dé]	☐ [dí:]
☐ K, k	☐ [ká]	☐ [kéi]
☐ P, p	☐ [pé]	☐ [pí:]
☐ Q, q	☐ [kú]	☐ [kjú:]
☐ T, t	☐ [té]	☐ [tí:]

許多西班牙語單字和英語有共同的字源，所以知道了兩者的讀法對應關係，會對記憶西班牙語單字很有幫助。

西班牙語	英語（英式發音）
☐ papel [papél] 紙	☐ paper [péipə] 紙
☐ Pedro [péđro]〔人名〕佩德羅	☐ Peter [píːtə]〔人名〕彼得
☐ bilingüe [bilíŋgue] 雙語的	☐ bilingual [bailíŋgwəl] 雙語的
☐ cono [kóno] 圓錐	☐ cone [kóun] 圓錐
☐ puro [púro] 純粹的	☐ pure [pjúə] 純粹的

參考-2 西班牙語字母名稱的字尾母音

西班牙語和英語的字母名稱都源自拉丁語。在拉丁語中，當字母表示塞音時，會在後面加上母音 e，所以 B, C, D, G, P, T 稱為 BE, CE, DE, GE, PE, TE。

F, L, M, N, R, S 則是在前面加上母音 e，稱為 EF, EL, EM, EN, ER, ES。在西班牙語中，又在這些字母名稱後面加上了母音 e，而在英語則是維持以子音結尾。

H 在拉丁語中稱為 HA，但在通俗拉丁語稱為 ACH，到了西班牙語又加上字尾的 e，發音變成 ache。

Z 源自希臘語的 ZETA，這個名稱經由拉丁語沿用到西班牙語。在英語則是去掉了字尾的母音 a。

字母	西班牙語	英語
☐ F, f	☐ [éfe]	☐ [éf]
☐ H, h	☐ [átʃe]	☐ [éitʃ]
☐ L, l	☐ [éle]	☐ [él]
☐ M, m	☐ [éme]	☐ [ém]
☐ N, n	☐ [éne]	☐ [én]
☐ S, s	☐ [ése]	☐ [és]
☐ Z, z	☐ [θéta], [séta]	☐ [zéd], [zíː]

因為上述情況的關係，西班牙語以母音結尾的單字經常對應英語以子音結尾的單字。

西班牙語	英語
☐ estudiante [estuđiánte] 學生	☐ student 學生
☐ congreso [koŋgréso] 會議	☐ congress 會議
☐ problema [probléma] 問題	☐ problem 問題

參考-3　西班牙語的歷史

西班牙語幾乎所有字母都是傳承拉丁語而來。此外，也按照需求將兩個字母結合，以及創造新的字母、導入其他語言創造的字母，進而演變成現在的字母。

西班牙語的拼寫法是近代才穩定下來的。經過種種波折，在 1927 年，西班牙語圈的 20 個國家終於統一採用了西班牙皇家學院決定的正寫法（文字的拼寫方式）。

西班牙語的發音在 16-17 世紀演變成接近現在的樣貌。在這之後的西班牙語稱為「近代西班牙語」。這個時期可以看到印刷的西班牙語文獻。西班牙語在這個時期普及到拉丁美洲與太平洋地區。

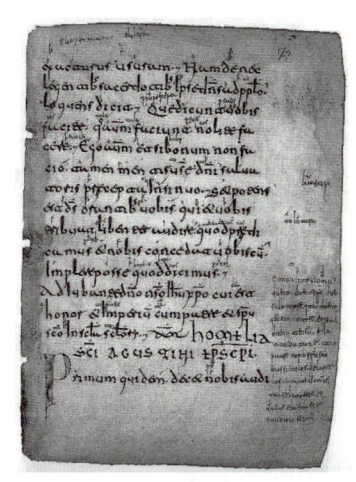

《聖米良修士集注》（皇家歷史學院提供）

羅曼語族的各種語言

10 世紀到 15 世紀期間是「中世紀西班牙語」時期。這個時期可以看到手寫在羊皮紙上的西班牙文。最早的西班牙語文獻是 10 世紀的《聖米良修士集注》〔☞ 照片〕。它是在拉丁文經典的行間與頁緣，用當時的西班牙文寫成的注釋。

在那之前，西班牙語的狀態就不太清楚了。唯一能了解當時西班牙語的方法，是將中世紀西班牙語和拉丁語等其他語言比較，推測發生了怎樣的演變。在做這樣的比較時，口語拉丁語，也就是「通俗拉丁語」，扮演重要的角色。

拉丁語誕生於公元前一千年，後來隨著羅馬勢力的擴張，傳播到從義大利半島到幾乎整個南歐地區，之後在各地分化而產生了西班牙語、葡萄牙語、法語、雷蒂亞-羅曼語、義大利語、羅馬尼亞語等等。這些語言稱為「羅曼語族」。

　　如果比較拉丁語、希臘語和梵語，會發現這些語言的音韻體系是有對應關係的。因此，研究者推測從現代印度到歐洲這個廣大區域的各種語言，有一個共同的起源。這個假想的語言稱為「原始印歐語」，推測存在於公元前三千年左右。

◇ 2　雙字母

Ch, ch; Ll, ll; rr 是兩個字母構成的表音單位。在劃分音節的時候，它們都代表單一的子音。☞ ◇32 音節

❑ co-che [kótʃe]	❑ 汽車
❑ ca-lle [káye]	❑ 街道
❑ to-rre [tór̃e]	❑ 塔

> **補充**　傳統字母排序
>
> 　　在西班牙語的傳統字母排序中，Ch, ch 和 Ll, ll 被視為獨立的字母，順序接在 C, c 和 L, l 後面。在以前的字典裡，C, c 開頭的單字結束之後，才把 Ch, ch 開始的單字列出來。例如，chabola「小屋，簡陋的房子」不屬於 C 組，而是接在後面的 Ch 組。所以，chabola 的順序在 curso（課程）之後。在單字中間也是一樣，hacha「斧頭」的順序在 hacienda「莊園」之後。l 和 ll 的順序關係也是一樣。llama「火焰」不是列在 L 開頭的單字中，而是排在 luz「光」等單字之後、另外區分出來的 Ll 開頭單字之中。
>
> 　　1994 年，西班牙語學院協會決定像英語一樣，不再把 Ch, ch 和 Ll, ll 特別區分出來，而是和 C, c 與 L, l 的單字排列在一起。西班牙皇家學院也推行這個作法。

◇ 3　音標

「音標」以方括弧表示，例如 [l], [r]。仔細看的話，會發現有些音有多種變化，但本書只討論其中最重要的發音。

補充-1 [ñ], [r̃], [ɾ] 的寫法

　　Ñ, ñ 的子音在國際音標中以 [ɲ] 表示，但本書寫成 [ñ]。既然西班牙語特別使用了 ñ 這個字母，那就不用刻意寫成 [ɲ]，而可以直接用字母的寫法來表示。這樣一來，也不用每次看到 [ɲ] 都要思考發音是什麼了。
　　R, r 的字母名稱是 erre。這個子音（顫音，彈舌音）的國際音標寫法是 [r]。至於 hora 中的子音 r（閃音，舌尖輕彈一次）則寫成 [ɾ]，是比較少見的符號。在本書中，則是把 rr 和字首的 [r] 寫成 [r̃]，hora 等單字中的 r 則寫成 [r]，這樣寫應該會容易理解得多。

補充-2 [b], [d], [g] 的寫法

　　之後會詳細介紹，B, b; D, d; G, g; V, v 除了塞音 [b], [d], [g] 以外，也有摩擦音 [b], [d], [g] 的發音。（☞ 1.3 子音的發音）。將這些摩擦音寫成 [b], [d], [g]，是西班牙語文獻學傳統上使用的表示方式，對應國際音標的 [β], [ð], [ɣ]。相較之下，[b], [d], [g] 因為是以 [b], [d], [g] 為基礎，所以比較容易看懂。而且正確來說，[ð] 和 [d] 是不同的發音。所以，本書不是寫成 [β], [ð], [ɣ]，而是 [b], [d], [g]。

補充-3 字母的其他名稱

- b 和 v 的發音相同，為了區分兩者，會把 b 稱為 be larga [bé lárga]「長 b」或 be alta [bé álta]「高 b」，而把 v 稱為 ve chica [bé tʃíka]「小 v」或 ve baja [bé báxa]「矮 v」。
- ch 也稱為 ce hache [θé átʃe]。
- 要把 r 和 rr 區分開來的時候，會稱為 ere [ére]，rr 則稱為 erre [ére]。rr 也稱為 ere doble [ére dóble]。
- w 也稱為 ve doble [bé dóble] 或 doble ve [dóble bé]。
- z 也稱為 zeda [θéða], [séða]。

1.2　母音的發音

▶母音是指 [a] 之類開口發出的聲音。母音的發音不涉及舌頭、嘴唇的接觸或強烈的摩擦。

◇4　單母音

西班牙語有 [a], [e], [i], [o], [u] 這五個「單母音」。「單母音」是指非連續的母音。

如下表所示，[i] 和 [u] 屬於「閉母音」，[a], [e], [o] 屬於「開母音」*。這個分類對於理解下一節要介紹的雙母音和三重母音是必要的。閉母音是指發音時口形較接近閉合的母音。相反地，開母音則是指發音時口形較為張開的母音。

	前母音	中母音	後母音
閉母音	❑ [i]		❑ [u]
開母音	❑ [e]		❑ [o]
		❑ [a]	

另外，單母音也可以分為前母音（[i], [e]）、中母音（[a]）和後母音（[o], [u]）。這個分類和某些子音字母的唸法有關。

單母音是音節的核心。☞◇32 音節 補充-2

❶ [a] 是嘴巴張大發出的「阿」音。

[a]

❑ Panamá [panamá]	❑ 巴拿馬
❑ Casa Blanca [kása blánka]	❑ 卡薩布蘭卡

❷ 發 [e] 音時，嘴巴稍微向左右兩邊張開，清楚發出「ㄝ」的聲音。請注意不要發成英語的雙母音 [ei]（像是注音的「ㄟ」）。

[e]

❑ leche [létʃe]	❑ 牛奶
❑ Palenque [palénke]	❑ 帕倫克（墨西哥的馬雅文明遺跡）

---

* 編註：在台灣的教學習慣中，通常把 [i], [u] 稱為「弱母音」，[a], [e], [o] 稱為「強母音」。

❸ 發 [i] 音時，將嘴巴向左右兩邊張開，清楚發出「伊」的聲音。

[i]

☐ China [tʃína]	☐ 中國
☐ Haití [aití]	☐ 海地

❹ 發 [o] 音時，嘴唇微嘟，發出像是「哦」的聲音。發音不可以像是英語的雙母音 [ou]。

[o]

☐ moto [móto]	☐ 摩托車
☐ Colombia [kolómbia]	☐ 哥倫比亞

❺ 發 [u] 音時，將嘴唇嘟起，舌頭後部抬高，清楚發出「屋」的聲音。

[u]

☐ sur [súr]	☐ 南方
☐ Perú [perú]	☐ 秘魯

＊即使是沒有重音的母音，也要發出清楚的音。例如 mapa [mápa] 的 ma 和 pa 都要發出清楚的音。pa 的 a 不會像英語的弱音節一樣變成 [ə] 音。

◇5　雙母音

當母音連續出現時，有可能是「雙母音」，也有可能是「分立母音」（各自獨立的母音）。雙母音被當成一個母音，而不會被切分開來。
雙母音可以由開母音（[a], [e], [o]）和（沒有重音的）閉母音（[i], [u]）連接而構成，或者由兩個閉母音構成。雙母音的組合如下所示。
當開母音與閉母音構成的雙母音有重音時，重音位置在開母音上。但如果閉母音有重音符號，就不會構成雙母音，而會成為分立母音。☞◇7 分立母音

❶ 《開母音＋閉母音》：[ai], [au], [ei], [eu], [oi], [ou]

	前母音	中母音	後母音
閉母音	[i]	⇧	[u]
開母音	[e]		[o]
		[a]	

☐ au-di-to-rio [auđitório]	☐ 禮堂

雙母音結尾的 [i] 音出現在單字中間時，[i] 寫成 i。

☐ ai-re [áire]	☐ 空氣
☐ pei-ne [péine]	☐ 梳子

雙母音結尾的 [i] 音出現在字尾時，[i] 寫成 y。

☐ hay [ái]	☐ 有…
☐ ley [léi]	☐ 法律

❷ 《閉母音＋開母音》：[ia], [ie], [io], [ua], [ue], [uo]

	前母音	中母音	後母音
閉母音	[i]	⇩	[u]
開母音	[e]		[o]
		[a]	

☐ A-sia [ásia]	☐ 亞洲
☐ dien-te [diénte]	☐ 牙齒
☐ bue-no [buéno]	☐ 好的
☐ Gua-te-ma-la [guatemála]	☐ 瓜地馬拉

❸ 《閉母音＋閉母音》：[iu], [ui]

1.2 母音的發音

	前母音	中母音	後母音
閉母音	[i]	⟺	[u]
開母音	[e]		[o]
		[a]	

❏ rui-do [ruíđo]	❏ 噪音
❏ muy [múi]	❏ 非常

當雙母音 **iu, ui** 位於重音節時，重音落在後面的母音上。但 muy [múi] 是例外，重音落在前面的母音上。字母 y 不會有重音。

◇ 6　三重母音

母音也有可能三個連在一起。《閉母音（[i], [u]）＋開母音（[a], [e], [o]）＋閉母音（[i], [u]）》的組合會形成「三重母音」。

	前母音	中母音	後母音
閉母音	[i]	⇅	[u]
開母音	[e]		[o]
		[a]	

❏ es-tu-diáis [estuđiáis]	❏ （你們）學習
❏ Pa-ra-guay [paraguái]	❏ 巴拉圭

三重母音被當成一個母音，而不會被切分開來。當三重母音有重音時，重音落在開母音上。

＊如果以 [i] 結尾的三重母音出現在字尾，例如 Paraguay，[i] 音會寫成 y。如果在單字中間，例如 estudiáis 的話，則會寫成 i。☞◇5 雙母音 ❶

> 補充　西班牙語和英語的雙母音、三重母音
>
> 英語 *I* [ái], *boy* [bɔ́i], *cow* [káu] 之中的 [i], [u]，發音會偏向 [e] 和 [o]，而顯得不那麼明確。至於西班牙語，則是在 [i], [u] 的位置附近明確地發音。

11

	前母音	中母音	後母音
閉母音	[i]		[u]
開母音	[e]		[o]
		[a]	

英語

	前母音	中母音	後母音
閉母音	[i]		[u]
開母音	[e]		[o]
		[a]	

西班牙語

◇ 7 分立母音

「分立母音」被看成兩個獨立的母音，分成兩個音節。

❶ 《開母音（[a], [e], [o]）＋開母音（[a], [e], [o]）》：兩個連續的開母音，會成為分立母音。

	前母音	中母音	後母音
閉母音	[i]		[u]
開母音	[e]		[o]
		[a]	

❏ o-a-sis [oásis]	❏ 綠洲
❏ ta-re-a [taréa]	❏ 工作

❷ 開母音（[a], [e], [o]）和閉母音（[i], [u]）相連，但閉母音重讀（有重音符號）時，會成為分立母音。

(a)《開母音（[a], [e], [o]）＋重讀閉母音（[í], [ú]）》

12

	前母音	中母音	後母音
閉母音	**[í]**	⇧	**[ú]**
開母音	[e]		[o]
		[a]	

❏ pa-ís [país]	❏ 國家
❏ o-í-do [oíđo]	❏ 耳朵，聽覺

(b)《重讀閉母音（[í], [ú]）＋開母音（[a], [e], [o]）》

	前母音	中母音	後母音
閉母音	**[í]**	⇩	**[ú]**
開母音	[e]		[o]
		[a]	

❏ tí-o [tío]	❏ 叔叔
❏ e-co-no-mí-a [ekonomía]	❏ 經濟

1.3　子音的發音

▶子音是嘴唇、牙齒、舌頭的接觸或靠攏而產生的語音。有些子音字母像 ch 一樣只有一種發音，也有些像 c 或 g 一樣有幾種不同的發音。西班牙語的子音分類如下。

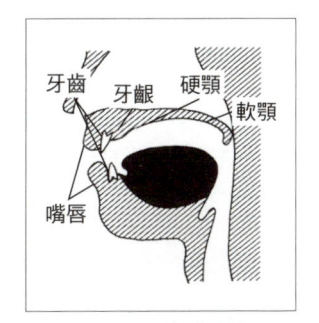

種類	唇音	齒音	齒齦音	硬顎音	軟顎音
塞音	[p], [b]	[t], [d]		[ʧ]	[k], [g]
摩擦音	[f], [b]	[θ], [đ], [ð]	[s], [z]	[ʃ], [ʒ]	[x], [g]
鼻音	[m]	[n]		[ñ]	[ŋ]
近音		[l], [r], [ř]		[ʎ]	

13

◇ 8　B, b 的發音

字母 **B, b** 的發音是 [b]。如果仔細區分的話，[b] 可以分為緊閉嘴唇的塞音 [b] 和微微張開嘴唇的摩擦音 [b]。

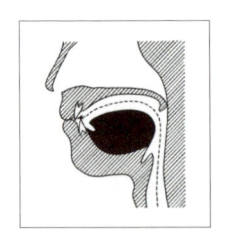

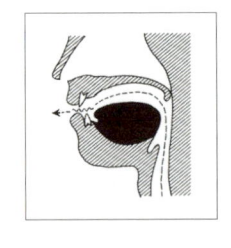

[b]　　　[b]

當它出現在發音的開頭，或者單字中間的 m 後面時，會發成緊閉嘴唇的塞音 [b]。單字開頭的 b，如果遇到上一個單字以 n 結尾的情況，也會發成塞音 [b]。

❏ Bolivia [bolíbia]	❏ 玻利維亞
❏ Colombia [kolómbia]	❏ 哥倫比亞
❏ un banco [úm báŋko]	❏ 一間銀行

其他情況則會發成摩擦音 [b]。

| ❏ Cuba [kúba] | ❏ 古巴 |
| ❏ las botas [las bótas] | ❏ 靴子 |

音節結尾和字尾的 b 發成比較弱的摩擦音。

| ❏ subterráneo [su(b)teráneo] | ❏ 地下的 |
| ❏ club [klú(b)] | ❏ 俱樂部 |

◇ 9　C, c 的發音

字母 C, c 的發音是 [θ] 或 [k]，Ch, ch 的發音是 [tʃ]。

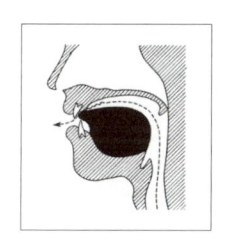

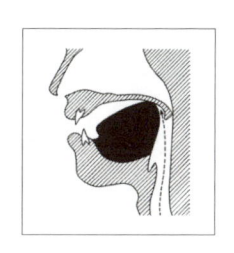

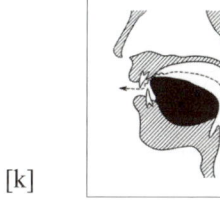

[θ]　　　　[k]　　　　[s]

❶ c 後面接 e 或 i（ce, ci）時，發音是 [θ]。

[θ] 是將舌尖接觸上排牙齒下方而發出的摩擦音。但在西班牙南部和拉丁美洲各國，發音不是 [θ] 而是 [s]。

❏ Concepción [konθepθión; -sepsión]	❏ 康塞普西翁（智利的城市）
❏ Francia [fránθia; -sia]	❏ 法國

＊西班牙語的 [θ] 音，摩擦程度比英語 th 的發音（*think*）來得強。

❷ 在其他情況下，發音都是 [k]。

❏ Cataluña [katalúña]	❏ 加泰隆尼亞（西班牙的自治區）
❏ Ucrania [ukránia]	❏ 烏克蘭

❸ Ch, ch 發成 [tʃ] 音。

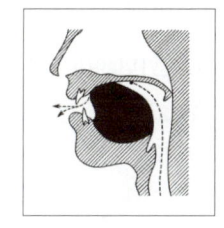

[tʃ]

❏ Chile [tʃíle]	❏ 智利
❏ noche [nótʃe]	❏ 夜晚

◇ 10　D, d 的發音

字母 **D, d 的發音是** [d]。如果仔細區分的話，[d] 可以分為舌尖接觸上排牙齒內側的塞音 [d]，以及舌尖稍稍離開發音部位的摩擦音 [đ]。

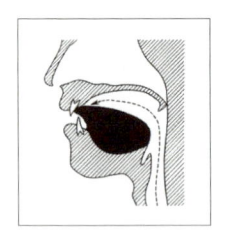

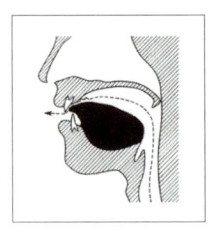

[d]　　　　　[đ]

當 D, d 出現在發音的開頭，或者單字中間的 l 或 n 後面時，會發成塞音 [d]。單字開頭的 d，如果遇到上一個單字以 l 或 n 結尾的情況，也會發成塞音 [d]。

❑ Dinamarca [dinamárka]	❑ 丹麥
❑ India [índia]	❑ 印度
❑ Ronaldo [r̃onáldo]	❑ 羅納多（男性名稱）
❑ un dedo [ún déđo]	❑ 一根手指

其他情況則會發成摩擦音 [đ]。

| ❑ Canadá [kanađá] | ❑ 加拿大 |
| ❑ la dama [la đáma] | ❑ 女士 |

音節結尾和字尾的 d 發成比較弱的摩擦音。

| ❑ Madrid [mađrí(đ)] | ❑ 馬德里 |

＊在西班牙，字尾的 d 有時發音像是 z [θ]。例如 Madrid，聽起來會像是 [mađríθ]。

＊在許多地區，-ado 之類字尾的 d 音會消失。例如 cuidado「小心」的發音會變成 [kuiđáo]。

16

1.3 子音的發音

> **補充** 西班牙語的 [d] 和英語的 [ð]
>
> 　　西班牙語的摩擦音 [d] 和英語 they 的子音 [ð] 類似，但有以下差異。西班牙語的摩擦音 [d] 是舌尖靠近上排牙齒內側，摩擦程度較弱。至於英語的摩擦音 [ð]，則是把舌尖夾在上下排牙齒之間發音，摩擦程度較強。
>
> 　　西班牙語也有發音像是英語齒間音 [ð] 的情況。像是 Ha<u>z</u>lo [áðlo]「（命令對方）做那件事」，z [θ] 會被後面的有聲子音同化，而變成有聲子音（☞◇29 Z, z 的發音）。不過，不加以有聲化而發成 [áθlo] 的發音也很常見。

◇ 11　F, f 的發音

字母 F, f 的發音像英語 fit 之中的 f 一樣，是讓上排牙齒和下唇輕輕接觸，並且使氣流通過兩者之間而產生的摩擦音 [f]。

[f]

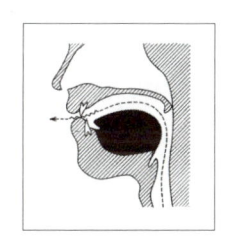

| ☐ Filipinas [filipínas] | ☐ 菲律賓 |
| ☐ <u>f</u>ácil [fáθil] | ☐ 簡單的 |

◇ 12　G, g 的發音

字母 **G, g** 對應 [x] 和 [g] **兩種完全不同的發音。**[x] 是讓舌頭後面的部分接近軟顎，並且使氣流通過兩者之間而產生的摩擦音。因為它的發音部位和 [k] 相同，所以把 [k] 音稍微放鬆，像「ㄎㄏ」一樣連著發音，就可以發出這個摩擦音。

[x] 是 **g** 後面接 **e** 或 **i**，也就是拼字為 **ge, gi** 時的發音。[x] 是較強的摩擦音，屬於西班牙中、北部的發音。至於西班牙南部和拉丁美洲，則是發成比較柔和的氣音 [h]。

| ☐ Ar<u>g</u>entina [arxentína; -hen-] | ☐ 阿根廷 |
| ☐ Bél<u>g</u>ica [bélxika; -hi-] | ☐ 比利時 |

除了上面的情況以外，發音都是 [g]。

17

如果仔細區分的話，[g] 可以分為塞音 [g] 和摩擦音 [g] 這兩種發音。[g] 是舌頭後面的部分接觸軟顎的有聲塞音。摩擦音 [g] 是發音部位和 [x] 相同的有聲子音。

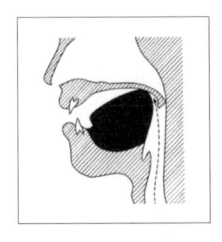

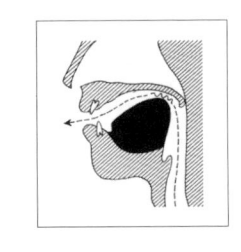

[g]　　　　　[g]

當 G, g 出現在發音的開頭，或者單字中間的 n 後面時，會發成塞音 [g]。單字開頭的 g，如果遇到上一個單字以 n 結尾的情況，也會發成塞音 [g]。

❑ Guatemala [guatemála]	❑ 瓜地馬拉
❑ Hungría [uŋgría]	❑ 匈牙利
❑ un gato [uŋ gáto]	❑ 一隻貓

其他情況則會發成摩擦音 [g]。

❑ Santiago [santiágo]	❑ 聖地亞哥（智利首都）
❑ una gota [úna góta]	❑ 一滴

音節結尾和字尾的 g 發成比較弱的摩擦音。

❑ zigzag [θi(g)θá(g)]	❑ 之字形曲折

gue, gui 的發音是 [ge], [gi]。**güe, güi 的發音是** [gue], [gui]。
☞ ◇31 子音的拼寫規則

> [補充] [b], [d], [g] 的類比性

　　[b]、[d]、[g] 都有塞音和摩擦音的發音，而且決定發音的條件也很類似。塞音出現在發音的開頭，以及鼻音的後面。[d] 除了以上條件以外，在 [l] 後面也會出現。摩擦音則是出現在其他位置。另外，在音節的結尾也都會變成很弱的發音。
　　[b]、[d]、[g] 之所以有這樣的類比性，是因為它們有共通的特徵，都是以有聲塞音為基本發音。因為有這種共通性，所以它們的發音方式並非各自不同，而是在一定程度上遵循相同的發音規律，從而在整體上產生了西班牙語的特徵。

1.3 子音的發音

所以，把它們各自的閉塞音、摩擦音和弱摩擦音放在一起練習，會是不錯的方式。

參考　C 和 G

在古拉丁語時期，C 可以表示 [k] 和 [g] 音。因為這種書寫方式產生了不便，所以在公元前三世紀，在字母 C 上加一條線而創造了字母 G，用來表示 [g] 音。

後來，容易書寫的小寫字母開始通用。到了中世紀西班牙語時代，ce, ci; ge, gi 被用來代表 [tse], [tsi]; [ʒe], [ʒi] 這些語音，因而需要其他用來表示 [ke], [ki]; [ge], [gi] 的寫法，所以在 13 世紀開始使用 que, qui; gue, gui 的拼法（☞ 照片）。

在那之前，gue, gui 原本表示 [gue], [gui]，但因為被挪用來表示 [ge], [gi]，所以又需要其他表示 [gue], [gui] 的寫法。所以，西班牙皇家學院在 1726 年規定用 güe, güi 這種寫法來表示。u 上面的兩個點在西班牙語稱為 diéresis。

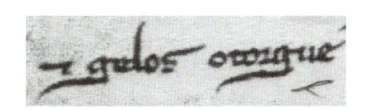

& gelos otorgue (y se los otorgue)

◇ 13　H, h 的發音

字母 H, h 單獨使用時（也就是並非 Ch, ch 的情況）不發音。

參考　之所以寫出不發音的 H, h 的理由

H, h 雖然不發音卻要寫出來，原因是西班牙皇家學院訂定的方針，對於源自拉丁語拼字為 H 或 F 的詞語，在西班牙語單字中用 H, h 來表示。雖然也有人認為既然 H, h 不發音，那就不需要了，但這個方針仍然被堅持執行著。就算是母語人士，如果不太讀書或者報紙的話，也會忘記寫 H, h，或者反而在不需要的時候給單字加上 H, h。透過文字學習的外國學生，在拼寫 H, h 這方面還有可能比較正確。

另外，H, h 也會加在字首的雙母音前面，例如 huevo（蛋）、hielo（冰）。如果寫成 uevo, ielo 的話，因為在中世紀西班牙語 u 和 v、i 和 j 的寫法是一樣的，所以當時可能會唸成 vevo, jelo。雖然現代西班牙語並沒有這樣的問題，但因為是傳統的拼字，所以也尊重原本的拼法而保留了。「歐」（*Ou*）、「安」（*An*）之類的中文姓氏，如果只是用說的告訴西班牙語人士，他們可能會寫成 Hou, Han，所以這時候要跟他們說 sin hache「不要加 H」。

[補充] 外來語的發音

雖然一般而言 H, h 不發音，但例如 Hemingway（海明威）的 He 就會唸成 [he]。像這種外國人名、外國地名和外來語的 H, h，就有可能唸出來，取決於一個人是否知道外語的發音。中文拼音寫成 H, h 的情況，西班牙語人士不太熟悉發音的方法，例如姓「黃」（*Huang*）或「洪」（*Hong*）的人，在介紹自己的名字的時候，最好慢慢告訴他們如何發音。

◇ 14　J, j 的發音

字母 **J**、**j** 總是發成摩擦音 [x]。在西班牙中北部，發音是舌頭後面的部分接近軟顎，並且使氣流通過兩者之間而產生的強烈摩擦音。至於西班牙南部和拉丁美洲，則是發成比較柔和的氣音 [h]。

| ☐ Japón [xapón; ha-] | ☐ 日本 |

[補充] je, ji 和 ge, gi

　　[xe; he] 和 [xi; hi] 的發音，有 Ge, ge；Gi, gi 或 Je, je；Ji, ji 的寫法。兩者的差別是基於字源。源自拉丁語 G, g 時寫成 G, g（例：sugerir「建議」，gigante「巨人」），其他情況則寫成 J, j。

◇ 15　K, k 的發音

字母 **K**、**k** 的發音都是塞音 [k]。

＊這個字母只用在外來語或國外的地名。

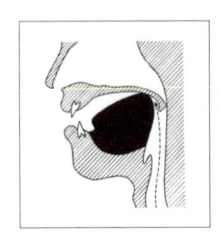

[k]

☐ kilogramo [kilográmo]	☐ 公斤
☐ kilómetro [kilómetro]	☐ 公里
☐ Tokio [tókio]	☐ 東京

＊西班牙語沒有「子音＋y」相連的拼字，所以 Tokyo 的 yo 視為雙母音而寫成 Tokio。京都也寫成 Kioto。不過，如果看最近在西班牙出版的地圖，也會看到寫成 Tokyo, Kyoto 的情況。

1.3 子音的發音

> **補充** qui, que, ca, co, cu 和 k

字母 K 和 k 在英語和德語很常用,但在西班牙語幾乎不使用。[k] 音的拼法是 qui, que, ca, co, cu,用 qu 或 c 來表示。在字尾則是寫成 c。

拉丁語用字母 C 表示 [k] 音,所以 K 只會在特殊的情況使用。在中世紀西班牙語和現代西班牙語也一樣,不太使用 K, k。現代西班牙語字母之所以有 K, k,是為了書寫源自英語、德語、日語等外語的詞彙(外來語)。例如日語的「和服」、「空手道」、「卡拉 OK」,在西班牙語寫成 *kimono, kárate, karaoke*。「和服」雖然也寫成 *quimono*,但 *kimono* 是比較普遍的寫法。

◇ 16　L, l 的發音

❶ 字母 L 和 l 是使舌尖接觸牙齦而發出的「了」[l] 音。

＊西班牙語沒有英語的「模糊 'l'」(dark 'l',例:*school, bell*)這種發音。英語的 call 聽起來像是 [kɔ],但西班牙語 col「高麗菜」的發音 [kol] 中,[l] 的發音相對清楚。

| ☐ Lima [líma] | ☐ 利馬(秘魯首都) |

❷ Ll, ll 的發音和 y 相同。

| ☐ Sevilla [sebíya] | ☐ 塞維亞 |

> **補充 -1** [y] 的不同發音

[y] 在各地有不同的發音。例如 elle [éye],如果仔細區分的話,有以下三種發音。

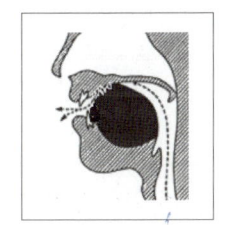

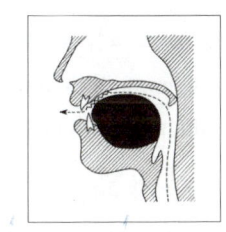

(1) [éʎe]　　　　(2) [éje]　　　　(3) [éʒe]

[ʎ]　　　　　　　[j]　　　　　　　[ʒ]

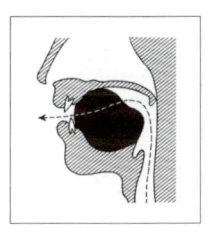

21

(1) [éʎe] 是舌頭中間和上顎接觸，氣流從舌頭兩側通過。這是源自中世紀的傳統發音，現在西班牙北部和南美洲秘魯的部分地區仍然使用這個發音。在使用 [ʎ] 音的地區，有 ll [ʎ] 和 y [y] 的發音區分。(2) [éje] 是使用地區比較廣泛的發音，屬於有聲摩擦音，而發音較強時則會變成 (3) [éʒe]。兩者的發音方式都是將舌尖放在下排牙齒後面，同時將舌頭前面的部分抬起。在使用 [j] 或 [ʒ] 的地區，ll 和 y 的發音相同，兩者的發音沒有區別。本書介紹的發音是以這種地區為準。

＊西班牙語「ya」的發音，中文人士聽起來可能會有像是中文拼音「ya」或「ja」的差異，但對於西班牙語人士而言，都是同一種發音。中文的「ja」（ㄐㄧㄚ）使用的是塞擦音（塞音＋摩擦音），舌頭會完全擋住氣流再放開，但西班牙語 y 的發音則是讓舌尖接觸下排牙齒的後牙齦，舌頭前面接近硬顎而不完全擋住氣流。兩種發音聽起來有微妙的差別。

補充-2 阿根廷的摩擦音 [ʃ]

把 ll 和 y 唸成 [ʃ] 的發音，以阿根廷的布宜諾斯艾利斯為中心，遍及阿根廷全國和烏拉圭的蒙特維多。例如 Yo me llamo…「我叫做⋯」，在當地的發音是 [ʃó me ʃámo …]。這是 (3) [éʒe] 的摩擦音 [ʒ] 無聲化的結果。之所以有這樣的變化，被認為是因為西班牙語基本上沒有其他有聲摩擦音，而使得這個摩擦音也無聲化了。

◇ 17　M, m 的發音

字母 M, m 的發音和中文「媽」的子音 [m] 相同。

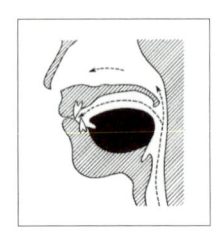

[m]

| ☐ Guate<u>m</u>ala [guatemála] | ☐ 瓜地馬拉 |

p 和 b 前面的鼻子音 [m] 寫成 m。單字結尾的 n，如果接在 p, b, v, m 開頭的單字前面，也發成 [m] 音。

| ☐ ca<u>m</u>po [kámpo] | ☐ 鄉村 |
| ☐ u<u>n</u> paso [úm páso] | ☐ 一步 |

◇ 18　N, n 的發音

字母 N, n 的發音和中文「那」的子音 [n] 相同。

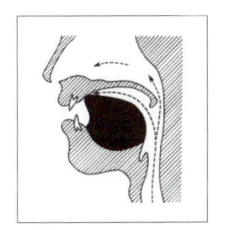

[n]

❏ Ma<u>n</u>ila [manila]	❏ 馬尼拉

字中的 n 接在 m, v 前面時，以及字尾的 n 接在 p, b, v, m 開頭的單字前面時，會變成唇音 [m]。在字中的 m 前面變成 [m] 的發音，而且會變短或消失。

❏ i<u>n</u>vierno [imbiérno]	❏ 冬天
❏ i<u>n</u>migrante [i(m)migránte]	❏ 移民

＊請注意在英語中，m 前面的音寫成 m 的情況（例：i<u>m</u>migrant, i<u>m</u>mediately），在西班牙語會寫成 n，如i<u>n</u>migrante, i<u>n</u>mediatamente。

◇ 19　Ñ, ñ 的發音

字母 Ñ, ñ 的發音聽起來像是 ni，但實際上是將舌頭的前半部都貼住硬顎發音。

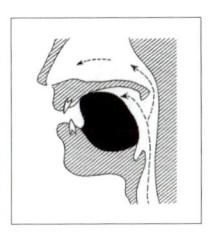

[ñ]

❏ Espa<u>ñ</u>a [espáña]	❏ 西班牙

參考　Ch, ch / Ll, ll / Ñ, ñ

這三個字母分別表示 [tʃ]、[ʎ]、[ñ] 音，都是用舌頭前半部接觸硬顎而產生的發音。因為是拉丁語沒有的發音，所以西班牙語創造了新的寫法來表示這些音。Ch, ch 和 Ll, ll 是用兩個字母的組合來表示一個音。

　　Ñ, ñ 是在 N, n 上面加一條波浪線（稱為 tilde）而創造出來的。在中世紀西班牙語的初期，使用了 in, yn, ny, ng, gn, nn 等各種寫法來表示。其中，nn 的第一個 n 被省略，而為了

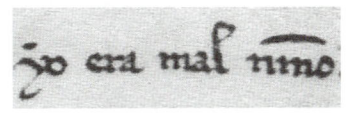

yo era mas ni<n>no

表示省略，就在上面畫弧線（⌒）或者波浪線（～）。例如 ninno「小孩」就寫成（n⌒ino）或（n～ino）（☞照片）。原本作為省略記號的波浪線，被加在 N, n 上，就形成 Ñ, ñ。

　　法語和義大利語將 [ñ] 音寫成 gn，葡萄牙語寫成 nh。加泰隆尼亞語寫成 ny，但加利西亞語和西班牙語一樣用 ñ 來表示。其他還有南美洲的克丘亞語、艾馬拉語、瓜拉尼語，以及菲律賓的他加祿語，也採用了西班牙語的 ñ。

◇ 20　P, p 的發音

字母 P, p 的發音和中文「巴」的子音 [p] 相同。

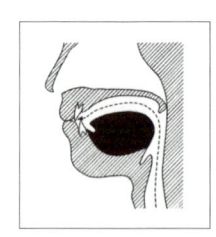

[p]

| ☐ Pepe [pépe] | ☐ 佩佩（男性名） |

ps- 開頭的單字，字首的 p 不發音。

| ☐ psicología [sikoloxía; -hí-] | ☐ 心理學 |

＊ septiembre「9 月」、séptimo「第 7 的」等單字中的 -pt-，有時會省略 p 而唸成 setiembre, sétimo，但還是要寫成 -pt-。至於其他的 aceptar「接受」、concepto「概念」、corrupto「腐敗的」、óptimo「最好的」，則不能省略 -p- 的發音。

◇ 21　Qu, qu 的發音

Qu, qu 後面接母音 e 或 i，發音是 Que, que [ke] 和 Qui, qui [ki]。
☞◇31 子音的拼寫規則

| ☐ Quique [kíke] | ☐ 奎克（人名） |

24

◇ 22　R, r 的發音

字母 R, r 的發音，有讓舌尖顫動多次的「顫音」[r̃]，以及只將舌尖輕彈一次的「閃音」[r] 兩種。

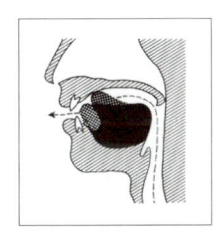

[r], [r̃]

字首的 R, r 以及字中的 rr 發成顫音 [r̃]。至於字中的 r 則發成閃音 [r]。

❏ Roma [r̃óma]	❏ 羅馬
❏ Marruecos [mar̃uékos]	❏ 摩洛哥
❏ Perú [perú]	❏ 秘魯

＊在英式英語，母音之間的 [r] 會接近母音的發音（例：area），在西班牙語則是閃音。

除了字首以外，字中 l, n, s 後面的 r 也會發成顫音。

❏ alrededor [alr̃ededór]	❏ 周圍
❏ sonrisa [sonr̃isa]	❏ 微笑
❏ Israel [isr̃aél]	❏ 以色列

補充 -1　[l] 和 [r]

　　L、l 和 R、r 的發音有些類似。[l] 的發音是將舌尖貼住上排牙齦內側，讓氣流通過舌頭兩側來發音。[r] 則是舌尖輕輕碰一下上排牙齦，瞬間發出 [r] 的聲音。根據實驗聲學的資料，[l] 的調音（發音器官在發音位置形成阻礙）平均時長是 0.06 秒，而 [r] 的調音平均時長是 0.02 秒。由此可見，[l] 和 [r] 的長度有很大的差異。r 在字首總是發成顫音 [r̃]，而在字中的時候，l 和 r 的差別可以區分出不同的單字。

| ❏ hola [óla] | ❏ 哈囉（打招呼） |
| ❏ hora [óra] | ❏ 小時 |

[補充-2] [r̄] 的發音練習

　　[r̄] 是聽起來像「嘟嚕嚕…」的舌尖顫音。舌頭不要太用力，讓舌尖隨著氣流自然顫動。為了不會發這個音的人，以下說明三種練習方法。
(1) 加上 b 或 d，發 brrr... 或 drrr... 的音，一口氣讓舌尖顫動起來。
(2) 反覆發出閃音 r [r]，在說 r, r, r... [r r r] 的同時，一口氣吐出強烈的氣流，產生連續不斷的發音。
(3) 如上圖所示，將舌尖向上捲起（捲舌），然後迫使舌頭往前彈而顫動。

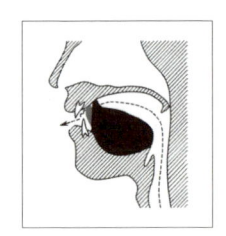

[補充-3] 音節結尾和字尾的 [r]

　　例如 tarde「下午」這樣的單字，音節結尾的 [r] 有時會發成顫音 [r̄]。另外，像 cantar「唱歌」裡字尾的 r，也有可能發成顫音。

◇ 23　S, s 的發音

字母 S, s 的發音類似中文「絲」的 [s] 音。

＊在西班牙中、北部，它的發音是舌尖稍微向硬顎內縮的摩擦音 [ṣ]，聽起來有點像 [ʃ]。西班牙南部和拉丁美洲的 [s] 則是一般的 [s] 音。

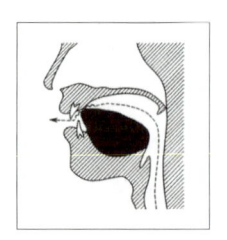

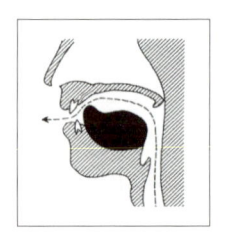

一般的 [s]　　　　　　西班牙中北部的 [ṣ]

| ☐ Suecia [suéθia; -sia] | ☐ 瑞典 |

在有聲子音前面，有時會稍微有聲化，而變成像是 [z] 的音。

| ☐ mismo [mísmo; míz-] | ☐ 相同的 |

在 r 前面經常會消失。

☐ Israel [i(s)ra̋él]	☐ 以色列
☐ ¡Más rápido! [má(s) ra̋piđo]	☐ 快一點！

> **補充** 音節結尾 [s] 的氣音化與無音化
>
> 在西班牙南部和拉丁美洲的許多地區，音節結尾或單字最後的 [s] 會變成氣音 [h] 或者消失，例如 pasta [páhta]「義大利麵」、papeles [papéleh]「紙（複數）」。如果這個位置的 [s] 消失了，聽起來就會像是 pata, papele。

◇ 24　T, t 的發音

字母 T, t 的發音和中文「搭」的子音 [t] 相同。

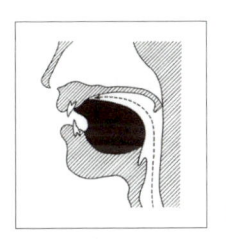

[t]

☐ Italia [itália]	☐ 義大利

> **補充** 不送氣的 [p], [t], [k]
>
> 寫成 P, p; T, t; K, k, Qu, qu 的 [p], [t], [k]，分別是在嘴唇、齒齦、軟顎等部位發音的無聲塞音。西班牙語的無聲塞音，不會像英語一樣送氣（編註：指發音時強烈噴出空氣的特徵）。如果送氣的話，發音會顯得太強。請一併注意這三個音，用輕柔的方式來發音。把手放在嘴巴前面，如果感覺氣流噴到手上的話，就可以知道自己發成送氣音了。

◇ 25　V, v 的發音

字母 **V, v** 的發音和 **B, b** 的發音相同。在字首或 n 後面發成塞音 [b]，其他位置則發成摩擦音 [b]。

☐ Valencia [balénθia; -sia]	☐ 瓦倫西亞
☐ Bolivia [bolíbia]	☐ 玻利維亞

> 參考　B, b 和 V, v

在中世紀西班牙語，B, b 的發音是塞音，V, v 是摩擦音，兩者的發音是有區分的。而在現代西班牙語，因為幾乎所有的有聲摩擦音都消失了，所以兩者的發音變得相同。

既然在現代西班牙語的發音完全相同，那為什麼不改成相同的字母呢？過去確實多次有人提出改成相同字母的建議，但西班牙皇家學院至今仍然堅持尊重拉丁語拼字的方針。其中一個理由是，在英語、法語、義大利語等保有 [v] 音的歐洲語言裡寫成 V, v 的單字，卻只有西班牙語要改成 B, b，使得這樣的提議遭到反彈。

因為 B, b 和 V, v 的發音相同，所以即使是母語人士，在書寫時偶爾也會搞混。為了區分兩者，B, b 被稱為 be de burro「驢子的 b」、be alta「高 b」、be grande「大 b」、be de Barcelona「巴塞隆納的 b」，而 V, v 則稱為 ve de vaca「牛的 v」、ve baja「矮 v」、ve chiquita 或 ve pequeña「小 v」、ve de Valencia「瓦倫西亞的 v」。ve 是 uve 的別稱。

◇ 26　W, w 的發音

字母 W, w 的發音是 [w]。[w] 除了發成 [w] 以外，也有強化而變成子音 [b] 的情況。wa 有時也會被發成像是 [gua] 的感覺。

☐ Washington [wásinton]	☐ 華盛頓

* W, w 僅用於外來語。因為 Washington 是英語，所以就算用於西班牙語，原則上還是不會添加重音符號來標示重音位置。

> 參考　外來語的 W, w

西班牙語幾乎不使用 W, w。少數的例子像是歷史上曾經存在於伊比利半島的西哥德王國，有過稱為 Wamba 和 Witiza 的國王，以及源自英語和德語的借詞與地名等等。

W、w 是拉丁語沒有的字母。在 7 世紀的古英語，開始用兩個 u 構成的 uu 表示 [w] 音，這種寫法後來也傳到德國和法國。而在 11 世紀，法國（諾曼人）的抄寫員將 uu 連在一起，創造出字母 w，並且反向傳回英國。因此，W, w 在英語稱為 *double 'u'*，在西班牙語稱為 doble uve, uve doble。因為 U 和 V 原本是相同的字母，所以在這裡英語稱為 u、西班牙語稱為 v 的差別並不是很重要。

在現代西班牙語中，W 和 w 也用於英語和德語的人名與地名。如果是英語的 *William* 和 *Washington* 等等，會依照英語的發音唸成 [w]，所以發音是 [wíliam], [wásinton]。而德語的 *Wagner* 和 *Westfalia* 等等，則會唸成接近德語發音的 [b]，所以發音是 [bágner], [bes(t)fália]。

除了人名和地名以外，也有完全西語化的單字 vagón（列車車廂）、vals（華爾滋）和 vatio（瓦特）。這些單字採用德語式的發音 [b]。váter「廁所」雖然是源自英語 water-closet 的借詞，但也使用 [b] 的發音。地名 Kuwait「科威特」在西班牙語經常唸成 [kubái(t)]，有時會被誤認為「古巴」Cuba [kúba]。

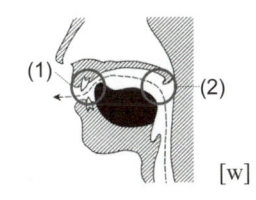

另外，如果讀近代的西班牙小說，會看到 güisqui, gualqui-talqui, güeb 等外來語。它們是將 whisky, walky-talky, web 西班牙語化的詞語，其中 w 的發音變成了 [gu]。

如上所述，外來語的 W, w 會變成 [b] 或者 [gu]。除了受到外來語的字源影響以外，也是因為 W, w 本身的發音具有 (1) 圓唇和 (2) 用口腔後部軟顎部分發音等屬性。（☞圖片）。(1) 如果要強調圓唇的屬性，會變成 [b] 音，(2) 要強調軟顎的發音，就會變成 [gu] 音。除了外來語以外，在純西班牙語詞如 huevo「蛋」中，也會聽到 [guébo] 這種發音。

◇ 27　X, x 的發音

字母 X, x 的發音基本上是 [ks]。

| ❑ examen [eksámen] | ❑ 測驗 |

在 c, t, p 前面，發音通常是 [s]。但在想要仔細發音的時候，會唸成 [ks]。

| ❑ Extremadura [e(k)stremađúra] | ❑ 埃斯特雷馬杜拉（西班牙自治區） |

字首的 x 發音是 [s]。x 開頭的單字很少。

| ❑ xilófono [silófono] | ❑ 木琴 |

[補充]　墨西哥地名中的 x

在墨西哥，以及美國以前屬於墨西哥領土的地區，有一些西班牙語地名將 x 發音為 [h]。

❑ México [méhiko]	❑ 墨西哥
❑ Oaxaca [oaháka]	❑ 瓦哈卡州（墨西哥南部的州）
❑ Texas [téhas]	❑ 德州

在西班牙，傳統上會把 México「墨西哥」、mexicano「墨西哥的；墨西哥人」寫成 Méjico, mejicano，但最近在報紙等等大多寫成 x。另外，也有像 Xochimilco [soʧimílko]「索奇米爾科（墨西哥市郊外的觀光地）」一樣發音是 [s] 的地名。

◇ 28　Y, y 的發音

字母 Y, y 和 Ll, ll 的發音相同。

❏ Yucatán [yukatán]	❏ 猶加敦（墨西哥南部的半島）

＊在 Ll, ll 發音是 [ʎ] 的地區，Y, y 的發音仍然是 [j] 或 [ʒ]，而不會發成 [ʎ]。
　☞◇16 L, l 的發音 補充-1

＊雙母音 [ai], [ei], [oi] 或者三重母音 [uai], [uei] 等等出現在字尾時，[i] 音寫成 y。

> 參考　Y, y

　　Y 是羅馬人為了表示希臘語的 upsilon（Υ）而創造的字母。所以，西班牙語將這個字母稱為 i griega「希臘語的 I」。

　　在中世紀西班牙語，除了源自希臘語的單字中的 y 以外，也經常用 y 取代字首或字尾的 i。這個作法是為了清楚顯示出單字之間的界線。

　　在英語裡，cycle, myth, rhythm 之類用 y 表示字中母音的單字，大部分源自希臘語，但這些單字在西班牙語寫成 i 而不是 y，如 ciclo（循環）、mito（神話）、ritmo（節奏）。這是因為皇家學院在 1754 年決定將希臘語字源的 y 改成 i。在 1815 年，則是決定將音節結尾的 y 寫成 i（ayre > aire「空氣」）。1880 年，字首表示母音的 y 也改成了 i（yglesia > iglesia「教會」）。

　　在拉丁美洲，曾經有過將字尾雙母音的 y（rey「國王」）和連接詞 y「和」也替換為 i 的措施，但最後這些 y 還是保留下來了。Y, y 在字首和音節開頭（編註：作為子音時）仍然會使用（yo「我」，tuyo「你的」）。

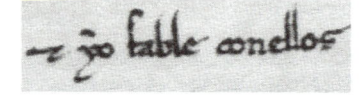

y yo fable [hable] con ellos

　　連接詞 y 在中世紀和近代的古文獻中，寫成像是「7」的形狀，發音是 [e] 或 [i]（☞照片）。後來，因為形狀和 Y, y 類似，而且 Y, y 的發音是 [i]，所以就把連接詞寫成這個字母了。

◇ 29　Z, z 的發音

字母 Z, z 的發音是 [θ]。

| ❑ Suiza [suíθa; -sa] | ❑ 瑞士 |

＊在西班牙南部和拉丁美洲，發音則是 [s]。

＊不會發成有聲的 [z] 音。例如 Venezuela「委內瑞拉」的 z，發音仍然是 [θ (s)]。

在有聲子音前面，[θ], [s] 有時聽起來像是 [ð], [z]。☞◇10 D, d 的發音 [補充]

參考　法語的軟音符

法語字母 Ç 和 ç 下面的符號稱為「軟音符」。它源自中世紀西班牙語使用的符號 zedilla「小 z」。字尾 -illa 是縮小詞，表示〈小小的東西〉。C, c 原本有 [ts] 和 [k] 兩種發音，所以為了區分，而加上軟音符來表示 [ts] 音。照片裡的中世紀西班牙語文書中，可以看到 Palença 這個地名的 c 上面有軟音符。在現代西班牙語則是寫成 Palencia，唸成 [palénθia]。

el Obispo de Palençia

◇ 30　雙重子音

p, t, c, b, d, g, f 可以和 l 或 r 構成雙重子音。

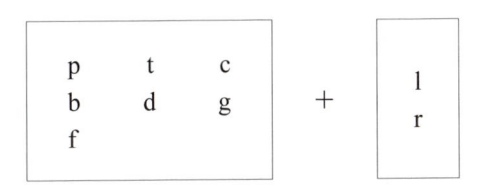

p　t　c		l
b　d　g	+	r
f		

這些雙重子音視為一個子音。切分音節時，不會將雙重子音分開。
☞◇32 音節

❶ pl, pr

| ❑ tri-ple [triple] | ❑ 三重的 |
| ❑ siem-pre [siémpre] | ❑ 總是 |

❷ bl, br

☐ re-pú-bli-ca [r̃epúblika]	☐ 共和國
☐ li-bro [líbro]	☐ 書

❸ fl, fr

☐ a-flo-jar [afloxár]	☐ 鬆開
☐ Á-fri-ca [áfrika]	☐ 非洲

❹ cl, cr

☐ in-cluir [iŋkluír]	☐ 包含
☐ es-cri-bir [eskribír]	☐ 寫

❺ gl, gr

☐ In-gla-te-rra [iŋglatér̃a]	☐ 英格蘭
☐ ne-gro [négro]	☐ 黑色

❻ tr

☐ cua-tro [kuátro]	☐ 4

❼ dr

☐ pa-dre [páđre]	☐ 父親

＊ tl 和 dl 不構成雙重子音。

[補充 -1] 雙重子音的結構

雙重子音開頭的成分是 [p], [t], [k]; [b], [d], [g]; [f]。前 6 個是塞音，可以排列如下。

	唇音	齒音	軟顎音
無聲	[p]	[t]	[k]
有聲	[b]	[d]	[g]

這 6 個音構成完整的體系，但最後的 [f] 卻不在這個體系裡。為什麼只有 [f] 這麼特別呢？

例如 sufrir 和 influencia，如果像 inf-luencia, suf-rir 這樣切分音節的話，音節結尾就會變成子音 f 或連續的子音 nf。這些子音通常不會出現在字尾，所以感覺很不自然。因此，為了讓音節結尾和字尾符合同樣的規律，所以用 su-frir, in-fluencia 的方式切分音節。

雙重子音的第二個成分是 [l] 和 [r] 音。兩者都屬於「近音」。所以，雙重子音的結構基本上是《閉塞音或 [f]＋近音》。

不過，tl 和 dl 是例外，不會被當成雙重子音。tl 接連出現的情況很少見，就只有 atlas「地圖集」、Atlántico「大西洋」等等。另外，dl 也只有在 Hacedlo「（命令你們）做那個」這種《命令形＋代名詞》的情況才會連在一起。因為 d 經常是字尾的子音，而且實際上這裡的 Haced 本身就被當成一個單字，所以用 Haced-lo 的方式劃分音節。

[補充-2] 墨西哥的 [tl]

墨西哥的地名和固有語事物名稱，有 -tl- 的拼字。例如源自納瓦特爾語的 ixtle「龍舌蘭製成的纖維」，以及西班牙語本身的單字 atlas，在墨西哥會將 tl 連續發音，如 ix-tle, a-tlas。

◇31 子音的拼寫規則

如下表所示，子音的拼字與發音之間的關係，有規則性的變異。這時候，將前母音和中、後母音區分開來很有幫助。☞◇4 單母音

發音	後面接母音					字尾
	i	e	a	o	u	
❑ [θ], [s]	❑ ci (zi)	❑ ce (ze)	❑ za	❑ zo	❑ zu	❑ z
❑ [k]	❑ qui	❑ que	❑ ca	❑ co	❑ cu	❑ c
❑ [x], [h]	❑ gi (ji)	❑ ge (je)	❑ ja	❑ jo	❑ ju	❑ (j)
❑ [g]	❑ gui	❑ gue	❑ ga	❑ go	❑ gu	❑ (g)
❑ [gu]	❑ güi	❑ güe	❑ gua	❑ guo	-	-

例如 [θ] 音對應字母 c 和 z。寫成 c 的情況是後面接前母音 i 或 e 的時候（ci, ce），其他情況則寫成 z。在字尾也一樣是 z。知道了這個規則（[θ] = c～z），就不用另外背誦名詞和形容詞的複數形、動詞變化形的寫法差異了。[k] = qu～c、[x] = g～j、[g] = gu～g、[gu] = gü～gu 也是一樣。遇到這種情況的時候，請再次參考這個表。

☐ lápiz [lápiθ; -pis]	☐ 鉛筆（單數）
☐ lápices [lápiθes; -ses]	☐ 鉛筆（複數）
☐ coger [coxér; -hér]	☐ 拿（不定詞）
☐ cojo [cóxo; -ho]	☐ 我拿

另外，上表括弧中的拼法（zi, ze; ji, je, 字尾的 j; 字尾的 g）並沒有這樣的變化對應關係。

❶ 以 z 結尾的單字相當多。其中大多數是名詞或形容詞，它們的複數形字尾會依照拼字規則變成 ces。

☐ juez [xuéθ; hués]	☐ 法官（單數）
☐ jueces [xuéθes; -ses]	☐ 法官（複數）
☐ pez [péθ; pés]	☐ 魚（單數）
☐ peces [péθes; -ses]	☐ 魚（複數）

❷ 以 c 結尾的單字是少數。

☐ coñac [koñák]	☐ 干邑白蘭地
☐ cómic [kómik]	☐ 漫畫

❸ 少數單字有 zi, ze 的拼法。它們不會產生上述 c～z 的變化。

☐ zinc [θíŋk; síŋk]	☐ 鋅

❹ 許多單字有 ji, je 的拼法。它們不會產生上述 g～j 的變化。

☐ ají [axí; -hí]	☐ 辣椒
☐ mujer [muxér; -hér]	☐ 女人

＊以 j 結尾的重要單字只有 reloj [relóx; -lóh]「鐘，錶」。

❺ 以 g 結尾的單字主要是外來語。

☐ pudding [púđin]	☐ 布丁

❻ güi, güe 用在以下這種單字中。

☐ lingüista [liŋguísta]	☐ 語言學者
☐ bilingüe [bilíŋgue]	☐ 雙語（的）

1.4 音節與重音

▶母音和子音組合形成「音節」。音節可以有重音或者沒有重音。

◇ 32 音節

劃分音節對於判斷重音位置很重要。另外，當比較長的單字出現在行尾而必須跨行時，會從兩個音節之間的界線處切開，並且加上連字符號。要知道如何切分音節，就要從以下幾個方面留意單字中的子音。

❶ 字中有一個子音的時候，它的前面就是音節的界線。雙字母（ch, ll, rr; ☞◇2 雙字母）和雙重子音（pl, pr, bl, br, fl, fr, cl, cr, gl, gr, tr, dr; ☞◇30 雙重子音）也視為一個子音。

☐ ca-sa [kása]	☐ 房屋
☐ ca-lle [káye]	☐ 街道
☐ a-rroz [arróθ; -rós]	☐ 米
☐ li-bro [líbro]	☐ 書
☐ si-glo [síglo]	☐ 世紀

❷ 字中有兩個連續的子音時，音節的界線在兩者之間。雙字母和雙重子音視為一個子音。

☐ Es-pa-ña [espáña]	☐ 西班牙
☐ Fran-cia [fránθia; -sia]	☐ 法國
☐ In-gla-te-rra [iŋglatérra]	☐ 英格蘭，英國

❸ 字中有三個連續的子音時，音節的界線在最後一個子音之前。雙字母和雙重子音視為一個子音。

☐ con<u>s</u>-tan-te [konstánte]	☐ 持續的，固定的
☐ mon<u>s</u>-truo [mónstruo]	☐ 怪物

❹ 分立母音（☞◇7 分立母音）分為兩個音節。

☐ o-<u>a</u>-sis [oásis]	☐ 綠洲
☐ pa-<u>í</u>s [país]	☐ 國家

雙母音和三重母音則不會劃分成不同的音節。

☐ Bo-li-v<u>ia</u> [bolíbia]	☐ 玻利維亞
☐ Pa-ra-g<u>uay</u> [paraguái]	☐ 巴拉圭

[補充 -1] 開音節和閉音節

　　以母音結尾的音節稱為「開音節」，以子音結尾的則稱為「閉音節」。西班牙語有許多開音節。

　　☐ 開音節：ca-sa「家」、pa-dre「父親」
　　☐ 閉音節：can-tan「他們唱歌」、már-mol「大理石」

　　以閉音節結尾的單字，如果後面接著母音，那麼字尾的子音會和後面的母音連在一起發音。

　　☐ lo<u>s</u> <u>E</u>stado<u>s</u> <u>U</u>nidos [lo-ses-tá-đo-su-ní-đos]「美國」

[補充 -2] 音節結構

　　音節由「開頭」、「核心」、「結尾」構成。

　　☐ pl（開頭）＋ a（核心）＋ n（結尾）「計畫」

(1) 開頭可以空缺，或者是單子音、雙重子音。

　　☐ e-<u>c</u>o「回聲」，<u>m</u>a-pa「地圖」，<u>pl</u>a-ta「銀」

36

(2) 核心是單母音或雙母音。

- c<u>a</u>-sa「房屋」，pi<u>a</u>-no「鋼琴」，p<u>o</u>-e-ta「詩人」

(3) 結尾是一個或兩個子音。單一的子音常是 d, l, n, r, s, y, z 等齒音或齒齦音。

- u<u>s</u>-ted「您」，e<u>s</u>-pa-ñol「西班牙語」，e-xa-me<u>n</u>「測驗」，ca<u>n</u>-tar「唱歌」，qui-zá<u>s</u>「或許」，ve<u>z</u>「一次」

結尾是兩個子音的時候，經常是 ns，發音時有 [n] 脫落而變成 [s] 的傾向。另外還有 bs, ds, ls, rs, x。x 的發音也有 [ks] > [s] 的傾向。

- co<u>ns</u>-truir「建設」，a<u>bs</u>-trac-to「抽象的」，a<u>ds</u>-cri-bir「任命」，so<u>ls</u>-ti-cio「冬至、夏至」，e<u>x</u>-tre-mo「極端的」

字尾很少出現兩個子音的音節結尾，只限於外來語。

- va<u>ls</u>「華爾滋」、afrika<u>ans</u>「南非荷蘭語」、clíma<u>x</u>「高潮」

補充 -3　字首和音節

des-, sub-, trans- 這種以子音結尾的字首，後面接母音開始的單字時，皇家學院認可以下兩種劃分音節的方式。

- <u>des</u>-agradable, de-sagradable「令人不愉快的」
- <u>sub</u>-estimar, su-bestimar「低估」
- <u>trans</u>-atlántico, tran-satlántico「跨大西洋的」

參考　音節結尾的子音

西班牙語音節結尾的子音，有 d, l, n, r, s, z。其中 l, n, r, s, z 的發音相對清楚。

sa<u>l</u>to [sálto]「跳躍」，so<u>l</u> [sól]「太陽」，Japó<u>n</u> [xapón; ha-]「日本」，seño<u>r</u> [señór]「先生」，co<u>r</u>tés [kortés]「有禮貌的」，pa<u>z</u> [páθ; pás]「和平」

音節結尾的 -d 發音很弱（☞◇10 D, d 的發音），幾乎聽不見。其他像是 c, g, j 這些很少出現在音節結尾的子音，發音也會減弱。

uste<u>d</u> [usté(đ)]「您」，coña<u>c</u> [koñák]「干邑白蘭地」，zi<u>g</u>za<u>g</u> [θi(g)θá(g); si(g)sá(g)]「之字形曲折」，relo<u>j</u> [relóx; -lóh]「鐘，錶」

如下表所示，音節結尾的子音通常僅限於齒音或齒齦音。另外，其中的塞音很容易弱化，[t] 出現的頻率非常低，而 [d] 會變得不容易聽到，或者變成 [θ]。第二容易弱化的是摩擦音 s [s] 和 z [θ]。鼻音和近音相對容易維持原音，但在不同地區也可能會弱化。整體而言，西班牙語音節結尾的子音有弱化的傾向。

種類	唇音	齒音	齒齦音	硬顎音	軟顎音
塞音		[t], [d]			
摩擦音		[θ]	[s]		
鼻音		[n]			
近音		[l], [r]			

◇ 33　重音的位置

重音的位置大多是照規則決定的。重音位置不規則的單字，會加上重音符號。請注意「重音」和「重音符號」的差別。重音是指單字中發音比較重的位置，而重音符號是指 á, é, í, ó, ú 等母音上面的符號。雖然重音符號代表重音所在之處，但並不是所有重音位置都有重音符號。

重音的位置是以音節為單位，並且隨著字尾的字母而決定的。另外，有重音符號和沒有重音符號的單字，判別方式也不同。

當雙母音有重音時，重音位置在開母音上。

❶ 以母音或 -n、-s 結尾的單字，重音在倒數第二個音節的母音上。

□ ca-sa [kása]	□ 房屋
□ ai-re [áire]	□ 空氣
□ Co-re-a [koréa]	□ 韓國
□ Bo-li-via [bolíbia]	□ 玻利維亞
□ jo-ven [xóben; hó-]	□ 年輕人
□ te-nis [ténis]	□ 網球

＊ Corea 字尾的 -ea，因為母音分立，所以重音在 e 上。至於 Bolivia，因為字尾的 -ia 是雙母音，所以在同一個音節，重音節則是 li。

＊ joven 和 examen 之類的單字，雖然是子音結尾，但因為字尾是 -n，所以重音仍然在倒數第二個音節。因為很常不小心多加上重音符號，所以需要注意。

1.4 音節與重音

❷ **-n, -s 以外的子音結尾的單字，重音在最後一個音節的母音上。**

☐ ciu-da<u>d</u> [θiuđáđ]	☐ 城市
☐ Bra-si<u>l</u> [brasíl]	☐ 巴西
☐ E-cua-do<u>r</u> [ekuađór]	☐ 厄瓜多
☐ Je-re<u>z</u> [xeréθ; herés]	☐ 赫雷斯（西班牙南部城市）

* Pa-ra-guay [paraguái]「巴拉圭」這種字尾的 -y 決定重音位置時，則被視為子音。（造成重音落在最後一個音節）

❸ **不符合以上規則 (1, 2) 的單字，則會在有重音的母音上添加重音符號，如 á, é, í, ó, ú。重音符號一定要寫出來。**

☐ Pa-na-m<u>á</u> [panamá]	☐ 巴拿馬
☐ Ja-p<u>ó</u>n [xapón; ha-]	☐ 日本
☐ a-di<u>ó</u>s [ađiós]	☐ 再見
☐ C<u>á</u>-diz [káđiθ; -đis]	☐ 卡迪斯（西班牙南部城市）
☐ M<u>é</u>-xi-co [méxiko; -hi-]	☐ 墨西哥

參考　重音的規律

在前面的規則 1，提到了「以母音或 -n、-s 結尾的單字，重音在倒數第二個音節的母音上」。關於 -n 和 -s，在動詞的變化形很常用，而名詞、形容詞的複數形也常用到 -s。

☐ cantas, cantan「你唱歌，他們唱歌」
☐ casas「房屋（複數）」

就算去掉 -n 和 -s，重音位置也不會改變。事實上，前面的的規則 1 也可以寫成「以母音結尾的單字，或者在母音後面加上 -n, -s 結尾的單字～」。這樣一來，在判斷重音位置的時候，只要忽略 -n 和 -s 就可以了。也就是說，用和母音結尾單字同樣的方式判斷重音位置即可。

以重音位置為中心，可以得出以下的字尾結構規律。

《重讀母音＋子音＋（非重讀母音）＋（n, s）》

（　）表示的部分是可有可無的。下面的例子示範在「重讀母音＋子音」後面加上非重讀母音，然後再加上 s 的情況。

39

- español「西班牙人（男性單數）」《重讀母音＋子音》
- español＋a「西班牙人（女性單數）」《重讀母音＋子音＋非重讀母音》
- español＋a＋s「西班牙人（女性複數）」《重讀母音＋子音＋非重讀母音＋s》

如上所示，加上非重讀母音，再加上 s，重音的位置都不會改變，也不需要重音符號。

◇ 34 重音符號

重音的位置通常以音節為單位，並且隨著字尾的字母而決定，但如果是不符合一般規則的單字，則必須在重音所在的母音加上重音符號。情況有以下幾種。

❶ 字尾是母音或 -n, -s，但重音在最後一個音節的單字。

□ sofá [sofá]	□ 沙發
□ estación [estaθión; -sión]	□ 車站
□ japonés [xaponés; ha-]	□ 日本人

變成複數形或陰性形的時候，有時重音符號會消失。

□ estaciones [estaθiónes; -sió-]	□ 車站（複數）
□ japoneses [xaponéses; ha-]	□ 日本人（複數）
□ japonesa [xaponésa; ha-]	□ 日本人（陰性）

＊這是因為加上 -es 或 -a 時，重音節會變成倒數第二個音節，符合一般的規則，所以不再加上重音符號。☞ ◇33 重音的位置

❷ 字尾是 -n, -s 以外的子音，但重音在倒數第二個音節的單字。

□ cárcel [kárθel; -sel]	□ 監獄
□ lápiz [lápiθ; -pis]	□ 鉛筆

＊即使變成複數形，如 cárceles [kárθeles; -se-] 和 lápices [lápiθes; -ses]，重音符號也不會消失。

1.4 音節與重音

❸ 重音節在倒數第三個音節的單字。

❏ límite [límite]	❏ 限度
❏ sábado [sábađo]	❏ 星期六

＊即使變成複數形，如 límites [límites] 和 sábados [sábađos]，重音符號也不會消失。

❹ 單字中含有帶重音的 i 或 u 構成的分立母音。

❏ país [país]	❏ 國家
❏ búho [búo]	❏ 貓頭鷹

＊即使變成複數形，如 países [países] 和 búhos [búos]，重音符號也不會消失。

❺ 單音節的單字，原則上不會加重音符號。

❏ yo [yó]	❏ 我
❏ paz [páθ; pás]	❏ 和平

以下包含雙母音或三重母音的單音節單字，也不需要重音符號。在比較舊的西班牙文中，常看到 ser 和 ir「點過去形」（簡單過去形）的 YO 和 ÉL 人稱寫成 fuí 和 fué，dar 和 ver 點過去形的 ÉL 人稱寫成 dió 和 vió，但現在是不加重音符號的。

❏ Hui. [uí]	❏ 我逃走了。
❏ Riais. [r̃iáis]	❏（虛擬式）你們笑。
❏ guion [gión]	❏ 劇本

＊不過，有些拼字相同的單字，為了區分詞性，會加上重音符號。☞◇36 用來區分詞性的重音符號

❻ 因為單字的合成而使重音符號消失。

❏ décimo [déθimo; -si-]	❏ 第 10
❏ decimoquinto [deθimokínto; -si-]	❏ 第 15

不過，如果是用連字符號結合的詞語，則會保留原本的重音符號。

41

| ❏ análisis fonético-morfológico [análisis fonétiko morfolóxiko; -hi-] | ❏ 語音－構詞分析 |

❼ 大寫的母音也要加上重音符號。

| ❏ el señor Álvarez [el señor álbareθ; -res] | ❏ 艾瓦雷茲先生 |

[補充] 重音符號的寫法

> 在電腦等設備上，字母上的重音符號很小，有時不容易看到，但手寫時請儘量寫得大而清楚。尤其是字母 i 的重音符號，為了和普通的 i 有所區別，請寫得和下面直線的部分差不多長。這時候，i 的上面不是寫成點，而是重音符號。

◇ 35 重讀詞與非重讀詞

西班牙語有「重讀詞」和「非重讀詞」。重讀詞可以單獨發音，而非重讀詞必須和重讀詞連在一起發音。

❶ 名詞、重讀人稱代名詞、指示詞、不定詞、形容詞、不定冠詞、後置所有格形容詞（完整形）、數詞、動詞、副詞、疑問詞和感嘆詞，都屬於重讀詞。以下例句的底線部分是重讀詞。

❏ España está en la parte sur del continente europeo.	❏ 西班牙在歐洲大陸的南部。
❏ Yo me fío de ti.	❏ 我相信你。
❏ Vi un coche enfrente de tu casa.	❏ 我在你家前面看見了一輛車。

敬稱 don, doña; señor, señora, señorita; san, santa 是非重讀詞。

| ❏ ¿Don Manuel está en casa? | ❏ 曼紐爾先生在家嗎？ |
| ❏ El señor Pérez no viene hoy. | ❏ 佩雷斯先生今天不來。 |

señor, señora, señorita 當一般名詞使用時，是重讀詞。

| ❏ Un señor vino a visitarme. | ❏ 一位先生來探訪我。 |

《形容詞＋ -mente》形式的副詞，在原本的形容詞部分和 -mente 都有重音。
☞◇150 -mente 的副詞

| ☐ Me han recibido amablemente [amábleménte]. | ☐ 他們親切地接待了我。 |

❷ 定冠詞、前置所有格形容詞（短縮形）、非重讀人稱代名詞、介系詞、連接詞和關係詞，都屬於非重讀詞。

| ☐ La quietud y el aire sano del pueblo le devolvieron la salud. | ☐ 鄉村的寧靜與有益健康的空氣，讓他回復了健康。 |

＊介系詞、連接詞 según「根據～」、「依照～」是重讀詞。☞◇270 según
＊連接詞 apenas 有重音。☞◇259 apenas

補充　重讀詞和非重讀詞的兩個原則

重讀詞傳達單字的內容和資訊。有了重音，就能突顯想要傳達的資訊。至於非重讀詞，則不是傳達本身的資訊，而是輔助句中的重讀詞，表示重讀詞扮演什麼角色。這是「重讀、非重讀的第一原則」。

知道了這個原則，就不必死背重讀詞、非重讀詞的列表了。名詞、形容詞、動詞和副詞因為是傳達本身的資訊，所以是重讀詞。而定冠詞、介系詞、連接詞和關係詞因為是表示其他詞語的角色，所以是非重讀詞。

重讀代名詞的功能是將本身作為要表達的資訊，而非重讀代名詞的功能則是區分動詞的受詞，屬於什麼人稱、數，以及是直接或間接受詞。例如下面的例子。

☐ ¿A quién doy la tortilla? — ¡A mí!〔✕ Me.〕〔✕ Me la das.〕
／我要把玉米薄餅給誰呢？（誰要玉米薄餅？）— 給我！

作為問題的回答，A mí. 因為將本身作為要表達的資訊，所以沒問題，但 Me. 的功能就不是將本身作為要表達的資訊，所以是不正確的回答。就算加上動詞，例如 Me la das.，還是一樣不行。

「重讀、非重讀的第二原則」是獨立與從屬關係。如果兩個重讀詞表示各自獨立的資訊，則兩者都有各自的重音，但如果其中一個屬於另一個，或者兩者合併成一個概念的話，那麼就只會有一個統一的重音。例如副詞 medio，在 medio dormida「半睡的」之中，medio 從屬於 dormida。合成的數詞 dos mil 和 treinta y cinco，則可以看到幾個詞合為一體。這些詞語的重音都在最後一個單字上。

字尾帶有 -mente 的副詞中，形容詞是獨立的，所以形容詞部分也有重音。反而 -mente 因為功能上是把形容詞變成副詞，屬於輔助形容詞的角色，所以看似不重讀也可以。英語副詞的字尾 -ly 就是非重讀的。但是，因為平常不會有重音在倒數第四個音節的單字，例如 am**a**blemente，所以還是會像兩個獨立的單字一樣，唸成 am**a**ble**men**te。

◇ 36　用來區分詞性的重音符號

拼字相同的單字，會用重音符號區分詞性。

❶ 關係詞和連接詞不加重音符號，而疑問詞會加重音符號。

☐ que [ke] ☐ qué [ké]	☐ ～的…（關係詞）；～這件事（連接詞） ☐ 什麼（疑問詞）
☐ quien [kien] ☐ quién [kién]	☐ ～的…（人）（關係詞） ☐ 誰（疑問詞）
☐ donde [donde] ☐ dónde [dónde]	☐ ～的…（地方）（關係詞） ☐ 哪裡（疑問詞）
☐ como [komo] ☐ cómo [kómo]	☐ 因為～（連接詞） ☐ 怎樣，如何（疑問詞）
☐ cuando [kuando] ☐ cuándo [kuándo]	☐ ～的時候（連接詞） ☐ 什麼時候（疑問詞）
☐ cuanto [kuanto] ☐ cuánto [kuánto]	☐ ～的所有…（關係詞） ☐ 多少（疑問詞）
☐ el cual [el kuál] ☐ cuál [kuál]	☐ 他／她／它～（關係代名詞） ☐ 哪個（疑問詞）

＊關係代名詞 el cual 雖然沒有重音符號，但發音時是重讀的。

❷ 以下單字以重音符號區分。

☐ aun [aun] ☐ aún [aún]	☐ 甚至～（副詞） ☐ 仍然～（副詞）
☐ de [de] ☐ dé [dé]	☐ ～的（介系詞） ☐ dar 的虛擬式現在 YO / ÉL 人稱變化
☐ el [el] ☐ él [él]	☐ 定冠詞（陽性單數） ☐ 他（人稱代名詞）

☐ mas [mas] ☐ más [más]	☐ 然而（連接詞） ☐ 更加（副詞）
☐ mi [mi] ☐ mí [mí]	☐ 我的（所有格形容詞） ☐ 我（人稱代名詞〔在介系詞後面時〕）
☐ se [se] ☐ sé [sé]	☐ 間接受格人稱代名詞、反身代名詞 ☐ saber 的陳述式現在 YO 人稱變化
☐ si [si] ☐ sí [sí]	☐ 如果～（連接詞） ☐ 是的（副詞）
☐ te [te] ☐ té [té]	☐ 對你，把你（人稱代名詞） ☐ 茶
☐ tu [tu] ☐ tú [tú]	☐ 你的（所有格形容詞） ☐ 你（人稱代名詞）

la, las, lo 雖然都有定冠詞和受格人稱代名詞這兩種不同的詞性，但不會用重音符號區分，寫法都是一樣的。

☐ Las notas, las he dejado en la mesa.	☐ 那些便條，我留在桌上了。
☐ Lo bueno de Juan es que lo hace todo bien.	☐ 胡安的優點是他把每件事都做得很好。

間接受格人稱代名詞 se 和反身代名詞 se 也不用重音符號區分。

☐ Cuando se lo dije, se enfadó mucho.	☐ 我告訴他那件事的時候，他非常生氣。

[補充 -1] **重音位置有變異的單字**

有些單字裡的閉母音可以有重音或沒有重音，因而形成分立母音和雙母音兩種不同的重音位置。以下的例子中，兩者都被認為是正確的寫法。

☐ amoníaco — amoniaco「氨，阿摩尼亞」
☐ cardíaco — cardiaco「心臟的」
☐ maníaco — maniaco「狂熱的」
☐ olimpíada — olimpiada「奧運會」
☐ período — periodo「期間」
☐ policíaco — policiaco「警察的」

> **參考** 重音與母音的長度

重音會影響母音的長度。隨著因重讀而長音化的程度，母音可以分為「長母音」和「短母音」。

(1) 字尾的重讀母音會變成長母音。在這裡用 [:] 表示。
　　☐ Perú [perú:]「秘魯」，Madrid [mađrí:(đ)]「馬德里」
　＊不過，當字尾是 -l 和 -n 時，則是短母音。
　　☐ parasol [parasól]「大型遮陽傘」、pasión [pasión]「熱情」

(2) 倒數第二個音節的重讀母音，也是長母音。
　　☐ vida [bí:đa]「生活」
　＊不過，如果是閉音節的話，則是短母音。
　　☐ parte [párte]「部分」

(3) 倒數第三個音節的重讀母音，是短母音。
　　☐ México [méxiko; -hi-]「墨西哥」

> **補充 -2** 字首的第二重音

重讀詞一定會有一個重讀音節，但除此之外，比較長的單字開頭發音會稍重一點。例如 Argentina 的重音在 ti，發音比較重，但 Ar 的發音也會稍微加重。如果重音程度最高的部分用數字 1 來標示，那麼這個單字的發音是 [ar(2)-xen(3)-tí(1)-na(3)]。開頭 [a] 音的部分，用感覺多一拍重音的方式來發音會比較好。這是很細微的發音，但如果能留意這一點，發音就能讓對方容易聽懂。

1.5　單字間的連接和語調

▶單字和單字並不是單純地一個一個接著唸，而是很流暢地連續下去。和單字之間的界線比較分明的英語、德語相比，在西班牙語、法語和義大利語等羅曼語言中，單字之間的連接呈現比較圓滑的連續性。

◇ 37　單字間的連接

❶ 例如 La Habana，當字尾和字首的相同母音相接的時候，會連在一起發音，聽起來比較像是「Labana」而不是「La. Habana.」。

| ☐ La Habana [labána] | ☐ 哈瓦那（古巴首都） |

＊即使是不同的母音相接，也會像是一個單字一樣，滑順地連在一起發音。例如 la isla「島」唸起來就會像是「laísla」而不是「La. Isla.」。

❷ 字尾的子音後面接上相同的子音時，發音會像是只有一個子音。

| ☐ los sábados [losábađos] | ☐ 星期六（複數） |

❸ 字尾的子音和字首的母音相接時，會連在一起發音。例如，Buenos Aires 的發音會像是「Buenosaires」而不是「Buenos. Aires.」。

| ☐ Buenos Aires [buénosáires] | ☐ 布宜諾斯艾利斯 |

❹ 字首的 b-, d-, g-, v-，接在鼻音後面時仍然是塞音，接在其他語音後面時則會變成摩擦音。

☐ un bolígrafo [úmbolígrafo]	☐ 原子筆
☐ la boda [labóđa]	☐ 婚禮
☐ una gota [únagóta]	☐ 一滴
☐ la vida [labíđa]	☐ 人生，生活

d- 前面接鼻音 [n] 或邊音 [l] 時仍然是塞音，接在其他語音後面時則會變成摩擦音。

| ☐ una duda [únađúđa] | ☐ 一個疑問 |
| ☐ el día de salida [eldíađesalíđa] | ☐ 出發日 |

❺ 字尾的 -s 和 -z 接在有聲子音前面時，因為有聲化的關係，會變成 [z], [ð]。

| ☐ los días [lozđías] | ☐ 日子（複數） |
| ☐ un pez grande [úmpéðgránde; -péz-] | ☐ 一條大魚 |

❻ 字尾的 s 接在 r 前面的時候，經常會消失。

☐ lo<u>s</u> ricos [loří̃kos]	☐ 有錢人們

◇ 38　重讀詞組

非重讀詞會和重讀詞連在一起發音。

☐ Te acompaño / hasta la estación.	☐ 我陪你到車站。

＊在許多情況下，非重讀詞接在重讀詞前面。在上面的句子裡，te, hasta, la 是非重讀詞，acompaño 和 estación 是重讀詞，所以 Te acompaño 和 hasta la estación 各自形成一個重讀詞組。

> 補充　《非重讀詞＋重讀詞》
>
> 　　非重讀詞不會單獨分開來發音，而一定會和重讀詞接在一起發音。在《定冠詞＋名詞》和《非重讀代名詞＋動詞變化形》等連續的情況中，非重讀詞和重讀詞之間請不要停頓，要連在一起發音，並且只在重讀詞發重音。
>
> ☐ La vi en la clase. [labí enlakláse] / 我在教室裡看到了她。
>
> 　　非重讀詞和重讀詞連接時，可以形成一個重讀詞組。在英語的重讀詞組裡，非重讀音節的發音會弱化（編註：變成比較弱的其他語音），但在西班牙語的重讀詞組中，非重讀音節仍然會維持原本的發音。

◇ 39　強調和語調

要強調句中的成分時，會用重音的加強與加長，以及語調的高低來突顯。

☐ ¿Quién llama? — Soy <u>yo</u>, Paco.	☐ 請問哪位？ －是我，帕可。《電話中》

語調影響整個句子，而且會隨著句子的種類有很大的差別。它也會隨著說話者的情感或意圖而變化。此外，它也和句子的斷句方式有關。雖然語調是發音方面的特徵，但書面上的標點符號種類也可以作為語調的參考。

1.5 單字間的連接和語調

❶ 直述句的語調：以句點（.）結尾的直述句，語調在句尾下降（↓）。

| ☐ Megumi habla español muy bien. (↓) | ☐ 惠美說西班牙語說得很好。 |

❷ 疑問句的語調：

(a) 沒有疑問詞的疑問句，句尾語調上揚（↑）。

| ☐ ¿Vienes con nosotros? (↑) | ☐ 你要和我們一起來嗎？ |

(b) 含有疑問詞的疑問句，疑問詞的語調上揚，句尾語調下降（↓）。

| ☐ ¿Qué es esto? (↓) | ☐ 這是什麼？ |

＊句尾的下降語調有時會給人像在逼問的印象。如果將句尾語調上揚，會感覺比較柔和。

❸ 命令句的語調：強調第一個重讀詞，句尾語調下降（↓）。

| ☐ No se olvide del billete. (↓) | ☐ 不要忘記車票。 |

❹ 感嘆句的語調：強調包含感嘆詞在內的重讀詞，句尾語調下降（↓）。

| ☐ ¡Qué día más tranquilo! (↓) | ☐ 多麼平靜的一天啊！ |

❺ 句中的分隔：逗號（,）表示的句中分隔處，語調會稍微上揚，或者保持平板（兩者都以→表示）。

| ☐ Hace muchos años (→), cuando yo era niño (→), vivíamos en un pequeño pueblo. (↓) | ☐ 多年前，當我還是小孩的時候，我們住在一個小村莊。 |

A、B、C y D 這種並列、列舉的情況，A, B 是平板語調（→），在 y 之前語調上揚（↑），然後在最後的 D 下降（↓）。

| ☐ En la foto, están Juliana (→), Pedro (→), Tomás (→), Pilar (↑) y Rafa. (↓) | ☐ 在照片裡，有胡力安娜、佩德羅、托馬斯、皮拉爾和拉法。 |

補充-1 句尾語調不上揚的疑問句

下面兩個疑問句的句尾，(1) 表示語調的曲線上揚，(2) 則是下降。

(1) ¿Tú crees que quince minutos es poco?
/ 你認為 15 分鐘很少嗎？

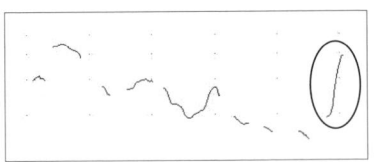

(2) ¿Llegaremos a tiempo al teatro?
/ 我們會準時抵達劇場吧？

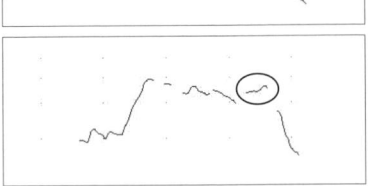

我們和下面的直述句 (3) 比較看看。

(3) Te lo contaré por el camino.
/ 我會在路上告訴你那件事。

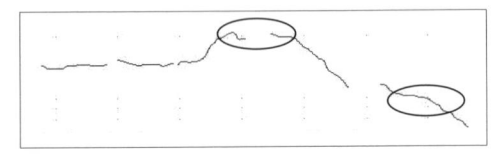

一般而言，西班牙的西班牙語通常會像 (3) 一樣，語調在最後的重讀詞下降。曲線左邊的橢圓形標示 contaré 中 ré 的部分，右邊的橢圓形則是 camino。(2) 雖然是疑問句，但曲線卻顯示語調下降，和最後的重讀詞語調上揚的 (1) 不同。這種語調曲線的疑問句，並不是為了取得資訊而問「我們會準時抵達劇場嗎？」，而是要向對方確認「我們會準時抵達劇場吧？」。在這個情境中，有「沒問題吧？」的感覺。

補充-2 語調的地區差異

語調有地區之間的差異。在西班牙，語調通常在最後的重音節下降，但在拉丁美洲，則會將最後的重音節拉長，語調在這個音節上升，然後下降。這在阿根廷等地特別明顯。以下用數字表示語調高低。

❏ Hoy (2) viene (3) Carlos (1). /（西班牙）

❏ Hoy (2) viene (2) Carlos (3-1). /（拉丁美洲）

1.6　符號與字體

▶字母的使用方式和英語有些不同之處。符號的用法幾乎相同。也請注意手寫體的大寫字母 I 和 T。☞ 53 斜體 [補充]

◇ 40　大寫字母（ABC）

❶ 句子的開頭使用大寫字母。

| ☐ ¡Hola! ¿Cómo estás? — Bien, gracias. | ☐ 哈囉！你好嗎？－我很好，謝謝。 |

❷ 人名、地名、團體名等專有名詞使用大寫字母。

☐ Isabel	☐ 伊莎貝爾
☐ Japón	☐ 日本
☐ San Isidro	☐ 聖伊西多羅
☐ Asociación de Academias de la Lengua Española	☐ 西班牙語學院協會

普通名詞當成專有名詞使用時會大寫。

| ☐ Todos los días voy a la Universidad. | ☐ 我每天去上大學。 |
| ☐ La Luna envidiaba los ojos bonitos de la princesa. | ☐ （當時）月亮羨慕公主美麗的眼睛。 |

❸ 書名或論文名只有開頭第一個字母和專有名詞會大寫，而不會像英語一樣把所有名詞、形容詞、副詞和動詞的第一個字母都大寫。

☐ *La rebelión de las masas* (José Ortega y Gasset) /《大眾的反叛》（荷賽・奧特加・伊・加塞特）

＊在書封或書背上，也有可能把所有字母全部大寫，或者把所有名詞、形容詞、副詞和動詞的第一個字母都大寫。

51

◇ 41　小寫字母（abc）

❶ 除了句子的開頭以外，都使用小寫字母。

| ☐ ¿Dónde estuviste de vacaciones el año pasado? | ☐ 你去年在哪裡度假？ |

❷ 專有名詞衍生的形容詞或名詞形，除非在句首，不然都是小寫，而不會像英語一樣大寫。

| ☐ español | ☐ 西班牙人（的），西班牙語（的） |
| ☐ cervantino | ☐ 塞萬提斯的 |

❸ 季節名、月份、星期的名稱，除非在句首，不然都是小寫，而不會像英語的月份和星期一樣大寫。

☐ verano	☐ 夏天
☐ julio	☐ 7月
☐ lunes	☐ 星期一

| ☐ Llego a Madrid el lunes día 5 de abril. | ☐ 我會在 4 月 5 日星期一抵達馬德里。 |

◇ 42　句點（.）

❶ 直述句的句尾要加句點。

| ☐ Ahora estoy en Madrid. | ☐ 我現在在馬德里。 |

❷ 用於縮寫。

| ☐ el Sr. López | ☐ 羅培茲先生 |
| ☐ Depto. de Español | ☐ 西班牙語系 |

❸ 在每三位數字間當作分隔。☞ ◇2.11 數詞

| ☐ Este país tiene 123.500.000 de habitantes. | ☐ 這個國家有 1 億 2350 萬名居民。 |

◇ 43　問號（¿...?）

疑問句或疑問片語，前後要加上問號 ¿...?。

☐ ¿Cómo está usted?	☐ 您好嗎？
☐ Para conseguir el permiso, ¿qué tenemos que hacer?	☐ 要取得那個許可，我們必須做什麼？
☐ ¿Ahora?, no, no puedo.	☐ 現在？不，我不行。

◇ 44　驚嘆號（¡...!）

感嘆句或直述句中的感嘆詞語，前後要加上驚嘆號 ¡...!。

☐ ¡Qué plato más rico!	☐ 多麼美味的一道料理啊！
☐ ¡Pero, Paco!, ¿qué estás haciendo?	☐ 唉呀，帕可！你在做什麼？

用於加強的命令句。

☐ ¡A trabajar!	☐ 開始工作吧！

有時會在句中的詞語加上驚嘆號。

☐ He conseguido, ¡por fin!, la beca.	☐ 終於！我得到獎學金了。

> **參考**　顛倒的問號和驚嘆號
>
> 　　顛倒的問號（¿）和驚嘆號（¡）是西班牙皇家學院在 1754 年發布的《正字法》規定的，之後這個用法就普及了。如果沒有顛倒的「¿」和「¡」，那麼對於句子途中開始的疑問句和感嘆句，以及疑問句沒有寫出主詞，或者主詞和動詞沒有倒置的情況，就很難在句子開始時看出是疑問句、感嘆句。所以，現在顛倒的符號在西班牙語各地區是完全統一使用的。

◇ 45　逗號（,）

逗號用來劃分句中的意義區塊，用於以下情況。

❶ 寫在招呼語或感嘆詞後面

☐ ¡Buenos días, profesor!	☐ 早安，老師！
☐ ¡Ay, ay, me duele!	☐ 啊，啊，好痛！

❷ 寫在主要子句和從屬子句或從屬片語之間，例如條件子句或假設子句與表示結果的子句之間，以及分詞構句的分詞子句和主要子句之間。

☐ Si vinieras conmigo, te lo agradecería.	☐ 要是你跟我一起來的話，就太感謝你了。（與現在事實相異的假設）
☐ Dicho esto, todo está claro.	☐ 說了這件事，一切就清楚了。

❸ 列舉時

☐ Vengo a la facultad, los lunes, martes y viernes.	☐ 我每週一、二、五去（大學的）系上。

全部用逗號列舉，表示還有更多內容。

☐ Pues, aquí, cantamos, bailamos, comemos, bebemos...	☐ 嗯，在這裡，我們唱歌、跳舞、吃飯、喝酒……

❹ 在同位語結構中

☐ Yo vivo en La Paz, la capital de Bolivia.	☐ 我住在拉巴斯，玻利維亞的首都。

❺ 用於說明性的關係子句或片語

☐ Uno de ellos era José, de 10 años, quien estudiaba cuarto curso.	☐ 他們其中一個人是荷賽，10歲，讀4年級。

❻ 省略和上一句相同的動詞時使用

☐ Yo voy a Madrid y tú, a Barcelona.	☐ 我去馬德里，你去巴塞隆納。

❼ 表示在句子中途插入或附加的部分。

| ☐ La madre se apoyaba, agotada, en el pasamanos. | ☐ 那位母親精疲力盡地靠在扶手上。 |
| ☐ ¡Fue una casualidad, se lo aseguro! | ☐ 那是巧合，我保證！ |

❽ 在西班牙，逗號表示小數點，而千位數分隔符號是句點（.）。拉丁美洲的一些地區則是正好相反。

| ☐ Mi temperatura normal es 36,7 (treinta y seis con [coma] siete) grados. | ☐ 我的正常體溫是 36.7 度。 |

◇ 46　冒號（:）

❶ 具體說明前述內容時使用。

| ☐ Juan concibió una idea nueva: una especie de submarino. | ☐ 胡安想出了一個新點子：一種潛水艇。 |

❷ 寫在直接引用的前面，或者信件的開頭。

| ☐ La madre le preguntó: ¿Puedes ir a hacer la compra? | ☐ 母親問他：你可以去採買（食材）嗎？ |
| ☐ Querido José: He recibido tu libro. | ☐ 親愛的荷賽：我已經收到你的書了。 |

◇ 47　分號（;）

用來劃分比較長的意義區塊。特別常用於將逗號列舉的事物歸類的時候。

| ☐ El autor debe presentar todos los datos referentes a la fuente original: título, autor, editorial, año y lugar de publicación, si se trata de un libro; nombre, lugar de la publicación, fecha y página, si se trata de una revista. | ☐ 作者必須列出原始來源的所有相關資料：對於書籍，要列出標題、作者、出版社、出版年與地點；對於雜誌，要列出雜誌名稱、出版地點、日期與頁數。 |

分號可以用來分隔兩個句子，但如果句子太長的話，就應該使用句號。

| ☐ No había bastante nieve en ninguna parte. Por consiguiente, suspendimos la excursión para esquiar. | ☐ 沒有一個地方有足夠的雪。所以，我們中止了滑雪旅行。 |

◇ 48　刪節號（…）

❶ 省略單字或句子後面的其他內容時使用。

| ☐ Yo no quería decir eso... | ☐ 我不想這麼說…… |

❷ 表示因〈猶豫〉或〈懷疑〉而停頓。

| ☐ Bueno... entonces yo voy sola. | ☐ 好……那我自己去。 |

❸ 表示引用語句中省略的部分。

| ☐ Desde luego, estaré encantado en seguir en contacto con usted (...).
Un saludo. | ☐ 當然，我會很樂意和您繼續保持聯絡（……）。祝好。 |

◇ 49　連字號（ - ）

❶ 當比較長的單字出現在行尾而必須跨行時，會從音節間的分界處切開，並且加上連字符號。

| ☐ En mi casa, podemos hablar desen-vueltamente con nuestros hijos casi de cualquier cosa. | ☐ 在我家，我們能自由自在地和孩子們談論幾乎任何事。 |

有時不是加在音節分界處，而是在字首之後。

| ☐ En mi casa, podemos hablar des-envueltamente con nuestros hijos casi de cualquier cosa. | ☐ 在我家，我們能自由自在地和孩子們談論幾乎任何事。 |

應該避免造成行尾或下一行的行首只有一個母音的情況。

| ☐ ✗ Su respiración denotaba que había- a venido corriendo. | ☐ 他的呼吸顯示他是跑過來的。 |
| ☐ ○ Su respiración denotaba que había venido corriendo. | ☐ 他的呼吸顯示他是跑過來的。 |

❷ 有時用於複合詞。

| ☐ Celebramos la fiesta de amistad colombiano-japonesa. | ☐ 我們舉辦哥倫比亞－日本友好派對。 |

不過，一般情況下不太會在複合詞中使用連字號。

| ☐ hombre rana | ☐ 蛙人 |
| ☐ palabras clave | ☐ 關鍵詞 |

◇ 50　破折號（—）

❶ 在對話體的文書中，表示句子的開始。

| ☐ ¿Cómo te llamas? — Me llamo Antonio Moreno. | ☐ 你叫什麼名字？－我叫安東尼歐・莫雷諾。 |

❷ 將直接引用法的引用句和基礎句區分開來。

| ☐ Bienvenida a mi hogar — me dijo amablemente — , que desde ahora también es el tuyo. | ☐ 歡迎來我家－他友善地對我說－從現在開始這也是你家。 |

❸ 表示句中插入的部分。

| ☐ El español — lengua hablada por más de cuatro cientos millones de personas — va camino de convertirse en una lengua internacional. | ☐ 西班牙語－4 億多人所說的語言－走在成為國際語言的道路上。 |

◇ 51　引號（«...»，"..."，'...'）

西班牙文式的 «...» 和英文式的 "..." 都可以使用。另外，也會使用單引號（'...'）。用於以下情況。

❶ 用於直接引用時。

| ☐ Dijo: "Basta ya." | ☐ 他說：「夠了」。 |

有時只用破折號表示直接引用，而不用引號。

| ☐ ¿Cuál es tu opinión? — preguntó Paco. | ☐ 你的意見是什麼？— Paco 問。 |

❷ 用於書名、論文名、綽號、動物名稱等。

| ☐ ¿Has leído «Cien años de soledad»? | ☐ 你讀過《百年孤寂》嗎？ |
| ☐ Andrea reunió a sus amigas y organizó con ellas un grupo llamado "Club de Azalea". | ☐ 安德列雅和她的朋友們聚在一起，並且和她們組織了稱為「杜鵑花會」的團體。 |

◇ 52　圓括號 (...) 和方括號 [...]

❶ 用於在句中插入補充性內容。

| ☐ En Ávila (estuve ahí de paso) vi una muralla muy grande. | ☐ 我在阿維拉（我順道去了那裡）看到非常大的城牆。 |

❷ 表示書的出版年或論文的發表年。

| ☐ Navarro [1990] dice lo siguiente. | ☐ 納瓦羅（1990）說了以下的內容。 |

❸ 表示可以省略或替換的部分。

| ☐ Se necesita un(a) dependiente(a). | ☐ 需要一位（男或女）店員。 |

◇ 53　斜體（*ABC, abc*）

❶ 表示書名或雜誌名。

| ☐ Quilis, Antonio. 1981. *Fonética acústica de la lengua española*, Madrid, Gredos. | ☐ 基里斯，安東尼歐。1981。《西班牙語聲學語音學》，馬德里，格雷多斯出版社。 |

❷ 表示進入西班牙語的外來語。

| ☐ Josefina entró en la tienda de *delicatessen*. | ☐ 荷賽菲娜進入了熟食店。 |

❸ 用於討論單字或語句本身的時候。

| ☐ La palabra *ojalá* viene de la lengua árabe. | ☐ *ojalá* 這個詞語來自阿拉伯語。 |

補充　手寫體

　　西班牙文的手寫字體和英文幾乎相同。不過，西班牙文的大寫字母 I 寫成下圖左邊的樣子，看起來像是英文手寫體的 T。至於西班牙語手寫體的 T，則是右邊的寫法。這種字體可以在街頭的招牌等地方看到。

𝒥 I　　𝒯 T

2. 名詞類

▶名詞本身有自己的「性」，並且會隨著「數」而變化。代名詞是用來代稱名詞。冠詞以及幾乎所有的代名詞，都會隨著所指名詞的性與數而變化。

La estación y el tren

2.1　名詞的性

▶依照文法上的「性」，名詞可以分為「陽性名詞」和「陰性名詞」。附加於名詞的冠詞和形容詞，會隨著性的分類而改變形態，所以必須把名詞的性一併記起來。當名詞表示生物時，可以從性別判斷名詞的性。其他情況則大致上取決於字尾的形態。

▶與其一一判別每個名詞是陽性名詞還是陰性名詞，不如採用大略的方針，把陰性名詞的意義和形態標示出來並加以留意，而其餘的就是陽性名詞，這樣判斷是比較好的方法。

▶在名詞前面加上定冠詞，對於記憶名詞的性很方便。在以下的內容，陽性名詞會加上陽性定冠詞 el，陰性名詞會加上陰性定冠詞 la 來表示。陽性的複數則是加 los，陰性的複數加 las。（☞◇81 定冠詞的形式與位置）

◇ 54　生物

表示〈生物〉的名詞，〈文法上的性〉和〈實際的性別〉一致。如果名詞表示〈男性的人〉或〈雄性動物〉，這個名詞在文法上就是陽性名詞。如果表示〈女性的人〉或〈雌性動物〉，這個名詞在文法上就是陰性名詞。

61

❶〈人〉：表示人的名詞，通常會有陽性和陰性兩種形式。另外，也有同一個名詞表示陽性和陰性的情況。這時候，可以用冠詞區分性別。

☐ el hombre / la mujer	☐ 男人／女人
☐ el niño / la niña	☐ 男孩／女孩
☐ el estudiante / la estudiante	☐ 男學生／女學生

❷〈動物〉：寵物或家畜等常見的動物名稱，也有陽性和陰性兩種形式。

| ☐ el caballo / la yegua | ☐ 公馬／母馬 |
| ☐ el perro / la perra | ☐ 公狗／母狗 |

補充　macho「雄性」與 hembra「雌性」

　　與家畜或寵物不同，日常生活中不太常見的動物名（以及植物名）則不會隨著實際性別（雄性與雌性）而有不同的形式，而是和〈無生物〉一樣，被歸類為陽性名詞或陰性名詞。只有在需要區分雄性與雌性時，才會在名詞後面加上 macho「雄性」和 hembra「雌性」。下面的 rana「青蛙」是陰性名詞，而 cangrejo「螃蟹」是陽性名詞。

☐ una rana macho／一隻雄性青蛙
☐ un cangrejo hembra／一隻雌性螃蟹

◇ 55　無生物

表示〈無生物〉的名詞，通常可以用結尾區分它的性。雖然有少數例外，但一般而言，名詞結尾是 -o 時為陽性，結尾是 -a 時為陰性。

(a) 陽性

| ☐ el libro | ☐ 書 | ☐ el vino | ☐ 酒 |

(b) 陰性

| ☐ la mesa | ☐ 桌子 | ☐ la casa | ☐ 房屋 |

參考 -1 無生物在文法上的性的由來

　　表示〈生物〉的名詞，在文法方面區分性別是可以理解的，但為什麼〈無生物〉也有陽性名詞和陰性名詞呢？母語使用者似乎並不是有意識地使冠詞或形容詞的性和名詞的性一致。就像動詞的形態會配合主詞而變化一樣，這也可以看成一種文法上的規則。

　　回顧語言的歷史，在被假定為歐洲與南亞許多語言共同祖先的原始印歐語中，應該是只對生物區分陽性和陰性的。這是因為有必要對〈人〉的〈男性〉和〈女性〉、〈常見動物〉的〈雄性〉和〈雌性〉做出意義上的區分。當時的形容詞也和性別的區分一致，顯示出文法上的關係。之後，性的區分擴展到生物以外的名詞。生物以外的性並不表示「男性」和「女性」這種意義上的差別，只是表現出冠詞、形容詞與名詞之間的文法關係。

例外 (1)：-o 結尾的陰性名詞

☐ la man<u>o</u>	☐ 手	☐ la mot<u>o</u>	☐ 機車
☐ la fot<u>o</u>	☐ 照片	☐ la radi<u>o</u>	☐ 收音機

例外 (2)：☞ ◇59 -a 結尾的陽性名詞；☞ ◇60 陰陽同形的名詞

參考 -2 -o 結尾的陰性名詞由來

　　la mano 在拉丁語中是經過特殊格變化的陰性名詞。因為是常用的單字，所以並沒有和一般字尾 -o 的名詞一樣當成陽性名詞，而是維持了原本陰性名詞的屬性。至於 la foto, la moto, la radio，則分別是 la fotografía, la motocicleta, la radiodifusión 等陰性名詞省略後半部的形態，而維持原本的性別。

◇ 56　-o 以外結尾的陽性名詞

因為字尾具有特定的性，所以可以看名詞的字尾來判斷文法上的性。例如字尾 -aje 的名詞是陽性名詞。

☐ el lengu<u>aje</u>	☐ 語言	☐ el aterriz<u>aje</u>	☐ 著陸

◇ 57 -a 以外結尾的陰性名詞

❶ -d 結尾的名詞有很多，其中帶有字尾 -dad, -tad, -tud 的是陰性名詞。

☐ la universi<u>dad</u>	☐ 大學	☐ la juven<u>tud</u>	☐ 青春
☐ la amis<u>tad</u>	☐ 友誼	☐ la ciu<u>dad</u>	☐ 城市

其他 -d 結尾的名詞，有陽性名詞，也有陰性名詞。

(a) 陽性名詞

☐ el alu<u>d</u>	☐ 雪崩	☐ el céspe<u>d</u>	☐ 草地

(b) 陰性名詞

☐ la pare<u>d</u>	☐ 牆壁	☐ la re<u>d</u>	☐ 網，網路

❷ -z 結尾的名詞幾乎都是如以下字尾為 -ez 的陰性名詞。

☐ la rigid<u>ez</u>	☐ 嚴格	☐ la valid<u>ez</u>	☐ 效力

字尾 -triz 是將 -dor, -tor 結尾的名詞變成女性名詞，而能表現男女的對比。

☐ el emperador > la emperatriz	☐ 皇帝＞女皇
☐ el actor > la actriz	☐ 男演員＞女演員

❸ -z 結尾但不是 -ez 字尾的名詞，有陽性名詞，也有陰性名詞。

(a) 陽性名詞

☐ el arro<u>z</u>	☐ 米	☐ el lápi<u>z</u>	☐ 鉛筆

(b) 陰性名詞

☐ la lu<u>z</u>	☐ 光	☐ la vo<u>z</u>	☐ 聲音

❹ -n 結尾的名詞中，字尾為 -ción, -sión, -tión, -xión 的是陰性名詞。

☐ la can<u>ción</u>	☐ 歌	☐ la cues<u>tión</u>	☐ 問題
☐ la televi<u>sión</u>	☐ 電視	☐ la cone<u>xión</u>	☐ 連結

其他 -n 結尾的名詞，有陽性名詞，也有陰性名詞。

2.1 名詞的性

(a) 陽性名詞

| ☐ el avión | ☐ 飛機 | ☐ el plan | ☐ 計畫 |

(b) 陰性名詞

| ☐ la imagen | ☐ 圖像 | ☐ la orden | ☐ 命令 |

◇ 58　-e 結尾的名詞

❶ -e 結尾表示無生物的名詞，有許多和下面的例子一樣是陽性名詞。

| ☐ el puente | ☐ 橋 | ☐ el cohete | ☐ 火箭 |

也有 -e 結尾的陰性名詞。以下是其中比較重要的。

☐ la base	☐ 基地	☐ la llave	☐ 鑰匙
☐ la carne	☐ 肉	☐ la mente	☐ 思想
☐ la clase	☐ 課堂，授課	☐ la muerte	☐ 死亡
☐ la clave	☐ （問題的）關鍵	☐ la nave	☐ 船
☐ la corriente	☐ 流動	☐ la nieve	☐ 雪
☐ la fase	☐ 階段	☐ la noche	☐ 夜晚
☐ la fe	☐ 信仰	☐ la nube	☐ 雲
☐ la fiebre	☐ 發燒	☐ la parte	☐ 部分
☐ la frase	☐ 句子	☐ la pirámide	☐ 金字塔
☐ la frente	☐ 額頭	☐ la sangre	☐ 血
☐ la fuente	☐ 泉水	☐ la sede	☐ 總部
☐ la gente	☐ 人	☐ la serpiente	☐ 蛇
☐ la gripe	☐ 流行性感冒	☐ la suerte	☐ 運氣
☐ el hambre	☐ 飢餓	☐ la tarde	☐ 下午
☐ la índole	☐ 種類	☐ la torre	☐ 塔
☐ la leche	☐ 牛奶	☐ la variable	☐ 變數
☐ la lente	☐ 鏡片	☐ la variante	☐ 變種

＊關於 el hambre 使用的定冠詞，參見 ☞ ◇81 定冠詞的形式與位置 ❸

＊lente 在拉丁美洲通常是陽性名詞。

❷ 字尾 -umbre 和 -ie 的名詞是陰性名詞。

| ☐ la costumbre | ☐ 習慣 | ☐ la serie | ☐ 系列 |

◇ 59　-a 結尾的陽性名詞

有些 -a 結尾卻是陽性名詞的例外。

| ☐ el planeta | ☐ 行星 | ☐ el sistema | ☐ 系統 |

補充　源自希臘語的衍生形容詞

　　名詞衍生的形容詞，有許多是加上字尾 -ico 而形成的，但源自希臘語、字尾為 -ma 的陽性名詞，衍生的形容詞則會有 -t-。

☐ climático「氣候的」，sistemático「系統的」

　　另外，coma 有 el coma「昏迷」和 la coma「逗號（,）」這兩個詞，前者源自希臘語，但後者不是。el coma「昏迷」的形容詞是 comatoso，這裡也出現了 -t-。至於 la cama「床」、la fama「名聲」、la crema「奶油」等陰性名詞，因為不是源自希臘語，所以沒有 -t- 形式的形容詞。

◇ 60　陰陽同形的名詞

❶ 表示人的名詞，大多會有〈男性和女性的形式〉，其中有些是用同一個名詞表示〈男性〉和〈女性〉。

| ☐ el / la estudiante | ☐ 學生 | ☐ el / la intérprete | ☐ 口譯員 |

下面是用 -nte〈男性〉和 -nta（女性）區分性別的名詞。

| ☐ el dependiente / la dependienta | ☐ 店員（男性）／（女性） |
| ☐ el presidente / la presidenta | ☐ 總裁，總統（男性）／（女性） |

❷ 字尾 -ista 會構成陰陽同形的人物名詞。

| ☐ el / la lingüista | ☐ 語言學者 | ☐ el / la pianista | ☐ 鋼琴家 |

2.1 名詞的性

❸ 字尾 -ta 也會構成陰陽同形的人物名詞。

| ☐ el / la atleta | ☐ 運動員 | ☐ el / la astronauta | ☐ 太空人 |

❹ 有些 -o 結尾的名詞是陰陽同形。

| ☐ el / la modelo | ☐ 模特兒 | ☐ el / la testigo | ☐ 證人 |

❺ 有些 -a 結尾的名詞是陰陽同形。

| ☐ el / la colega | ☐ 同事 | ☐ el / la estratega | ☐ 戰略家 |

＊陰陽同形名詞的複數，會使用陽性複數的定冠詞，例如 los estudiantes。但如果其中所有成員都是女性，就會說 las estudiantes。

◇ 61　有〈陽性與陰性形式〉的名詞

表示〈人〉或〈常見動物〉的名詞，有些具有陽性和陰性兩種形式。

❶ 字尾 -o 的陽性形式，變成 -a 而成為陰性形式。

| ☐ el amigo / la amiga | ☐ 朋友（男性）／（女性） |
| ☐ el mexicano / la mexicana | ☐ 墨西哥人（男性）／（女性） |

❷ 字尾 -or, -ón, -ín, -és 的陽性名詞，有些加上 -a 而成為陰性形式。

☐ el doctor / la doctora	☐ 醫師（男性）／（女性）
☐ el campeón / la campeona	☐ 冠軍（男性）／（女性）
☐ el bailarín / la bailarina	☐ 舞者（男性）／（女性）
☐ el japonés / la japonesa	☐ 日本人（男性）／（女性）

(a) 陽性名詞字尾 -or 和陰性字尾 -ora 成對的情況很多。-dor, -sor, -tor 構成表示人的名詞，它們分別有 -dora, -sora, -tora 的陰性形式。

☐ el trabajador / la trabajadora	☐ 勞工（男性）／（女性）
☐ el precursor / la precursora	☐ 先驅（男性）／（女性）
☐ el escritor / la escritora	☐ 作家（男性）／（女性）

(b) 陽性名詞字尾 -ón 和陰性字尾 -ona 成對的詞語，大多有〈親愛〉或〈輕蔑〉的意味。

☐ el mandón / la mandona	☐ 愛使喚別人的人（男性）／（女性）
☐ el peleón / la peleona	☐ 愛吵架的人（男性）／（女性）
☐ el cuarentón / la cuarentona	☐ （有親愛、輕蔑的意味）40 多歲的人（男性）／（女性）

(c) -ín 和 -ina 成對的情況是少數。

☐ el chiquitín / la chiquitina	☐ 小孩（男性）／（女性）
☐ el mallorquín / la mallorquina	☐ 馬約卡島的人（男性）／（女性）

另外，-ina 也會像下面的例子一樣構成陰性形。

☐ el gallo / la gallina	☐ 公雞／母雞
☐ el héroe / la heroína	☐ 英雄（男性）／英雄（女性）

(d) -és 和 -esa 成對的情況，是地名衍生的形容詞。這種詞相當多。

☐ el cordobés / la cordobesa	☐ 哥多華人
☐ el holandés / la holandesa	☐ 荷蘭人

-esa 也用來構成對應男性爵位的女性形式。

☐ el conde / la condesa	☐ 伯爵（男性）／伯爵（女性），伯爵夫人

❸ 另外，雖然數量有限，但也有下面這些形成女性名詞的字尾。

☐ el rey / la reina	☐ 國王／皇后
☐ el poeta / la poetisa	☐ 詩人（男性）／（女性）

❹ 也有不同拼字的詞語成對的情況。

☐ el hombre / la mujer	☐ 男人／女人
☐ el toro / la vaca	☐ 公牛／母牛

2.1 名詞的性

補充 構成陰性形式的字尾

　　字尾大多是母音開頭。當母音開頭的字尾接在母音結尾的名詞後面時，會把名詞結尾的母音去掉，再加上字尾。如果名詞是子音結尾，就直接加上字尾。

☐ zapat<u>o</u> ＋ ero ＞ zapat<u>ero</u> / 鞋＞鞋匠
☐ jardín ＋ ero ＞ jardin<u>ero</u> / 花園＞園丁

　-ina 和 -isa 也一樣，是去掉陽性名詞結尾的母音之後添加的。

☐ gall<u>o</u> ＋ ina ＞ gall<u>ina</u> / 公雞＞母雞

　如果把陰性詞結尾的 -a 也看成一種字尾，就能理解以下的變化模式了。當陽性名詞以母音結尾時，將原本的母音去掉再加上 -a。子音結尾時，則是直接加上 -a。

☐ amig<u>o</u> ＋ a ＞ amig<u>a</u> / 朋友：男性＞女性
☐ doctor ＋ a ＞ doctor<u>a</u> / 醫師：男性＞女性

◇ 62　表示〈人〉的單一性別名詞

表示〈人〉的名詞，原則上應該有男性和女性的形式。不過，有少數常用名詞的性是固定的。這些詞語不區分男性和女性的意義。

❶ 以陽性名詞表示〈男性〉和〈女性〉的〈人〉。

☐ el miembro	☐ 會員
☐ el ángel	☐ 天使（善良的人）

☐ Ella es <u>un</u> ángel.	☐ 她是個善良的人。

＊ miembro 也會當成陰陽同形名詞（el / la miembro）使用。

❷ 以陰性名詞表示〈男性〉和〈女性〉的〈人〉。

☐ la criatura	☐ 幼兒
☐ la estrella (de cine)	☐ （電影）明星
☐ la persona	☐ 人，人物
☐ la víctima	☐ 受害者

| ☐ Ese político es tan popular como una estrella de cine. | ☐ 那位政治人物就像電影明星一樣受歡迎。 |

＊bebé（嬰兒）在西班牙是陽性單一性別名詞（el bebé），但在拉丁美洲的許多國家是陰陽同形名詞（el / la bebé）。

◇ 63　女性職業名稱

以前由男性獨佔的職業，後來開始有女性擔任，因而產生了以下類型的陰性形式。

❶ 陰陽同形，以冠詞和形容詞的性表示女性。

| ☐ el juez / la juez | ☐ 法官（男性）／（女性） |

＊也有人使用陰性形 la jueza。

❷ 有些以 -o 結尾的陽性名詞，改成 -a 結尾的陰性名詞來應對。

| ☐ la Primera Ministra | ☐（女性）首相 |
| ☐ la abogada | ☐（女性）律師 |

補充-1　陰性形式和其他意義衝突的情況

　　相對於〈陽性〉的 el físico「物理學者」、el político「政治人物」、el químico「化學學者」、el técnico「技術人員」，〈陰性〉的 la física「物理學者」、la política「政治人物」、la química「化學學者」、la técnica「技術人員」似乎比較不容易使用。這是因為它們表示「物理學」、「政治」、「化學」、「技術」，兩種不同的意義會產生衝突。所以也有像 la físico 這樣，用《陰性定冠詞＋陽性形式》來表示的作法。另外，雖然「醫師」el médico — la médica 應該沒什麼問題，但也常聽到 la médico「女醫師」。雖然只要認可這些 -a 結尾的陰性形就能解決問題，但這些陰性形的使用仍然沒有完全獲得採納。

補充-2　比喻〈人〉的一般名詞

　　用一般名詞比喻〈人〉，或者表達〈特徵〉的時候，會依照那個人的性別來使用不定冠詞。

☐ Juan es un bestia con el trabajo. / 胡安在工作方面就像野獸一樣強。
☐ Mi hermano es un cabeza loca en fútbol. / 我的哥哥對足球（頭腦）很瘋狂。

◇ 64　意義隨著性的不同而改變的名詞

有些名詞的意義會隨著性的不同而改變。以下列出其中比較重要的一些。

☐ el capital / la capital	☐ 資本／首都
☐ el cura / la cura	☐ 神父／治療
☐ el frente / la frente	☐ 正面／額頭
☐ el orden / la orden	☐ 順序／命令

◇ 65　性不固定的名詞

❶ 有極少數名詞的性是不固定的。

☐ el mar	☐ 海
☐ en alta mar	☐ 在公海

＊ mar 通常是陽性名詞，但在詩歌或海事用語中當成陰性名詞使用。

❷ 有些名詞在西班牙和拉丁美洲的性不同。

☐ el pijama / la piyama	☐ 睡衣（西班牙）／（拉丁美洲）
☐ la / el radio	☐ 收音機（西班牙）／（拉丁美洲）
☐ la / el sartén	☐ 平底鍋（西班牙）／（拉丁美洲）

◇ 66　外來語的性

❶ 傳入西班牙語的外來語，除非有以下 ❷～❹ 的理由，不然都當作陽性名詞使用。

☐ el *fax*	☐ 傳真	☐ el *footing*	☐ 慢跑

❷ 當外來語源自法語、義大利語等文法上有性區分的語言時，會保持原本的性。

☐ la *baguette*	☐ 法式長條麵包	☐ la *pizza*	☐ 披薩

❸ 當表示〈人〉的名詞借用自日語等文法上沒有性區分的語言時，依照意義上的性別決定名詞的性。

| ☐ la *geisha* | ☐ 藝妓 | ☐ el *karateka* | ☐ （男）空手道選手 |
| ☐ la *maiko* | ☐ 舞妓 | ☐ la *karateka* | ☐ （女）空手道選手 |

❹ 表示〈事物〉的外來語，會考慮對應西班牙語名詞的性來決定文法上的性，但對於尚未獲得固定使用的外來語，則通常會當作陽性。也可能有性不固定的情況。

☐ el *ikebana* (= arreglo floral)	☐ （日式）插花
☐ la *katana* (= la espada)	☐ 武士刀
☐ la *web* (= la red)	☐ 網路（網際網路）
☐ los / las *guetas*	☐ 木屐

◇ 67　地名的性

❶ 〈地名〉（國家、地區、城市、村鎮）通常如果字尾為 -a 是陰性，其他則是陽性。

| ☐ España es campeona de la Copa Mundial. | ☐ 西班牙是世界盃的冠軍。 |
| ☐ Japón es hermoso. | ☐ 日本很美。 |

＊〈城市名〉有時候會因為 la ciudad「城市」的性而被當成陰性。

❷ 〈河〉、〈山〉、〈海〉的名稱是陽性。

☐ el Sena	☐ 塞納河
☐ el Teide	☐ 泰德山（特內里費島的山）
☐ el Mediterráneo	☐ 地中海

＊它們和 el río「河」、el monte「山」、el mar「海」（el océano「海洋」）這些陽性名詞的性相同。

❸ 〈島〉（la isla）的名稱是陰性。

| ☐ las Filipinas | ☐ 菲律賓群島 |

> [補充] 新詞彙的性別

　　用其他單字加上字尾而產生的新名詞，會依照字尾來決定它的性。例如 la luna「月亮」衍生出動詞 alunizar「登陸在月球上」，進而產生名詞形 el alunizaje「登陸月球」。字尾 -aje 的詞都是陽性名詞。另外也有 el alunizamiento「登陸月球」這個詞，使用的則是陽性字尾 -miento。

◇ 68　結尾 -o 和 -a 並非表示相同事物的成對詞語

表示〈無生物〉的名詞，有些雖然有結尾 -o 和 -a 形成〈陽性〉和〈陰性〉的一對，但並不是表示相同的事物。

❶ 大小不同的東西

☐ el bols<u>o</u> — la bols<u>a</u>	☐ 包包－袋子
☐ el huert<u>o</u> — la huert<u>a</u>	☐ 小果園－大果園
☐ el barc<u>o</u> — la barc<u>a</u>	☐ （大型）船－小船

❷〈果樹〉－〈果實〉

☐ el naranj<u>o</u> — la naranj<u>a</u>	☐ 柳橙樹－柳橙
☐ el oliv<u>o</u> — la oliv<u>a</u>	☐ 橄欖樹－橄欖

❸ 意思相差很多的情況

☐ el libr<u>o</u> — la libr<u>a</u>	☐ 書－英鎊（英國的貨幣單位）
☐ el mod<u>o</u> — la mod<u>a</u>	☐ 方法－流行，時尚

2.2　名詞的數

▶名詞有單數形和複數形。基本上，複數形是從單數形衍生的。

◇ 69　可數名詞與不可數名詞

名詞可以分為可數名詞和不可數名詞兩大類。

❶ 可數名詞表示〈可以數算的事物〉，其中有普通名詞和集合名詞，使用單數形和複數形。

☐ la casa / las casas	☐ 房屋（單數／複數）（普通名詞）
☐ la familia / las familias	☐ 家庭（單數／複數）（集合名詞）

❷ 不可數名詞表示〈不能數算的事物〉，其中有物質名詞、抽象名詞和專有名詞，只使用單數形。

☐ la leche	☐ 牛奶（物質名詞）
☐ la paz	☐ 和平（抽象名詞）
☐ España	☐ 西班牙（專有名詞）

◇ 70　單數和複數

❶ 用可數名詞表示〈單一的事物〉時使用單數形，表示〈複數的事物〉時使用複數形。

☐ Tengo un libro interesante.	☐ 我有一本有趣的書。
☐ ¿Tienes revistas españolas?	☐ 你有西班牙的雜誌（複數）嗎？

❷ 不可數名詞當成單數使用。

☐ No tengo agua para beber.	☐ 我沒有用來喝的水。

當主詞是《集合名詞＋ de ＋名詞複數形》時，動詞有時用單數形，有時用複數形。

☐ Un grupo de admiradoras había ido al aeropuerto a recibir al cantante.	☐ 一群女粉絲去了機場迎接歌手。（動詞單數形）
☐ En España la mayoría de las tiendas cierran los domingos.	☐ 在西班牙，大部分商店每週日關閉〔不營業〕。（動詞複數形）

◇ 71　複數形

名詞所指的〈事物〉如果是〈複數〉，就會是複數形。複數形的形成有其規律。

❶ 母音結尾的詞加 -s。

☐ la casa > las casa<u>s</u>	☐ 房屋
☐ la clase > las clase<u>s</u>	☐ 班級，（一堂）課

❷ 子音結尾的詞加 -es。

☐ la flor > las flor<u>es</u>	☐ 花
☐ el árbol > los árbol<u>es</u>	☐ 樹

❸ 字尾雙母音、三重母音結尾的 -y 視為子音。

☐ la ley > las ley<u>es</u>	☐ 法律

❹ -z 結尾的詞加上 -es 時，會變成 -ces。
☞ ◇31 子音的拼寫規則

☐ el lápiz > los lápi<u>ces</u>	☐ 鉛筆

◇ 72　複數形與重音符號

❶ 有些複數形會去掉原有的重音符號。

☐ can<u>ció</u>n > can<u>cio</u>nes	☐ 歌（單數）>（複數）
☐ int<u>eré</u>s > int<u>ere</u>ses	☐ 興趣，利益（單數）>（複數）

＊這些詞變成複數形時，重音位置符合一般規則，所以不再加重音符號。
☞ ◇34 重音符號

❷ 有些複數形需要加上重音符號。

☐ m<u>a</u>rgen > m<u>á</u>rgenes	☐ 頁邊空白（單數）>（複數）
☐ ex<u>a</u>men > ex<u>á</u>menes	☐ 測驗（單數）>（複數）

＊這些詞的複數形加上 -es 之後，重音在倒數第三個音節，所以必須加上重音符號。
☞◇34 重音符號

❸ 只有以下三個詞的複數形會改變重音位置。

❏ carácter > caracteres	❏ 字，性格（單數）>（複數）
❏ espécimen > especímenes	❏ 樣品（單數）>（複數）
❏ régimen > regímenes	❏ 政體（單數）>（複數）

◇ 73　-s 結尾的詞的複數形

❶《非重讀母音＋s》結尾的詞，單數形和複數形相同。

❏ el lunes > los lunes	❏ 星期一（單數）>（複數）
❏ la tesis > las tesis	❏ 論文（單數）>（複數）
❏ el análisis > los análisis	❏ 分析（單數）>（複數）

❏ Los lunes, martes y jueves vengo a la facultad.	❏ 我每週一、二、四來（大學的）系上。

為數不多的《非重讀母音＋x》結尾的詞，也是單數形和複數形相同。

❏ el fénix > los fénix	❏ 鳳凰（單數）>（複數）

《動詞＋名詞》構成的複合詞，也是單數形和複數形相同。

❏ el abrelatas > los abrelatas	❏ 開罐器（單數）>（複數）
❏ el paraguas > los paraguas	❏ 雨傘（單數）>（複數）

❷《重讀母音＋-s》結尾的詞加 -es。

❏ el japonés > los japoneses	❏ 日本人（單數）>（複數）
❏ el mes > los meses	❏ 月份（單數）>（複數）

2.2 名詞的數

參考 重音和複數形

　　單字的重音位置和複數形的形成方式有關。西班牙語複數形的基本形式是《非重讀母音＋ -s》。了解這一點，就能明白以下規則了。

　　規則 (1)：母音結尾的詞（例：casa）加 -s
　　規則 (2)：子音結尾的詞（例：flor）加 -es

　　這兩個規則要達到的結果，都是構成複數形的基本形式《非重讀母音＋ -s》。例如規則 (1) 構成的複數形是 casa > casas「房屋（複數）」，結果形成了《非重讀母音＋ -s》。而 flor > flores「花（複數）」也一樣形成了《非重讀母音＋ -s》。接著再看下面的規則。

　　規則 (3)：《非重讀母音＋ -s》結尾的詞（例：lunes），單數形和複數形相同
　　規則 (4)：《重讀母音＋ -s》結尾的詞（例：japonés）加 -es

　　這兩個規則也是為了構成複數形的基本形式《非重讀母音＋ -s》。單數的 lunes，因為單數形已經是《非重讀母音＋ -s》結尾，所以複數形不變：el lunes > los lunes「星期一」。至於「日本人」的單數形 japonés，nés 有重音，不符合《非重讀母音＋ -s》的形式。加上 -es 變成 japoneses 之後，就符合《非重讀母音＋ -s》的形式了。單音節的 mes「月份」也是因為有重音，所以複數變成 meses。
　　雖然複數形的構成方式看似有各種規則，但從以上說明可知，背後其實有一致的原則。

◇ 74　外來語的複數形

❶ 結尾是 -á, -é, -ó 時，加 -s 形成複數形。

❏ el sofá > los sofá<u>s</u>	❏ 沙發（單數）>（複數）
❏ el café > los café<u>s</u>	❏ 咖啡（單數）>（複數）
❏ el buró > los buró<u>s</u>	❏ 辦公桌（單數）>（複數）

❷ 結尾是 -í, -ú 的詞，加 -es。

❏ el esquí > los esquí<u>es</u>	❏ 滑雪板（單數）>（複數）
❏ el *tiramisú* > los *tiramisúes*	❏ 提拉米蘇（單數）>（複數）

＊也有像 esquís 這樣直接加 -s 構成複數形的作法。

❸ 結尾是 -n, -l, -r, -d, -j, -z 的詞,加 -es。

☐ el *cruasán* > los *cruasanes*	☐ 可頌麵包（單數）>（複數）
☐ el *córner* > los *córneres*	☐ （足球）角球（單數）>（複數）

❹ 結尾是其他子音,加 -s。

☐ el *airbag* > los *airbags*	☐ 安全氣囊（單數）>（複數）
☐ el *club* > los *clubs*	☐ 俱樂部（單數）>（複數）

＊ el club 的複數,也有人使用 los clubes。

◇ 75　不可數名詞的複數形

物質名詞和抽象名詞表示無法數算的事物,所以本來是沒有複數的。但在以下的情況,有時會有複數。

❶ 個別對待物質名詞時

☐ Dos cafés, por favor.	☐ 兩杯咖啡,麻煩了。

❷ 抽象名詞具體化時

☐ Me deslumbré con las luces de la ciudad.	☐ 城市的燈光令我目眩。

❸ 專有名詞指名稱而非人物時

☐ Hay dos Anas en la familia: la madre y su hija.	☐ 這個家庭裡有兩個安娜：媽媽和她的女兒。

＊ Carlos 這種以 -s 結尾的人名,複數和單數相同,也就是 dos Carlos。

❹ 用姓氏的複數形表示一家人時

☐ Invitamos a los Morenos.	☐ 我們邀請莫雷諾一家。

＊ Pérez、Rodríguez 這種以 -z 結尾的姓氏,複數和單數相同,也就是 los Pérez。

❹ 用創作者的複數形表示多件作品時

| ☐ En este museo hay diez Goyas. | ☐ 這座美術館裡有十幅哥雅的作品。 |

◇ 76　表示〈一對男女〉的複數形

表示〈一對男女〉時，使用陽性複數形。

| ☐ los padres | ☐ 父母 | ☐ los tíos | ☐ 伯父伯母夫婦 |
| ☐ los Reyes Católicos (Isabel y Fernando) || ☐ 天主教雙王（伊莎貝爾與費爾南多）||

陽性複數形也會用來表示男性的複數。

| ☐ los tíos | ☐ （複數的）叔叔、伯父等 |
| ☐ los reyes musulmanes | ☐ 穆斯林的國王們 |

◇ 77　複數形的性

複數形表示男女混合的群體時，使用陽性複數形。

| ☐ José y Marta son amigos míos. | ☐ 荷賽與瑪爾塔是我的朋友。 |

要刻意表達包括男性和女性時，會將陽性複數形與陰性複數形並列。

| ☐ Los españoles y las españolas hemos aprendido mucho en los últimos treinta años. | ☐ 我們西班牙男性和女性在過去 30 年學到了很多。 |

◇ 78　表示〈一對〉無生物的名詞

兩個一組的東西用名詞複數形表示。不管是「鞋子」這種可以分成兩個的東西，還是「褲子」這種已經合而為一的東西，都使用複數形。

| ☐ los zapatos | ☐ （一雙）鞋 | ☐ las tijeras | ☐ （一把）剪刀 |
| ☐ las gafas | ☐ （一副）眼鏡 | ☐ los pantalones | ☐ （一件）褲子 |

＊「褲子」los pantalones 也有單數形 el pantalón 的說法。

◇ 79　複數形的地名

地名表示複合體時，使用複數形。

| ❏ los Andes | ❏ 安地斯山脈 | ❏ las Antillas | ❏ 安地列斯群島 |

也有當成單數的複數形地名。這是因為被視為單一個體的關係。

| ❏ Los Ángeles es una de las ciudades más atractivas de la costa occidental. | ❏ 洛杉磯是西岸最有魅力的城市之一。 |

> [補充]　表示〈分配〉「各自」意義的單數
>
> ❏ (1) ¿Tomamos un café? / 我們要喝杯咖啡嗎？
> ❏ (2) ¿En todas las ciudades hay una Plaza Mayor? / 每個城市都有一座主廣場嗎？
>
> 　在 (1) 的情境中，是「我們」喝咖啡，實際上應該是複數杯的咖啡，但因為想成每個人喝各自的咖啡，所以文法上是單數。(2) 的句子也是類似的情況，因為是 en todas las ciudades，所以把這些地方的 Plaza Mayor 全部加在一起應該是複數，但考慮到要表達的是「每個城市各有一座主廣場」，就當成單數了。在這種情況裡，被視為「各自有一個」的東西會以單數表示。

◇ 80　複數形表示不同意義的名詞

有些名詞的單數形和複數形意義不同。

❏ el bien > los bienes	❏ 善（單數）>財產（複數）
❏ la gracia > las gracias	❏ 優雅（單數）>感謝（複數）
❏ la ruina > las ruinas	❏ 破滅（單數）>遺跡（複數）

> [補充-1]　〈總稱〉的《定冠詞＋單數名詞》
>
> ❏ La huerta valenciana produce gran cantidad de naranjas.
> ／瓦倫西亞的果園生產大量的柳橙。
>
> 　這裡雖然使用 la huerta，但瓦倫西亞有許多果園，所以或許有人會感到困惑，難道不用改成複數形 las huertas 嗎？這個句子說成 Las huertas valencianas producen... 也是可以的，這時候表達的概念就是有許多座果園。至於使用單數形 la huerta 的時候，則是指瓦倫西亞這個地方的果園〈總稱〉。

[補充 -2] Buenos días. / Buenas tardes. / Buenas noches.

  Buenos días.〈上午、午餐前的招呼語〉/ Buenas tardes.〈下午、日落前的招呼語〉/ Buenas noches.〈日落之後的招呼語〉都使用複數形。雖然只是打當天的招呼，但用複數形表示每天〈重複〉的意思。它們最早是用在「願上帝賜給你～」這樣的句子裡，從古代流傳下來，而成為現在的樣子。

2.3　定冠詞

▶「冠詞」有「定冠詞」和「不定冠詞」兩種。《定冠詞＋名詞》表示〈說話者和聽者都能想到的相同事物〉。《不定冠詞＋名詞》表示〈只有說話者自己所想的個別事物〉。無冠詞的名詞只表示名詞的概念，不特別指任何具體的對象。

下面 (a) 句中的 viaje，是指說話者和聽者都能想到的某次「旅行」。(b) 句的 viaje 則是只有說話者自己所想的某次旅行，而聽者能理解那是說話者所想的一次旅行。至於 (c) 句的 viaje，則不是要特別指哪趟特定的旅行。

☐ (a) El viaje ha sido maravilloso.	☐ 這次旅行非常棒。
☐ (b) Aprendí árabe en un viaje a Egipto.	☐ 我在埃及旅行時學了阿拉伯語。
☐ (c) Ahora estoy de viaje.	☐ 我現在正在旅行。

[補充] 冠詞與詞序

  西班牙語的詞序基本上遵循《話題→新資訊》的結構。在上面的例句中，(a) 的 El viaje 使用了定冠詞，是指聽者已經知道的旅行，所以放在句首作為話題。至於 (b) 的 un viaje 使用不定冠詞，是指聽者還不知道的新事實（新資訊），所以放在句子後面。如上所示，基本的資訊傳達方式是先提出已知事物作為話題，然後再提供和它有關的新資訊。

話題 ⇒ 新資訊

  定冠詞和不定冠詞是對應《話題→新資訊》結構的標記。☞◇307《舊資訊（話題）＋新資訊》

◇ 81　定冠詞的形式與位置

❶ 定冠詞會隨著所修飾名詞的性與數而有以下變化。

性	單數	複數
陽性	el	los
陰性	la	las
中性	lo	—

☐ el libro > los libros	☐ 書（單數）>（複數）
☐ la casa > las casas	☐ 房子（單數）>（複數）
☐ lo bonito	☐ 美麗

❷ al 和 del

(a) 介系詞 a 和定冠詞 el 會連結成為 al。

☐ El banco está al final de esta calle.	☐ 銀行在這條街的盡頭。

(b) 介系詞 de 和定冠詞 el 會連結成為 del。

☐ Suena el timbre del teléfono.	☐ 電話鈴聲響起。

❸ 《el ＋陰性名詞》

陰性名詞的開頭是有重音的 a 或 ha 時，緊接在前面的 la 會變成 el。

☐ el agua	☐ 水
☐ el hacha	☐ 斧頭

雖然定冠詞的形式是 el，但屬於陰性名詞的本質並沒有改變，所以在下面的情況會使用定冠詞 la, las。

(a) 冠詞和名詞之間有形容詞時

☐ la otra hacha	☐ 另一把斧頭

(b) 複數形

| ☐ las hachas | ☐ 斧頭（複數） |

形容詞仍然使用陰性形式。

| ☐ el agua pura | ☐ 純水 |

❹ 定冠詞加在名詞片語前面。如果名詞前面有形容詞或形容詞片語，定冠詞就會放在形容詞（片語）前面。

| ☐ Encontré a la pobre viuda muy abatida. | ☐（當時）我覺得那位可憐的寡婦很沮喪。 |

> **參考** 定冠詞的字源和《el + [á] 陰性名詞》的原因
>
> 　　西班牙語的定冠詞源自拉丁語的指示詞 ILLE, ILLA（意為「那個」）。就像談到認為聽者知道的事情時，說話者會說「那個～啊」一樣，加入指示詞應該是為了分享話題。
> 　　拉丁語的指示詞 ILLE, ILLA 在中世紀西班牙語變成 elo, ela，用法是《elo + 陽性名詞》和《ela + 陰性名詞》。《ela + 陰性名詞》去掉了開頭的 e-，就變成現代西班牙語的《la + 陰性名詞》。而當陰性名詞開頭是 [á] 音時，ela 結尾的 -a 會和它融合，只剩下 el，例如 el(a) agua，而變成和陽性定冠詞相同的形式。

◇ 82　定冠詞的意義

❶ 名詞指出聽者已經知道（或能夠知道）的事物時，在名詞前面加定冠詞。雖然西班牙語定冠詞的意思類似「那個」，但通常不需要翻譯出來。

| ☐ España está en la parte sur del continente europeo. | ☐ 西班牙在歐洲大陸的南部。 |
| ☐ La capital de España es Madrid. | ☐ 西班牙的首都是馬德里。 |

❷ 即使之前提過的內容沒有出現具體的詞語，但如果意義上有明確的關聯，就會使用定冠詞。在下面的例子裡，因為 reloj「手錶」裡有 pila「電池」，兩者有關係，所以 pila 加了定冠詞 la。

| ☐ Compré un reloj de segunda mano, pero la pila estaba agotada. | ☐ 我買了一只二手的手錶，但電池已經沒電了。 |

◇ 83　從前後內容得知對象的指示

❶ 可以從前後內容確定是指什麼的時候，使用定冠詞。這時候可以翻譯成「那個～」。

| ☐ Había una vez un rey que tenía una hija. La hija era muy bonita y la llamaban Bella. | ☐ 從前有一位國王，他有一個女兒。這個女兒非常美，她叫貝拉。 |

❷ 用修飾語（修飾片語、修飾子句）限定的時候，使用定冠詞。

| ☐ Fui a la casa de mis abuelos. | ☐ 我去了我爺爺奶奶的家。 |
| ☐ El libro que está sobre la mesa es mío. | ☐ 在桌上的書是我的。 |

如果從內容不能知道名詞是指什麼，就不加定冠詞。

| ☐ Leí una novela de Pérez Galdós. | ☐ 我讀了佩雷斯‧加爾多斯的一本小說。 |

◇ 84　從情境得知對象的指示

❶ 可以從情境確定是指什麼的時候，使用定冠詞。

| ☐ ¿A qué hora se abre el banco? | ☐ 銀行幾點開門？ |

＊這裡的 el banco 除了表示說話者和聽者都知道的特定「銀行」以外，也可以表示一般概念中的「銀行」。

❷ 除了具體的情境以外，定冠詞也可以指說話者想像世界裡的事物，而這個內容是聽者也能想像得到的。

| ☐ Recuerdo muy bien los días felices de mi infancia. | ☐ 我清楚記得我童年快樂的日子。 |

❸ 定冠詞可以用來指身體部位或穿戴在身上的東西。這時候，不會像英語一樣使用所有形容詞。

| ☐ Abrió los ojos y levantó la cabeza. | ☐ 他張開眼睛，抬起了頭。 |

| ❏ La madre le lavó las manos al bebé. | ❏ 母親給嬰兒洗了手。 |
| ❏ Ponte el abrigo. | ❏（你）把大衣穿上。 |

補充 表示共通理解的定冠詞、自己提到個別對象的不定冠詞

❏ (1) Voy a la panadería. / 我要去（平常去的那家）麵包店。
❏ (2) Voy a una panadería. / 我要去（某一家）麵包店。
❏ (3) Voy a la panadería que encontré en la calle. / 我要去我在街上發現的麵包店。

(1) 的 la panadería 指聽者知道的「（平常會去的）麵包店」。(2) 的 una panadería 指聽者不知道的「某家麵包店」，例如有可能是「（我在街上發現的）麵包店」。(3) 的 la panadería 雖然是指聽者不知道的「麵包店」，但因為說出「我在街上發現的麵包店」而有了明確的限定，就成為聽者能夠明白的「麵包店」了。

◇ 85　不言自明的指示

❶ 唯一的東西

| ❏ la tierra | ❏ 陸地 | ❏ el sol | ❏ 太陽 |

❷〈自然現象〉〈方位〉

| ❏ la lluvia | ❏ 雨 | ❏ el norte | ❏ 北方 |

❸〈季節〉〈星期〉〈早上，下午，晚上〉

| ❏ El próximo domingo vamos a visitar el Museo del Prado. | ❏ 下星期日我們會去參觀普拉多美術館。 |
| ❏ Empieza la fiesta a las cinco de la tarde. | ❏ 派對下午 5 點開始。 |

《los＋星期（複數）》表示「每星期～」。

| ❏ Los jueves doy una clase de español. | ❏ 我每星期四教西班牙語課。 |

〈月份〉的名稱通常不加冠詞。

| ❏ Hoy es el lunes festivo, del mes de julio. | ❏ 今天是七月的休假星期一。 |

❹〈遊戲，比賽〉

☐ Vamos a jugar a las cartas.	☐ 我們玩撲克牌吧。
☐ Me gusta jugar al baloncesto.	☐ 我喜歡打籃球。

❺ 作為〈總稱〉，泛指一般的人或事物時使用定冠詞。

☐ El tiempo pasa como una flecha.	☐ 時間像箭一般經過（光陰似箭）。
☐ Los amigos han de ayudarse.	☐ 朋友必須互相幫助。

❻ 表示〈整體，全部〉

☐ Va a vender el ganado que tiene.	☐ 他會賣掉他擁有的所有家畜。

todo(s) 加在冠詞前面。

☐ Estudiamos todos los días.	☐ 我們每天學習。

❼ 表示強調「正是～」、「典型的」的意思。

☐ Así es la forma de hablar.	☐ 這就是說話的方式。

補充　定冠詞與〈語言名稱〉

　　español 和 japonés 等〈語言名稱〉在 hablar, entender, aprender 等動詞或 de, en 等介系詞後面通常不加冠詞。而當這些語言是主詞，或者不是單純表示「說西班牙語」，而是加上了特定的意義，例如「說一口很好的西班牙語」，則會加上定冠詞或不定冠詞。

☐ Mi hermano habla español. / 我哥哥說西班牙語。
☐ Hablamos en español. / 我們用西班牙語說話。
☐ Ana es profesora de español. / 安娜是西班牙語老師。
☐ El español es una lengua de más de 400 millones de hablantes.
　/ 西班牙語是有超過 4 億使用者的語言。
☐ Usted habla un buen español.
　/ 您西班牙語說得很好（說一口很好的西班牙語）。

◇ 86　《定冠詞＋數詞》

❶ 表示「時間」時，使用陰性定冠詞。

| ☐ Son las ocho. | ☐ 現在是 8 點。 |
| ☐ La clase empieza a las nueve. | ☐ 課 9 點開始。 |

❷ 「日期」使用陽性定冠詞。

| ☐ Mi cumpleaños es el 15 de septiembre. | ☐ 我的生日是 9 月 15 日。 |

❸ 有時候「百分比」會使用陽性定冠詞。

| ☐ El 20% (veinte por ciento) de los encuestados contestaron que sí. | ☐ 20% 的調查受訪者回答「是」。 |

使用不定冠詞時也是陽性。

| ☐ El precio ha bajado un 20%. | ☐ 價格下降了 20%。 |

❹ 《定冠詞＋表示單位的名詞》是「每～」的意思。

| ☐ ¿Cuánto cuesta el kilo de zanahorias?
— Son cinco euros el kilo. | ☐ 每公斤胡蘿蔔要多少錢？
—每公斤 5 歐元。 |

◇ 87　用定冠詞進行名詞化

❶ 以《定冠詞＋形容詞》的形式名詞化，表示「～的人」或「～的事物」。

| ☐ Los ricos deben ser caritativos con los pobres. | ☐ 富人應該對窮人仁慈。 |

也有完全變成名詞的情況。

| ☐ el alto | ☐ 高度 | ☐ el largo | ☐ 長度 |

《lo ＋形容詞》表示「～的事物」。

| ☐ Lo bueno de viajar es conocer otras formas de vida. | ☐ 旅行的好處是認識其他的生活方式。 |

＊關於《定冠詞＋所有格形容詞》☞ 114 後置所有格形容詞（完整形）❸

❷ 以《定冠詞＋不定詞》明確表示不定詞的名詞性質。

| ❏ El hablar demasiado es su defecto principal. | ❏ 說得太多是他的主要缺點。 |

也有完全變成名詞的情況。

| ❏ el ser | ❏ 存在 | ❏ el saber | ❏ 知識 |

有時候會在名詞以外的詞性加定冠詞。這時候會使用陽性形 el。

| ❏ Vamos a ver el cómo, cuándo y dónde de los dinosaurios de Asia. | ❏ 我們看看亞洲的恐龍的模樣、時代與地點。 |
| ❏ ¿Cómo podemos conciliar el sí y el no de tan opuestas doctrinas? | ❏ 我們能怎樣調解如此相反的學說的贊成與反對意見呢？ |

◇ 88　定冠詞的代名詞化

《定冠詞＋形容詞（片語）》可以當代名詞用。

❶ 用來避免名詞的重複。

| ❏ ¿Dónde están mi coche y el de Pedro? | ❏ 我的車和佩德羅的在哪裡？ |
| ❏ De estas dos corbatas, me quedo con la verde. | ❏ 在這兩條領帶中，我要買綠色的。 |

❷ 也會用來表示〈人的特徵〉。

| ❏ la del pelo rubio | ❏ 那個金髮的女人 |

◇ 89　《定冠詞＋名詞》的代名詞用法

《定冠詞＋名詞》有時像代名詞一樣，用來指稱名詞所指的具體〈人物〉或〈事物〉。

| ☐ Hoy vamos a leer una novela de Cervantes. <u>El autor</u> señala aspectos de la España de su época. | ☐ 今天我們要讀塞萬提斯的一部小說。這位作者呈現出他的時代的西班牙樣貌。 |

＊說話者像代名詞一樣使用 El autor，在這種時候，說話者認為對方知道那是指誰或什麼。在考慮文章表達方式的時候，為了不要重複相同的詞語，會使用可以替換表達方式的名詞。

◇ 90　《定冠詞＋專有名詞》

以下是〈地名，人名，團體名〉等專有名詞加定冠詞的情況。

❶〈地名〉

(a)〈海，河，湖，山，島，路〉等等的名稱經常加定冠詞。

☐ <u>el</u> Océano Atlántico	☐ 大西洋
☐ <u>el</u> Guadalquivir	☐ 瓜達幾維河
☐ <u>los</u> Alpes	☐ 阿爾卑斯山脈
☐ <u>las</u> Baleares	☐ 巴利亞利群島

(b) 從普通名詞轉用而來的專有名詞，會加上定冠詞。

| ☐ <u>La</u> Mancha | ☐ 拉曼查地區 | ☐ <u>El</u> Pardo | ☐ 帕爾多皇宮 |

(c)〈國名，城市名，縣名，地區名〉

| ☐ <u>El</u> Salvador | ☐ 薩爾瓦多 | ☐ <u>El</u> Cairo | ☐ 開羅 |
| ☐ <u>La</u> Paz | ☐ 拉巴斯 | ☐ <u>La</u> Rioja | ☐ 拉里奧哈地區 |

(d) 在正式的文體中，經常出現加上定冠詞的專有名詞。

❑ el Japón	❑ 日本	❑ el Perú	❑ 秘魯
❑ el Ecuador	❑ 厄瓜多	❑ la India	❑ 印度

大寫的定冠詞是地名專有名詞的一部分。當 El 是專有名詞的一部分時，不會和介系詞 a, de 融合在一起（× al, × del）。它們總是大寫。

❑ la ciudad de El Cairo	❑ 開羅市
❑ el camino de El Escorial	❑ 通往埃斯科里亞爾修道院的路

❷〈人名〉

(a)〈稱呼〉會加定冠詞。請注意這種情況在英語是不加定冠詞的。

❑ el doctor Moreno	❑ 莫雷諾博士
❑ la profesora Tanaka	❑ 田中老師

以下的〈稱呼〉不加定冠詞。

❑ don, doña	❑ ～先生，～小姐
❑ fray	❑ ～修士
❑ san, santa	❑ 聖～

❑ Don Manuel y doña Ana me invitaron a comer.	❑ 曼努埃爾先生和安娜小姐邀請我吃飯。

用來叫那個人的時候，不會加定冠詞。

❑ Profesor Jiménez, ¡buenos días!	❑ 希梅內斯老師，早安！

(b)《los ＋姓》表示「～家族」、「～一家人」的意思。

❑ los López	❑ 洛佩斯一家人

(c)〈創作者名稱〉加定冠詞表示這個人的作品。

❑ el segundo tomo del Quevedo	❑ 奎維多的第二卷
❑ los Rubens del Museo del Prado	❑ 普拉多美術館的魯本斯作品

(d) 作為同位語的〈別名，綽號〉會加定冠詞。

| ☐ Isabel la Católica | ☐ 天主教徒伊莎貝爾（伊莎貝拉一世） |

(e)〈個人名〉加上定冠詞會有庸俗的感覺，表示〈輕蔑、調侃或親暱〉的意思。

| ☐ Todos hablan de la Paloma. | ☐ 大家都在談論那個帕洛瑪（女性名字）。 |

❸〈設施〉〈公共建築〉〈機關〉〈團體〉

☐ la Catedral	☐ 大教堂
☐ la Real Academia Española	☐ 西班牙皇家學院
☐ el Ministerio de Educación	☐ 教育部

體育隊伍的名稱會加上陽性定冠詞。

| ☐ El Barcelona ganó al Bilbao. | ☐ 巴塞隆納隊打敗了畢爾包隊。 |

❹ 縮略詞前面加定冠詞。

| ☐ la ONU (Organización de las Naciones Unidas) | ☐ 聯合國 |

＊定冠詞的性和數與名詞一致。

❺《定冠詞＋地名＋形容詞（片語）》：〈地名〉的專有名詞通常不加定冠詞，但加上形容詞（片語）之後，就必須加定冠詞。

| ☐ la España del siglo XXI (veintiuno) | ☐ 21 世紀的西班牙 |

[補充]《定冠詞＋名詞》的並列

兩個以上的名詞並列時，通常只在第一個名詞加上冠詞。

☐ Los jefes, oficiales y soldados combatieron con gran valor.
／將領、軍官和士兵都勇敢地戰鬥了。

當每個詞語各自獨立，都有其重要性時，則會都加上冠詞。

- Se arruinaron los vencedores, los vencidos y los neutrales.
  / 勝者、敗者和中立者都遭到破壞。

以下成對的詞語，在英語只會在第一個名詞加上冠詞，但在西班牙語則會兩者都加上冠詞。

- el padre y la madre / 父親與母親（*the father and mother*）
- el abuelo y la abuela / 祖父與祖母
- el toro y la vaca / 公牛與母牛

參考 源自普通名詞的專有名詞的定冠詞

例如 falla 是源自拉丁語 FACULA「火把」的普通名詞，在現代西班牙語表示「（瓦倫西亞在聖約瑟日燒掉的）巨型可燃人偶」。所以，在聖約瑟日燃燒這種人偶的節日就稱為 Las Fallas（法雅節），寫成大寫。即使大寫了，這種源自普通名詞的專有名詞還是會加定冠詞。用複數形也是因為源自普通名詞的關係。

◇ 91　中性定冠詞 lo

定冠詞的中性形式 lo，用法如下。

❶ 《lo＋形容詞（片語）》構成抽象名詞，意思是「～的東西」、「～的事物」。

☐ Lo ideal es diferente de lo real.	☐ 理想與現實不同。《諺語》
☐ Ya hemos dicho todo lo necesario.	☐ 我們已經說了所有必要的事情。

❷《lo＋過去分詞》的意思是「已經～的事物」、「被～的事物」。

☐ Él tiene la culpa de todo lo ocurrido.	☐ 發生的一切都是他的錯。
☐ Lo dicho, dicho está.	☐ 說過的話就是說了（一言既出駟馬難追）。《諺語》

❸《lo＋所有格形容詞》的意思是「～的東西」。

☐ Lo mío, mío, y lo tuyo, de entrambos.	☐ 我的東西是我的，你的東西是我們倆的。《諺語》

❹ 《lo de...》的意思是「～的事物」、「關於～的事物」。

| ☐ Olvidó lo de la reunión. | ☐ 他忘了那場會議上的事情。 |

❺ 《lo＋形容詞》構成副詞片語。

| ☐ Manuel trabaja lo justo para vivir. | ☐ 曼努埃爾做剛好夠維持生活的工作。 |

＊關於《lo ＋形容詞的變化形＋ que》「（多麼）～這件事」☞◇244 que ❻

2.4　不定冠詞

▶《不定冠詞＋名詞》是〈只有說話者自己所想的個別事物〉，表示〈聽者還不了解的事物〉。雖然西班牙語不定冠詞的意思類似於「某個～」，但通常不需要翻譯出來。

◇ 92　不定冠詞的形式與位置

❶ 不定冠詞會隨著被修飾名詞的性與數而變化，如下表所示。它們的發音都是有重音的。

性	單數	複數
陽性	un	unos
陰性	una	unas

☐ un hospital	☐ 醫院	☐ unos libros	☐ 一些書
☐ una ciudad	☐ 城市	☐ unas alumnas	☐ 一些女學生
☐ unos veinte libros		☐ 大約 20 本書	

❷ 《un＋陰性名詞》：陰性名詞的開頭是有重音的 a 或 ha 時，通常用 un 而不是 una。

| ☐ un asa | ☐ 把手 | ☐ un área | ☐ 地區 |

不過，如果在冠詞和名詞之間有形容詞的話，則一定會使用 una。

| ☐ una hermosa haya | ☐ 美麗的山毛櫸 |

93

❸ 不定冠詞加在名詞前面。如果名詞前面有形容詞或形容詞片語，則會放在形容詞（片語）前面。

| ❑ Encontré un buen restaurante en la calle. | ❑ 我在街上發現一家很好的餐廳。 |
| ❑ El autor fue un hasta entonces desconocido periodista. | ❑ 作者是當時還不為人所知的記者。 |

補充　unos / unas 的用法

　　不定冠詞基本上只有單數形。嚴格來說，複數形的 unos 和 unas 是表示「一些」、「大約」的不定形容詞，而不是不定冠詞的複數形。例如 un libro 的複數形是 libros，而不是 unos libros。因此，在下面這種例子裡，如果不是要特別表達「一些」、「大約」的話，就不會使用 unos 或 unas。

❑ En este pueblo se encuentran buenos cafés y bares.
　/ 在這個城鎮有很好的咖啡館和酒吧。

　　不過，如同下面的例子所顯示的，如果是通常會使用複數形的名詞，就會把 unos, unas 當成不定冠詞使用。在這種情況並不是表示「一些」的意思。

❑ Ayer compré unos zapatos muy bonitos. / 昨天我買了很美的鞋子。

◇ 93　不定冠詞的用法

不定冠詞基本上是指〈聽者並非具體了解的人或事物〉。

❶ 指聽者還不了解的人或事物。具有個別化的概念，表示「某個～」、「某處的～」的意思。

| ❑ Ayer compré un libro muy interesante. | ❑ 昨天我買了一本非常有趣的書。 |

加不定冠詞的對象，也有可能是說話者還不完全了解的事物，但在說話者的腦中有個別的既定印象。

| ❑ Un día compraremos una casa a la orilla del mar. | ❑ 有一天我們會買間海邊的房子。 |

2.4 不定冠詞

❷ 表示個別化的「種類」。有「每個～都」、「只要是～就」、「～這種東西」的意思。

☐ Un estudiante de medicina debe saber esto.	☐ 一個醫學生就應該知道這個。

❸ 表示個別的〈同一性〉，有「同一個～」的意思。

☐ ¡Qué importa la verdad o la idea! En el fondo todo es un ideal.	☐ 真相還是觀念有什麼重要！根本上都是同一個理想。

❹ 《不定冠詞＋專有名詞》也可以表示「～這樣的人〔事物〕」的意思。

☐ En un Madrid, no faltan teatros.	☐ 在馬德里這樣的城市少不了劇場。

❺ 強調個別化的名詞（片語），相當於「真正的～」、「嚴重的～」、「一種獨特的～」。

☐ ¡Hacía un frío!	☐ 真的好冷！
☐ ¡Vaya una canción la de esos señores!	☐ 那些人唱的歌真是絕了（很好或很糟糕）！

❻ 用於否定句時，相當於「一個（人）～也沒有」，強調否定的意味。

☐ No dijo una palabra.	☐ 他一個字也沒說。

補充-1 不定冠詞與數詞 1

不定冠詞的形式，與數詞 1 的形容詞用法相同。

- ☐ (1) He comprado una camisa. / 我買了（一件）襯衫。
- ☐ (2) He comprado una camisa y dos jerséis. / 我買了一件襯衫和兩件毛衣。
- ☐ (3) Había solamente una camisa. /（當時）只有一件襯衫。

上面 (1) 的 una 可以是不定冠詞的意思，也可以是數詞的意思。(2) 和 (3) 的 una 則是一般數詞的意思。

不定冠詞源自於數詞 1，意義的變化過程是「一個～」→「任一～」→「某個～」。但與英語的 a, an 不同，仍然保留了〈1〉這個數字的概念。因為保留了數詞的意義，所以發音時是有重音的。不定冠詞的「個別化」特徵，源自〈1〉這個數字的概念。

95

補充 -2 不定冠詞與不可數名詞

　　因為加了不定冠詞的名詞有個別化的概念，所以 carne「肉」和 aire「空氣」等不可數名詞（不能個別數算的東西）不會加不定冠詞。（如果加上不定冠詞，例如 una carne asada「一片烤肉」，會變成可數名詞的意思。）不定冠詞加在可數名詞的這種性質，和聽者所了解的事物具體性有關。舉例來說，我們比較下面兩個例句看看。

❏　Hoy he comprado carne barata. / 今天我買了便宜的肉。
❏　Hoy he comprado un libro interesante. / 今天我買了有趣的書。

　　不可數名詞 carne「肉」對聽者而言並沒有一個（能夠個別數算的東西）具體形象，而 libro「書」則可以想到個別化、可數算的形象。如同這些例子所顯示的，不定冠詞的作用是指出：「嘿，這是你還不了解的事物，但你可以想到（作為可數算事物的）具體形象！」而不可數名詞沒有這種具體的形象，所以不能加不定冠詞。

2.5　無冠詞

▶定冠詞和不定冠詞都表示名詞所指的實體，沒有冠詞的名詞則只是概念，而不表示實體。

◇ 94　《ser＋無冠詞名詞》

ser 動詞後面是表示〈身分，職業，國籍〉的名詞時，這個名詞通常不加冠詞。

❏ Soy estudiante.	❏ 我是學生。
❏ Pedro es argentino.	❏ 佩德羅是阿根廷人。

名詞被修飾時，會加上冠詞。

❏ Elvira es la profesora de la que hablábamos.	❏ 艾爾薇拉是我們當時在談論的老師。
❏ Paco es un argentino que pasó parte de su vida en Japón.	❏ 帕可是曾經在日本度過人生一段時期的阿根廷人。

不過，如果修飾的部分是為了限定〈身分，職業，國籍〉的意義，則不會加冠詞。

| ❏ Soy estudiante de universidad. | ❏ 我是大學生。 |
| ❏ Elvira es profesora de español. | ❏ 艾爾薇拉是西班牙語老師。 |

◇ 95　動詞片語中的無冠詞名詞

❶ 當受詞是抽象名詞或物質名詞時，通常不加冠詞。

| ❏ Tiene afición a leer novelas policiacas. | ❏ 他愛看偵探小說。 |
| ❏ Pepe bebió agua fresca del botijo. | ❏ 佩佩喝了水罐裡的冷水。 |

即使是普通名詞，如果不表示具體的意義，也不會加冠詞。

| ❏ Ahora cualquiera tiene coche. | ❏ 現今任何人都有車。 |

❷ 當《動詞＋受詞》構成有整體性的意義單位時，作為受詞的名詞不加冠詞。下面例句的 hablar español, tomar café 分別表示「說西班牙語」、「喝咖啡」，它們都是有整體性意義的動詞片語，並不是要表達「哪個西班牙語」、「哪個咖啡」，所以不加冠詞。

| ❏ Los habitantes de Guinea Ecuatorial hablan español. | ❏ 赤道幾內亞的居民說西班牙語。 |
| ❏ Tomamos café en las terrazas. | ❏ 我們在露台喝咖啡。 |

＊ tomar café 單純表示「喝咖啡」的意思，而 tomar un café 則有從一個具體的咖啡杯喝咖啡的概念。

◇ 96　《介系詞＋無冠詞名詞》

當《介系詞＋名詞》構成有整體性的意義單位時，其中的名詞不加定冠詞。

❏ Estamos en la clase de español.	❏ 我們正在上西班牙語課。
❏ Tenemos que hacer esto con paciencia.	❏ 我們必須有耐心地做這件事。
❏ De vuelta, pasé por la casa de Pepe.	❏ 在回去的路上，我順便去了佩佩家。

＊ 在上面的句子裡，de español 的意思是「西班牙語的」，相當於英語 *Spanish class* 裡面單一意義的形容詞。而 con paciencia 表示「有耐心地」，de vuelta 表示「在回程」，兩者都表示單一的意思，相當於一個副詞。

[補充-1] en casa de...

下面的 casa 是加不加定冠詞都可以的例子。

- Vivo en (la) casa de mi tío. / 我住在叔叔的家裡。

如果加上定冠詞，感覺上是特別提到「叔叔的房屋」這個特定的建築物。而如果沒有定冠詞的話，en casa de 的功能則是表示「在～的家」的介系詞片語，而不是特意指出特定建築物的「房屋」。如同這個例子所顯示的，一般而言，不加冠詞的名詞是融入比較大的片語（這裡是介系詞片語）來使用的。

[補充-2] Escuela *de* Medicina / Escuela *del* Vino

de 和 del 有細微的差異。《de＋名詞》的感覺像是一個形容詞。例如 Escuela de Medicina 不是「醫學的學校」，而是一個完整的詞語「醫學院」。de Medicina 整體上像是單一的修飾詞。

相對地，假設有稱為 Escuela del Vino 的學校，則是「葡萄酒的學校」，但還不是已經成為慣用詞語的「葡萄酒學院」。如果出現了很多這樣的學校，或許就另當別論，但實際上就算已經有少數存在，它仍然不是我們習以為常的詞語（還沒有得到普遍的使用），所以目前還是會用 del 來表達。

雖然不見得能用翻譯中是否有「的」來判斷，但可以想成華語和西班牙語都有同樣的認知過程。

◇ 97 不可數名詞

不可數名詞不能使用不定冠詞，但可以加定冠詞。

☐ Desayunamos pan con mantequilla.	☐ 我們早餐吃塗奶油的麵包。
☐ Me gusta el aceite de Córdoba.	☐ 我喜歡哥多華的橄欖油。

◇ 98 列舉無冠詞名詞

列舉名詞時，經常會省略冠詞。

☐ Este es un libro para estudiantes y profesores de español.	☐ 這是一本供西班牙語學生與教師使用的書。
☐ Chinos, coreanos y japoneses hablan distintos idiomas.	☐ 中國人、韓國人和日本人說不同的語言。

> **補充** 慣用語與諺語中的冠詞

　　當兩個以上的單字被習慣性用來表達特定意義時，就稱為「慣用語」。在習慣性使用時，有的慣用語包括冠詞，有的則沒有，所以必須分別記憶。

(1) 多數慣用語表示一個意義的整體，所以其中不包含冠詞。
☐ Me he dado cuenta de que la gente me mira. / 我注意到了人們在看我。
☐ Este es un libro de referencia en el campo de antropología.
　 / 這是人類學領域的參考書。

(2) 也有像下面一樣包含冠詞的慣用語。
☐ Estamos a la cola en el *ranking* del uso de tecnología.
　 / 我們在科學技術應用的排名吊車尾。

(3) 下面的例子顯示，在類似的表達方式中，有些慣用語包含冠詞，有些則沒有。
☐ Alberto parece omnipresente. Me lo encuentro en todas partes.
　 / 阿爾貝托好像無所不在。我在哪裡都遇到他。
☐ Hay conexión a la red en todos los sitios. / 每個地方都有網路連線。

　　可以說，en todas partes 是表達「在哪裡都」的時候比較廣泛使用的慣用語。雖然也會說 en todas las partes，但 en todas partes 比較常見。至於 en todos los sitios 則表示「在每個地方」，使用時還是會意識到 sitios「地方」這個詞，所以還不完全是慣用語。en todos sitios 這個說法則很少有人使用。

(4) 諺語和格言等，常常省略冠詞。
☐ Jaula nueva, pájaro muerto. / 鳥在新的鳥籠會死掉。
☐ Hombre prevenido vale por dos. / 有準備的人價值兩個人。

2.6　重讀人稱代名詞

▶重讀人稱代名詞會隨著「人稱」與「數」而變化，當主詞或用於介系詞後。也可以單獨使用。

◇ 99　主格人稱代名詞的形式

「人稱」有表示〈說話者〉的「第一人稱」，表示〈聽者〉的「第二人稱」，以及表示〈其他人或事物〉的「第三人稱」。「數」則有「單數」和「複數」。人稱與數的組合，有以下六種情況。

人稱	單數	複數
第一人稱	☐ 說話者:「我」	☐ 包含說話者的複數人物:「我們」
第二人稱	☐ 聽者:「你」	☐ 包含聽者的複數人物:「你們」
第三人稱	☐ 說話者、聽者以外單數的人或事物:「他」「她」「它」	☐ 說話者、聽者以外複數的人或事物:「他們」「她們」「它們」

另外,還有第三人稱單數的 usted「您」、第三人稱複數的 ustedes「您們」等「敬稱」。

下表呈現各種人稱、數、性的主格人稱代名詞。第一人稱單數、第二人稱單數以及 usted / ustedes 不分陽性、陰性,使用相同的形式。nosotros, vosotros, él, ellos 有陰性形式。另外,還有中性的人稱代名詞 ello。

人稱	單數	複數
第一人稱	☐ yo	☐ nosotros / nosotras
第二人稱	☐ tú	☐ vosotros / vosotras
第三人稱	☐ él / ella / usted	☐ ellos / ellas / ustedes
	☐ ello	—

＊除了 ello 以外,重讀人稱代名詞當主詞時是指〈人〉。指〈事物〉的時候,會使用指示代名詞。☞◇112 指示代名詞

＊ ello 的意思是「那個,那件事」,指前面提過的事物。主要當成書面用語,口語中則會使用指示代名詞 eso。

補充　vos

在中美洲和南美洲南部的國家(如巴拉圭、烏拉圭、阿根廷、智利),不太使用重讀人稱代名詞的 tú,而是用 vos。這時候,動詞的陳述式現在時態與命令形使用特殊的形式。

☐ ¿Vos entendés? / 你懂嗎?
☐ ¡Vos vení acá! / 你來這裡!

在拉布拉他河流域國家(巴拉圭、烏拉圭、阿根廷),書面語和口語中都使用 vos。而在智利和中美洲國家,tú 被認為是比較正確的用法。其他拉丁美洲國家通常用 tú。

參考 使用 vos 的地區

在 16-17 世紀的西班牙，對於〈親近的人〉使用的 vos，逐漸被統一稱為 tú。而在拉丁美洲，雖然同一時期和西班牙交流密切的殖民中心地區（加勒比海地區、墨西哥、秘魯）也開始使用 tú，但遠離中心的地區（中美洲與南美洲南部）仍然沿續當時 vos 的用法，而保留到現在。在南美洲北部（哥倫比亞、委內瑞拉等），則是 tú 和 vos 都使用。

◇ 100　主格人稱代名詞的用法

❶ 當主詞是第一人稱／第二人稱時，因為可以從動詞形態得知主詞，所以基本上不使用主格人稱代名詞。

| ☐ ¿De dónde eres? — Soy de Japón. | ☐ 你來自哪裡？－我來自日本。 |

可以從前後內容或情境判斷的時候，第三人稱也會省略。

| ☐ José ha vuelto.
　— ¡Qué bien!, ¿cómo está? | ☐ 荷賽已經回來了。
　－太好了！他好嗎？ |

❷ 需要明確表示主詞的時候，會使用主格人稱代名詞。有以下幾種情況：(a) 強調主詞、(b) 表示對比、(c)（動詞形式和其他人稱相同時）明確表示主詞、(d) 主詞是 usted / ustedes、(e) 主詞改變的時候。

☐ (a) Yo voy solo.	☐ 我一個人去。
☐ (b) Tú cantas y yo toco la guitarra.	☐ 你唱歌，我彈吉他。
☐ (c) Yo vivía en un pueblo pequeño.	☐ 我曾經住在一個小村莊。
☐ (d) ¿Es usted el señor Pérez?	☐ 您是佩雷斯先生嗎？
☐ (e) Llámanos y nosotros vamos a tu casa.	☐ 打電話給我們，我們就會去你家。

＊在這些情況中，如果可以從情境判斷主詞的話，也會省略主詞。主詞的位置相對比較自由。

❸ 表示主詞的補語。

| ☐ Pepe es bueno. La mala eres tú. | ☐ 佩佩是好人。壞的是妳。 |

❹ 也可以獨立使用。

| ☐ ¿Quién quiere la tortilla? — ¡Yo! | ☐ 誰想要烘蛋？－我！ |

◇ 101　第三人稱主格代名詞

❶ 當主詞用的第三人稱代名詞 él, ella, ellos, ellas 指〈人〉。

| ☐ Él nunca falla. | ☐ 他從不失敗。 |

❷ 指〈前後內容或情境中的人〉。指〈前後內容中的人〉時，通常指前面出現過的名詞。

| ☐ Vi a José y él me entregó la carta. | ☐ 我見到荷賽，他交給我這封信。 |

下面是指〈情境中的人〉的情況。

| ☐ Él nunca nos saluda. | ☐ （指著遠處的人）他從來不跟我們打招呼。 |

❸ usted / ustedes 是第三人稱，指〈聽者〉。

| ☐ ¿Va a salir usted a estas horas? | ☐ 您這個時間要出門嗎？ |
| ☐ Vamos todos a la playa, tú, nosotros, y, claro, ustedes, también, ¿no? | ☐ 我們都要去海邊，你、我們，當然您們也會去吧，不是嗎？ |

◇ 102　usted / ustedes

它們是對於不是很親近的人表達禮貌的主格人稱代名詞。可以當主詞、補語或介系詞的受詞。它們對應的動詞、非重讀代名詞、所有格使用第三人稱。usted 和 ustedes 經常縮寫成 Ud. / Uds.。過去曾使用的縮寫 V. / Vs. 和 Vd. / Vds.，現在很少使用。

❶〔主詞〕「您~」

| ☐ ¿Qué plan tienen ustedes para mañana? | ☐ 您們明天有什麼計畫？ |

❷〔主詞的補語〕「～是您」

| ☐ Son ustedes los que tienen que decidir. | ☐ 必須做決定的是您們。 |

❸〔介系詞後面〕

| ☐ ¿Es de usted este libro? | ☐ 這本書是您的嗎？ |

❹〔呼喚〕

| ☐ ¡Oiga, usted! ¿Dónde se venden entradas? | ☐ 嘿，先生／小姐！哪裡有賣入場券？ |

❺ 在拉丁美洲，不使用 vosotros, vosotras 作為 tú 的複數形，而是使用 ustedes。對初次見面或親近的人都會使用。

| ☐ Ustedes los niños se quedarán en casa de la abuela. | ☐ 你們小朋友要待在奶奶家。 |

> 補充　tú / vosotros 和 usted / ustedes

　　對於不需要客氣的人，使用 tú / vosotros，而對於感覺有距離的人，則使用禮貌的 usted / ustedes。本書將 usted / ustedes 翻譯成「您／您們」。
　　在英語和西班牙語會稱呼名字（而不是姓）的對象，對應代名詞 tú / vosotros，以及 TÚ / VOSOTROS 的動詞變化形。

☐ Buenos días, profesor. ¿Cómo está usted? / 早安，老師。您好嗎？
☐ Hola, Paco. ¿Cómo estás? / 嗨，帕可。你好嗎？

usted / ustedes 的使用同時帶有敬意與距離感。如果對關係親近的人使用 usted / ustedes，會感覺像是刻意保持距離，而使氣氛變得疏離。

☐ No me hables de usted, que me haces sentir viejo.
／你不要用 usted 跟我說話，會讓我感覺很老。

　　即使不用代名詞 tú / vosotros 或 usted / ustedes，只要使用動詞的第二人稱，就等於使用 tú / vosotros，而使用第三人稱就等於使用 usted / ustedes。
　　對於初次見面或陌生的人，用 usted / ustedes 比較好。至於同學等年輕人之間的情況，即使是初次見面，也比較常用 tú / vosotros。

☐ Hola, ¿sabéis dónde está el comedor? / 嗨，你們知道校內餐廳在哪裡嗎？

> **參考** usted 的由來

>　　usted 源自古西班牙語的名詞片語 vuestra merced「你的恩惠」。vuestro 以前當成「你的」的意思使用。因為 vuestra merced 是名詞片語，所以 usted 也當成第三人稱。
>　　之所以把比較長的 vuestra merced 縮短成一個單字 usted，是因為它從名詞變成代名詞，而成為有文法功能的詞語。名詞傳達本身的意義是很重要的，所以會保持完整的形式不變，而主格人稱代名詞只是具備文法上的功能，表示帶著〈敬意〉來〈指示主詞〉。要發揮它的功能，只需要詞語形式和其他人稱代名詞有所區別就夠了，就不再需要像名詞一樣保持完整的形式。甚至可以說，是因為無意義的完整詞語形式反而會妨礙它作為文法詞的功能，所以被縮短了。

◇ 103　人稱代名詞的陰性複數形

名詞或代名詞的陰性複數形，用於所指的對象全部都是〈女性〉時。

☐ <u>Nosotras</u> nunca obedecemos ciegamente a los hombres.	☐ 我們女人從不盲目服從男人。
☐ Ahí están Maricarmen, Rosa y Pepa. ¿Quieres hablar con <u>ellas</u>?	☐ 瑪麗卡門、羅莎和佩帕在那裡。你想和她們聊天嗎？

＊如果包括〈男性〉的話，就使用陽性的複數形。如果「我們」之中包括男性，即使說話者是女性，還是會說 nosotros。

◇ 104　《介系詞＋重讀人稱代名詞》

❶ 介系詞後面的人稱代名詞，大部分和主格人稱代名詞相同。這些詞是重讀詞。

☐ La hora de salida depende de <u>nosotros</u>.	☐ 出發時間取決於我們。
☐ Ahí están mis compañeros. Yo trabajo con <u>ellos</u>.	☐ 我的同事們在那裡。我和他們一起工作。

介系詞後面的重讀人稱代名詞除了指〈人〉以外，也可以指〈事物〉。

☐ ¿Ves aquellas montañas? Detrás de <u>ellas</u> está el mar.	☐ 你看到那些山了嗎？在它們後面是海。

2.6 重讀人稱代名詞

❷ **第一人稱單數（yo）和第二人稱單數（tú）使用特殊形 mí 和 ti。**

☐ ¿Este café es para mí? — Sí, es para ti.	☐ 這杯咖啡是給我的嗎？ －對，是給你的。

❸ **在 con 後面接 mí 和 ti 的時候，會變成一個單字 conmigo, contigo。**

☐ × con ＋ mí / ○ conmigo	☐ 和我一起
☐ × con ＋ ti / ○ contigo	☐ 和你一起

☐ ¿Vienes conmigo? — Sí, voy contigo.	☐ 你要和我一起來嗎？ －好，我跟你一起去。

參考 conmigo 和 contigo

　　conmigo 字尾的 go 和字首的 con 來自相同的字源。也就是說，它的形式就像是 con＋mí＋con 一樣前後重複。con- 和 -go 都源自拉丁語的介系詞 CUM。之所以會重複使用，據推測是因為拉丁語的 MECUM「和我一起」在中世紀西班牙語變成一個單字 mego。可能是因為 mego 裡面看不出介系詞的形態，所以像其他名詞一樣又加上了 con 而成為 con mego。現代西班牙語以 conmigo 的形式沿續下來。在中世紀西班牙語，雖然 nosotros, vosotros 也有 connosco, convosco 的形式，但後來不再使用了。相對地，因為 conmigo 和 contigo 當時很常用，而在現代西班牙語留存下來。consigo「和自己一起」也是一樣。
☞◇304 反身句 補充-1

◇ 105　ello

中性的重讀代名詞 ello 表示〈已經提過的事〉或者〈說話者和聽者彼此已經知道的事〉。它指的不是〈具體的物體〉，而是〈抽象的內容〉。

☐ Juan no me dijo nada. Por ello me extrañaba.	☐ 胡安沒對我說什麼。因此，我感到驚訝。
☐ No te preocupes, que ya estoy en ello.	☐ 你不要擔心，因為我已經在處理那件事了。

＊大多用在介系詞後面。當主詞時則會用 eso, lo cual（☞◇112 指示代名詞；◇246 el cual）。關於中性 ☞◇107 第三人稱的非重讀人稱代名詞

2.7　非重讀人稱代名詞

▶非重讀人稱代名詞用作動詞的直接受詞或間接受詞。它們並不是像英語一樣放在動詞後面，而是放在動詞前面。

◇ 106　第一人稱 / 第二人稱的非重讀人稱代名詞

第一人稱和第二人稱的非重讀人稱代名詞，如下表所示。

人稱	單數	複數
第一人稱	me	nos
第二人稱	te	os

它們的直接受詞與間接受詞形式相同。

☐ Ella me esperaba en la estación.	☐ 她（當時）在車站等我。
☐ José te enseñaba español.	☐ 荷賽以前教你西班牙語。

◇ 107　第三人稱的非重讀人稱代名詞

第三人稱的非重讀人稱代名詞，有直接受詞與間接受詞的區分。

❶ 第三人稱的非重讀直接受格代名詞，隨著性與數的不同，而有以下各種形式。

性	單數	複數
陽性	lo	los
陰性	la	las
中性	lo	—

直接受詞表示動詞〈動作〉的〈直接對象〉。

☐ Leí tu libro. Lo leí con mucho interés.	☐ 我讀了你的書。我興味濃厚地讀了它。
☐ Mira esta bicicleta. La compré ayer.	☐ 你看這輛腳踏車。我昨天買的。

2.7 非重讀人稱代名詞

❷ 中性的 lo 不是指具體的名詞，而是能夠從前後內容提到的話題或狀況判斷的內容。

☐ Dice que va a venir, pero no lo creo.	☐ 他說他會來，但我不這麼認為。
☐ ¿Los estudiantes eran buenos? — Sí, lo eran.	☐ 那些學生（過去表現）好嗎？ —是的，很好。

＊關於和 ser 等連繫動詞一起使用的 lo ☞◇298《主詞＋連繫動詞＋補語》

❸ 在西班牙大部分地區與拉丁美洲一些地區，當陽性直接受詞表示〈人〉的時候，會用 le / les 取代 lo / los。

☐ ¿Conoces a José? — Sí, le conozco muy bien.	☐ 你認識荷賽嗎？ —對，我跟他很熟。

補充-1 le / les 代用法的由來與原則

　　在西班牙的中央部、西北部以及拉丁美洲的一些地區，表示「人」的直接受詞不是用 lo / los，而是用 le / les 表示。這種用法稱為 leísmo。這種現象是從中世紀開始發生的，但在當時收復失地運動尚未完成的安達盧西亞，以及地理大發現時期征服的加那利群島與美洲大陸，這個現象則沒有普及。即使在西班牙，用法也不統一，美洲大陸對此也有搖擺不定的情形，但一般而言有以下傾向。

(1) usted / ustedes 當直接受詞時，不僅是西班牙，其他地方使用的直接受格代名詞也通常是 le, les。對於〈女性〉，也有使用 le / les 的情況。
　☐ Le invito a cenar. / 我請您吃晚餐。

(2) 動詞有〈心理上的意義〉的情況
　☐ Tus argumentos le convencieron. / 你的論證說服了他。
　☐ No le preocupan las opiniones de los demás. / 他不在乎其他人的意見。

補充-2 中性是單數

　　名詞的性有「陽性」和「陰性」，但沒有「中性」。人稱代名詞、冠詞和指示代名詞則有「中性」。使用中性的情況，是表示名詞以外的事物的時候。如果是表示名詞的話，就一定會有陽性或陰性的性，而其他情況則沒有性，所以指稱的時候使用人稱代名詞、冠詞和指示代名詞的中性。
　　如同下面的例句所顯示的，就算有多個形容詞、不定詞、名詞子句、關係子句、疑問句，但因為不是名詞，所以當成中性並視為單數。

- ☐ ¿Los estudiantes eran buenos y aplicados?—Sí, lo eran.
  / 那些學生（過去表現）很好而且勤奮嗎？—是的，他們就是那樣。
- ☐ Es necesario estudiar y enseñar historia de la lengua.
  / 研究與教導語言史是必要的。
- ☐ Es increíble que no haya dicho nada y que se haya marchado.
  他沒說什麼就走了，讓人難以相信。
- ☐ Me sorprende lo bien que has hecho el trabajo y lo rápido que lo has terminado.
  / 你工作做得這麼好、完成得這麼快，讓我很驚訝。
- ☐ ¿Cuándo vienen? ¿Cómo vienen? ¿Cuántas personas vienen?—No lo sé.
  / 他們什麼時候來？怎麼來？有多少人會來？—我不知道。

❹ **第三人稱的間接受格人稱代名詞，隨著數的不同，而有以下不同形式，但不區分性。**

性	單數	複數
陽性，陰性，中性	le	les

間接受詞表示動詞片語影響所及的〈間接接受對象〉。

☐ Le regalo este libro.	☐ 我送他這本書。
☐ Le enseñé el camino.	☐ 我告訴了他路怎麼走。

參考 定冠詞和第三人稱直接受格代名詞的形式

　　定冠詞的形式是 el, la, los, las，而第三人稱直接受格代名詞的形式是 lo, la, los, las。它們都源自拉丁語表示「那個」的指示詞 ILLE, ILLA。因為有相同的字源，所以形式也相似或者相同。

◇ 108　非重讀人稱代名詞的位置

❶ **非重讀人稱代名詞通常放在動詞前面。它們不帶重音，和動詞連在一起發音。**

☐ He comprado un libro y ahora lo estoy leyendo.	☐ 我買了一本書，現在正在讀。

重讀人稱代名詞（主格人稱代名詞，以及接在介系詞後的人稱代名詞）可以當作疑問句的回答，但非重讀人稱代名詞不能當作疑問句的回答。

☐ ¿Quién ha dicho eso? — Tú.	☐ 誰那麼說的？-你。
☐ ¿A quién viste ayer? — Vi a ella, a Carmen. (× La vi.)	☐ 你昨天見了誰？ -我見了她，卡門。

＊因為重讀人稱代名詞可以像這樣單獨使用，所以類似於普通名詞。

❷ **非重讀人稱代名詞一定會連接在不定詞（☞ 4.10）、現在分詞（☞ 4.11）、命令形（☞ ◇205）的後面。**

☐ Voy a hacerlo.	☐ 我會那麼做。
☐ Pensándolo bien, creo que estoy equivocado.	☐ 仔細想想，我覺得我錯了。
☐ Escríbeme pronto.	☐ 早點寫信給我。

＊這時候，因為併成一個單字，所以可能需要重音符號。例如 pensándolo 和 escríbeme，雖然 pensando, escribe 的重音位置並沒有改變，但加上 lo 和 me 之後，重音落在倒數第三個音節，所以需要在 a, i 加上重音符號。至於 hacerlo，因為變成母音結尾，而重音位置從最後一個音節變成倒數第二個音節，所以不需要重音符號。

❸ **如果不定詞或現在分詞前面有動詞的活用變化形，也可以把代名詞放在動詞變化形的前面。**

☐ Te voy a llamar esta tarde.	☐ 我今天下午會打電話給你。
☐ Lo estamos pensando.	☐ 我們正在考慮那件事。

參考 非重讀人稱代名詞位置的由來

拉丁語的指示代名詞是重讀詞，位置相對自由，不受動詞位置的限制。在中世紀西班牙語，它變成人稱代名詞，而作為直接受詞和間接受詞的人稱代名詞失去重音，需要重讀詞的支持，就變成連接在重讀詞的後面了。於是，產生了以下兩種句型。

☐ (1)《動詞（支持）＋人稱代名詞》：Violo.「他看到了它。」
☐ (2)《重讀詞（支持）＋人稱代名詞＋動詞》：Él lo vio.「他看到了它。」

《不定詞、現在分詞、肯定命令形＋代名詞》的詞序源自 (1) 的句型。也就是說，因為不定詞、現在分詞、肯定命令形是重讀詞，所以代名詞連接在上面。當動詞前面沒有其他重讀詞時，代名詞就像這樣接在動詞後面。

109

而如果是動詞的活用變化形，因為出現了主詞的名詞，所以代名詞在動詞之前，像是連接在名詞上，也就是 (2) 的句型。如果沒有其他重讀詞的話，即使動詞是活用變化形，也會像 Violo.「他看到了它」一樣，使用 (1) 的句型。而在現代語中，(2) 的模式一般化，即使動詞前面沒有重讀詞，也會把代名詞放在前面，也就是 Lo vio. 這種形式變得普遍了。

不定詞和現在分詞的情況，則有以下 (a), (b) 這兩種可能的位置。

❑ (a) Quiero ver<u>lo</u>. / Voy a ver<u>lo</u>. / Estoy viéndo<u>lo</u>.
❑ (b) <u>Lo</u> quiero ver. / <u>Lo</u> voy a ver. / <u>Lo</u> estoy viendo.

(a) 和 (b) 分別表示 (1) 和 (2) 的句型。雖然意義幾乎沒有差異，但有 (a) 常用於書面語，(b) 常用於口語的傾向。這種差異可以理解為 (1) 的句型比較老派，而 (2) 的句型比較新。另外，(1) 也比較能讓人感覺到主詞積極的意志。

◇ 109　非重讀人稱代名詞的連續

❶ 非重讀人稱代名詞連續時，順序一定是《間接受詞＋直接受詞》。

| ❑ Como no tengo tiempo, <u>te</u> <u>lo</u> contaré resumidamente. | ❑ 因為我沒有時間，所以我會概括地告訴你。 |
| ❑ Si <u>me</u> <u>lo</u> permite, le acompaño hasta la estación. | ❑ 如果您容許的話，我陪您到車站。 |

❷ le, les 和第三人稱直接受詞（lo, la, los, las）連用時，會變成 se。順序是《se＋直接受詞》。

| ❑ Tienes que comunicar al jefe la noticia.
— Sí, <u>se</u> <u>la</u> comunicaré inmediatamente. | ❑ 你必須通知上司這個消息。
－好的，我會立刻通知他。 |

補充　非重讀人稱代名詞的連續與不連續

(1)　¿Puedes prestarme el diccionario? / 你可以借我辭典嗎？
(2) ○ ¿<u>Me</u> <u>lo</u> puedes prestar? / 你可以借我那個嗎？
(3) ○ ¿Puedes prestár<u>melo</u>? / 你可以借我那個嗎？
(4) △ ¿<u>Me</u> puedes prestar<u>lo</u>? / 你可以借我那個嗎？
(5) × ¿<u>Lo</u> puedes prestar<u>me</u>? / 你可以借我那個嗎？

(1) 的 el diccionario 改成代名詞的時候，會像 (2) 和 (3) 一樣，一起放在動詞活用變化形 puedes 的前面，或者緊接在不定詞 prestar 的後面。雖然也有少數像 (4) 一樣把間接受詞和直接受詞分開的說法，但不會像 (5) 只把直接受詞放在前面。

> **參考** 間接受格代名詞的變化 le, les ＞ se 的理由

間接受格代名詞 le, les 之所以在第三人稱直接受格前面變成 se，是因為在拉丁語＞中世紀西班牙語＞現代西班牙語的歷史演變過程中，產生了 ILLI ILLUM「給那個人那個東西」＞ (e)ljélo ＞ gelo /ʒelo/ ＞ gelo /ʃelo/ ＞ se lo /selo/ 的發音變化，結果形成和反身代名詞 se 相同的形式。

中世紀西班牙語的 ge 沒有複數形，又是為什麼呢？下面的照片是 13 世紀的中世紀西班牙語文件。

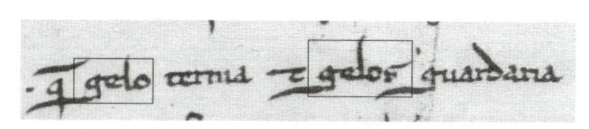

q<ue> gelo ternia & gelos guardaria (que se lo tendría y se los guardaría)

從這張圖可以看到，在中世紀，gelo 和 gelos 是像一個單字一樣連起來寫的。它們有特殊的發音 /ʒelo/，而且只有一個重音。所以，可以推測 gelo 和 gelos 都當成一個單字。或許因為是一個單字，所以不能像拉丁語間接受詞的複數形 ILLIS「那些人」一樣變成複數 ges。這是因為西班牙語通常不能把單字中間的要素變成複數。至於拉丁語直接受詞的陽性複數形 ILLOS「那些」和陰性單數形 ILLAM「那個」、陰性複數形 ILLAS「那些」，則呈現在 gelos, gela, gelas 的字尾變化。它們就是現代語 se los, se la, se las 的由來。

◇ 110　人稱代名詞與名詞片語的重複

❶ 《代名詞＋動詞＋ a ＋名詞、代名詞》

《a ＋名詞、代名詞》表示間接受詞的時候，通常會在前面加上重複的人稱代名詞。

☐ Le he dicho la verdad a Juan.	☐ 我告訴胡安真相了。
☐ La madre le cuenta un cuento al niño.	☐ 母親講故事給孩子聽。

名詞片語指〈人〉的時候，通常會用代名詞重複，但如果是間接受詞，那麼即使不是〈人〉也會重複。

☐ Le eché gasolina al coche.	☐ 我給車子加了汽油。

如果不使用代名詞，《a ＋名詞》的〈接受者〉意思會變弱，而成為單純的〈方向，場所〉的意思。

☐ Eché agua al coche.	☐ 我把水倒在車上。

111

第三人稱間接受格人稱代名詞所指的對象可能顯得不明確,所以會用《a＋代名詞》明確表示出來。

| ❑ Lucía es una persona sumamente confiable. Pídele a ella que te ayude. | ❑ 露西亞是非常值得信賴的人。你請她幫你吧。 |

第一人稱和第二人稱雖然沒有不明確的問題,但有時也會用重複的代名詞來強調。

| ❑ Juan no me dice a mí lo ocurrido. | ❑ 胡安不告訴我發生的事。 |

❷《(a＋)名詞片語＋代名詞＋動詞》

句首的「(a＋)名詞片語」是表示句子的話題。這時候會使用重複的代名詞。

| ❑ A ellos no les diré nada. | ❑ 對他們我什麼都不會說。 |

直接受詞當話題的時候,也會放在句首。這時候也會在主句中用代名詞重複表示直接受詞。

| ❑ Este libro, lo he comprado hoy. | ❑ 這本書是我今天買的。 |

如果不用代名詞的話,則比較偏向〈強調〉而不是〈話題〉的意味。

| ❑ Solo a María diré la verdad. | ❑ 只有對瑪麗亞我才會說實話。 |

也有《a＋疑問詞/關係代名詞＋代名詞＋動詞》的句型。

| ❑ ¿A quién le importa lo que yo haga? | ❑ 我做什麼關誰的事? |
| ❑ Juan, a quien le toca hoy lavar los cacharros, no está. | ❑ 胡安今天輪到洗碗盤,而他不在。 |

2.8 指示詞

▶指示詞表示「這個」「那個」，其中包括「指示形容詞」和「指示代名詞」。

◇ 111 指示形容詞

指示形容詞有近稱 este「這個」、中稱 ese「那個」和遠稱 aquel「那個」。它們隨著被修飾或指示的名詞性、數而有以下的變化。

性	近稱「這個」 單數	近稱「這個」 複數	中稱「那個」 單數	中稱「那個」 複數	遠稱「那個」 單數	遠稱「那個」 複數
陽性	□ este	□ estos	□ ese	□ esos	□ aquel	□ aquellos
陰性	□ esta	□ estas	□ esa	□ esas	□ aquella	□ aquellas

❶ **指前後內容或場景中的人或物。este 表示在說話者身邊，ese 表示離說話者有點距離，aquel 表示在說話者的遠處。**

□ Este señor viene de Chile.	□ 這位先生來自智利。
□ ¿Ves aquellas montañas?	□ 你看到那些山了嗎？

介紹人的時候，可以用指示代名詞 este 表示「這位」的意思。

□ Esta es mi compañera de clase, Ana.	□ 這位是我的同班同學安娜。

❷ **除了〈場所〉以外，也可以表示〈時間〉或〈心理上的遠近感〉。**

□ A esa hora el tren va siempre muy apretado.	□ 那個時間列車總是非常擁擠。
□ Aquellos días de mi infancia fueron magníficos.	□ 我童年的那些日子很美好。

❸ **指示形容詞通常放在名詞前面。如果放在名詞後面，則帶有〈強調〉、〈諷刺〉、〈輕蔑〉等主觀意味。這是口語的用法。**

□ El chico ese nunca me saluda.	□ 那個男的從來不向我打招呼。
□ ¡Ojalá que la clase esta termine pronto!	□ 真希望這堂課早點結束！

> [補充] 西班牙語和日語的指示詞

　　西班牙語的 este 是指〈說話者身邊的事物〉，ese 指〈離說話者有點距離的事物〉，aquel 指〈在說話者遠處的事物〉。也就是說，是以說話者為中心。而日語的「この（kono）、これ（kore）」是指〈離說話者近的事物〉，「その（sono）、それ（sore）」指〈離聽者近的事物〉，「あの（ano）、あれ（are）」指〈離兩者都遠的事物〉，著重於說話者與聽者的關係。

- (1) En España existen varias fiestas famosas como la de San Fermín en Pamplona. — Sí, de esta fiesta habla Hemingway en uno de sus libros.
  / 在西班牙有多種像是潘普洛納的聖費爾明節的知名節慶。— 是的，海明威在他的一本書中談到這個節慶。
- (2) ¿Conoces a ese chico, que está en la esquina?
  / 你認識那個男生嗎，在街角的那個？

　　(1) 的第一位說話者提出 Fiesta de San Fermín 這個話題。在日語的情況裡，第二位說話者要提到這個節慶的時候，因為是對方提起的話題，所以會使用「その（sono）」（編註：表示離聽者近），而在西班牙語則是因為和說話者的意識有直接關係而說 esta fiesta。如果這裡改成 esa fiesta 的話，則是在說話者的意識上有些距離、比較間接的感覺。

　　(2) 的 chico 是遠離聽者與說話者的人，所以在日語的情況裡會使用「あの（ano）」（編註：表示離說話者與聽者都遠），而在西班牙語則是因為說話者感受中的距離感而使用 ese。

> [參考-1] 西班牙語指示詞的由來

　　英語有 this 和 that 兩個指示詞，而西班牙語則和日語一樣有三個指示詞。這樣的區分也存在於拉丁語。在拉丁語中，是使用 HIC「這個」、ISTE「那個（離聽者近）」、ILLE「那個（不考慮聽者）」。

　　到了西班牙語的時代，拉丁語的 (H)IC 因為很短、容易和其他詞混淆，人們不喜歡使用，所以拉丁語的 ISTE 逐漸變成了西班牙語的 este「這個」。

　　西班牙語的 ese 源自拉丁語的 IPSE「正是」、「～自己」。至於 aquel 則是源自《ECCUM「看啊！」＋ ILLE「那個」》。因為 aquel 包含了 ILLE，所以後面和源自 ILLE 的定冠詞（el）與代名詞（él）是一樣的。

> [參考-2] 指示形容詞的陽性單數形 este, ese, aquel 的由來

　　指示形容詞和一般的名詞與形容詞不同，只有陽性單數形是特別的形式。要了解其中原因，必須追溯原始印歐語→拉丁語→西班牙語的語言史。

　　西班牙語 este「這個」的語源，是拉丁語的 ISTE「那個（離聽者近）」，其中有原始印歐語的指示詞標記 *t(e)。拉丁語的 ISTE 和非母音結尾的 IST 在同時

期混用，而在古典拉丁語則使用 ISTE（陽性）、ISTA（陰性）、ISTUD（中性）。這個時期的形式之所以不是像一般名詞的 ISTUS, ISTA, ISTUD，被認為可能是因為曾經用非母音結尾的形式作為主格。IST 是後來加上母音 E 的。

後來西班牙語開始使用源自 ISTE「那個（離聽者近）」的 este「這個」。在那時候，「這個」的陽性單數形就已經是 este，而不是 esto。對於這樣的情形，有人認為是因為「拉丁語的主格形式 ISTE 傳到西班牙語」，也有「一開始使用賓格 esto，但字尾 -o 脫落，後來加上母音 -e 變成 este」的說法。西班牙語名詞原則上來自拉丁語的賓格形。在後者的說法中，提到的理由是「這裡恢復的母音 e 是為了和中性形（esto）有所區別」，而母音 e 是比較中立的語音這點也被視為原因之一。

這種只有陽性單數形成為特殊形式的現象，也發生在定冠詞。定冠詞只有陽性單數形是特殊形式 el，而其他的 la, los, las 則和一般形容詞形式相同。

◇ 112　指示代名詞

表示「這個」、「那個」的指示代名詞，除了陽性、陰性以外，還有中性形。

性	近稱「這個」		中稱「那個」		遠稱「那個」	
	單數	複數	單數	複數	單數	複數
陽性	☐ este	☐ estos	☐ ese	☐ esos	☐ aquel	☐ aquellos
陰性	☐ esta	☐ estas	☐ esa	☐ esas	☐ aquella	☐ aquellas
中性	☐ esto		☐ eso		☐ aquello	

指示代名詞的陽性和陰性也有帶重音符號的寫法，但中性形絕對不會加重音符號。

❶ 指示代名詞 este, ese, aquel 的位置關係與指示形容詞相同。

☞◇111 指示形容詞　補充

| ☐ Este es mi asiento, ese el tuyo y aquel el suyo, el de María. | ☐ 這是我的座位，那是你的，那是她的，瑪麗亞的座位。 |

❷ 指示代名詞的中性形式有「這個東西，這件事」、「那個東西，那件事」的意思。

| ☐ ¿Qué es esto? | ☐ 這是什麼？ |
| ☐ ¿Te gusta la televisión? — Eso depende. | ☐ 你喜歡電視嗎？－那要看情況。 |

補充-1 ¿Qué es esto?

　　動詞 ser 與指示代名詞連用時，可能會猶豫該用中性形還是陽性／陰性形。下面用例子來簡單說明。

- (1) ¿Qué es <u>esto</u>? ― Es nuestra página web. / 這是什麼？― 是我們的網頁。
- (2) ¿Quién es <u>esa</u>? ― Es nuestra jefa de departamento.
　　/ 那個女的是誰？― 是我們的部長。
- (3) <u>Este</u> es el tema de hoy. / 這是今天的主題。
- (4) <u>Esto</u> es un tema muy difícil. / 這是非常困難的主題。
- (5) El tema de hoy es <u>este</u>. / 今天的主題是這個。

　　(1) 是中性形的典型用法。因為是問「這是什麼？」，所以不知道所指的東西的名字。因為不知道名字，所以性不確定，而使用中性形。至於問複數的〈事物〉的時候，如果知道性就使用 estos / estas。例如看到一些機器（las máquinas）的時候，會說 ¿Y qué son estas?。就算前面沒說過 máquinas 這個詞，只要說話者和聽者都了解就行了。如果不知道性的話，就使用陽性複數形 estos。
　　像 (2) 一樣指〈人〉，詢問「那個人是誰？」的時候，因為知道所指人物的性別，所以依性別使用陽性形（este, ese, aquel）或陰性形（esta, esa, aquella）。
　　(3) 和 (4) 是指示代名詞的陽性形與中性形的例子。(3) 使用陽性形 este，是因為要符合說話者的意識中所想的名詞 el tema 的性。(4) 在說 Esto 的時候，還沒有意識到 el tema 這個具體的概念，所以使用中性形 Esto。(5) 因為一開始已經說出 El tema 了，所以必須符合它的性。
　　那麼，請想像你面對著一些不可思議的〈複數〉建築物。要問「這些是什麼？」的時候，如果心中所想的是 edificio「建築物」，會使用下面的 (6)，而如果想到的是 casa「房屋」則會用 (7) 來表達。如果並沒有想著任何一個詞的話，就會用 (6)。

- (6) ¿Qué <u>son</u> estos? / (7) ¿Qué <u>son</u> estas?

補充-2 中性的定冠詞 lo 與中性的指示代名詞 eso

　　「～的事」可以用 lo de... 和 eso de... 來表達。lo de... 單純表示之前說過的事。eso de... 的 eso 是指和自己有點距離的事物，所以帶有冷淡的感覺。

- No te olvides de <u>lo</u> de mañana. / 你不要忘記明天的事。
- No me gusta <u>eso</u> de tener que hablar con el profesor.
　　/ 我不喜歡必須跟老師講話（這件事）。

2.9　所有格

▶「所有格」的詞彙包括「所有格形容詞」和「所有格代名詞」。「所有格形容詞」包括放在名詞前面的「前置所有格形容詞（短縮形）」和放在其他位置的「後置所有格形容詞（完整形）」。「所有格代名詞」以《定冠詞＋後置所有格形容詞（完整形）》的形式構成。

◇ 113　前置所有格形容詞（短縮形）

前置所有格形容詞（短縮形）隨著所有者人稱與數的不同，而有以下種類。

人稱	單數	複數
第一人稱	☐ mi(s)「我的」	☐ nuestro(s), nuestra(s)「我們的」
第二人稱	☐ tu(s)「你的」	☐ vuestro(s), vuestra(s)「你們的」
第三人稱	☐ su(s)「他的、她的、它的」	☐ su(s)「他們的、她們的、它們的」

❶ 每種情況都有單數形與加 -s 的複數形。單數形用於單數名詞前，複數形用於複數名詞前。例如 mi 和 mis 都表示「我的」，而複數形 mis 的意思並不是「我們的」。

❷ 陽性形 nuestro(s) / vuestro(s) 有對應的陰性形 nuestra(s) / vuestra(s)。陽性形用於陽性名詞前，陰性形用於陰性名詞前。例如 nuestra 表示「我們的」，但並不表示「我們」是女性。

❸ su 是第三人稱單數與複數共通的說法，所以意義上有許多可能性。su 的複數形 sus 是用於複數名詞前的形式。複數形 sus 的意思不一定是「他們的」或「她們的」。

☐ <u>mi</u> hijo	☐ 我的兒子	☐ <u>nuestra</u> hija	☐ 我們的女兒
☐ <u>mis</u> hijos	☐ 我的兒子們	☐ <u>nuestras</u> hijas	☐ 我們的女兒們

☐ <u>su</u> problema	☐ 他的〔她的／他們的／她們的／您的／您們的／它的／它們的〕問題

❹ 所有格形容詞不僅表示〈所有〉，也表示一般以「～的」表示的〈關係〉。例如 su foto 除了「他擁有的照片」以外，也有「他的照片（將他拍攝出來的照片）」的意思。

| ☐ <u>Mi</u> foto está en la mesa. | ☐ 我的照片在桌上。 |

❺ 除了表示〈所有〉或〈關係〉而修飾名詞以外，也兼具定冠詞的功能，如下所示。

| ☐ Blanca es <u>nuestra</u> compañera de clase. | ☐ 布蘭卡是我們的同班同學。 |

所以，不能像 ×la nuestra compañera / ×una nuestra compañera 一樣再給名詞加上冠詞。在使用下一個項目所說明的「後置所有格形容詞（完整形）」時才會加冠詞。

❻ 前置所有格形容詞（短縮形）通常不重讀，和後面的名詞連在一起發音。不過，在強調的時候，也有可能刻意重讀。

| ☐ Es **tu** problema. | ☐ 這是你的問題。 |

＊所有格形容詞的 tu 不加重音符號。加上重音符號會變成人稱代名詞主格 tú「你」。☞◇99 主格人稱代名詞的形式

補充-1 su 的區分與《de＋名詞／代名詞》

su 是第三人稱單數與複數共通的說法，所以能表示「他的／她的／他們的／她們的／您的／您們的／它的／它們的」等多種意義。在實際溝通中，可能因此造成對於所有者的誤解或模糊不清的情況。

為了避免誤解或模糊不清，舉例來說，可以把 su casa「他的家」改成 la casa de Pedro「佩德羅的家」來表達。在墨西哥、中美洲和秘魯，有時也會像 su casa de Pedro 一樣重複表示所有者。

第一人稱和第二人稱的所有格不會產生這種誤解或模糊不清，所以不會說 × la casa de mí 或 ×la casa de ti。

而 la casa de nosotros 和 la casa de vosotros 這種表達方式，在拉丁美洲和西班牙的加那利群島經常聽到，但一般的說法還是 nuestra casa 和 vuestra casa。在拉丁美洲，經常把「您的家」說成 su casa，「他／他們的家」說成 la casa de él／ella，藉此做出區別，但在西班牙兩者都說成 su casa。也有用 su casa de usted 表示禮貌的說法。

2.9 所有格

[補充 -2] 西班牙語的定冠詞和英語的所有格形容詞

在下面幾種情況，英語使用所有格形容詞 my, your, his 等等，西班牙語則通常使用定冠詞。

- Ana bajó la cabeza. / 安娜低下頭。(*Ana lowered her head.*)
- Abre los ojos. / 張開眼睛。(*Open your eyes.*)
- Se quitó los zapatos. / 他脫掉鞋子。(*He took off his shoes.*)

西班牙語通常使用定冠詞而不是所有格形容詞的情況，包括〈自己身體的部位〉、〈身上穿戴的東西〉、〈總是攜帶的東西〉等等。

◇ 114　後置所有格形容詞（完整形）

後置所有格形容詞（完整形）都有各自的陰性形和複數形，它們和所修飾的名詞性、數一致，並且有重音。

人稱	單數	複數
第一人稱	mío(s), mía(s)「我的」	nuestro(s), nuestra(s)「我們的」
第二人稱	tuyo(s), tuya(s)「你的」	vuestro(s), vuestra(s)「你們的」
第三人稱	suyo(s), suya(s)「他的、她的、它的」	suyo(s), suya(s)「他們的、她們的、它們的」

用法如下。

❶〔所有格形容詞〕接在名詞後面。

Un amigo mío desea hablar con usted.	我的一個朋友想要跟您談。

有時會以《定冠詞＋名詞＋後置所有格形容詞（完整形）》的形式來強調〈所有者〉。

Según el parecer nuestro, no deberían aceptar la propuesta.	依照我們的看法，他們不應該接受那個提案。

特別是在西班牙，會用來當作稱呼或表示親密感。但在拉丁美洲，下面例句的情況比較常用 mi hijo。

¡Ah, hijo mío!	啊，我的兒子呀！

119

❷〔所有格形容詞〕補語：當 ser 動詞等等的主詞補語。

| ☐ Este coche es <u>mío</u>. | ☐ 這輛車是我的。 |

❸〔所有格代名詞〕：《定冠詞＋後置所有格形容詞（完整形）》構成所有格代名詞，表示「〜的東西」。定冠詞與所指的名詞一致。

| ☐ El resultado de mi suma no cuadra con <u>la tuya</u>. | ☐ 我的加總結果和你的（加總）不一致。 |

《中性定冠詞（lo）＋後置所有格形容詞（完整形）》表示抽象的總體。

| ☐ <u>Lo nuestro</u> es suyo y viceversa. | ☐ 我們的東西是您的，反之亦然。 |

和 su 一樣，suyo 也有許多意義，所以有時會用 de él [ella / usted / ellos / ellas / ustedes] 代替。尤其是 usted / ustedes，de usted / de ustedes 還比 suyo 常用。

| ☐ Ese es mi plan. Ahora me gustaría oír alguna sugerencia <u>de ustedes</u>. | ☐ 那就是我的計畫。現在我想聽各位的建議。 |

補充 《副詞＋ de ＋代名詞》和《副詞＋後置所有格形容詞（完整形）》

後置所有格形容詞（完整形）有時會像下面的例句一樣，用於副詞後面。

☐ ¿Quiénes vendrán detrás <u>nuestro</u>? / 誰會在我們之後來？
☐ Encima <u>mía</u> veo volar a las aves. / 我看到鳥在我頭上飛。

這種用法以阿根廷為首，在拉丁美洲的許多地方都可以看到，但墨西哥和西班牙通常使用 detrás de nosotros, encima de mí 這種《de ＋重讀人稱代名詞》的形式。

2.10　不定代名詞與不定形容詞等

▶這一節要介紹「某人」、「某個東西」等等表示〈不確定的人〉或〈不確定的事物〉的詞語。有些不定詞語有對應的否定詞語。這裡也會介紹除了代名詞以外的使用方式。

◇ 115　algo　西 *something, anything*

沒有陽性與陰性、單數與複數的區分,所以不會變化。

❶〔代名詞〕「某物」、「某事」、「什麼」

| ☐ Quiero preguntar algo a María. | ☐ 我想問瑪麗亞一件事。 |

形容詞一定會接在後面。

| ☐ ¿Hay algo nuevo? | ☐ 有什麼新鮮事嗎? |

否定句使用 nada。

| ☐ ¿Queda algo?
— No, no queda nada. | ☐ 有剩下什麼嗎?
－沒有,什麼都不剩。 |

❷〔代名詞〕「一點」、「一些」

| ☐ Más vale algo que nada. | ☐ 有總比沒有好。《諺語》 |
| ☐ Sé algo de mecánica. | ☐ 我懂一點機械。 |

❸〔副詞〕「稍微」、「有點」

| ☐ Estoy algo cansada. | ☐ 我（女性）有點累。 |

❹《algo de＋形容詞變化形》「有點~的地方」

| ☐ Rosa tiene un algo de rara. | ☐ 羅莎有點奇怪。 |

◇ 116　alguien　西 *someone, anyone*

沒有陽性與陰性、單數與複數的區分,所以不會變化。表示「某人」。

| ☐ Conozco a alguien con ese nombre. | ☐ 我認識叫那個名字的人。 |

形容詞一定會接在後面。

| ☐ ¿Hay alguien bueno escribiendo? | ☐ 有擅長寫作的人嗎? |

否定句使用 nadie。

| ☐ ¿Hay alguien que sepa chino?
— No, no hay nadie. | ☐ 有懂中文的人嗎？
－不，沒有人（懂中文）。 |

◇ 117　alguno　因 *someone; a, some, any, one*

和一般形容詞一樣有性數變化。在陽性名詞單數形前面會變成 algún。

❶〔不定代名詞〕「某人」、「有人」

| ☐ ¿Alguno de ustedes tiene información? | ☐ 您們有人有消息嗎？ |

❷〔不定形容詞〕「某個」、「什麼～」：指〈人〉或〈物〉。

| ☐ ¿Desea usted dejar algún recado? | ☐ 您想留什麼訊息嗎？ |

❸〔不定形容詞〕「一些」、「一點」

| ☐ ¿Queda alguna cerveza en la nevera? | ☐ 冰箱裡還有剩一點啤酒嗎？ |

❹〔不定形容詞〕〔在否定句的名詞後面〕「什麼～都沒有」、「一點～也沒有」

| ☐ No tiene dinero alguno. | ☐ 他一點錢也沒有。 |

> **補充**　No tiene ningún dinero. 和 No tiene dinero alguno. 的差異
>
> 　　這兩個句子的意思非常類似，但 No tiene ningún dinero. 傳達的是一開始就斷言「沒有錢」的感覺，而 No tiene dinero alguno. 則感覺像是考慮了各種可能性，而把這些可能性一一否定了。翻譯成中文的話，語感上的差別像是 ningún dinero「完全沒有錢」和 no... dinero alguno「什麼錢都沒有」的感覺。

> **參考**　algo / alguien / alguno 相似的原因
>
> 　　algo 表示〈模糊的某事物〉，alguien 表示〈模糊的某人〉。alguno 則表示〈一些人之中的某人〉或〈一些事物中的某個〉的意思。
> 　　這幾個詞非常像。algo 源自拉丁語《ALIUS「其他的」＋ QUID「什麼？（賓格）」》構成的合成詞 ALIQUOD。alguien 則源自拉丁語《ALIUS「其他的」＋ QUEM「誰？（賓格）」》構成的合成詞 ALIQUEM。西班牙語的疑問詞 ¿qué?

和 ¿quién? 分別源自拉丁語的疑問詞 QUID 和 QUEM，所以有《¿qué? : algo》、《¿quién? : alguien》的對應關係。

alguno 則是拉丁語《ALIQUIS「某個」+ UNUS「一個」》合成而形成的詞。因為 UNUS 變成了西班牙語的 uno，所以 uno 和 alguno 有同樣的性、數變化。

◇ 118　ambos　因 both

陰性形是 ambas。常用於書面文章。口語中比較常用 los dos。總是使用複數。

❶〔不定形容詞〕「雙方的」、「兩邊的」、「兩個都」、「兩人都」

| ❏ Pilar apoyó la cabeza en ambas manos. | ❏（當時）皮拉爾雙手撐著頭。 |

❷〔不定代名詞〕「兩者都」、「兩個都」、「兩人都」

| ❏ ¿Conoces a Pablo y a su hermana?
—— Sí, los conozco a ambos. | ❏ 你認識帕布羅和他的姊姊嗎？
－是的，他們兩個我都認識。 |

◇ 119　cada　因 each, every

沒有陽性與陰性、單數與複數的區分，所以不會變化。

❶〔不定形容詞〕「每個～」

| ❏ Cada invitado recibió su regalo. | ❏ 每位受邀的客人都收到了各自的禮物。 |

❷〔與數詞連用〕「每～」

| ❏ El médico viene cada dos semanas. | ❏ 那位醫師每兩週來一次。 |
| ❏ ¿Cada cuánto tiempo sale el autobús al aeropuerto? | ❏ 往機場的巴士每隔多少時間發車？ |

❸〔與比較級連用〕「逐漸」、「越來越」

| ❏ El enfermo está cada vez mejor. | ❏ 病人逐漸好轉。 |

◇ 120　cualquiera　因 anyone, anybody, any

複數形是 cualesquiera。在名詞（陽性或陰性都一樣）之前的形式是 cualquier（單數）/ cualesquier（複數）。

❶〔不定形容詞〕「任何～都」：表示任何的〈人〉或〈事物〉。

□ ¿A qué hora puedo visitarte mañana? 　— A cualquier hora por la tarde.	□ 我明天幾點可以去找你？ 　－下午任何時間（都可以）。

❷〔不定代名詞〕「任何人都」、「任何事物都」

□ El buen vino anima a cualquiera.	□ 好酒能振奮任何人。
□ ¿Necesita algún papel en especial? 　— No, cualquiera me sirve.	□ 您需要什麼特別的紙嗎？ 　－不用，（對於我）任何紙都可以。

＊即使是母語人士所寫的文章，也經常以單數形取代複數形。

和 cualquiera 類似的單字有 dondequiera「任何地方」和 quienquiera「任何人」。quienquiera 的複數形 quienesquiera 很少用。

□ El que ha dicho eso, quienquiera que sea, está equivocado.	□ 曾經那麼說的人，無論是誰，都是錯的。

◇ 121　otro　因 other, another

和一般的形容詞一樣有性數變化。

(A)〔不定形容詞〕

❶「其他的」、「別的」

□ ¿Desea usted otra cosa, señora?	□ 您還想要其他東西嗎，女士？

❷「（兩人之中）另一個人的」、「另一個的」、「另一邊的」

□ Llegaron al otro lado del Atlántico.	□ 他們到達了大西洋的另一邊。
□ Nosotros tenemos otras ideas.	□ 我們有其他想法。

2.10 不定代名詞與不定形容詞等

❸ 《otro... que ~》「~以外的…」、「與~不同的…」

Este niño no hace otra cosa que charlar en clase.	這個孩子在課堂上只顧著聊天（不做其他事）。
Yo tengo otra opinión que ella.	我有和她不同的意見。

❹ 「（再…）其他的~」

Déjame otro libro.	再借我一本書。

❺ 《冠詞＋otro ...》「以前的~」；《不加冠詞的 otro ...》「將來有一天的~」

El otro día vi a Carmen en la calle.	有一天我在街上見到卡門。
Otro día seguiremos hablando.	我們改天繼續談吧。

(B) 〔不定代名詞〕

❶ 「其他事物」、「其他人（們）」、「別人」、「別的事物」

¿Qué le parece este traje? — No está mal, pero ¿no tiene otro de color más claro?	您覺得這套西裝怎樣？－不差，但您沒有其他顏色比較亮的嗎？
Han venido Javier y otros.	哈維爾和其他人（們）已經來了。

❷ 〔對應 uno〕「另一方的人或事物」

Unos decían que sí y otros que no.	有些人贊成，另一些人反對。
Una cosa es hablar y otra actuar.	說是一回事，行動是另一回事。

◇ 122 todo 阞 all, whole

和一般的形容詞一樣有性數變化。

(A) 不定形容詞

❶ 〔使用單數形，在定冠詞、指示形容詞、所有格形容詞、專有名詞前面〕「整個~」、「全~」

☐ En todo el día no he salido de casa.	☐ 我一整天都沒有離開家。
☐ Todo México se levantó contra el invasor.	☐ 墨西哥全國都奮起對抗入侵者。

＊ todo el día 是「一整天」的意思，而 todos los días 是「每天」的意思。同樣地，todo el año 是「一整年」的意思，而 todos los años 是「每年」的意思。

❷〔複數〕〔在定冠詞、指示形容詞、所有格形容詞前面〕「所有的」、「全部的」

☐ Casi todos los alumnos van a participar en el desfile.	☐ 幾乎所有學生都會參加遊行活動。

❸〔單數形無冠詞〕「每個都」、「每個人都」（= cualquier）

☐ Todo ciudadano debe respetar la ley.	☐ 每位市民都應該守法。

❹〔強調〕「完全的」

☐ Gonzalo es todo un caballero.	☐ 貢薩洛是一位真正的紳士。
☐ Te ruego que hables con toda libertad.	☐（我）請你完全自由地說。

(B) 不定代名詞

❶〔用複數形〕「所有事物」、「所有人」

☐ ¿Ha faltado alguien a clase? — No, han venido todos.	☐ 有誰缺課嗎？ —沒有，所有人都來了。
☐ Lo hicieron entre todos.	☐ 他們全體的人共同做了那件事。

❷〔用單數形〕「全部」、「一切」

☐ Ha aprendido todo de mi padre.	☐ 他全都是跟我父親學的。
☐ Muchas gracias por todo.	☐ 很感謝（你所做的）一切。

❸ 受詞《lo(s) / la(s) ... todo(s) / toda(s)》的結構表示「把全部都…」。

☐ Los participantes, los conozco a todos.	☐ 那些參加者，我全都認識。
☐ Le precisaron a que lo confesara todo.	☐ 他被要求坦白說出一切。

(C) 當副詞使用，表示「完全」、「徹底」、「全部」的意思。

| □ El pantalón está <u>todo</u> mojado. | □ 褲子濕透了。 |

◇ 123　uno　ꟾ one, someone

和一般的形容詞一樣有性數變化。
☞ 2.4 不定冠詞；◇ 124 1 uno

❶「某人」、「某事物」：表示不確定的人或事物。

| □ Marta sale con <u>uno</u>. | □ 瑪爾塔和某個人在交往。 |
| □ He conocido hoy a <u>una</u> que se parece muchísimo a ti. | □ 我今天認識了長得和妳非常像的女生。 |

❷「一個人」、「一個」

| □ Tomás es <u>uno</u> de mis mejores amigos. | □ 托馬斯是我最好的朋友之一。 |
| □ ¿Cuántas sandías quiere usted?
　— Solo <u>una</u>. | □ 您要幾顆西瓜？
　－只要一顆。 |

❸「一個人～」、「人都會～」：表達一般情況的說法

| □ Cuando <u>uno</u> está alegre, busca compañía. | □ 當一個人心情愉快的時候，會尋求陪伴。 |

❹ 表示「我」、「自己」。☞◇306 不定人稱句

| □ Con tanta información tan contra-dictoria, <u>uno</u> no sabe a quién creer. | □ 有這麼多如此矛盾的資訊，（我）不知道要相信誰。 |

❺「事物」：用來代替前面出現過的名詞。

| □ Este coche ya no sirve. Ya puedes ir pensando en comprarte <u>uno</u> nuevo. | □ 這輛車已經沒有用了。你已經可以考慮買一輛新的了。 |

❻「同樣的事物」

| □ La luz, aunque se presente con muchas formas, es <u>una</u>. | □ 光雖然會以許多形式出現，但都是同一種東西。 |

❼ 〔對應 otro〕「某人,某物,某事」、「一方(的事物)」

❏ Una hacía la comida y otra lavaba la ropa.	❏ (當時)一個人做飯,另一個人洗衣服。
❏ En caso de necesidad nos ayudamos uno a otro.	❏ 需要的時候,我們會幫助彼此。

《uno a otro》中的 a 相當於接 ayudar 的直接受詞的 a。在下面的例子裡,副詞 lejos 後面要接 de,所以使用 uno de otro。

❏ Nos encontramos muy lejos uno de otro.	❏ 我們彼此之間距離非常遠。

2.11 數詞

▶「數詞」表示〈數目〉。從意義方面,可以分為表示〈一般數字〉的「基數詞」與表示〈順序〉的「序數詞」。兩者都有形容詞、名詞和代名詞的功能。

◇ 124　1 uno

uno 有陰性形 una,而在陽性單數名詞前面會使用縮短的 un。當形容詞用的時候,通常以不定冠詞 (☞2.4) 的意思使用。

❏ Necesito un cuaderno y cinco lápices.	❏ 我需要 1 本筆記本和 5 枝鉛筆。
❏ Uno y uno son dos.	❏ 1 加 1 等於 2。

＊ uno / una 也當不定代名詞 (☞◇123 uno) 使用。

> **補充** 零 0 cero ＋名詞的複數形
>
> 「零」cero 在下面的 (1) 當名詞使用(陽性名詞)。當形容詞的時候,後面接名詞複數形,如 (2) 所示。
>
> ❏ (1) Me han dado cero en matemáticas. / 我數學得了 0 分。
> ❏ (2) La temperatura mínima alcanzó los cero grados centígrados.
>   / 最低氣溫達到了攝氏 0 度。

明明是「零」，後面卻接名詞複數形，讓人感到不可思議。其實英語也會像 *zero degrees, zero times* 一樣變成複數形。但對於不可數名詞，英語像 *zero possibility* 一樣使用單數形，西班牙語卻會像下面一樣使用複數形。

☐ (3) Hay cero posibilidades de llover. / 降雨機率是 0。

文法的〈單數〉和〈複數〉，基本上是〈1〉和〈2 以上〉的區別，而〈零〉的分類並不在這個規定範圍中。

◇ 125　2-10

☐ dos	☐ 2（個）	☐ siete	☐ 7（個）
☐ tres	☐ 3（個）	☐ ocho	☐ 8（個）
☐ cuatro	☐ 4（個）	☐ nueve	☐ 9（個）
☐ cinco	☐ 5（個）	☐ diez	☐ 10（個）
☐ seis	☐ 6（個）		

◇ 126　11-15

它們的字尾都是 -ce。

☐ once	☐ 11（個）	☐ catorce	☐ 14（個）
☐ doce	☐ 12（個）	☐ quince	☐ 15（個）
☐ trece	☐ 13（個）		

參考　11-15 是特殊的形式

英語 *thirteen, fourteen* 等等的字尾 *-teen*，字源和 *ten* (10) 相同。西班牙語 once 等等的 -ce 也和 diez 的字源相同。

在拉丁語，從 11 到 17 的形式都是《個位數字 + 10 (decim)》。18 和 19 的說法則分別是〈20 - 2〉、〈20 - 1〉。DECIM 等於 10（拉丁語 DECEM > 西班牙語 diez）。例如 11 是〈1 + 10〉（UN + DECIM > UNDECIM）。到了西班牙語的時代，11, 12, 13, 14, 15 演變成 UNDECIM > once, DUODECIM > doce, ...，以字尾 -ce 大致保留了以前拉丁語的形式。16 以上則分別是〈10 + 6〉（diez y seis > dieciséis）、〈10 + 7〉（diez y siete > diecisiete）等等，以《十位數 y 個位數》的一般合成法表示。

11-15 之所以保留了特殊的形式,是因為使用頻率高。小的數字比大的數字常用。英語中,到 12(twelve)為止是各自獨立的形式,法語到 16 為止是特殊的形式。

◇ 127　16-19

使用《diez y ...》的合成形式。請注意 16 dieciséis 的重音符號。

☐ dieciséis	☐ 16（個）	☐ dieciocho	☐ 18（個）
☐ diecisiete	☐ 17（個）	☐ diecinueve	☐ 19（個）

◇ 128　20-29

21 以上使用《veinte y ...》的合成形式。請注意 22 veintidós, 23 veintitrés, 26 veintiséis 的重音符號。

☐ veinte	☐ 20（個）	☐ veinticinco	☐ 25（個）
☐ veintiuno, veintiuna, veintiún	☐ 21（個）	☐ veintiséis	☐ 26（個）
☐ veintidós	☐ 22（個）	☐ veintisiete	☐ 27（個）
☐ veintitrés	☐ 23（個）	☐ veintiocho	☐ 28（個）
☐ veinticuatro	☐ 24（個）	☐ veintinueve	☐ 29（個）

21 veintiuno 是當名詞時使用的形式。當形容詞用的時候,則是《veintiún + 陽性名詞》、《veintiuna +陰性名詞》。

☐ Vamos a terminar este trabajo en veintiún días.	☐ 我們會在 21 天內完成這件工作。

參考　16-29 變成一個單字的理由

在歷史過程中,16－29 的數詞曾經有兩種寫法。查閱以前的文書,會發現一直到 19 世紀,16 diez y seis 這種分開寫的形式比連在一起的 dieciséis 來得普遍。31 treinta y uno 以上的數詞可能是因為十位數以 a 結尾,而沒有產生 a + i (y) > i 的變化。這是因為 a 發音時的舌位和 i 發音時的舌位距離較遠。至於 21 veinte y uno,則產生了 e + i (y) > i 的融合,被認為是因為 e 和 i 發音位置較近的關係。

16 diez y seis 則是直接連在一起就好，所以很容易變成 dieciséis。另外，10 幾、20 幾的數字比 30 幾以上常用，應該也是變成特殊形以後容易保留的原因。

◇ 129　30-99

因為使用《十位數 y 個位數》的合成形式，所以只要記住 10 的倍數就可以了。

☐ treinta	☐ 30（個）	☐ sesenta	☐ 60（個）
☐ treinta y uno / una / un	☐ 31（個）	☐ setenta	☐ 70（個）
☐ treinta y dos	☐ 32（個）	☐ ochenta	☐ 80（個）
☐ cuarenta	☐ 40（個）	☐ noventa	☐ 90（個）
☐ cincuenta	☐ 50（個）	☐ noventa y nueve	☐ 99（個）

treinta y uno / cuarenta y uno / ... / noventa y uno 是當名詞時使用的形式。當形容詞用的時候，在陽性名詞前面是 treinta y un / cuarenta y un / ... / noventa y un，在陰性名詞前面是 treinta y una / cuarenta y una / ... / noventa y una。

☐ Hay treinta y una personas en la sala.	☐ 大廳裡有 31 個人。

◇ 130　100-199

❶ 100 是 cien。101 － 199 是 ciento 後面加二位數字。

☐ cien	☐ 100（個）	☐ ciento diez	☐ 110（個）
☐ ciento uno	☐ 101（個）	☐ ciento once	☐ 111（個）
☐ ciento dos	☐ 102（個）	☐ ciento noventa y nueve	☐ 199（個）

❷ 100 cien 後面加上未滿 100 的數字時，會變成 ciento。

☐ cien libros	☐ 100 本書	☐ ciento doce libros	☐ 112 本書

|補充| 三位數與 y

　　y 加在 31 以上的十位數與個位數之間。多位數例如 45.335（cuarenta y cinco mil trescientos treinta y cinco），其中 mil 前面部分的 45 中間也加上了 y。在 millón 前面也是一樣。英語的 199 會說成 *one hundred and ninety nine*，但在西班牙語則說成 ciento noventa y nueve，*and* 和 y 插入的位置不同。

◇ 131　200-999

❶ 200 以上基本上是《2 到 9 的數詞＋cientos》的複合詞。500 的拼字是完全不規則的，700 和 900 的形式也有點不規則。有十位或個位數時，則接在 100 的倍數後面。

☐ doscientos, doscientas	☐ 200（個）
☐ doscientos uno, doscientas una	☐ 201（個）
☐ trescientos, trescientas	☐ 300（個）
☐ cuatrocientos, cuatrocientas	☐ 400（個）
☐ quinientos, quinientas	☐ 500（個）
☐ seiscientos, seiscientas	☐ 600（個）
☐ setecientos, setecientas	☐ 700（個）
☐ ochocientos, ochocientas	☐ 800（個）
☐ novecientos, novecientas	☐ 900（個）
☐ novecientos noventa y nueve, 　 novecientas noventa y nueve	☐ 999（個）

❷ 在陰性名詞前面，100 的倍數字尾會變成 -as。

☐ trescientas letras	☐ 300 個字母
☐ trescientas veintiuna casas	☐ 321 間房子

|參考| cinco, quince, cincuenta, quinientos

　　cinco (5), quince (15), cincuenta (50), quinientos (500) 都和〈5〉有關，但為什麼開頭的拼字會改變呢？事實上，這些詞都有相同的字源。拉丁語用 QUIN(Q) 表示〈5〉，開頭的發音是 [kw]。雖然都來自相同字源，但 cinco 和 cincuenta 為了避免連續出現重複的子音 [k-k] 而變成 [θ-k]，而 quince 和 quinientos 則因為沒有連續出現重複的子音，而保留了原本 [k] 的發音。

◇ 132　1.000-999.999

1000 的單位是 mil。mil 當數詞使用時不會變成複數形。

☐ mil	☐ 1.000（個）
☐ mil uno	☐ 1.001（個）
☐ mil dos	☐ 1.002（個）
☐ dos mil	☐ 2.000（個）
☐ tres mil	☐ 3.000（個）
☐ diez mil	☐ 10.000（個）
☐ once mil	☐ 11.000（個）
☐ cien mil	☐ 100.000（個）
☐ doscientos mil, doscientas mil	☐ 200.000（個）
☐ novecientos noventa y nueve mil, novecientas noventa y nueve mil	☐ 999.000（個）

＊傳統上，在西班牙用句號（.）作為千分位的區隔，而在拉丁美洲（墨西哥、中美洲、波多黎各等地）則使用逗號（,），但最近（2005 年）西班牙皇家學院建議不用句號或逗號，而是像 345 600 一樣用空白來區隔。至於 4 位數則不需要加空白。未來這種方式或許會變得普遍。

年份並不是像英語一樣分成兩組二位數字來唸。

☐ En 1992 (mil novecientos noventa y dos) se celebraron Juegos Olímpicos en Barcelona.	☐ 1992 年在巴塞隆納舉辦了奧林匹克運動會。

在陰性名詞前面會變成 doscientas mil 這種形式。300.000 以上也是一樣。

☐ doscientas mil personas	☐ 20 萬人

補充 -1　複合數量形容詞的重音

在不是特別緩慢、仔細發音的情況下，用正常速度說話的時候，複合數詞的第一個要素不會有重音。發音時只有最後的要素有重音。

☐ Hay treinta y seis estudiantes. / 有 36 位學生。
☐ El vuelo cuesta 2.000 (dos mil) euros. / 航空票價是 2000 歐元。

[補充 -2] el año 1492 / cinco años

　　為什麼〈數〉加在名詞前面，但說〈年〉的時候會像 el año 1492 一樣放在後面呢？數在名詞前面的情況，例如 doscientas casas「200 間房子」，是當數量形容詞，表示「～個」的意思。而 el año 1492 中的 el año 和 1492 是同位語的關係，表示「1492 這年」的意思。這裡並不是指有 1492 個〈年〉，所以放在後面。如果要表達〈5 個年〉，也就是「5 年」的話，就會加在前面而說 cinco años，也要注意名詞變成複數形。

[參考] mil 不用複數形

　　mil（1.000）源自拉丁語的 MILLE，在中世紀寫成 mill。拉丁語的 MILLE 有複數形，例如 2.000 是 DUO MILIA。中世紀西班牙語不使用 MILIA 這種形式，而變成用 dos veces mil（2 次 1.000）表達，而從這個形式產生後來的 dos mil。2.000 是〈2 乘 1.000〉的意思，所以說 dos mil，而 10.000 是〈10 乘 1.000〉的意思，所以說 diez mil。這個 mil 沒有形態變化，不會變成 ×dos miles, tres miles。這種形成數字的方式並不存在於拉丁語，而是在分化為義大利語、法語、西班牙語等語言時產生的。

　　如果 mil 當名詞的話，就可以像下面的例子一樣變成複數。

☐ El famoso cantante fue recibido en el aeropuerto por <u>miles</u> de fans.
　/ 那位知名歌手在機場受到眾多歌迷迎接。

　　millón（1.000.000）的結尾 -ón 是表示〈很大的東西〉的字尾。

◇ 133　1.000.000 以上

「100 萬」是 un millón、「200 萬」是 dos millones。

☐ un millón	☐ 1.000.000
☐ dos millones	☐ 2.000.000
☐ tres millones	☐ 3.000.000
☐ diez millones	☐ 10.000.000
☐ veinte millones	☐ 20.000.000
☐ cien millones	☐ 100.000.000

它們不是形容詞，而是名詞，所以不能直接在放在名詞前面當形容詞。放在名詞前面的時候，要加上 de 來連接。

☐ cinco millones de yenes	☐ 500 萬日圓

補充 用拼字與數字表示的數

西班牙皇家學院和西班牙語學院協會建議，3 個單字以內用拼字表示，4 個單字以上用數字表示。

☐ El gasto del alojamiento es mil doscientos euros. / 住宿費是 1200 歐元。

而如果是 2280 的話，因為需要用 4 個單字 dos mil doscientos ochenta 來表示，所以寫成數字。
如果像下面的例子，一個句子裡同時有建議以拼字和以數字表示的數，就只用數字表示。

☐ El alojamiento cuesta 1200 euros y el del vuelo, 2280 euros.
／住宿費是 1200 歐元，航空票價是 2280 歐元。

〈年份〉、〈日期〉、〈～點，～分〉、〈門牌號碼〉、〈頁碼〉通常寫成數字。

參考 羅馬數字

西班牙的古老建築物和書籍封面都會用羅馬數字表示年份。羅馬數字使用以下符號。

☐ I : 1
☐ V : 5
☐ X : 10
☐ L : 50
☐ C : 100
☐ D : 500
☐ M : 1000

V, X, L, C, D, M 在左邊加上數字表示「減」，在右邊加上數字表示「加」，例如下面的情況。

☐ IX : 9
☐ XXIII : 23

在《卡斯蒂利亞語語法》（安東尼奧・德・內夫里哈著）的封面（☞照片），下面寫著出版地 Salamanca 和出版年 En el año de mil et ccccxcij。cccc 表示 400，xc 表示 90。後面的 i 和 j 都代表數字 1，加起來是 2。所以這是表示 1492。

◇ 134　序數詞

❶ 對應英語 *first, second, ...* 的西班牙語序數詞如下表所示。單字左邊是縮略的寫法。

☐ 1.º primero, 1.ª primera	☐ 第 1（個）
☐ 2.º segundo, 2.ª segunda	☐ 第 2（個）
☐ 3.º tercero, 3.ª tercera	☐ 第 3（個）
☐ 4.º cuarto, 4.ª cuarta	☐ 第 4（個）
☐ 5.º quinto, 5.ª quinta	☐ 第 5（個）
☐ 6.º sexto, 6.ª sexta	☐ 第 6（個）
☐ 7.º séptimo, 7.ª séptima	☐ 第 7（個）
☐ 8.º octavo, 8.ª octava	☐ 第 8（個）
☐ 9.º noveno, 9.ª novena	☐ 第 9（個）
☐ 10.º décimo, 10.ª décima	☐ 第 10（個）

❷ 這些序數詞有陰性形與複數形。

☐ Hoy tenemos la <u>primera</u> clase de español.	☐ 今天我們有第一堂西班牙語課。
☐ Los <u>segundos</u> hijos muchas veces destacan en áreas donde el mayor no les lleva ventaja.	☐ 老二往往會在老大不佔優勢的領域表現突出。

❸ primero 和 tercero 在陽性單數名詞前面，會縮短而變成 primer, tercer。

☐ Vivo en el <u>tercer</u> piso.	☐ 我住在 4 樓。

＊在西班牙，建築物入口處的樓層稱為 piso bajo（直譯為「低樓層」），爬上樓梯的第一層稱為 primer piso，所以 tercer piso 其實是我們認知中的「4 樓」。

❹ 4.º (cuarto) 以上的序數，可以用來表示分數的分母。

☐ un cuarto	☐ 4 分之 1	☐ un quinto	☐ 5 分之 1
☐ un sexto	☐ 6 分之 1		

這些分數也可以用 parte「部分」表達，如下所示。

| ❏ una cuarta parte | ❏ 4 分之 1 | ❏ una quinta parte | ❏ 5 分之 1 |

「2 分之 1」「3 分之 1」的說法如下。

| ❏ un medio | ❏ 2 分之 1，一半 | ❏ un tercio | ❏ 3 分之 1 |

分子是 2 以上的時候，分母使用複數。

| ❏ dos tercios | ❏ 3 分之 2 | ❏ tres cuartos | ❏ 4 分之 3 |

❺ 可以加上定冠詞，當成名詞使用。

| ❏ Yo soy el primero de la cola. | ❏ 我是（排隊）排第一個的。 |

❻ 可以當成副詞使用。

| ❏ Primero vamos al parque y después al restaurante. ¿Te parece bien? | ❏ 我們先去公園，然後去餐廳。你覺得好嗎？ |

❼ 序數詞通常只用到 décimo（第 10），更高的數字常常以基數詞表達。

❏ Siglo IX (noveno)	❏ 第 9 世紀
❏ Siglo XX (veinte)	❏ 第 20 世紀
❏ Alfonso X (Décimo)	❏ 阿方索 10 世（卡斯蒂利亞、雷昂國王）
❏ Alfonso XIII (Trece)	❏ 阿方索 13 世（西班牙國王）

＊表示「世紀」或「國王」、「皇帝」、「教皇」的序數與基數詞，會使用羅馬數字。「會議」、「體育大賽」、「活動」的「第～屆」也會用羅馬數字表示序數詞。

參考 -1 primer / tercer

　　uno, alguno, ninguno, bueno, malo 一樣會在陽性單數名詞前去掉結尾的 -o，變成 un, algún, ningún, buen, mal。因為 -o 脫落後的結尾是 -n 或 -l，所以能保持穩定。☞◇32 音節 **參考**

　　同樣地，primer 和 tercer 因為以 -r 結尾，所以保持穩定。在西班牙語中，有許多以 -r 結尾的詞語。

137

至於 segundo, cuarto, quinto, sexto, ...，如果 -o 脫落的話，會變成 -nd, -rt, -nt 等子音連綴結尾。這在西班牙語中並不尋常，所以為了避免這種情況，要確實加上母音 -o 來保持穩定。noveno 雖然好像也可以改成 noven，但因為 6 之後是從拉丁語直接沿用的詞，所以幾乎沒有變化。

而在陰性名詞前面的 -a 沒有脫落的理由，是因為母音 -a 會把嘴巴張大發音，具有強烈的能量，而能保持下來。☞ ◇143 形容詞的詞尾脫落形 參考

參考 -2 序數詞的結尾

序數詞的結尾有 -ro, -do, -to, -no, -vo, -mo 等多種形式。雖然在西班牙語中，序數詞看起來沒什麼規則，但在拉丁語，以及進一步往前追溯的原始印歐語，它們的結尾是 -to, -mo, -o。primero 和 tercero 的 -ero 並非來自拉丁語，而是西班牙語詞在形成過程中加上的結尾。

3. 形容詞、副詞

▶西班牙語的形容詞和英語的形容詞一樣，與名詞連用並對其進行修飾、敘述等。和英語不同之處在於，西班牙語的形容詞會配合名詞的性與數而改變形態。

基本上，形容詞加在名詞上，副詞則加在動詞上。

Cuenca (España)

Casa colgante

3.1　形容詞的性數變化

▶形容詞會隨著它所修飾或敘述之名詞的性、數而改變形態。這是形式上的變化，形容詞本身的意思並沒有改變。

❏ Juan es alto.	❏ 胡安很高。
❏ Ana también es alta.	❏ 安娜也很高。
❏ Juan y Ana son altos.	❏ 胡安和安娜很高。

＊這裡的 alto, alta, altos 都一樣表示「（身高）高」的意思。

◇ 135　形容詞的分類

形容詞大致分為「限定形容詞」與「敘述形容詞」。

❶「限定形容詞」是用來指示〈人〉或〈物〉，或者表示其數量的形容詞。除了一些例外，基本上放在名詞前面。

| ❏ mero | ❏ 僅僅的，只是～ | ❏ propio | ❏ 自己的 |
| ❏ mismo | ❏ 相同的，就是～ | ❏ puro | ❏ 純粹的 |

139

☐ pleno	☐ 就在～之中的，完全的	☐ simple	☐ 單純的

☐ Nuestro encuentro fue una mera coincidencia.	☐ 我們的相遇純屬偶然。
☐ Estamos en plena temporada turística.	☐ 現在正是旅遊旺季。

＊以下形容詞也歸類為限定形容詞。
　　☐ 指示形容詞　　☞◇111 指示形容詞
　　☐ 所有格形容詞　☞◇113 前置所有格形容詞（短縮形）
　　☐ 數量形容詞　　☞2.11 數詞
　　☐ 不定形容詞　　☞2.10 不定代名詞與不定形容詞等
　　☐ 疑問形容詞　　☞6.1 疑問詞與疑問句
　　☐ 關係形容詞　　☞5.2 關係詞

❷「敘述形容詞」可分為「性質形容詞」與「分類形容詞」兩種。

(a)「性質形容詞」是表示所修飾名詞〈性質、狀態〉的形容詞。它有時放在名詞前面，有時則放在名詞後面。

☐ una casa grande	☐ 大房子
☐ un pequeño problema	☐ 小問題

(b)「分類形容詞」表示所修飾名詞內容的〈類別〉，通常加在名詞後面。

☐ la industria japonesa	☐ 日本工業
☐ los estudios históricos	☐ 歷史研究

分類形容詞對應《de ＋名詞》，大多相當於中文的「～的」。

☐ japonés / de Japón	☐ 日本的
☐ histórico / de historia	☐ 歷史的，歷史性的

有時分類形容詞的用法會像性質形容詞一樣。有些形容詞可以當分類形容詞，也可以當性質形容詞用。

☐ Tu manera de pensar es muy japonesa.	☐ 你的思考方式非常日式。
☐ Desde aquí podemos contemplar un paisaje fantástico.	☐ 從這裡我們可以觀賞很棒的風景。

| ☐ La mente de Don Quijote estaba poblada de princesas encantadas, dragones y otros seres fantásticos. | ☐ 唐吉訶德的腦海中充滿被施了魔法的公主、龍與其他奇幻生物。 |

◇ 136　形容詞基本的性變化

基本上遵循以下規則。

❶ -o 結尾的形容詞，陰性結尾是 -a。

| ☐ blanco — blanca | ☐ 白色的 |

❷ 其他形容詞陰陽同形。

| ☐ verde — verde | ☐ 綠色的 | ☐ azul — azul | ☐ 藍色的 |

❸ 有些形容詞是 -a 結尾，而且陰陽同形。這些形容詞的陽性形不會變成 -o。-ista 結尾的形容詞也是一樣。

| ☐ agrícola | ☐ 農業的 | ☐ indígena | ☐ 原住民的 |
| ☐ nómada | ☐ 遊牧的 | ☐ realista | ☐ 現實主義的 |

◇ 137　源自地名的形容詞

源自地名的形容詞，依照以下規則變化。

❶ -o 結尾的形容詞，將 -o 改為 -a 形成陰性形。

| ☐ chino — china | ☐ 中國的 |
| ☐ peruano — peruana | ☐ 秘魯的 |

除了在句首以外，其他情況都是小寫。另外，不僅僅是地名，由一般專有名詞衍生的形容詞也都是小寫。☞◇41 小寫字母（abc）

❷ 子音結尾的形容詞，加 -a 形成陰性形。

| ☐ español — española | ☐ 西班牙的 |
| ☐ japonés — japonesa | ☐ 日本的 |

以下則是陰陽同形。

| ☐ balear | ☐ 巴利亞利群島的 | ☐ provenzal | ☐ 普羅旺斯的 |

❸ -o 以外的母音 -a, -e, -í, -ú 結尾的形容詞，陰陽形式相同。

| ☐ belga | ☐ 比利時的 | ☐ marroquí | ☐ 摩洛哥的 |
| ☐ árabe | ☐ 阿拉伯的 | ☐ papú | ☐ 巴布亞的 |

由地名衍生的形容詞，也可以當表示「～人」、「～的人」的名詞使用。

| ☐ español / española | ☐ 西班牙人（男性／女性） |
| ☐ sevillano / sevillana | ☐ 塞維亞人（男性／女性） |

◇ 138　形容詞的陽性、陰性字尾

帶有以下字尾的形容詞，是加上 -a 形成陰性形。

❶ -or / -ora

| ☐ agotador / agotadora | ☐ 使人精疲力竭的 |
| ☐ hablador / habladora | ☐ 愛講話的 |

＊至於 mejor「比較好的」、mayor「比較大的」、superior「優越的，上等的」、inferior「劣等的，差的」之類字尾 -or 表示〈比較〉的情況，則是陰陽同形。

❷ -án / -ana

| ☐ holgazán / holgazana | ☐ 懶惰的 |
| ☐ charlatán / charlatana | ☐ 喋喋不休的 |

❸ -ín / -ina

| ☐ chiquitín / chiquitina | ☐ 小小的 |

❹ -ón / -ona

| ☐ mandón / mandona | ☐ 愛命令人的 |
| ☐ preguntón / preguntona | ☐ 愛問問題的 |

◇ 139　形容詞的複數形

基本上和名詞複數形的構成方式相同。

❶ 母音結尾的形容詞加 -s。

☐ blanco > blancos	☐ 白色的（陽性形）（單）>（複）
☐ japonesa > japonesas	☐ 日本的（陰性形）（單）>（複）

重讀母音結尾的詞加 -es。

☐ israelí > israelíes	☐ 以色列的（單）>（複）
☐ papú > papúes	☐ 巴布亞的（單）>（複）

❷ 子音結尾的形容詞加 -es。

☐ español > españoles	☐ 西班牙的（陽性）（單）>（複）
☐ japonés > japoneses	☐ 日本的（陽性）（單）>（複）

◇ 140　形容詞的性數一致

形容詞與文法上有關聯的名詞、代名詞性數一致。這種一致性使得名詞片語具有整體性，也能明確表示名詞與形容詞的關係，所以是一種讓人了解句子結構的記號。

☐ Los estudiantes japoneses han llegado hoy.	☐ 日本學生們今天抵達了。
☐ Ellos han llegado muy cansados.	☐ 他們非常疲憊地抵達了。
☐ He leído un libro de aventuras sentimental.	☐ 我讀了一本感傷的冒險小說。

◇ 141　修飾多個名詞的形容詞

❶ 當形容詞是主詞或受詞的補語，或者在名詞片語後面的時候，會和整個名詞片語一致；如果名詞片語是陽性名詞和陰性名詞混合而成，則形容詞是陽性複數形。

☐ Juan y María son simpáticos.	☐ 胡安和瑪麗亞很友善。

| ☐ Encontré a Juan y María muy preocupados. | ☐ 我（當時）覺得胡安和瑪麗亞非常擔心。 |

❷ 形容詞在名詞前面的時候，通常和緊接在後面的名詞一致。

| ☐ El director admiraba su extremada hermosura y talento. | ☐ 導演（當時）讚賞她極致的美貌與才華。 |

> **參考** 形容詞的性、數與名詞的性、數一致的理由
>
> 在英語中，就像 *shy girls*「害羞的女孩們」一樣，修飾陰性複數 *girls* 的形容詞 *shy* 不會改變形態。但在西班牙語則是 niñas tímidas，形容詞 tímido「害羞的」必須改成陰性複數形 tímidas。那麼，為什麼西班牙語的形容詞要和名詞的性與數一致呢？
>
> 在拉丁語中，形容詞的性與數也和名詞的性與數一致。據推測，在原始印歐語的時代，曾經有以下的過程。一開始只有指示代名詞和名詞的性、數一致。舉例來說，「女孩們～，她們～」的情況中，指示代名詞「她們」指「女孩們」，所以當然是用陰性複數形。
>
> 接下來，指示代名詞也開始當成指示形容詞使用，而有了像是「那些女孩們～」的用法。當時因為指示形容詞使用和指示代名詞相同的形式，所以和名詞的性、數一致，最後就變成一般形容詞也和指示形容詞一樣，會與名詞的性、數一致了。
>
> 指示代名詞像名詞一樣，具有固有意義上的性與數，但形容詞並沒有性、數方面的固有意義，而是藉由與名詞的一致性來建構文法上的關係。冠詞、所有格形容詞、不定形容詞也一樣。在古英語的時代，形容詞的性與數也和名詞的性與數一致。

3.2 形容詞的位置

▶做修飾的形容詞通常放在名詞後面。放在名詞前面的情況有特殊的意思。

◇ 142 形容詞的功能

❶ 形容詞與名詞（片語）相接並進行修飾。這時候，**形容詞的形式與所修飾名詞的性數一致。**

| ☐ ¿Valencia es un lugar bonito? | ☐ 瓦倫西亞是個美麗的地方嗎？ |

3.2 形容詞的位置

❷ **形容詞可以當主詞的補語。《主詞＋連繫動詞＋主詞的補語》句型中，形容詞的形式與主詞的性數一致。**

| ☐ Valencia es famosa por la paella. | ☐ 瓦倫西亞以鐵鍋燉飯聞名。 |
| ☐ Todo está claro. | ☐ 一切都很清楚。 |

使用這種句型的連繫動詞有 ser, estar, parecer。這些動詞的補語，可以用中性的 lo 使其代名詞化。

| ☐ ¿Es ella simpática?
— Sí, lo es. | ☐ 她友善嗎？
－是的，很友善。 |

＊ resultar, salir 等等雖然也有同樣的句型，但不能用 lo 將形容詞變成代名詞（☞◇298《主詞＋連繫動詞＋補語》）。另外，hacerse, ponerse, volverse 等反身動詞也有類似的句型。（☞◇304 反身句）

❸ **形容詞可以當受詞的補語。《主詞＋動詞＋受詞＋受詞的補語》句型中，形容詞放在補語的位置，與受詞的性、數一致。**

| ☐ He dejado abierta la puerta. | ☐ 我讓門開著（沒關上）。 |
| ☐ La veo decaída. | ☐ 我看到她（她在我看來）很沮喪。 |

❹ **形容詞有時用法像是副詞。雖然對動詞發揮類似副詞的作用，但因為是形容詞，所以會和主詞的性與數一致。**

| ☐ Hemos vuelto cansados a casa. | ☐ 我們疲憊地回家了。 |

＊ 這是形容詞修飾主詞，結果具備副詞意義的情況。如果是副詞的話，單字的形態就不會發生變化。

❺ **《冠詞／指示詞／不定代名詞＋形容詞》有代名詞的功能。這時候，形容詞的形式與作為代名詞所指名詞的性與數一致。**

☐ ¿Qué corbata te gusta más? — Me gusta la roja.	☐ 你比較喜歡哪條領帶？ －我喜歡那條紅色的。
☐ Quiero aquel pequeño.	☐ 我想要那個小的。
☐ Voy a buscar otros grandes.	☐ 我去找其他大的。

145

❻ 《de/por＋形容詞的變化形》用於以下情況。這時候，形容詞的形式與其修飾的名詞性、數一致。

❏ Isabel tiene cara de seria.	❏ 伊莎貝爾的表情很嚴肅。
❏ La oposición critica la propuesta del Gobierno por vaga e incompleta.	❏ 反對黨批評政府的提案模糊而不完整。

❼ 《形容詞＋介系詞》：有些形容詞會與特定介系詞連用。

(a) 《形容詞＋ a》：介系詞表示〈方向〉、〈接近〉。

❏ abierto a ...	❏ 對～開放的
❏ cercano a ...	❏ 接近～的

(b) 《形容詞＋ con》：介系詞表示〈材料〉、〈關係〉、〈伴隨〉。

❏ amable con ...	❏ 對～親切的
❏ unido con ...	❏ 與～結合的

(c) 《形容詞＋ de》：介系詞表示〈材料〉、〈對象〉。

❏ lleno de ...	❏ 充滿～的
❏ capaz de ＋不定詞	❏ 有能力做～的
❏ deseoso de ＋不定詞	❏ 渴望做～的

《形容詞＋ de ＋不定詞》：表示「做～（不定詞）很…（形容詞）」的意思。

❏ Quiero un libro fácil de leer.	❏ 我想要一本容易讀的書。
❏ Esta pregunta es difícil de contestar.	❏ 這個問題很難回答。

＊形容詞所修飾或敘述的名詞，是不定詞意義上的直接受詞。例句中的 un libro 和 Esta pregunta，分別是 leer 和 contester 意義上的直接受詞。其他還有 digno「值得的」、imposible「不可能的」、largo「長的」等形容詞，也會使用這種結構。

(d) 《形容詞＋ en》：介系詞表示〈內容〉。

❏ consistente en ...	❏ 由～組成的
❏ rico en ...	❏ 富含～的

(e)《形容詞 + para》：介系詞表示〈目的〉。

☐ listo para ...	☐ 對於～準備好的
☐ propio para ...	☐ 適合～的

(f)《形容詞 + por》：介系詞表示〈動機〉。

☐ curioso por ...	☐ 對～好奇的
☐ loco por ...	☐ 對～狂熱的

◇ 143　形容詞的詞尾脫落形

在以下情況，有些形容詞的詞尾會脫落。

❶ 在陽性名詞單數形前面，-o 脫落

☐ bueno — buen	☐ 好的
☐ malo — mal	☐ 壞的
☐ el buen tiempo	☐ 好天氣
☐ el mal estado	☐ 不好的狀態

如果是陰性或複數形，詞尾不會脫落。

☐ la mala costumbre	☐ 壞習慣
☐ los malos tiempos	☐ 不好的時代

如果不是在名詞前面，詞尾就不會脫落。

☐ Hoy el tiempo es bueno.	☐ 今天天氣好。
☐ Este chico es muy malo.	☐ 這個孩子非常壞。

＊關於形容詞位置（名詞前或後）產生的意義差別 ☞◇146 隨著與名詞的位置關係而有不同意義的形容詞

❷ grande 在名詞（不論陽性或陰性）前面會變成 gran。

☐ el gran amigo	☐ 摯友
☐ la gran mujer	☐ 偉大的女性，偉人

複數則是 grandes。

| ☐ los grandes hombres | ☐ 偉人們 |

如果不是在名詞前面，則保持 grande 的形式。

| ☐ Esta universidad es grande. | ☐ 這間大學很大。 |

參考 詞尾脫落的原因

　　在中世紀西班牙語，許多單字的詞尾母音脫落了。一種說法是當時有許多法國人移居西班牙，而法語的詞尾母音脫落很普遍。
　　西班牙語的詞尾母音基本上限於 -e, -o, -a 這三個，而詞尾是 -i 或 -u 的單字非常少。-e, -o, -a 之中有脫落現象的是 -e 和 -o，-a 不會脫落，因為 -a 要張大嘴巴發音。所以，bueno 和 malo 的陰性形 buena 和 mala 的詞尾母音 -a 沒有脫落。在中世紀，詞尾的 -e 和 -o 脫落的形容詞很多，但後來脫落的母音又漸漸恢復了。不過，最後還是留下了 buen, mal 的詞尾脫落形式。這被認為是因為屬於很常用的單字，所以沒有隨著整體規則變化，而被個別記憶了。
　　grande 不管在陽性還是陰性名詞前面，詞尾都會脫落。在中世紀，經常使用只有詞尾 -e 脫落的形式 grand。之所以陽性和陰性的詞尾母音都脫落了，是因為母音是 -e 的關係。之後，因為 -nd 結尾沒有成為西班牙語習慣的單字形態，所以 -d 也脫落了，最終變成 gran。
　　除了一般形容詞以外，序數詞 primero, tercero、不定形容詞 alguno, ninguno 與數詞 uno 也發生了詞尾母音的脫落。它們都是在陽形名詞前面發生詞尾母音脫落。這被認為是因為加在名詞前面時，發音會和名詞合為一體的關係。
　　考慮詞尾脫落的原因時，不僅要考慮法語的影響，也要考慮西班牙語詞尾母音的發音特性，以及形容詞位置這種結構上的原因。

◇ 144　《名詞＋形容詞》

性質形容詞（☞◇135 ❷ (a)）**通常放在名詞後面。**這時候，形容詞有限定名詞表示的〈人〉或〈事物〉其中一部分的功能。例如 un lugar bonito「美麗的地方」，是指在各種 lugar「地方」之中「美麗的地方」。

| ☐ Allí hay unas playas estupendas y un clima muy agradable. | ☐ 那裡有一些很棒的海灘，以及十分宜人的氣候。 |
| ☐ En la fiesta participan los estudiantes españoles y extranjeros. | ☐ 那場派對會有西班牙與外國學生參加。 |

◇ 145　《形容詞＋名詞》

❶ 形容詞用來說明名詞的時候，放在名詞前面。

| ☐ El joven novelista ha escrito una obra maravillosa. | ☐ 那位年輕小說家寫出了一部精彩的作品。 |

＊上面的形容詞 joven「年輕的」是用來說明 novelista「小說家」，而不是要從各種「小說家」當中限定〈一部分〉的小說家。

❷ 表示〈數量〉的形容詞，放在名詞前面。

| ☐ En verano muchos españoles van a las numerosas playas turísticas. | ☐ 在夏天，許多西班牙人會前往眾多觀光海灘。 |

❸ 形容詞含有〈情感、評價、強調〉的意味時，放在名詞前面。

| ☐ En Manila vi una hermosa puesta de sol. | ☐ 在馬尼拉，我看到了美麗的夕陽。 |

表示名詞本身固有性質的形容詞，放在名詞前面。這種說法有詩文般的感覺。

| ☐ la blanca nieve | ☐ 白雪 |
| ☐ la dulce miel | ☐ 甘甜的蜂蜜 |

❹ 在正式的文體中，有時會在冠詞和名詞之間插入形容詞片語。

| ☐ Estas son las para mí interesantísimas cuestiones. | ☐ 這些是對我而言非常有趣的問題。 |

◇ 146　隨著與名詞的位置關係而有不同意義的形容詞

有幾個形容詞會隨著與名詞的位置關係，而有不同的意義。

☐ el hombre grande / el gran hombre	☐ 大塊頭的男人／偉大的男人
☐ el hombre pobre / el pobre hombre	☐ 貧窮的男人／可憐的男人
☐ el amigo viejo / el viejo amigo	☐ 年老的朋友／（交往很久的）老朋友
☐ una noticia cierta / una cierta noticia	☐ 確定的消息／某個消息

> [補充] 形容詞位置的原則

《名詞＋形容詞》的詞序中，名詞和形容詞的意義各自獨立，藉由形容詞，從名詞所表示事物的〈整體〉中取出〈一部分〉。相反地，《形容詞＋名詞》的詞序則是形容詞與名詞一體化，視為〈整體〉。例如 muñecas enormes 的概念是「巨大的娃娃」，是從所有娃娃中取出「巨大的娃娃」這〈一部分〉，而 enormes muñecas 的概念是「巨型娃娃」，並不是從其他娃娃中分出一類，而是被理解成「巨型娃娃」本身。

分類形容詞本身就具有取出〈部分〉的作用，所以通常採用 estudiantes españoles「西班牙學生」這種《名詞＋形容詞》的詞序。

性質形容詞有兩種情況：(1) una ciudad grande「大的城市」、un amigo viejo「年老的朋友」這種《名詞＋形容詞》的詞序，表示取出〈一部分〉；(2) una gran ciudad「大都市」、un viejo amigo「老朋友」這種《形容詞＋名詞》的詞序，視為〈整體〉。在翻譯成中文的時候，如果把 (1) 表示〈部分〉的情況翻譯成「巨大的娃娃」、「大的城市」、「年老的朋友」，而把 (2) 視為〈整體〉的情況翻譯成像是一個詞的「巨型娃娃」、「大都市」、「老朋友」，應該就比較容易了解了。

- ☐ (1) He leído sus artículos interesantes. / 我讀了他有趣的文章。
- ☐ (2) Te agradezco tus interesantes artículos. / 感謝你有趣的文章。

(1) 的詞序是《名詞＋形容詞》，表示〈部分〉，也就是讀了他的文章之中「有趣的文章」。而 (2) 的詞序是《形容詞＋名詞》，是感謝對方那些有趣文章的〈全部〉。

◇ 147　一個名詞搭配兩個形容詞

❶ 同時使用兩個形容詞時，會先加上分類形容詞，後面再加上性質形容詞。

| ☐ una chica japonesa muy bonita | ☐ 非常漂亮的日本女生 |

有時則會把性質形容詞放在名詞前面，分類形容詞放在名詞後面。

| ☐ una pequeña casa japonesa | ☐ 小小的日本房屋 |

❷ 同時使用兩個性質形容詞或兩個分類形容詞時，會用 y, o, pero, ni ... ni ... 等連接詞連接。

| ☐ una casa grande pero incómoda | ☐ 大但（住起來）不舒服的房子 |
| ☐ un problema económico y social | ☐ 經濟及社會性的問題 |

有時會把每個形容詞（片語）分開來看，因而修飾名詞的複數形。

☐ los géneros masculino y femenino del nombre	☐ 名詞的陽性與陰性
☐ las medallas de oro y de plata	☐ 金牌與銀牌

◇ 148　兩個名詞搭配一個形容詞

同一個形容詞對兩個名詞各自進行修飾時，只會和比較接近的名詞性、數一致。而當作整體進行修飾時，則會和這兩個名詞合併的性、數一致。

❶ 《形容詞＋兩個名詞》：分為 (a) 只和緊接在後的名詞性、數一致和 (b) 和兩者合併的性、數一致的情況。

☐ (a) Agradezco su amable colaboración y orientación.	☐ 感謝您親切的協力與指引。
☐ (b) Mis queridos padre y madre:	☐《在信件中》親愛的爸爸和媽媽：

❷ 《兩個名詞＋形容詞》：分為 (a) 只和緊接在前的名詞性、數一致和 (b) 和兩者合併的性、數一致的情況。

☐ (a) Curso de lengua y cultura española	☐ 西班牙語言及文化課程
☐ (b) En la tienda hay libros y revistas japoneses.	☐ 那間店裡有日本的書和雜誌。

＊在 ❶ 和 ❷ 的例子中，都是 (a) 考慮個體而做修飾 (b) 把兩個名詞加在一起修飾。

3.3　副詞

▶「副詞」有純屬副詞的獨立形式，也有從形容詞衍生的形式。副詞有為動詞或句子補充意義的作用。

◇ 149　副詞的形式

副詞不會隨著性、數、人稱而變化。

☐ Los niños volvieron temprano.	☐ 孩子們早早回去了。

有些副詞和形容詞的拼字相同。

☐ alto	☐ 形 高的；副 大聲地
☐ claro	☐ 形 清楚的；副 清楚地
☐ medio	☐ 形 一半的；副 半～

☐ Hablaban muy <u>alto</u>.	☐ 他們（當時）非常大聲地說話。
☐ Juana estaba <u>medio</u> dormida.	☐ 胡安娜（當時）半睡半醒。

[補充] 形容詞和副詞的區別

　　下面的 (1) 之中的 demasiado 不是形容詞，而是修飾形容詞 tranquila 的副詞。副詞沒有性與數的變化。

☐ (1) Era una ciudad <u>demasiado</u> tranquila. / 那是個太過寧靜的城市。
☐ (2) Tenemos <u>demasiadas</u> horas de trabajo. / 我們的工作時間太長了。

　junto 是形容詞還是副詞，有時候很難判斷。

☐ (3) Cantamos <u>juntos</u>. / 我們一起唱歌。
☐ (4) <u>Junto</u> con el regalo, enviamos una carta. / 我們連同禮物一起寄出信件。

　(3) 的 juntos 是和主詞 nosotros 一致、修飾主詞 nosotros 的形容詞（☞◇142 形容詞的功能）。至於 (4) 的 junto 則不是在敘述主詞（nosotros），而是修飾動詞 enviamos。

◇ 150　-mente 的副詞

形容詞可以加上字尾 -mente 形成表示〈情態〉的副詞。

❶ -o 結尾的形容詞，改成陰性形 -a 再加 -mente。

☐ lento > lentamente	☐ 形 緩慢的；副 緩慢地
☐ rápido > rápidamente	☐ 形 快速的；副 快速地

☐ ¿Cómo has pasado el fin de semana? 　— <u>Estupendamente</u>.	☐ 你週末過得怎樣？ 　－（過得）很棒。

❷ 其他形容詞直接加 -mente。

☐ amable > amablemente	☐ 形 親切的；副 親切地
☐ feliz > felizmente	☐ 形 快樂的；副 快樂地
☐ ¿Hacéis deporte habitualmente?	☐ 你們習慣做運動嗎？

❸ 兩個以上的形容詞以 y(e), o, pero, tanto ... como ... 連接，加 -mente 的時候，如果第一個形容詞是 -o 結尾的話，會改成陰性形。

☐ Los cambios climáticos globales pueden afectar directa e indirectamente la salud de las personas.	☐ 全球氣候變遷可能直接或間接地影響人們的健康。
☐ Es un tema importante tanto política como socialmente.	☐ 這是在政治與社會方面同樣重要的主題。

❹ 形容詞和 -mente 都會有重音。☞◇35 重讀詞與非重讀詞

☐ lentamente [léntaménte]	☐ 緩慢地

補充 -mente 的副詞與副詞片語

　　字尾 -mente 能夠將許多形容詞變成副詞，但並不是所有形容詞都適用，應該查字典或觀察實際使用方式來確認，
　　就算有《形容詞 + mente》形式的副詞，也可能用衍生名詞或相同的形容詞來表達。了解這些表達方式，可以提高表達能力。

- ☐ frecuentemente / con frecuencia「頻繁地」
- ☐ inmediatamente / de inmediato「立即，馬上」
- ☐ tranquilamente / de manera tranquila「安靜地，冷靜地」
- ☐ directamente / de modo directo「直接」

參考 西班牙語的 -mente 和英語的 -ly

　　英語 -ly 的字源是 *lic*，表示「身體」的意思。至於西班牙語的 -mente，則是「心智，精神」的意思。也就是說，從英語「以～的身體」和西班牙語「以～的心智」的意義演變成副詞。加上 -mente 而形成的副詞，之所以要把形容詞改成陰性形，是因為 mente「心智，精神」是陰性名詞。

◇ 151　《介系詞＋無冠詞名詞》的副詞片語

《a, de, con, en, por 等介系詞＋無冠詞名詞》可以構成各種副詞片語（☞ 96《介系詞＋無冠詞名詞》）。以下是一些例子。

❶《a＋名詞》

| ☐ a caballo | ☐ 用騎馬的方式 | ☐ a pie | ☐ 用走路的方式 |

❷《de＋名詞》

| ☐ de paso | ☐ 順便 | ☐ de verdad | ☐ 真的～ |

❸《con＋名詞》

| ☐ con confianza | ☐ 有信心地 | ☐ con cuidado | ☐ 小心地 |

❹《en＋名詞》

| ☐ en secreto | ☐ 祕密地 | ☐ en pie | ☐ 站著 |

❺《por＋名詞》

| ☐ por sorpresa | ☐ 出乎意料地 | ☐ por fin | ☐ 終於 |

> 補充　表示〈時間〉或〈頻率〉的副詞片語
>
> ☐ El próximo domingo vamos a la montaña. / 下星期日我們會去爬山。
> ☐ Voy a Valencia un par de veces al año. / 我每年去瓦倫西亞兩三次。
>
> 雖然這裡的 El próximo domingo 和 un par de veces al año 是名詞片語，但在句子裡的作用像是副詞。這種表示〈時間〉或〈頻率〉的名詞片語，有時候會不加介系詞，直接當成副詞使用。

◇ 152　副詞的功能

副詞有以下幾種作用。

❶ 補充動詞的意思。

| ☐ Juan estudia <u>mucho</u>. | ☐ 胡安很努力學習。 |

❷ 補充形容詞的意思。

| ☐ Este libro es <u>muy</u> interesante. | ☐ 這本書非常有趣。 |

❸ 補充其他副詞的意思。

| ☐ Mi padre salió de casa <u>muy</u> temprano. | ☐ 我爸爸很早就離開家門了。 |

❹ 補充句子整體的意思。

| ☐ <u>Francamente</u> no entiendo nada. | ☐ 坦白說，我一點也不懂。 |

❺ 補充名詞或數詞的意思。

| ☐ He leído <u>solamente</u> la primera parte de «Don Quijote». | ☐ 我只讀過《唐吉訶德》的第一部。 |
| ☐ Hay <u>casi</u> mil personas. | ☐ 有將近 1000 人。 |

❻ 副詞、副詞片語有時會單獨使用。

| ☐ ¿Puedes venir a mi casa mañana?
— <u>Bien</u>. | ☐ 明天你能來我家嗎？
—好。 |
| ☐ ¿Le gustó este libro?
— <u>En absoluto</u>. No me ha gustado nada. | ☐ 您喜歡這本書嗎？
—一點也不。我一點也不喜歡。 |

❼ 《副詞＋介系詞》形成介系詞片語。

| ☐ Nuestra universidad está <u>cerca de</u> la estación. | ☐ 我們的大學在車站附近。 |

◇ 153　副詞的位置

❶ 副詞修飾動詞（片語）時，放在動詞（片語）後面。

| ☐ Juan <u>trabaja</u> mucho. | ☐ 胡安很努力工作。 |

副詞放在句首時,是強調它的意義。這時候主詞放在動詞後面。
☞ 6.5 詞序

| ☐ Mucho trabaja Juan. | ☐ 胡安非常努力地工作。 |

[補充 -1] 《副詞＋動詞（片語）》

原則上,副詞緊接在動詞之後,但當《動詞＋名詞》構成一個動詞片語時,副詞會放在這個動詞片語的後面。請比較以下例句。

☐ (1) Raquel habla muy bien el japonés. / 拉桂兒說日語說得非常好。
☐ (2) Raquel habla japonés muy bien. / 拉桂兒日語說得非常好。

(1) 有《動詞＋名詞》的組合,但副詞 muy bien 直接接在動詞 habla 後面。而 (2) 則是將 habla japonés 當成一個完整的動詞片語,所以 muy bien 接在它們後面。還有,像 (2) 一樣變成《hablar ＋語言名稱》的動詞片語時,語言名稱不加定冠詞。☞ ◇85 不言自明的指示 [補充]

❷ 副詞（片語）修飾形容詞、副詞、名詞、數詞時,放在前面。

| ☐ Juan es un niño muy listo. | ☐ 胡安是非常聰明的孩子。 |
| ☐ He visto por lo menos diez pájaros. | ☐ 我看到了至少 10 隻鳥。 |

❸ 表示〈時間〉和〈地點〉的副詞（片語）,位置相對自由。

| ☐ Mañana tengo un examen.
Tengo mañana un examen.
Tengo un examen mañana. | ☐ 我明天有考試。 |

在以下這種後面接不定詞片語的情況,意義可能隨著副詞（片語）的位置而有很大的不同。

| ☐ Ayer Pepe prometió pagarme. | ☐ 昨天佩佩承諾要付錢給我。 |
| ☐ Pepe prometió pagarme ayer. | ☐ 佩佩承諾昨天要付錢給我。 |

❹ 修飾句子整體時,副詞通常放在句首,但有時會在前後加逗號並插入句中。

| ☐ Francamente no estoy de acuerdo contigo. | ☐ 坦白說,我不同意你。 |

| ☐ Su fatiga es debida, naturalmente, a la tensión de trabajo. | ☐ 他的疲勞，當然，是由於工作緊張感的關係。 |

補充-2 出現在句子中自由位置的副詞

有些副詞像下面例子中的 también 一樣，會出現在各種位置。

☐ También Ana escribe la novela. / 安娜也寫小說。
☐ Ana también escribe la novela. / 安娜（除了做其他事）也寫小說。
☐ Ana escribe también la novela. / 安娜（除了其他文體）也寫小說。

在 (1) 修飾 Ana，在 (2) 修飾 escribe la novela，在 (3) 修飾 la novela。

3.4 比較級與最高級

▶要比較多個事物，或者表示全體之中程度最高的東西時，會使用「比較級」或「最高級」。「比較級」和「最高級」是用來描述關於名詞、形容詞、副詞的意義。

◇ 154 比較級

❶《más＋形容詞/副詞＋que》〈優等比較級〉「比較～」：que 表示比較的對象「和…比起來」。

| ☐ Esta novela es más interesante que esa. | ☐ 這本小說比那本小說有趣。 |
| ☐ Vivimos más cerca de la estación que ellos. | ☐ 我們住得比他們離車站近。 |

❷《menos＋形容詞/副詞＋que》〈劣等比較級〉「比較不～」：que 表示比較的對象。

| ☐ Este coche es menos caro que el tuyo. | ☐ 這輛車沒有你的貴。 |
| ☐ Para mí la física es menos difícil que la química. | ☐ 對我而言，物理沒有化學那麼難。 |

❸ 比較時，表示相差程度的語句放在比較級前面。

| ☐ Mi hermano es diez centímetros más alto que yo. | ☐ 我哥哥比我高 10 公分。 |

❹ 比較的對象是形容詞（片語）時，有「比起說～不如說…」的意味。

| ☐ Esta sillón es más de diseño que útil. | ☐ 這張扶手椅的設計感大過實用性。 |

❺ 不說出比較對象的情況很常見。

| ☐ Hable más despacio, por favor. | ☐ 請您說慢一點。 |

❻ más 和 menos 的單獨用法：不使用形容詞或副詞，單獨比較名詞或動詞的〈數量〉或〈程度〉。

☐ Este año hay más estudiantes de español que el año pasado.	☐ 今年西班牙學生比去年多。
☐ Hoy hay menos tráfico que ayer.	☐ 今天交通量比昨天少。
☐ Él come más que yo.	☐ 他吃得比我多。
☐ Estudio menos que mi hermana.	☐ 我不如我姐姐努力學習。

補充 más / menos 是 mucho / poco 的不規則比較級嗎？

　　(6) 的 más 與 menos 單獨用法，也可以想成 mucho / poco 的不規則比較級。但這樣的話，因為和前面 (1) (2) 將一般形容詞、副詞變成比較級的 más / menos 形態相同，往往會讓初學者感到混亂。所以，這裡把它當成 más 和 menos 的單獨用法。這樣的話，在思考 más estudiantes 或 come más 的意思時，就不用從 muchos estudiantes 和 come mucho 開始，再推導出不規則比較級了。這樣一來，需要個別記憶的不規則形也會減少。☞◇155 比較級的不規則形

❼《de＋比較的對象》

一般會用 que 表示比較級的比較對象，但在以下情況會用 de 表示。

(a)《de ＋〈數量〉》：當比較對象是數量時。

| ☐ He leído más de diez libros. | ☐ 我讀了超過 10 本書。 |

(b)《de + lo que ...》：當比較對象是關係代名詞子句 lo que ... 時。

| ☐ Esta novela es más interesante de lo que crees. | ☐ 這本小說比你所認為的有趣。 |

(c)《de + lo + 過去分詞》

| ☐ Hace más frío de lo esperado en invierno en España. | ☐ 西班牙的冬天比預期來得冷。 |
| ☐ El tren ha llegado más tarde de lo previsto. | ☐ 列車比預定時間晚抵達。 |

◇ 155　比較級的不規則形

❶ 形容詞 bueno 和 malo 有規則形的比較級和不規則形的比較級。

形容詞	規則形的比較級	意思	不規則形的比較級	意思
bueno	más bueno	（性格）比較好的	mejor	比較好的
malo	más malo	（性格）比較差的	peor	比較差的

mejor 和 peor 都是陰陽同形。

| ☐ Ana es más buena que Pepa. | ☐ 安娜的人（性格）比佩芭好。 |
| ☐ El estímulo suele tener mejor efecto que el castigo. | ☐ 激勵的效果通常比處罰好。 |

mejor 和 peor 也當成副詞 bien「好地」和 mal「不好地」的不規則形比較級使用。

| ☐ bien > mejor | ☐ 好地＞比較好地 |
| ☐ mal > peor | ☐ 不好地＞比較不好地 |

| ☐ El enfermo está cada vez mejor. | ☐ 病人逐漸好轉。 |

❷ 形容詞 grande 和 pequeño 有規則形的比較級和不規則形的比較級。

形容詞	規則形的比較級	意思	不規則形的比較級	意思
grande	más grande	（大小）比較大的	mayor	比較年長的；（規模）比較大的
pequeño	más pequeño	（大小）比較小的	menor	比較年輕的；（規模）比較小的

mayor 和 menor 都是陰陽同形。

☐ Madrid es <u>más grande</u> que Barcelona.	☐ 馬德里比巴塞隆納大。
☐ La economía china es <u>mayor</u> que la japonesa.	☐ 中國經濟規模比日本大。
☐ Pablo es <u>menor</u> que yo.	☐ 帕布羅年紀比我小。

◇ 156　同等比較級

❶ 表示「和～一樣…」的意義時，使用《tan＋形容詞/副詞＋como...》的句型。

☐ La vida de aquí no es <u>tan</u> <u>fácil</u> <u>como</u> la de tu país.	☐ 這裡的生活不像在你國家的生活容易。

❷ 同等比較級加 no 形成否定形時，表示「不如～來得…」，意思類似《menos ＋形容詞/副詞＋que...》。

☐ Mi ordenador <u>no</u> es <u>tan</u> <u>útil</u> <u>como</u> el suyo.	☐ 我的電腦不如他的有用。
☐ Mi ordenador es <u>menos</u> <u>útil</u> <u>que</u> el suyo.	☐ 我的電腦和他的比起來沒那麼有用。

❸ 當同等比較級的比較對象是形容詞時，表示「和～（形容詞）同樣程度地…（形容詞）」的意思。

☐ María es <u>tan</u> <u>atractiva</u> <u>como</u> <u>inteligente</u>.	☐ 瑪麗亞既迷人又聰明。

＊《tan A como B》表示「和 B 一樣程度地 A」的意思，雖然也可以視為 A 的意義重要性較高，但通常 A 和 B 被視為有同等的重要性。

◇ 157　形容詞的最高級

❶ 與比較級形容詞連用的名詞片語，加上定冠詞就表示「最～的…」的最高級意義。

| ☐ Para mí, la paella es el plato más rico. | ☐ 對我而言，西班牙鐵鍋燉飯是最美味的料理。 |

加上前置所有格形容詞（短縮形），也會像定冠詞一樣表示最高級的意思。

| ☐ Esta es mi mascota más querida. | ☐ 這是我最喜愛的寵物。 |

❷ 比較級的形容詞加上定冠詞，表示最高級的意義「最～的」。

| ☐ Esta novela es la más vendida en esta tienda. | ☐ 這本小說是這家店裡最暢銷的。 |

❸ 最高級的意義範圍「在～之中」，用 de 來表示。

| ☐ Lorca prestaba atención a las personas más marginadas de la sociedad. | ☐ 洛爾卡關注社會中最邊緣的人們。 |

另外，也會使用 en, entre, dentro de 等。不表明範圍的情況也很常見。

| ☐ Entre las tres, esta novela es la más interesante. | ☐ 在這三本中，這本小說最有趣。 |

❹ 比較對象是否定詞的時候，是「比什麼〔比誰〕都還要～」的意思，表示和最高級相同的內容。

| ☐ Este asunto es más importante que nada. | ☐ 這件事比什麼都重要。 |
| ☐ Francisco es más serio que nadie. | ☐ 法蘭西斯科比誰都認真。 |

◇ 158　副詞的最高級

副詞的〈最高級〉，是以《定冠詞＋關係代名詞＋副詞的比較級（＋ de ...）》的形式，在關係代名詞子句中表示。☞ 5.2 關係詞

| ☐ Juan es el que más sabe de informática. | ☐ 胡安是最懂資訊科技的人。 |

| ☐ Lo que más me gustó de España fue la amabilidad de la gente. | ☐ （當時）我最喜歡西班牙的地方是人們的友善。 |

《疑問詞＋副詞的比較級》表示〈最高級〉的意思。☞ 6.1 疑問詞與疑問句

| ☐ ¿Quién canta mejor de todos? | ☐ 在所有人之中誰唱得最好？ |

《lo + más [menos] ... posible [que poder 的變化形]》表示「盡可能～」的意思。

| ☐ Ven lo más pronto posible.
　Ven lo más pronto que puedas. | ☐ 盡可能早點來。 |

◇ 159　絕對最高級

形容詞加上 -ísimo，表示強調的意義「非常～」。它的意思不是由比較而得出的〈相對〉最高級，而是意味著〈絕對〉的意思，所以稱為「絕對最高級」。並不是所有形容詞都能變成絕對最高級。

❶ 形容詞以母音結尾時，去掉結尾的母音再加上 -ísimo。

| ☐ mucho > muchísimo | ☐ 多的＞非常多的 |

❷ 形容詞以子音結尾時，直接加上 -ísimo。

| ☐ fácil > facilísimo | ☐ 簡單的＞非常簡單的 |

❸ 要像下面的例子一樣遵守拼寫規則。☞ ◇31 子音的拼寫規則

☐ blanco > blanquísimo	☐ 白的＞非常白的
☐ largo > larguísimo	☐ 長的＞非常長的
☐ feliz > felicísimo	☐ 幸福的＞非常幸福的

❹ 有字尾 -ble 的形容詞會變成 -bilísimo。

| ☐ amable > amabilísimo | ☐ 親切的＞非常親切的 |

❺ 有的形容詞會發生母音的變化，但有時也會保留 -ue- 或 -ie- 的形態而形成絕對最高級。

☐ n<u>ue</u>vo > n<u>o</u>vísimo / n<u>ue</u>vísimo	☐ 新的＞非常新的
☐ c<u>ie</u>rto > c<u>e</u>rtísimo / c<u>ie</u>rtísimo	☐ 確定的＞非常確定的

❻ 也有其他特殊形式的絕對最高級。

☐ áspero > aspérrimo	☐ 粗糙的＞非常粗糙的
☐ fiel > fidelísimo	☐ 忠誠的＞非常忠誠的
☐ pobre > paupérrimo	☐ 貧窮的＞非常貧窮的
☐ mísero > misérrimo	☐ 可憐的＞非常可憐的

❼ 有些副詞可以加 -ísimo 形成絕對最高級。

☐ ¿Te gusta el helado? — ¡M<u>uchísimo</u>!	☐ 你喜歡冰淇淋嗎？ －非常喜歡！

補充 形容詞和副詞的絕對最高級

絕對最高級不是〈相對〉的比較，所以不會指定「在～之中」的範圍。雖然意思類似《muy ＋形容詞》，但絕對最高級和《muy ＋形容詞》比起來更帶有強烈的個人情感。

☐ Todo el mundo dice que esta casa es <u>muy barata</u> y yo creo que es ¡<u>baratísima</u>!
／大家都說這間房子非常便宜，而我認為是超級便宜！

字尾 -ísimo 從 16 世紀開始獲得普遍使用，被認為是受到從中世紀以來的拉丁語使用，以及來自義大利語的影響。

4. 動詞

▶動詞是句子的核心要素，表示「行為」、「狀態」、「現象」等等。動詞的形式會隨著各種條件而變化。變化的方式非常有規律，所以與其死背，不如確實理解其中的規律並學習，會學得比較正確而有效率。

Figuras de Sancho y don Quijote
(Alcalá de Henares)

Hablamos español.
We speak Spanish.
我們說西班牙語。

在一個動詞中，可以劃分成表示基本意義的部分，以及隨著「式、時態、人稱、數」而變化的部分。例如 hablar 是表示「說話」的動詞的不定詞（基本形），開頭 habl- 的部分表示「說話」的意思，稱為「字根」。-ar 則是表示不定詞的「字尾」。字尾會產生各種變化。

habl ar
字根　字尾

「變化」是指動詞的字尾隨著「式、時態、人稱、數」而變化。例如 hablo 表示「我說」，字尾的 -o 表示「陳述式現在時態、第一人稱單數的主詞」→「我～」。如同這個例子所顯示的，-o 之中包含了「式、時態、主詞的人稱、數」等文法功能。hablas 的意思是「你說」，其中的字尾 -as 則表示「陳述式現在時態、第二人稱單數的主詞」→「你～」。因為可以像這樣從變化形得知主詞，所以英語用 *I* 或 *you* 等代名詞表示主詞這件事，在西班牙語並不是必要的。

165

☐ ¿Hoy llegas a Madrid? — No, llego mañana.	☐ 你今天抵達馬德里嗎？ —不，我明天抵達。
☐ ¿Sois japoneses? — Sí, somos japoneses.	☐ 你們是日本人嗎？ —是的，我們是日本人。

動詞形式隨著人稱、數而有以下幾種。

☐ 第一人稱單數	☐ 第一人稱複數
☐ 第二人稱單數	☐ 第二人稱複數
☐ 第三人稱單數	☐ 第三人稱複數

但這樣稱呼有些複雜，所以之後我們用代名詞來稱呼動詞變化形，如下表。

☐ YO 變化形	☐ NOSOTROS 變化形
☐ TÚ 變化形	☐ VOSOTROS 變化形
☐ ÉL 變化形	☐ ELLOS 變化形

❶ 規則變化

動詞變化時，如果字根部分與不定詞（基本形）相同，稱為「規則變化」。大部分的動詞是規則變化。

規則變化有三種。只要看不定詞（基本形）的字尾，就知道每個動詞屬於哪一種。例如 hablar 的字尾是 -ar，comer 的字尾是 -er，vivir 的字尾是 -ir。它們分別稱為「AR 動詞」、「ER 動詞」和「IR 動詞」。

種類	不定詞	意思	字尾
☐ AR 動詞	☐ hablar	☐ 說話	☐ -ar
☐ ER 動詞	☐ comer	☐ 吃	☐ -er
☐ IR 動詞	☐ vivir	☐ 生活，住	☐ -ir

❷ 不規則變化

不規則變化時，字根和一部分的字尾會改變。不規則動詞雖然是少數，但都是常用的動詞。

4.1 陳述式現在（陳述式現在時）

[補充] 「式」與「時態」

「式」包括表示認知到句子內容是事實的「陳述式」，以及表示假設的「虛擬式」。關於虛擬式請參考 ☞ 4.6 虛擬式現在

陳述式的「時態」則有「現在」、「線過去（過去未完成）」、「點過去（簡單過去）」。

每種時間都有「完成態」，而每種時態與其完成態都有「推測語氣」。陳述式的時態體系如下：

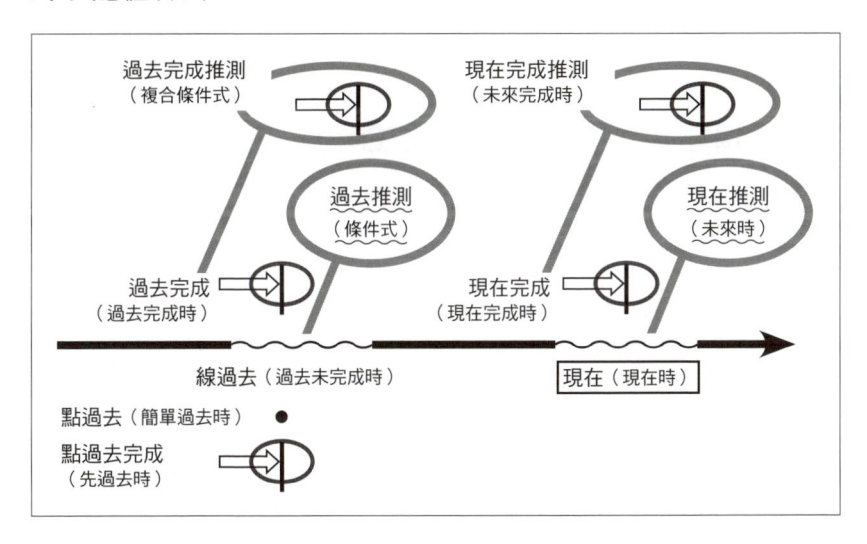

```
過去完成推測              現在完成推測
（複合條件式）             （未來完成時）

        過去推測              現在推測
        （條件式）            （未來時）

過去完成                 現在完成
（過去完成時）            （現在完成時）
─────────────────────────────────────→
        線過去（過去未完成時）    現在（現在時）

點過去（簡單過去）  ●
點過去完成
（先過去時）
```

時態中相對於「現在」的是「線過去（過去未完成時）」，兩者分別可以構成「現在完成」與「過去完成」。這四種時態又分別相對於「現在推測（未來時）」、「過去推測（條件式）」、「現在完成推測（未來完成時）」、「過去完成推測（複合條件式）」等四種推測形。「點過去（簡單過去時）」因為變化方式與意義都有其特殊之處，所以單獨放在其他位置。

在其他教材、參考書中，會將「點過去完成」稱為「先過去時」，「線過去」稱為「過去未完成時」，而「現在推測」會稱為「未來時」。

（編註：本書作者以「現在－過去時間」、「完成」、「推測」這三個維度，將八種時態整合為一個體系。為了忠實呈現作者的概念，中文版沿用原書的時態名稱，後面則用括號標註華語教學界慣用的名稱。）

> **參考** 動詞變化的由來
>
> 經常有人問「像英語一樣明確說出主詞，不是比用動詞變化形區分簡單嗎？」「為什麼要去掉主詞，而用動詞的變化來表示主詞呢？」但事實上，英語過去也曾經有對應每個人稱的變化形。第三人稱單數現在式的 s 就是現今殘存的人稱變化。而和英語有相同根源的德語，現在仍然有各種人稱的動詞變化。所以與其說為了省略主詞而使動詞產生人稱變化，比較正確的說法應該是動詞本來就有人稱變化，早就已經從形式上顯示主詞了。而在英語中，可以說是因為人稱變化逐漸變得籠統，所以反而需要明確說出主詞。法語也因為動詞字尾的區分變得模糊，而有必要說出主詞。

4.1 陳述式現在（陳述式現在時）

▶動詞的現在形表示「現在時態」。

現在（現在時）

▶「時態」通常對應我們日常生活中意識到的「時間」（過去、現在、未來），但也有些不一樣的地方，所以文法上用「時態」來稱呼。例如「現在時態」除了表示「現在」的事，也有「表示歷史事實的現在」這種指涉〈過去時間〉的情況，以及表示確定的〈預定〉這種指涉〈未來時間〉的情況。

◇ 160　陳述式現在的規則變化

❶ **AR 動詞隨主詞的人稱、數而有以下變化。**

☐ **hablar**	☐ 說話
☐ habl-o	☐ habl-a-mos
☐ habl-a-s	☐ habl-á-is
☐ habl-a	☐ habl-a-n

字尾中，有表示「式與時態」的部分，也有表示「人稱與數」的部分。在 habl-o 中的 -o 是兩者合而為一，但在 habl-a-s 則是 -a- 表示「式與時態」，-s 表示 TÚ 的「人稱與數」（第二人稱單數）。

☐ Ken habla español muy bien.	☐ 健說西班牙語說得很好。
☐ Mañana visitamos el Museo del Prado.	☐ 明天我們參觀普拉多美術館。

☐ ¿Tomáis café?	☐ 你們喝咖啡嗎？
☐ Pedro y Elvira también toman café.	☐ 佩德羅和埃爾薇拉也喝咖啡。

❷ ER 動詞隨主詞的人稱、數而有以下變化。

☐ comer	☐ 吃
☐ com-o	☐ com-e-mos
☐ com-e-s	☐ com-é-is
☐ com-e	☐ com-e-n

☐ Comes mucho. — No, no como mucho.	☐ 你吃得很多。 －不，我吃得不多。
☐ ¿Qué lengua aprendéis? — Aprendemos español.	☐ 你們學什麼語言？ －我們學西班牙語。

❸ IR 動詞隨主詞的人稱、數而有以下變化。

☐ vivir	☐ 生活，住
☐ viv-o	☐ viv-i-mos
☐ viv-e-s	☐ viv-í-s
☐ viv-e	☐ viv-e-n

☐ ¿Dónde vives?— Vivo cerca de aquí.	☐ 你住在哪裡？－我住在這附近。
☐ Vivimos juntos.	☐ 我們住在一起。

補充 -1 特徵母音

　　陳述式現在時的三種變化類型雖然相似，但各自具有不同的特徵。AR 動詞的特徵是母音 -a-。除了 YO 的變化形以外，-a- 出現在每個變化形的字尾中。ER 動詞的特徵是母音 -e-。相對於 AR 動詞字尾中的 -a-，ER 動詞則都是 -e-。IR 動詞的特徵是母音 -i-，但它只在 NOSOTROS 和 VOSOTROS 變化形中出現，其他則和 ER 動詞相同。我們可以看出，ER 和 IR 動詞的變化很類似。不管哪種類型，YO 的變化形都是字尾 -o。三種動詞類型的特徵母音，除了陳述式現在時態以外，也出現在其他時態中。

[補充 -2] 動詞變化與重音的移動

　　動詞變化形的重音通常在字尾，但陳述式現在形則有重音移到字根的情況。下表中灰底的部分，表示重音在字根，其他情況則是在字尾（特徵母音上）。

☐ **YO** 變化形	☐ NOSOTROS 變化形
☐ **TÚ** 變化形	☐ VOSOTROS 變化形
☐ **EL** 變化形	☐ **ELLOS** 變化形

　　habl-á-is 需要加上重音符號。如果不加的話，因為以 -s 結尾，所以重音會落在字根。重音節移到字根的情況，除了陳述式現在時態以外，也出現在點過去（簡單過去時）的「強變化」、虛擬式現在、TÚ 的命令式。

[補充 -3] VOS 變化形

　　在中美洲和南美洲南部的國家（如巴拉圭、烏拉圭、阿根廷和智利），主格人稱代名詞不使用 tú，而是使用 vos。（☞◇99 主格人稱代名詞的形式 [補充]）。對應 VOS 的動詞變化形如下：

☐ hablar : Vos hablás. / 你說話。
☐ comer: Vos comés. / 你吃。
☐ vivir: Vos vivís. / 你住。

參考 AR 動詞、ER 動詞、IR 動詞的頻率

　　教科書與參考書的文章中使用的動詞，感覺上大多數是 AR 動詞，ER / IR 動詞則不太常見。實際的西班牙語又如何呢？中型學習辭典（研究社《Puerta 新西班牙語辭典》）收錄了大約 4700 個動詞，其中 AR 動詞約 4000 個（85%），ER 動詞 340 個（7%），IR 動詞 380 個（8%）。

　　不過，如果把範圍限定在使用頻率最高的 5000 個單字，那麼相對於 AR 動詞（750 個：69%），ER 動詞（165 個：15%）與 IR 動詞（166 個：15%）的比例就增加了。

　　以下是使用頻率最高的 20 個動詞。

☐ 1. ser*, 2. haber*, 3. estar*, 4. tener*, 5. ir*, 6. hacer*, 7. poder*, 8. ver*, 9. querer*, 10. dar*, 11. saber*, 12, pasar, 13. venir*, 14. llegar, 15. deber, 16. creer*, 17. parecer*, 18. poner*, 19. hablar, 20. llevar

從以上資料可以得知，在實際的西班牙語中，雖然 AR 動詞的確很多，但在重要的高頻率單字中，也有不少 ER 動詞與 IR 動詞。所以，還是有必要把 ER 動詞與 IR 動詞的變化也記起來。在上面列出的動詞中，加上星號（*）的是有不規則變化的動詞。因為不規則動詞的使用頻率很高，所以最好早點熟悉它們。

◇ 161　ser 與 estar 的變化

它們和一般動詞的規則變化有很大的不同。關於用法，參考 ☞◇298《主詞＋連繫動詞＋補語》

□ ser	□ 是～
□ soy	□ somos
□ eres	□ sois
□ es	□ son

□ estar	□ 在～
□ estoy	□ estamos
□ estás	□ estáis
□ está	□ están

參考 -1　ser 的變化

　　西班牙語 ser 的陳述式現在形源自拉丁語的動詞 ESSE。拉丁語第二人稱單數的 ES 和第三人稱單數的 EST 特別類似，所以在西班牙語中，TÚ 變化形不是 es，而是採用拉丁語 ESSE 未來形第二人稱單數的形式 ERIS，從 ERIS 產生了西班牙語的 eres。拉丁語第三人稱單數形 EST 則變成西班牙語的 es。

參考 -2　estar 的變化

　　estar 是一種 AR 動詞，所以它的變化與 hablar 非常相似。需要注意的是，YO 的變化形以 y 結尾，而所有變化形的重音都在字尾。

　　重音之所以沒有移到字根，是因為開頭的 e- 並不存在於拉丁語的字源 STARE，而是在西班牙語時期加上的母音。西班牙語使用者不喜歡字首出現《s＋子音》，所以在 s 前面加上了 e。即使到了現在，西班牙語圈的人在說英語的時候，還是有這樣的傾向，例如 *sky* 會加上 e 而被唸成 [eskái]。就像日本人也會在子音後面加上 [u] 或 [o] 來發音，而把 *dry* 唸成 [dorái] 一樣，每種語言都有自己的發音模式。

◇ 162　陳述式現在的子音拼寫與母音重音變化

❶ 部分動詞因為「子音的拼寫規則」而有以下變化。

☞ ◇31 子音的拼寫規則

☐ vencer	☐ 打敗
☐ ven**z**-o	☐ venc-e-mos
☐ venc-e-s	☐ venc-é-is
☐ venc-e	☐ venc-e-n

☐ coger	☐ 抓住
☐ co**j**-o	☐ cog-e-mos
☐ cog-e-s	☐ cog-é-is
☐ cog-e	☐ cog-e-n

☐ delinquir	☐ 犯罪
☐ delin**c**-o	☐ delinqu-i-mos
☐ delinqu-e-s	☐ delinqu-ís
☐ delinqu-e	☐ delinqu-e-n

☐ distinguir	☐ 區分
☐ distin**g**-o	☐ distingu-i-mos
☐ distingu-e-s	☐ distingu-ís
☐ distingu-e	☐ distingu-e-n

☐ Desde aquí no distingo bien las letras.	☐ 從這裡我不能清楚區分（看不清楚）字母。

❷ 部分動詞的母音重音有以下變化。 ☞ ◇7 分立母音

☐ enviar	☐ 寄送
☐ enví-o	☐ envi-a-mos
☐ enví-a-s	☐ envi-á-is
☐ enví-a	☐ enví-a-n

☐ prohibir	☐ 禁止
☐ prohíb-o	☐ prohib-i-mos
☐ prohíb-e-s	☐ prohib-ís
☐ prohíb-e	☐ prohíb-e-n

☐ continuar	☐ 繼續
☐ continú-o	☐ continu-a-mos
☐ continú-a-s	☐ continu-á-is
☐ continú-a	☐ continú-a-n

☐ reunir	☐ 聚集，收集
☐ reún-o	☐ reun-i-mos
☐ reún-e-s	☐ reun-ís
☐ reún-e	☐ reún-e-n

☐ Adjunto le envío las fotos que tomamos juntos el otro día.	☐ 我把我們幾天前一起拍的照片隨信寄給您。

◇ 163　陳述式現在的字根母音變化

有些動詞，而且是常用的動詞，字根的母音會發生變化。這些動詞稱為「字根母音變化動詞」。從陳述式現在時的 YO 變化形，可以看出一個動詞是不是「字根母音變化動詞」。以下會將不定詞和 YO 變化形並列。

❶ pensar — pienso 型與 sentir — siento 型：兩者在相同的人稱、數產生字根母音變化。YO / TÚ / ÉL / ELLOS 的變化形會發生 e > ie 的變化。

☐ pensar	☐ 想
☐ p<u>ie</u>ns-o	☐ pens-a-mos
☐ p<u>ie</u>ns-a-s	☐ pens-á-is
☐ p<u>ie</u>ns-a	☐ p<u>ie</u>ns-a-n

☐ sentir	☐ 感覺
☐ s<u>ie</u>nt-o	☐ sent-i-mos
☐ s<u>ie</u>nt-e-s	☐ sent-ís
☐ s<u>ie</u>nt-e	☐ s<u>ie</u>nt-e-n

＊ pensar — pienso 型與 sentir — siento 型雖然陳述式現在形的變化模式相同，但在其他式、時態會有所不同。

(a) pensar — pienso 型的 AR 動詞（例）

☐ apretar — apr<u>ie</u>to	☐ 弄緊，壓緊
☐ calentar — cal<u>ie</u>nto	☐ 加熱
☐ cerrar — c<u>ie</u>rro	☐ 關閉
☐ comenzar — com<u>ie</u>nzo	☐ 開始
☐ confesar — conf<u>ie</u>so	☐ 坦白
☐ empezar — emp<u>ie</u>zo	☐ 開始
☐ fregar — fr<u>ie</u>go	☐ 擦洗
☐ gobernar — gob<u>ie</u>rno	☐ 統治
☐ merendar — mer<u>ie</u>ndo	☐ 吃下午茶
☐ negar — n<u>ie</u>go	☐ 否定
☐ sentar — s<u>ie</u>nto	☐ 使坐下
☐ tropezar — trop<u>ie</u>zo	☐ 絆倒

☐ ¿A qué hora c<u>ie</u>rran el museo?	☐ 博物館幾點關門？（編註：主詞是不特定複數的人，受詞是 museo）

errar「弄錯」的 YO / TÚ / ÉL / ELLOS 變化形是 e > ye。

❑ errar	❑ 弄錯
❑ **yerr-o**	❑ err-a-mos
❑ **yerr-a-s**	❑ err-á-is
❑ **yerr-a**	❑ **yerr-a-n**

(b) pensar — pienso 型的 ER 動詞（例）

❑ defender — def<u>ie</u>ndo	❑ 防禦，保護
❑ encender — enc<u>ie</u>ndo	❑ 點火
❑ perder — p<u>ie</u>rdo	❑ 失去
❑ tender — t<u>ie</u>ndo	❑ 晾（衣服）
❑ verter — v<u>ie</u>rto	❑ 倒（液體）

❑ Este arbolado <u>defiende</u> nuestra casa contra el sol del verano.	❑ 這片樹木保護我們的房子不受夏天的陽光照射。

(c) sentir — siento 型的 IR 動詞（例）

❑ advertir — adv<u>ie</u>rto	❑ 勸告
❑ arrepentir — arrep<u>ie</u>nto	❑ 使後悔
❑ convertir — conv<u>ie</u>rto	❑ 轉變
❑ diferir — dif<u>ie</u>ro	❑ 不同
❑ digerir — dig<u>ie</u>ro	❑ 消化
❑ herir — h<u>ie</u>ro	❑ 使受傷
❑ mentir — m<u>ie</u>nto	❑ 說謊
❑ preferir — pref<u>ie</u>ro	❑ 偏好
❑ sugerir — sug<u>ie</u>ro	❑ 建議

❑ <u>Prefiero</u> el campo a la ciudad.	❑ 我偏好鄉村勝過都市。

adquirir — adquiero「獲得」的變化與 sentir 類似。YO / TÚ / ÉL / ELLOS 的變化形是 i > ie。

4.1 陳述式現在 (陳述式現在時)

☐ adquirir	☐ 獲得
☐ **adqu<u>ie</u>r-o**	☐ adquir-i-mos
☐ **adqu<u>ie</u>r-e-s**	☐ adquir-ís
☐ **adqu<u>ie</u>r-e**	☐ **adqu<u>ie</u>r-e-n**

❷ contar — cuento 型與 dormir — duermo 型：兩者在相同的人稱、數產生字根母音變化。YO / TÚ / ÉL / ELLOS 的變化形會發生 o > ue 的變化。

☐ contar	☐ 數算
☐ **c<u>ue</u>nt-o**	☐ cont-a-mos
☐ **c<u>ue</u>nt-a-s**	☐ cont-á-is
☐ **c<u>ue</u>nt-a**	☐ **c<u>ue</u>nt-a-n**

☐ dormir	☐ 睡
☐ **d<u>ue</u>rm-o**	☐ dorm-i-mos
☐ **d<u>ue</u>rm-e-s**	☐ dorm-ís
☐ **d<u>ue</u>rm-e**	☐ **d<u>ue</u>rm-e-n**

＊ contar 型與 dormir 型雖然陳述式現在形的變化模式相同，但在其他式、時態會有所不同。

(a) contar — cuento 型的 AR 動詞（例）

☐ acostar — ac<u>ue</u>sto	☐ 使睡覺
☐ almorzar — alm<u>ue</u>rzo	☐ 吃午餐
☐ apostar — ap<u>ue</u>sto	☐ 打賭
☐ consolar — cons<u>ue</u>lo	☐ 安慰
☐ forzar — f<u>ue</u>rzo	☐ 強迫
☐ mostrar — m<u>ue</u>stro	☐ 出示，顯現
☐ probar — pr<u>ue</u>bo	☐ 嘗試
☐ recordar — rec<u>ue</u>rdo	☐ 記住
☐ soltar — s<u>ue</u>lto	☐ 放開
☐ soñar — s<u>ue</u>ño	☐ 做夢，夢想
☐ tostar — t<u>ue</u>sto	☐ 烤（麵包）
☐ volar — v<u>ue</u>lo	☐ 飛

☐ S<u>ue</u>ño con un viaje al Caribe.	☐ 我夢想到加勒比海旅行。

jugar — juego「玩」的變化與 contar 類似。

☐ **jugar**	☐ 玩
☐ **j<u>ue</u>g-o**	☐ jug-a-mos
☐ **j<u>ue</u>g-a-s**	☐ jug-á-is
☐ **j<u>ue</u>g-a**	☐ **j<u>ue</u>g-a-n**

☐ Paco <u>jue</u>ga muy bien al fútbol.	☐ 帕可非常會踢足球。

(b) contar — cuento 型的 ER 動詞（例）

☐ morder — m<u>ue</u>rdo	☐ 咬
☐ mover — m<u>ue</u>vo	☐ 移動
☐ remover — rem<u>ue</u>vo	☐ 攪拌
☐ resolver — res<u>ue</u>lvo	☐ 解決
☐ soler — s<u>ue</u>lo	☐ 習慣～
☐ torcer — t<u>ue</u>rzo	☐ 弄彎
☐ volver — v<u>ue</u>lvo	☐ 返回

☐ <u>Vue</u>lvo en un segundo.	☐ 我馬上回去。

oler「聞」的 YO / TÚ / ÉL / ELLOS 變化形是 o > hue。

☐ **oler**	☐ 聞
☐ **h<u>ue</u>l-o**	☐ ol-e-mos
☐ **h<u>ue</u>l-e-s**	☐ ol-é-is
☐ **h<u>ue</u>l-e**	☐ **h<u>ue</u>l-e-n**

(c) dormir — duermo 型的 IR 動詞

☐ morir — m<u>ue</u>ro	☐ 死

4.1 陳述式現在（陳述式現在時）

❸ pedir — pido 型：YO / TÚ / ÉL / ELLOS 的變化形，母音 e 會變成 i。

☐ pedir	☐ 要求，訂購，點（餐）
☐ p<u>i</u>d-o	☐ ped-i-mos
☐ p<u>i</u>d-e-s	☐ ped-ís
☐ p<u>i</u>d-e	☐ p<u>i</u>d-e-n

pedir — pido 型的 IR 動詞（例）

☐ competir — comp<u>i</u>to	☐ 競爭
☐ elegir — el<u>i</u>jo	☐ 選擇
☐ gemir — g<u>i</u>mo	☐ 呻吟
☐ medir — m<u>i</u>do	☐ 測量
☐ regir — r<u>i</u>jo	☐ 統治，支配
☐ repetir — rep<u>i</u>to	☐ 反覆
☐ seguir — s<u>i</u>go	☐ 繼續
☐ servir — s<u>i</u>rvo	☐ 服務
☐ vestir — v<u>i</u>sto	☐ 給～穿衣服

☐ Solo te p<u>i</u>do comprensión.	☐ 我只是要尋求你的理解（希望你能理解）。

補充 -1 字根母音變化的兩個條件

　　字根母音變化動詞，受到以下兩個條件的作用影響。
(1)「重音的條件」：YO / TÚ / ÉL / ELLOS 變化形的重音在字根，這時候會發生 -e- > -ie- 和 -o- > -ue- 的變化。例如 p<u>ie</u>nso 和 c<u>ue</u>ntan 等等。下圖的 □ 表示重音所在的位置。

　　　　　　　pens-[a]r　　　p[ie]ns-o　　　cont-[a]r　　　c[ue]nt-an

(2)「字尾 i 的條件」：當字尾的母音是單母音 -i-（而不是 -ie- 之類的雙母音）時，字根是 -e- 或 -o-，否則字根會是 -i- 或 -u-。這個條件有點複雜，但請仔細觀察不定詞。不定詞 pedir 的字尾是 -ir，所以字尾有單母音 -i-，因而字根的母音是 -e-。pido 的字尾則沒有單母音 -i-，所以字根的母音是 -i-。pidiendo（☞4.11 現在分詞）字尾的母音是 -ie- 而不是單母音 -i-，所以字根的母音是 -i-。下圖的 □ 表示字尾的母音。

ped-<u>i</u>r　　pid-<u>o</u>　　pid-<u>ie</u>ndo

1. pensar 型、2. contar 型的動詞受到「重音的條件」影響。
3. pedir 型的動詞受到「字尾 i 的條件」影響。
4. sentir 型、5. dormir 型的動詞受到「重音的條件」與「字尾 i 的條件」影響。同時符合兩個條件的變化形，以「重音的條件」為優先。

1. pensar 型、2. contar 型的動詞是 AR 動詞與 ER 動詞。3. pedir 型、4. sentir 型、5. dormir 型則是 IR 動詞。

下表是兩個條件的整理。

不定詞	YO 變化形	重音的條件	字尾 i 的條件	不定詞字尾
❑ 1. pensar	p<u>ie</u>nso	e > ie	不適用	AR, ER
❑ 2. contar	c<u>ue</u>nto	o > ue	不適用	
❑ 3. pedir	p<u>i</u>do	不適用	e > i	IR
❑ 4. sentir	s<u>ie</u>nto	e > ie	e > i	
❑ 5. dormir	d<u>ue</u>rmo	o > ue	o > u	

只要知道不定詞和陳述式現在的 YO 變化形，就能知道每個動詞屬於哪種字根母音變化類型。例如，defender — defiendo（防禦）的變化是 -e- > -ie-，所以是 1. pensar 或 4. sentir 型，但因為是 ER 動詞，所以可以確定是 1. pensar 型。advertir — advierto（勸告）是 IR 動詞，所以是 4. sentir 型。而 medir — m<u>i</u>do（測量）的 -e- 變成 -i-，所以是 3. pedir 型。

這些變化是在西班牙語的歷史過程中產生的發音變化。

[補充 -2] 字根有 -e- 或 -o- 的規則動詞

即使字根有 -e-，也不一定會發生字根母音變化。字根有 -e- 的規則動詞有很多，例如下面的例子。

❑ **presentar**	❑ 介紹
❑ present-o	❑ present-a-mos
❑ present-a-s	❑ present-á-is
❑ present-a	❑ present-a-n

要區分字根母音變化動詞與規則動詞,就要同時把不定詞和 YO 變化形記起來,如下所示。

- pensar — pienso → 字根母音變化動詞
- presentar — presento → 規則變化動詞

同樣地,也有許多字根有 -o- 的規則動詞,例如下面的例子。

☐ ahorrar	☐ 儲蓄
☐ ahorr-o	☐ ahorr-a-mos
☐ ahorr-a-s	☐ ahorr-á-is
☐ ahorr-a	☐ ahorr-a-n

所以,必須同時把不定詞和 YO 變化形記起來,如下所示。

- contar — cuento → 字根母音變化動詞
- ahorrar — ahorro → 規則變化動詞

字根的母音沒有變化的動詞,是比較晚才進入西班牙語的詞彙。

◇ 164　陳述式現在的字根子音變化

有些動詞會在字根的結尾加上子音,或者改變字根結尾的子音。這些動詞是「ZC 動詞」與「G 動詞」。它們都是常用的動詞。

❶ ZC 動詞

這類動詞的 YO 變化形會出現 -zc-。請用 conocer — conozco「認識,了解〈人、地方〉」這樣的方式,將不定詞與 YO 變化形同時記起來。

☐ conocer	☐ 認識,了解
☐ **cono<u>zc</u>-o**	☐ conoc-e-mos
☐ conoc-e-s	☐ conoc-é-is
☐ conoc-e	☐ conoc-e-n

不定詞以《母音+ -cer / -cir》結尾的動詞屬於此類。

☐ crecer — crezco	☐ 長大
☐ establecer — establezco	☐ 建立，設立
☐ nacer — nazco	☐ 出生
☐ ofrecer — ofrezco	☐ 提供
☐ parecer — parezco	☐ 似乎
☐ conducir — conduzco	☐ 駕駛，開車

☐ Conduzco despacio.	☐ 我慢慢開車。

hacer, decir 是例外，雖然不定詞以《母音＋ -cer / -cir》結尾，但 hacer, decir 屬於接下來要介紹的「G 動詞」。

參考 -1 ZC 動詞的由來

　　不定詞以《母音＋ -cer / -cir》結尾的動詞，大多源自拉丁語動詞的《母音＋ SCERE》形式。在中世紀西班牙語的變化形，是 Yo nasco [násko]、Tú nasces [ná(s)tses] 等等。最終，TÚ 變化形產生了 nasces > naces [náθes] 的演變，其中的 /-θ-/ 音影響了 nasco 的 -s-，而形成了 nazco [náθko] 的形式。
　　conducir 之類以 -ducir 結尾的動詞，源自拉丁語的 DUCERE — DUCO，照理來說 YO 變化形應該是從 DUCO 演變成 dugo。然而，因為《母音 u ＋ -cir》的形態和 nacer 等動詞的《母音＋ -cer》類似，所以產生了同樣的變化（conduzco, conduces）。

❷ G 動詞

(a) 以下動詞的 YO 變化形會出現 -g-。其他則是規則變化。

☐ **poner**	☐ 放置
☐ **pong-o**	☐ pon-e-mos
☐ pon-e-s	☐ pon-é-is
☐ pon-e	☐ pon-e-n

☐ **valer**	☐ 價值
☐ **valg-o**	☐ val-e-mos
☐ val-e-s	☐ val-é-is
☐ val-e	☐ val-e-n

☐ **salir**	☐ 離開
☐ **salg-o**	☐ sal-i-mos
☐ sal-e-s	☐ sal-ís
☐ sal-e	☐ sal-e-n

4.1 陳述式現在 (陳述式現在時)

(b) hacer 的 c 會變成 g。

☐ **hacer**	☐ 做，製作
☐ **hag-o**	☐ ha-ce-mos
☐ ha-ce-s	☐ ha-cé-is
☐ ha-ce	☐ ha-ce-n

將以上動詞加上字首而衍生的動詞，也有同樣的變化模式。

☐ componer — compon**go**	☐ 組成
☐ exponer — expon**go**	☐ 闡明，展示
☐ imponer — impon**go**	☐ 強加，徵收
☐ proponer — propon**go**	☐ 提案
☐ suponer — supon**go**	☐ 假定，猜想
☐ sobresalir — sobresal**go**	☐ 突出
☐ equivaler — equival**go**	☐ 等於
☐ deshacer — desha**go**	☐ 毀壞

☐ <u>Supongo</u> que es una broma.	☐ 我猜那是開玩笑。

(c) 以下三個動詞的 YO 變化形，-g- 前面的母音是 -i-。

☐ **caer**	☐ 倒下，明白
☐ **caig-o**	☐ ca-e-mos
☐ ca-e-s	☐ ca-é-is
☐ ca-e	☐ ca-e-n

☐ **traer**	☐ 帶來
☐ **traig-o**	☐ tra-e-mos
☐ tra-e-s	☐ tra-é-is
☐ tra-e	☐ tra-e-n

☐ **oír**	☐ 聽到
☐ **oig-o**	☐ o-i-mos
☐ oy-e-s	☐ o-ís
☐ oy-e	☐ oy-e-n

＊ oír 的一些變化形有 -y-。而且，不定詞的字尾必須加上重音符號。也請注意它是 IR 動詞。

將以上動詞加上字首而衍生的動詞，也有同樣的變化模式。

❏ decaer — deca<u>ig</u>o	❏ 衰退
❏ atraer — atra<u>ig</u>o	❏ 吸引
❏ abstraer — abstra<u>ig</u>o	❏ 使抽象化
❏ contraer — contra<u>ig</u>o	❏ 承擔
❏ distraer — distra<u>ig</u>o	❏ 使～分散注意力
❏ extraer — extra<u>ig</u>o	❏ 拔出
❏ desoír — deso<u>ig</u>o	❏ 不聽（勸告等）

❏ En un momento te tra<u>ig</u>o un café.	❏ 我立刻拿一杯咖啡（帶來）給你。
❏ ¿Me <u>oy</u>es? — Sí, te o<u>ig</u>o bien.	❏ 《在電話中》你聽得見我嗎？ －是的，聽得很清楚。

(d) 以下三個動詞，除了 YO 變化形出現 -g- 以外，還會產生字根母音變化。
tener — tengo「擁有」是 pensar — pienso 型、venir — vengo「來」是 sentir — siento 型、decir — digo「說」是 pedir — pido 型。

❏ **tener**	❏ 擁有
❏ **ten<u>g</u>-o**	❏ ten-e-mos
❏ **t<u>i</u>en-e-s**	❏ ten-é-is
❏ **t<u>i</u>en-e**	❏ t<u>i</u>en-e-n

❏ **venir**	❏ 來
❏ **ven<u>g</u>-o**	❏ ven-i-mos
❏ **v<u>i</u>en-e-s**	❏ ven-ís
❏ **v<u>i</u>en-e**	❏ v<u>i</u>en-e-n

❏ **decir**	❏ 說
❏ **di<u>g</u>-o**	❏ dec-i-mos
❏ **d<u>i</u>c-e-s**	❏ dec-ís
❏ **d<u>i</u>c-e**	❏ d<u>i</u>c-e-n

❏ ¿Cuántos años <u>tienes</u>? — <u>Tengo</u> dieciocho años.	❏ 你幾歲？ －我 18 歲。
❏ <u>Vengo</u> a la oficina en metro.	❏ 我搭捷運來辦公室。
❏ Te <u>digo</u> la verdad.	❏ 我跟你說實話。

將以上動詞加上字首而衍生的動詞，也有同樣的變化模式。

☐ contener — contengo	☐ 包含
☐ detener — detengo	☐ 阻止，停止
☐ entretener — entretengo	☐ 娛樂
☐ mantener — mantengo	☐ 維持
☐ obtener — obtengo	☐ 獲得
☐ retener — retengo	☐ 留住
☐ sostener — sostengo	☐ 支撐
☐ convenir — convengo	☐ 對於～而言方便
☐ intervenir — intervengo	☐ 介入
☐ prevenir — prevengo	☐ 預防
☐ bendecir — bendigo	☐ 祝福
☐ contradecir — cotradigo	☐ 矛盾

參考-2 G 動詞的由來

　　decir — digo 源自拉丁語的 DICERE — DICO，而 hacer — hago 源自拉丁語的 FACERE — FAC(I)O。在母音之間的 -c- 都歷經有聲化而變成 -g-。至於 dices, decimos 和 haces 這種後面接母音 -e- 或 -i- 的情況，-c- 在中世紀西班牙語變成 [ts] 音，到了現代西班牙語則變成 [θ] 音。

　　decir 和 hacer 是常用動詞，所以它們的 YO 變化形出現的 -g-，在中世紀西班牙語時期影響了 venir, tener, poner 等等原本沒有 -c- 的動詞，而形成了 vengo, tengo, pongo 等變化形。到了近代西班牙語，則又產生了 valer — valgo、oír — oigo、caer — caigo、traer — traigo 等等，它們在中世紀西班牙語原本是 valo, oyo, cayo, trayo。

◇ 165　陳述式現在：YO 的特殊變化形

❶ saber「知道」的 YO 變化形是特殊形式 sé。

☐ **saber**	☐ 知道
☐ **sé**	☐ sab-e-mos
☐ sab-e-s	☐ sab-é-is
☐ sab-e	☐ sab-e-n

| ☐ No lo sé con certeza. | ☐ 我不確定（並非確定地知道）。 |

＊ se 是當成代名詞使用（☞◇109 非重讀人稱代名詞的連續；◇304 反身句），所以為了做出區分，saber 的 YO 變化形會加上重音符號。關於這個特殊形式的由來，參考 ☞◇168 陳述式現在完成 參考-1

❷ ver「看」的 YO 變化形是特殊形式，不是 vo 而是 veo。veis 因為只有一個音節，所以不加重音符號。

☐ ver	☐ 看
☐ **ve-o**	☐ v-e-mos
☐ v-e-s	☐ **v-e-is**
☐ v-e	☐ v-e-n

| ☐ Le veo a menudo en la calle. | ☐ 我常在這條街上看到他。 |

參考-1 veo 的形式

　　ver 的字源是拉丁語的 VIDERE，在中世紀西班牙語變成 veer。-ee- 是相同的母音，融合在一起之後變成 ver，但 veo 因為是 -e- 和 -o- 兩個不同的母音，所以沒有融合在一起。其他變化形 vees, vee ... 等等，因為字尾是 -e-，所以和字根的 -e- 融合了。

❸ dar「給」的 YO 變化形是 doy。因為字根部分沒有母音，所以重音都在字尾。依照「單音節單字不加重音符號」的原則（☞◇34 重音符號❺），VOSOTROS 形不加重音符號。

☐ dar	☐ 給
☐ **doy**	☐ da-mos
☐ da-s	☐ da-is
☐ da	☐ da-n

| ☐ Doy clase de español a los principiantes. | ☐ 我給初學者上西班牙語課。 |

❹ ir「去」的變化形非常不規則，如下表所示。除了不定詞以外，都和 dar 的變化形很像。

☐ ir	☐ 去
☐ voy	☐ va-mos
☐ va-s	☐ va-is
☐ va	☐ va-n

☐ Este verano voy a México.	☐ 今年夏天我會去墨西哥。

* ir, dar, saber 的變化是它們特有的模式，不存在於其他動詞。ver 的衍生動詞 entrever（模糊地看見）、prever（預見）、trasver（透過某物而看見）使用和 ver 相同的變化模式。

* 關於 soy, estoy, doy, voy 字尾的 -y ☞ ◇305 無主詞句 【參考】

【參考-2】動詞 ir 的變化形

　　ir 這個動詞有 voy、vas 和 va 這些變化形，是因為 ir 和不同的拉丁語動詞合併了，也就是從拉丁語 VADUM「淺灘」衍生的動詞 VADERE「去」。原本應該是「涉水而過」的意思。在中世紀西班牙語，NOSOTROS 的變化形不是 vamos，而是 imos。

◇ 166　陳述式現在：-uir 動詞

huir「逃走」除了字尾的母音是 i 的變化形以外，其他都會插入 y。

☐ huir	☐ 逃走
☐ huy-o	☐ hu-i-mos
☐ huy-es	☐ hu-ís
☐ huy-e	☐ huy-e-n

不定詞結尾是 -uir 的其他動詞，也都採用這種變化模式。

☐ construir — construyo	☐ 建設
☐ incluir — incluyo	☐ 包括
☐ excluir — excluyo	☐ 排除

| ☐ Álvaro huye del trabajo. | ☐ 阿爾瓦羅逃避工作。 |

◇ 167　陳述式現在時態的意義

陳述式現在時態有以下的意義。

❶ 表示〈現在的事實〉。

| ☐ Ahora son las seis de la tarde. | ☐ 現在是下午 6 點。 |

❷ 表示〈現在的習慣〉或〈經常進行的事〉。

| ☐ Cada día leo este periódico. | ☐ 我每天讀這家報紙。 |

❸ 表示接下來的〈預定事項〉或說話者的〈意志〉。

| ☐ Voy a la biblioteca para sacar un libro. | ☐ 我要去圖書館借書。 |

＊〈接下來的事情〉也可以用推測形表達（☞◇182 陳述式現在推測〔未來時〕的意義），但現在形表示比較確定的預定事項。

❹ 表示〈命令〉。

| ☐ Tú vienes conmigo. | ☐ 你跟我一起來。 |

＊〈命令〉也可以用命令式表達（☞4.9 命令式與命令句），但用現在形則帶有說話者確信接下來要進行的事的語感。

❺〈表示歷史事實的現在〉：描述〈過去的事〉。

| ☐ En 1492 Colón llega al Nuevo Continente. | ☐ 1492 年，哥倫布抵達新大陸。 |

❻ 表示〈不變的真理〉。

| ☐ Una copa de jerez es un buen aperitivo. | ☐ 一杯雪利酒是不錯的開胃酒。 |

❼ 表示〈剛才過去的事〉。

| ☐ Te traigo los documentos. | ☐ 我帶了文件給你。 |

4.1 陳述式現在 (陳述式現在時)

❽ 表示〈從過去到現在的延續〉。

| ☐ Vivo en Madrid desde hace veinte años. | ☐ 我從 20 年前開始住在馬德里。 |

❾ 〔用第一人稱的疑問句〕表示「我去做～」的意思。

| ☐ ¿Dónde pongo la chaqueta? | ☐ 我把外套放在哪裡好呢？ |

◇ 168　陳述式現在完成（陳述式現在完成時）

現在完成時態表示〈過去發生的事，結果仍然與現在有關〉。

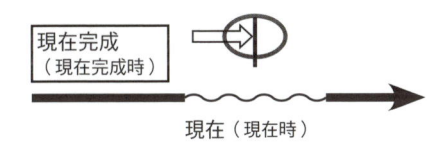

❶ **形式：《haber 的陳述式現在形＋過去分詞》。haber 是不規則變化，所以請直接把變化形記起來。只有 habéis 是規則變化，其他都是縮短的形式。例如 hablar 的完成形式，變化如下。完成形式所使用的過去分詞，不會有性、數的變化。**

☐ hablar	☐ 說話
☐ he hablado	☐ hemos hablado
☐ has hablado	☐ habéis hablado
☐ ha hablado	☐ han hablado

參考 -1 haber 的 he 和 saber 的 sé

　　haber 的字源是拉丁語的 HABERE，陳述式現在形是 HABEO, HABES, HABET, HABEMUS, HABETIS, HABENT。在古代西班牙語，它開始作為助動詞使用而弱化，成為現在的形態。YO 的變化形一開始據推測是 haio。當助動詞使用之後，可能就像 bueno > buen, alguno > algún 一樣，尾音 -o 脫落而變成 hai，又進一步縮短成 he。

　　和 haber 很像的動詞是 saber。它特殊的 YO 變化形 sé 是受到 haber 的 YO 變化形影響而產生的形式。

❷ 意義

(a)〈完成〉：表示現在已經完成的事。有「已經～」、「做完～了」的意思。

| ☐ Por fin hemos terminado el trabajo. | ☐ 我們終於完成了那份工作。 |

「現在」的時間點，可以擴大到包含「現在」的「今天上午」、「今天下午、晚上」、「今天」、「本週」、「本月」、「今年」等等。

| ☐ Este fin de semana hemos viajado al sur de España. | ☐ 上週末（接近現在的週末）我們去了西班牙南部旅行。 |

可以用《tener ＋過去分詞》表示〈完成〉。這時候，過去分詞與直接受詞的性、數一致。

| ☐ Tengo reservada una habitación en este hotel a nombre de Ami Tanaka. | ☐ 我用田中亞美的名字預約了這家飯店的一個房間。 |

(b)〈經驗〉：表示以前發生的事，被視為現在擁有的經驗。表示「曾經～」的意思。

| ☐ ¿Has estado alguna vez en Perú? | ☐ 你曾經去過秘魯嗎？ |

(c)〈持續〉：表示以前發生的事，一直持續到現在。表示「一直～到現在」的意思。

| ☐ He trabajado en esta universidad durante 30 años. | ☐ 我已經在這所大學工作了 30 年。 |

現在完成的〈持續〉用法，是把到現在為止的時間看成一個段落，就像是「已經工作了 30 年」的感覺。如果只是單純表示「工作 30 年了」這種〈包含現在的狀態〉，則通常會使用現在形。

| ☐ Estudio español desde hace tres años. | ☐ 我從 3 年前開始學西班牙語。 |

(d) 表示〈最近的過去〉。

| ☐ Juan ha llegado hace un rato. | ☐ 胡安不久前抵達了。 |

¿Cuándo?「什麼時候」的疑問句也可以使用現在完成形式。

| ☐ ¿Cuándo has llegado?
— Llegué ayer.
[He llegado esta mañana.] | ☐ 你什麼時候抵達的？
－我昨天抵達的。
〔我今天上午抵達的。〕 |

表示〈最近的過去〉的現在完成形式，在西班牙和玻利維亞很常用，但拉丁美洲的許多地區會用「點過去」（簡單過去時）表達。

| ☐ ¿Ya comiste? | ☐ 你吃過了嗎？ |

(e)〈表示歷史事實的現在完成〉：描述〈過去完成的事〉。

| ☐ En 1492 Colón llega a América sin saber que ha descubierto un nuevo continente. | ☐ 1492 年，哥倫布抵達美洲，而不知道他已經發現了新大陸。 |

＊〈表示歷史事實的現在〉☞◇167 陳述式現在時態的意義

參考 -2 英語和西班牙語的現在完成形式

　　英語的現在完成式《have ＋過去分詞》和西班牙語的現在完成《haber ＋過去分詞》，在形式與時代方面都很類似。*I have written the book.* 源自古英語相當於 *I have the book written.*「我有這本書被寫了的狀態」的形式。而在中世紀西班牙語，aver (> haber) 也有「擁有」的意思。不過，雖然英語的 have 和西班牙語的 haber 形式相似，但字源不同。

4.2　陳述式線過去（陳述式過去未完成時）

▶「線過去」（過去未完成時）表示〈過去的動作、狀態持續而未完結的狀態〉。

線過去（過去未完成時）　　　現在（現在時）

◇ 169　陳述式線過去（陳述式過去未完成時）的規則變化

「線過去」（過去未完成時）的規則變化，有 AR 動詞與 ER / IR 動詞兩種不同的變化方式。AR 動詞是在字根後面加上表示「線過去」的標記 -aba（例：hablaba），ER 動詞與 IR 動詞則是在字根後面加上 -ía 作為標記。各人稱

的字尾，在三種動詞中都一樣是「零字尾、-s、零字尾、-mos、-is、-n」。所有變化形的重音都在後面。

❶ AR 動詞

☐ hablar	☐ 說話
☐ habl-**aba**	☐ habl-**ába**-mos
☐ habl-**aba**-s	☐ habl-**aba**-is
☐ habl-**aba**	☐ habl-**aba**-n

NOSOTROS 的變化形需要加上重音符號。

☐ Hablábamos de ti.	☐ 我們當時在討論你。

❷ ER 動詞與 IR 動詞

☐ comer	☐ 吃
☐ com-**ía**	☐ com-**ía**-mos
☐ com-**ía**-s	☐ com-**ía**-is
☐ com-**ía**	☐ com-**ía**-n

☐ vivir	☐ 生活，住
☐ viv-**ía**	☐ viv-**ía**-mos
☐ viv-**ía**-s	☐ viv-**ía**-is
☐ viv-**ía**	☐ viv-**ía**-n

每個變化形都有加上重音符號的 í。

☐ Yo comía en este comedor.	☐ 我當時在這間餐廳吃飯。
☐ Vivían cerca de mi casa.	☐ 他們當時住在我家附近。

> **參考** YO 變化形與 ÉL 變化形相同
>
> 　　「線過去」（過去未完成時）的 YO 變化形與 ÉL 變化形完全相同。為什麼會變得完全一樣呢？形式相同，難道不會讓人搞混、造成不便嗎？
> 　　在西班牙語的源頭，也就是拉丁語中，變化形是 -M, -S, -T, -MUS, -TIS, -NT，所有變化形都不同，所以沒有主詞也沒關係。
> 　　但到了西班牙語，因為字尾的 -M 和 -T 消失，使得 YO 變化形與 ÉL 變化形成為相同的形式。-S 之所以保留下來，與子音的語音特徵有關，西班牙語單字結尾的 n, s, l, r, z 比較穩定而不太會變化。☞◇32 音節 **參考**
> 　　從以上的語言歷史演變可以得知，有時即使會造成溝通上的不便，也會完全遵照語音方面的條件而進行變化。後面會介紹的過去推測（條件式）、虛擬式現在、虛擬式過去，YO 變化形也和 ÉL 變化形相同。

在現代的西班牙語圈，人們是否因此而感到不便呢？雖然在絕大部分的情況下，沒有主詞也可以從前後文或狀況來判斷，所以不成問題，但偶爾也會造成誤會。如果可能讓人誤會的話，就會加上主詞避免誤解。

◇ 170　陳述式線過去（陳述式過去未完成時）的不規則變化

「線過去」（過去未完成時）的不規則變化，只有 ser「是～」、ir「去」、ver「看」這些動詞（以及它們衍生的動詞）。ser, ir, ver 的線過去形字根是 era, iba, veía。各人稱的字尾則與規則變化相同。這些動詞的重音位置也不會改變，所以 ser 和 ir 的 NOSOTROS 變化形需要加上重音符號。

☐ ser	☐ 是～
☐ era	☐ éra-mos
☐ era-s	☐ era-is
☐ era	☐ era-n

☐ ir	☐ 去
☐ iba	☐ íba-mos
☐ iba-s	☐ iba-is
☐ iba	☐ iba-n

ver 的每個變化形都有加上重音符號的 í。

☐ ver	☐ 看
☐ ve-ía	☐ ve-ía-mos
☐ ve-ía-s	☐ ve-ía-is
☐ ve-ía	☐ ve-ía-n

ver 雖然和規則變化很接近，但因為不是變成 vía，而是 veía，所以歸類為不規則變化。ver 的衍生動詞 entrever（模糊地看見）、prever（預見）、trasver（透過某物而看見）使用和 ver 相同的變化模式。

☐ Íbamos juntos a la escuela.	☐ 我們當時一起上學。
☐ Cuando yo era niño, no veía mucho la televisión.	☐ 我小時候不太看電視。

◇ 171　陳述式線過去時態（陳述式過去未完成時）的意義

❶ 表示〈過去未完結的動作〉，也就是「過去在做～」的意思。

| ☐ Yo leía una novela de una autora chilena. | ☐ 我當時在讀一本智利女作家的小說。 |

❷ 表示〈過去的情況〉，也就是「過去是～」的意思。

| ☐ El pueblo estaba a la orilla del mar. | ☐ （過去的）那個村莊在海邊。 |

❸ 表示〈過去的習慣〉，也就是「過去習慣／通常～」的意思。

| ☐ El médico venía cada dos semanas. | ☐ 醫生當時每兩週來一次。 |

❹ 表示〈當時即將做某事〉，也就是「就在要～的時候」的意思。

| ☐ Cuando salía de casa, recibí una llamada urgente. | ☐ 就在我要出門的時候，我接到緊急的電話。 |

❺ 表示〈預定的事情沒有實現〉。

| ☐ Yo te iba a llamar, pero se me olvidó. Perdona. | ☐ 我本來要打電話給你，但我忘了。抱歉。 |

❻〈接連敘述過去的事情〉。

| ☐ Ya dejaba de llover y la brisa del mar entraba por la ventana de la habitación. | ☐ 雨停了，海風從窗戶吹進房間。 |

❼ 表示〈確認、引用〉，也就是「過去的情況是～」的意思。

| ☐ Tú estudiabas en Madrid, ¿no es cierto? | ☐ 你過去是在馬德里唸書，不是嗎？ |

也可以用來確認在過去時間點預定的〈未來〉事項。

| ☐ Mañana teníamos un examen, ¿verdad? | ☐ 我們是明天考試，對嗎？ |

❽「線過去」有表示〈婉轉〉的用法。藉由將〈時間〉移動到過去，使語氣變得婉轉一些。

| ☐ Yo te llamaba para invitarte al teatro. | ☐ 我打電話是想邀請你去劇場。 |

4.2 陳述式線過去（陳述式過去未完成時）

[補充] 表示「就在要～的時候」的線過去（過去未完成時）

為什麼「線過去」會變成「就在要～的時候」的意思呢？感覺上和線過去的概念距離很遠。

❑ Cuando salía de casa, me llamó un amigo mío.
／就在我要出門的時候，我的朋友打電話給我。

這是因為，「出門」這種〈瞬間結束的動作〉用線過去（表示動作未完結）表達時，只能表示〈即將進行的動作〉；而如果已經做了這個動作，就一定已經結束了。將 salir de casa「出門（離開家）」和 estudiar en casa「在家學習」這種〈持續性動作（並非瞬間結束的動作）〉兩相比較，應該就很清楚了。Estudiaba en casa. 的意思是「當時正在家裡學習中」，但 Salía de casa. 不能解釋成「當時正在持續進行出門的動作」。

salía de casa 除了表示「即將進行的動作」以外，也可以表示〈瞬間結束動作〉的反覆，也就是〈過去的習慣〉，例如下面的例子。

❑ Yo salía de casa muy temprano todos los días. ／我當時每天都很早出門。

◇ 172　陳述式過去完成（陳述式過去完成時）

「過去完成」是將「現在完成」的情況移動到過去。也就是說，它本質上的意義是〈被視為過去時間點之前發生的事情〉。

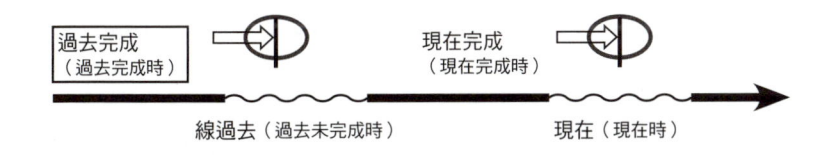

過去完成（過去完成時）　　現在完成（現在完成時）

線過去（過去未完成時）　　現在（現在時）

＊在口語中，經常用「點過去」（簡單過去時）取代「過去完成」。

❶ 形式：《haber 的線過去形（過去未完成時）＋過去分詞》。haber 的線過去形採用 ER 動詞的規則變化。例如 hablar 的變化方式如下。

❑ hablar	❑ 說話
❑ **había** hablado	❑ **habíamos** hablado
❑ **habías** hablado	❑ **habíais** hablado
❑ **había** hablado	❑ **habían** hablado

193

❷ 意義

(a) 表示在過去某個時間點，之前的事情已經〈完成〉了。有「當時已經～」的意思。

| ☐ Hasta allí todo había marchado muy bien. | ☐ 到當時為止，一切都進行得很順利。 |

(b) 表示在過去某個時間點，之前的事情被視為一種〈經驗〉。有「當時曾經～」的意思。

| ☐ Hasta el año pasado nunca habíamos visto una película española. | ☐ 直到去年為止，我們都沒看過任何一部西班牙電影。 |

(c) 表示直到過去某個時間點，之前發生的事都一直〈持續〉著。有「一直～到當時」的意思。

| ☐ Hasta hace dos años mi padre había trabajado en la misma compañía. | ☐ 直到兩年前為止，我爸爸一直在同一家公司工作。 |

4.3　陳述式點過去（陳述式簡單過去時）

▶「點過去」（簡單過去時）是將過去的事實表示為〈在某個時間點結束的事〉。

線過去（過去未完成時）　　　現在（現在時）

點過去（簡單過去時）

◇ 173　陳述式點過去（陳述式簡單過去時）的規則變化

變化方式分為 AR 動詞變化與 ER / IR 動詞變化兩種。ER 動詞與 IR 動詞的變化方式相同。重音位置不會改變，總是落在字尾。

❶ AR 動詞在字根後面加上 -é, -aste, -ó, -amos, -asteis, -aron 等變化形的字尾。

4.3 陳述式點過去（陳述式簡單過去時）

☐ hablar	☐ 說話
☐ habl-é	☐ habl-a-mos
☐ habl-a-ste	☐ habl-a-steis
☐ habl-ó	☐ habl-a-ron

＊ AR 動詞的 NOSOTROS 變化形（hablamos）與「陳述式現在」相同。

❷ **ER 動詞與 IR 動詞在字根後面加上 -í, -iste, -ió, -imos, -isteis, -ieron 等變化形的字尾。**

☐ comer	☐ 吃
☐ com-í	☐ com-i-mos
☐ com-i-ste	☐ com-i-steis
☐ com-ió	☐ com-ie-ron

☐ vivir	☐ 生活，住
☐ viv-í	☐ viv-i-mos
☐ viv-i-ste	☐ viv-i-steis
☐ viv-ió	☐ viv-ie-ron

＊ IR 動詞的 NOSOTROS 變化形（vivimos）與「陳述式現在」相同。

◇ 174　陳述式點過去（陳述式簡單過去時）的子音拼寫變化

有些動詞，只有 YO 變化形為了符合「子音的拼寫規則」，而會產生下面的變化。☞◇31 子音的拼寫規則

☐ gozar	☐ 享受
☐ **goc-é**	☐ goz-a-mos
☐ goz-a-ste	☐ goz-a-steis
☐ goz-ó	☐ goz-a-ron

☐ tocar	☐ 觸碰
☐ **toqu-é**	☐ toc-a-mos
☐ toc-a-ste	☐ toc-a-steis
☐ toc-ó	☐ toc-a-ron

☐ llegar	☐ 抵達
☐ **llegu-é**	☐ lleg-a-mos
☐ lleg-a-ste	☐ lleg-a-steis
☐ lleg-ó	☐ lleg-a-ron

☐ averiguar	☐ 查明
☐ **averigü-é**	☐ averigu-a-mos
☐ averigu-a-ste	☐ averigu-a-steis
☐ averigu-ó	☐ averigu-a-ron

☐ Cuando llegué a casa, el helado ya estaba derretido.	☐ 我到家的時候，冰淇淋已經融化了。

◇ 175　陳述式點過去（陳述式簡單過去時）的字根母音變化

在「字根母音變化動詞」之中，不定詞形為 -ir 結尾的動詞，ÉL 和 ELLOS 的變化形會將字根的母音變成閉母音。

❑ **pedir**	❑ 要求，訂購，點（餐）
❑ ped-í	❑ ped-imos
❑ ped-iste	❑ ped-i-steis
❑ **pid-ió**	❑ **pid-ie-ron**

❑ **sentir**	❑ 感覺
❑ sent-í	❑ sent-i-mos
❑ sent-i-ste	❑ sent-i-steis
❑ **sint-ió**	❑ **sint-ie-ron**

❑ **dormir**	❑ 睡
❑ dorm-í	❑ dorm-i-mos
❑ dorm-i-ste	❑ dorm-i-steis
❑ **durm-ió**	❑ **durm-ie-ron**

❑ Don Ernesto pidió al camarero lo de costumbre.	❑ 埃爾內斯托先生向服務生點了他平常習慣吃的餐點。
❑ ¿Qué sintió dentro del avión al ver la tierra tan lejos?	❑ 您在飛機裡看到遙遠的大地，有什麼感覺？
❑ El niño durmió abrazado a la almohada.	❑ 那孩子抱著枕頭睡了。

reír 和 reñir 的變化和 pedir 類似。請注意 ÉL 和 ELLOS 的變化形。也請注意 reír 的重音符號有無（rio, reímos, reísteis）。

❑ **reír**	❑ 笑
❑ re-í	❑ re-ímos
❑ re-iste	❑ re-í-steis
❑ **ri-o**	❑ **ri-eron**

❑ **reñir**	❑ 罵
❑ reñ-í	❑ reñ-imos
❑ reñ-iste	❑ reñ-isteis
❑ **riñ-ó**	❑ **riñ-eron**

在「字根母音變化動詞」之中，AR 動詞與 ER 動詞的點過去（簡單過去時）形式是規則變化。

☐ pensar	☐ 想
☐ pens-é	☐ pens-a-mos
☐ pens-a-ste	☐ pens-a-steis
☐ pens-o	☐ pens-a-ron

☐ contar	☐ 數算
☐ cont-é	☐ cont-a-mos
☐ cont-a-ste	☐ cont-a-steis
☐ cont-ó	☐ cont-a-ron

補充 字根母音變化的條件（點過去）

　　字根母音變化動詞通常受到「重音的條件」和「字尾 i 的條件」影響，但「點過去」（簡單過去時）因為重音都在字尾，所以「重音的條件」不起作用，只有「字尾 i 的條件」會產生影響。☞◇163 陳述式現在的字根母音變化 **補充-1**

　　依照「字尾 i 的條件」，以 pidió 為例，因為字尾不是單母音的 -i-，所以字根出現了 -i-。pidieron; sintió, sintieron 也是一樣。至於其他人稱與數，因為字尾有單母音的 -i-，所以字根是 -e-，例如 pedí, pediste, pedimos, pedisteis; sentí, sentiste, sentimos, sentisteis。

　　至於 dormir，當字尾不是單母音的 -i- 時，字根會出現 -u-（durmió, durmieron）。而當字尾有單母音的 -i- 時，字根是 -o-，例如 dormí, dormiste, dormimos, dormisteis。

◇176　陳述式點過去（陳述式簡單過去時）的強變化

屬於「強變化」的動詞有特別的字根與字尾。字尾變化如下。

☐ 強變化字尾	
☐ -e	☐ -imos
☐ -iste	☐ -isteis
☐ -o	☐ -(i)eron

這種變化模式與 ER / IR 動詞的「點過去」（簡單過去時）變化類似（-í, -iste, -ió, -imos, -isteis, -ieron），差別在於 YO 變化形的字尾是 -e，ÉL 變化形的字尾是 -o。YO 和 ÉL 變化形的重音在字根，所以這種變化模式稱為「強變化」。

「強變化」的字根，每個動詞都有其固有的形式，例如 saber「知道」的點過去（簡單過去時）字根是 sup-。變化形是用這個字根加上強變化字尾構成的。

❑ saber	❑ 知道
❑ sup-e	❑ sup-i-mos
❑ sup-i-ste	❑ sup-i-steis
❑ sup-o	❑ sup-ie-ron

下列動詞是強變化動詞。

❑ andar — anduve	❑ 走
❑ estar — estuve	❑ 處於～的狀態
❑ haber — hube	❑ 有；完成時態的助動詞
❑ poder — pude	❑ 能夠
❑ poner — puse	❑ 放置
❑ tener — tuve	❑ 擁有
❑ hacer — hice	❑ 做，製作
❑ querer — quise	❑ 想要～
❑ venir — vine	❑ 來

如上所示，YO 變化形會顯現出動詞特殊的字根，而這個字根用在全部 6 種變化形中，所以只要記住 YO 變化形就可以了。

請注意，像 traer「帶來」這種點過去形式的字根（traj-）以 j 結尾的情況，ELLOS 變化形的字尾會變成 -eron。

❑ traer	❑ 帶來
❑ traj-e	❑ traj-i-mos
❑ traj-i-ste	❑ traj-i-steis
❑ traj-o	❑ traj-e-ron

下列動詞以及加上字首而衍生的動詞，變化模式也一樣。

❑ decir — dije — dijeron	❑ 說
❑ conducir — conduje — condujeron	❑ 駕駛
❑ producir — produje — produjeron	❑ 生產
❑ traer — traje — trajeron	❑ 帶來
❑ contraer — contraje — contrajeron	❑ 承擔

| ☐ Como ayer llovía mucho, no quise salir. | ☐ 昨天因為雨下得很大,所以我不想出門。 |

◇ 177　陳述式點過去(陳述式簡單過去時): dar 與 ser / ir

❶ dar 雖然是 AR 動詞,但點過去形式的變化與 ER / IR 動詞相同。YO 和 ÉL 的變化形不加重音符號。☞ ◇34 重音符號 (5)

☐ dar	☐ 給
☐ d-i	☐ d-i-mos
☐ d-i-ste	☐ d-i-steis
☐ d-io	☐ d-ie-ron

| ☐ En la exposición me dieron un catálogo. | ☐ 在展覽會,我拿到了(不指明是誰的人給了我)一份目錄。 |

❷ ser 和 ir 只有點過去的形式是完全相同的。在這個時態裡,要用前後文和狀況來判斷使用了哪個動詞。因為是很特殊的變化形,所以請直接背起來。

☐ ser / ir	☐ 是〜/去
☐ fui	☐ fuimos
☐ fuiste	☐ fuisteis
☐ fue	☐ fueron

| ☐ El año pasado fuimos a una playa de Andalucía. | ☐ 去年我們去了安達盧西亞的一座海灘。 |

參考 -1 在點過去時態中區分 ser 和 ir

　　ser 和 ir 的點過去變化形完全相同,但因為可以藉由前後文清楚區分,所以不太會造成問題。例如,ser 動詞的句型可能是《主詞+ fue +補語》,表示「某人〜(怎麼樣)」,而 ir 動詞的句型可能是《主詞+ fue + a +地點》,表示「某人去了〜」,我們可以透過介系詞與動詞後面所接的詞性來判斷意義。

☐ Él fue mi profesor. / 他(當時)是我的老師。(ser)
☐ Él fue a mi escuela. / 他去了我的學校。(ir)

參考-2 「線過去」「點過去」「點過去完成」的名稱

　　對於西班牙語文法的時態，學界有各種不同的名稱。本書使用的名稱是「線過去」「點過去」「點過去完成」，而不是「過去未完成」「簡單過去」「先過去」。如下圖所示，如果把已經〈結束〉的「點過去」看成「一個點」，而把還沒〈結束〉的「線過去」看成「連續的線」，就很容易理解了。

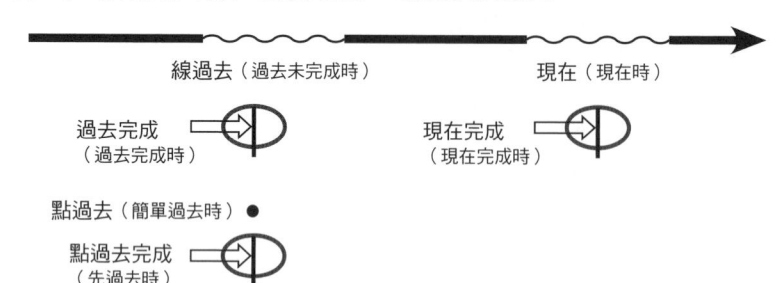

　　　　　　　　　線過去（過去未完成時）　　　　　現在（現在時）

　　過去完成　　　　　　　　　　　　現在完成
　　（過去完成時）　　　　　　　　　（現在完成時）

　　點過去（簡單過去時）●

　　點過去完成
　　（先過去時）

　　本書稱為「完成」的時態有「現在完成」「現在完成推測」「過去完成」「過去完成推測」「點過去完成」。而在說明「點過去」的意義時，則不用「完成」這個詞，而是用「結束」這個詞作出區分。「完成」這個詞，基本上會用來表達〈以前發生的事情，在特定時間點（現在或過去）完成〉。「結束」則是表示「過去結束的事」。

　　不過，實際上也有像 Él fue mi profesor.「他（當時）是我的老師」一樣，「點過去」表示比較長的期間，而很難想成一個「點」的情況，或許把「點過去」稱為「結束過去」、「線過去」稱為「持續過去」更為精確。但我認為，在能夠正確了解文法體系的前提下，使用簡單明瞭的用語，對於教育和學習是最好的。

參考-3 點過去「強變化」的由來

　　點過去的「強變化」和 dar, ser / ir 的點過去變化是怎麼產生的呢？西班牙語的點過去變化，源自拉丁語的完成時變化。拉丁語的完成時有以下四種形成方式。請比較拉丁語和西班牙語的情況看看。
(1) 重複子音

拉丁語		西班牙語	
不定詞	完成	不定詞	點過去
STARE	STETI	estar	estuve
DARE	DEDI	dar	di

4.3 陳述式點過去（陳述式簡單過去時）

　　這種形成方式存在於各種印歐語言中，因此可以說是歷史悠久的完成形式。STARE（> estar）和 DARE（> dar）以重複子音的方式，形成了完成時的變化形 STETI, DEDI。STETI 在現代西班牙語變成和 haber — hube 類似的形式 estuve。同樣的情況也發生在 andar — anduve。DARE 也一樣重複子音形成了 DEDI，但因為母音之間的 D 消失，在西班牙語變成了 di。這就是 estar, andar, dar 雖然是 AR 動詞，卻有「強變化」的原因。不過，後面會提到，AR 動詞和 IR 動詞一般而言都是規則變化。

(2) 改變字根的母音

| 拉丁語 || 西班牙語 ||
不定詞	完成	不定詞	點過去
FACERE	FECI	hacer	hice
VENIRE	VENI	venir	vine

　　有些拉丁語動詞的完成時變化會改變字根的母音。這種方式也是各種印歐語言歷史悠久的共同現象。母音變化產生了 hacer — hice、venir — vine 這些強變化。VENIRE — VENI 字根的母音雖然看起來都是 E，但實際上 VENIRE 的 E 是短母音，VENI 的 E 是長母音。

(3) 加 S 音

| 拉丁語 || 西班牙語 ||
不定詞	完成	不定詞	點過去
DICERE	DIXI	decir	dije
TRAHERE	TRAXI	traer	traje
DUCERE	DUXI	conducir	conduje
QUAERERE	QUAESI	querer	quise

　　在字根加上 S 音形成完成時變化的方式，僅限於拉丁語和希臘語等部分印歐語系的語言，所以被推測是相對較新的現象。這種方式通用於以子音結尾的動詞字根。前面接 H 或 C 的時候，發音是 [ks]，拼字寫成 X，在西班牙語的時代則轉變成 [x] 音。至於 querer 則是保留了原本的 -s-。

(4) 加 U 音

拉丁語		西班牙語	
不定詞	完成	不定詞	點過去
HABERE	HABUI	haber	hube
POSSE	POTUI	poder	pude
SAPERE	SAPUI	saber	supe
TENERE	TENUI	tener	tuve
PONERE	POSUI	poner	puse

　　HABUI, POTUI, SAPUI... 等等加上 U 的方式，不存在於拉丁語以外的印歐語系語言，所以被認為是當時最新的現象。在西班牙語，這個 U 被移到前面字根的母音上，使得點過去的變化 hube, pude, supe... 都在字根部分出現了母音 -u-。至於 PONERE ― POSUI，雖然看起來是 (3)「加 S 音」，但因為 PONERE 源自 POS(I)NERE，所以要注意的反而應該是字尾的 UI。

(5) ser 和 ir

拉丁語		西班牙語	
不定詞	完成	不定詞	點過去
ESSE	FUI	ser	fui
IRE	II	ir	fui

　　ser 的變化形大多源自 ESSE。它的完成形式是 FUI，和不定詞完全不同。西班牙語沿用了 fui 的形式，但 ir 也使用了相同的形式。有一種說法是，古代西班牙語的 ser 用來表示「存在」的意思，而表示「場所」（ser）和方向（ir）的概念被混淆了。但除了這一點以外，動詞 ir 的形式不完整也被認為是一大原因。ir 沒有字根的部分，所以被認為是當時不得不用其他動詞的形式來補充。ir 的變化形，除了點過去以外，現在時態的 voy, vas, va ... 也使用完全不同的形式。☞◇165 陳述式現在：YO 的特殊變化形 ❹

(6) 規則變化

　　舉例來說，AMARE（> amar「愛」）的變化形是 AMAVI, AMAVISTI, AMAVIT, AMAVIMUS, AMAVISTIS, AMAVERUNT。拉丁語 ARE 動詞的 A 是長音，所以重音總是在變化形的字尾部分。這裡要注意的是字母 V，除了表示子音以外，當時也用來表示前面 (4) 的母音 U。HABUI 的 U 直接接在字根的子音 B 後面，所以是母音；AMAVI 的 V 和字根之間夾著母音 A，所以是子音。AMAVI 的重音在變化的字尾上，在西班牙語也一樣，是 amé, amaste, amó, amamos, amasteis, amaron。vivir 的情況也是一樣。

(7) 字尾變化

最後看看字尾變化的情況。例如 FACERE（> hacer），變化形是 FECI, FECISTI, FECIT, FECIMUS, FECISTIS, FECERUNT。其中，第一人稱單數和第三人稱單數很類似，如果少了第三人稱單數結尾的 T，就無法區分了。所以，西班牙語改用像 habló 一樣的規則變化字尾 -o，使兩者有所區別。結果，變化形就成了 hice, hiciste, hizo, hicimos, hicisteis, hicieron。

如同以上所述，雖然西班牙語點過去的「強變化」有複雜的歷史背景，但觀察歷史上變化的結果，會發現其實很有規律。字根的母音都是 u 或 i，也不是純粹的偶然，而可以看成考慮到彼此之間的統一性而產生的點過去形標記。

從拉丁語轉變到西班牙語的過程中，雖然以前 vivir（住，生活）、creer（相信）、escribir（寫）、responder（回答）這些動詞也採用強變化，但後來逐漸被同化為規則變化了。現存的強變化，僅限於前面提到的動詞與衍生動詞。因為這些動詞的使用頻率很高，才得以保持古老的強變化形式。

◇ 178　陳述式點過去時態（陳述式簡單過去時）的意義

❶ 陳述式點過去是將一項事實視為〈過去結束的事〉，有「～了」的意思。

☐ Cantaron canciones españolas.	☐ 他們唱了西班牙歌曲。
☐ Ayer comí paella con mi familia.	☐ 昨天我和家人吃了西班牙燉飯。

❷ 就算是〈長期的事情〉或〈反覆發生的事情〉，只要是當成過去結束的事情來描述，就會使用點過去時態。

☐ Yo viví en España durante cinco años.	☐ 我在西班牙住了五年。
☐ Ayer te llamé tres veces y no estabas.	☐ 昨天我打了三次電話給你，但你不在。

❸ 表示〈在當下前一刻的過去〉。

☐ Ahora se acabó el partido.	☐ 比賽現在（剛剛）結束了。
☐ ¿Lo pasó usted bien? — Sí, gracias, me divertí mucho.	☐ 您玩得開心嗎？ －是的，謝謝，我玩得很開心。

在拉丁美洲，經常用點過去代替現在完成，表示「最近的過去」。

☐ Hoy no desayuné.	☐ 我今天沒吃早餐。

❹ 表示〈在過去某個時間點之前結束的事〉。

| ☐ Para justificar su tardanza, Quique dijo que su coche tuvo un pinchazo. | ☐ 為了替自己的遲到辯解，基克說他的車爆胎了。 |
| ☐ No me alcanzaron los cincuenta euros que me diste para comprar el diccionario. | ☐ 你給我的 50 歐元不夠我買那本字典。 |

補充-1 線過去與點過去的組合

　　將線過去與點過去組合使用，可以表示〈背景〉和〈發生的事〉。線過去表示〈背景〉「在～的時候」，點過去表示〈發生的事〉「～了」。

☐ Cuando yo preparaba la lección, Ana me llamó por teléfono.
　／我在（上課前）預習的時候〈背景〉，安娜打了電話給我〈發生的事〉。
☐ Mientras corría, perdí el equilibrio y terminé en el suelo.
　／我在跑步的時候〈背景〉，失去平衡摔到地上了〈發生的事〉。

也有反過來以《Cuando 點過去，線過去》的方式來表達的情況。

☐ Cuando terminé la tarea, ya eran más de las once.
　／我做完作業的時候〈發生的事〉，已經 11 點多了〈背景〉。

也有《Cuando 點過去，點過去》的情況。

☐ Cuando Pepe oyó la noticia, no pudo ocultar su agitación.
　／佩佩聽到那個消息的時候，無法隱藏他的激動。

還有《Cuando 線過去，線過去》的情況。

☐ Cuando yo trabajaba, ellos no hacían nada.
　／我工作的時候，他們什麼也沒做。

補充-2 現在完成、線過去、點過去的差異

　　這三種時態都表示過去發生的事，所以不太容易區分用法。我們來比較一下它們的基本概念。
　　「現在完成」是屬於〈現在〉類別的一種時態，表示〈以前發生的事〉之於〈現在〉的關係。只要是現在之前的事情，不管是剛剛發生的事，還是幾年前的經驗，都可以用這種時態表達。

4.3 陳述式點過去（陳述式簡單過去時）

- (1) Mi padre ha llegado. / 我爸爸已經抵達了。
- (2) ¿Has leído poesía alguna vez? / 你曾經讀過詩嗎？

(1) 和 (2) 雖然都是過去的事情，但也表示這些事和〈現在〉的關係。因為考慮到這一點，所以翻譯成「已經～」和「～過」。這就是現在完成的概念。

「線過去」的概念，則是將〈過去〉發生的事視為〈尚未結束〉、〈持續著〉，有時可以理解成「過去在做～」的意思。雖然和「過去進行」有點類似，但「線過去」不一定是〈進行〉中的意思。

- (3) Yo vivía en Argentina. / 我當時住在阿根廷。
- (4) Yo era alumna del profesor López. / 我當時是羅培茲老師的學生。

以上兩句的現在時態如下。

- (5) Yo vivo en Argentina. / 我現在住在阿根廷。
- (6) Yo soy alumna del profesor López. / 我現在是羅培茲老師的學生。

因為現在時態也表示〈現在〉尚未〈結束〉的事，所以改成過去的時候用線過去時態來表達。在下面的例子裡，請注意「時態的一致性」。

- (7) Me dijo que vivía en Argentina. / 他（當時）跟我說，他住在阿根廷。
- (8) Me dijo que era alumna del profesor López.
  / 她（當時）跟我說，她是羅培茲老師的學生。

「點過去」用來表示〈過去結束的事〉，有和現在分離開來的意味，感覺有「過去已經做完的事」、「結束的事」、「過去的事」等意義。

- Mi padre volvió muy tarde ayer. / 我爸爸昨天非常晚回來。
- Viajó por España el año pasado. / 他去年去西班牙旅行。

請看下圖確認現在完成、線過去、點過去的概念。

參考 線過去與點過去的由來

「線過去」源自拉丁語的過去未完成時,「點過去」源自拉丁語的完成時。而在開始區分「現在」和「過去」時態的時期之前,在更早的時代,似乎就已經存在「還沒完成的事」(過去未完成)和「已經完成的事」(完成)的基本區別。

在整個西班牙語動詞變化體系中,唯獨點過去和其他時態有顯著的不同。除了形式以外,點過去的用法「過去已經結束的事」也是表達和其他的事有所區別。雖然點過去的時態歸類為「過去」,但它表示「結束」的意義之中,仍然殘留著古代語言「完成」的概念。這是它和概念為「未結束」的線過去之間明顯的區別。

◇ 179　陳述式點過去完成(陳述式先過去時)

表示〈過去時間點前一刻發生的事〉。在其他文法書中,會把「點過去完成」稱為「先過去時」。

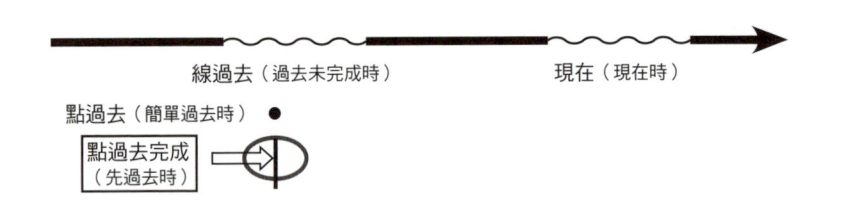

線過去(過去未完成時)　　現在(現在時)
點過去(簡單過去時)　●
點過去完成
(先過去時)

形式是《haber 的點過去變化形+過去分詞》。例如 hablar 的變化形如下。

☐ hablar	☐ 說話
☐ hube hablado	☐ hubimos hablado
☐ hubiste hablado	☐ hubisteis hablado
☐ hubo hablado	☐ hubieron hablado

這個時態會和 apenas「一～就」、al momento que「在～了的時候」、así que「所以」、cuando「當～的時候」、en cuanto「一～就」、luego que「在～之後」、tan pronto como「一～就」等等表示〈前一刻〉的連接詞(片語)搭配使用。
☞ ◇5.4 從屬連接詞

☐ Tan pronto como <u>hubo llegado</u> a Buenos Aires, se comunicó con su compañero.	☐ 他一抵達布宜諾斯艾利斯,就聯絡了他的同伴。

4.4 陳述式現在推測（陳述式未來時）

現代西班牙語幾乎不使用點過去完成時態，而會改用「過去完成」或單純的「點過去」來表達。

| ☐ Cuando todos habían salido de casa, él comenzó a limpiar la casa. | ☐ 所有人都出門了，他就開始打掃房子。 |

4.4 陳述式現在推測（陳述式未來時）

▶推測語氣表示說話者或寫作者「推測的事情」。不管是「現在的事情」還是「未來的事情」，只要是推測的事，都可以用推測語氣表達。

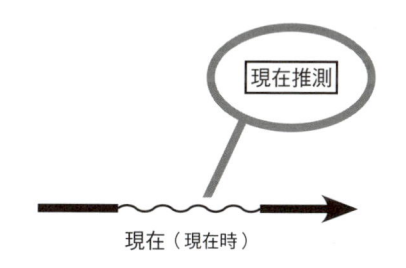

現在推測

現在（現在時）

◇ 180　陳述式現在推測（陳述式未來時）的規則變化

現在推測（未來時）的規則變化，是在 AR / ER / IR 動詞的不定詞形後面添加以下字尾。

☐ 推測形的字尾	
☐ -é	☐ -emos
☐ -ás	☐ -éis
☐ -á	☐ -án

這些字尾和 haber 陳述式現在的變化形很像（☞◇168 陳述式現在完成），只有 VOSOTROS 形不太一樣。請意 NOSOTROS 形和 VOSOTROS 形並不是 -amos, -áis。所有變化形的重音一定會在時態變化的字尾上，不會移動。-emos 以 -s 結尾，所以重音在倒數第二個音節，不加重音符號。

☐ hablar	☐ 說話
☐ hablar-**é**	☐ hablar-**emos**
☐ hablar-**ás**	☐ hablar-**éis**
☐ hablar-**á**	☐ hablar-**án**

☐ comer	☐ 吃
☐ comer-**é**	☐ comer-**emos**
☐ comer-**ás**	☐ comer-**éis**
☐ comer-**á**	☐ comer-**án**

☐ vivir	☐ 生活、住
☐ vivir-**é**	☐ vivir-**emos**
☐ vivir-**ás**	☐ vivir-**éis**
☐ vivir-**á**	☐ vivir-**án**

不定詞結尾有重音符號的動詞,因為推測形式的重音移動到字尾,所以會去掉字根的重音符號。

☐ oír	☐ 聽到
☐ oir-**é**	☐ oir-**emos**
☐ oir-**ás**	☐ oir-**éis**
☐ oir-**á**	☐ oir-**án**

參考 -1 推測語氣規則變化的由來

推測語氣源自中世紀西班牙語的《不定詞＋aver 的現在時態變化》。aver 是現代西班牙語 haber 的字源。當時的 aver 有「擁有」的意思,所以《不定詞＋aver 的現在時態變化》從「擁有～這件事」發展出「預定～」,進而產生「應該會～」的〈推測〉意義。如果忘了推測形的形態,請回想 haber 的變化看看。

☐ hablar	☐ 說話
☐ hablar-**é** < **(h)e**	☐ hablar-**emos** < **(h)emos**
☐ hablar-**ás** < **(h)as**	☐ hablar-**éis** < **(hab)éis**
☐ hablar-**á** < **(h)a**	☐ hablar-**án** < **(h)an**

參考 -2 「推測」的名稱

我們通常會把〈時間〉想成「過去→現在→未來」的直線,在文法體系中也會使用「過去式」、「現在式」、「未來式」等用語。然而,因為「未來式」這個名稱有一些令人存疑之處,所以本書不使用。理由如下。

4.4 陳述式現在推測（陳述式未來時）

- □ 推測語氣基本上並不是表示〈未來〉的時態，而是表示說話者的〈推測〉。如果使用「推測語氣」這個名稱，我們就不會認為〈未來〉的事情全都必須用「未來式」表達了。而〈現在〉的事情只要有〈推測〉的意味，就會使用「推測語氣」，這樣的情況和「未來式」這個用語是互相矛盾的。
- □ 表示〈未來〉的副詞子句不使用「未來式」，而是虛擬式現在時態。使用「現在推測」的名稱，就能避免這種用語的矛盾。☞◇196 虛擬式的副詞子句
- □ 少了「未來式」，西班牙語的時態就只有「現在」和「過去」（線過去與點過去）兩種，整體架構會變得很單純。
- □ 推測語氣的變化方式，基本上保留了不定詞的形態，與現在時態、過去時態改變不定詞字尾的作法不同。因此，與其把推測語氣放在「過去→現在→未來」的直線上，不如想成在過去與現在分別加上〈推測〉的成分，從時態變化的形式層面來看也比較容易了解。
- □ 一般稱為「條件式」的時態，有「過去將要發生的事」的意思，在「過去→現在→未來」的直線上沒有適當的位置。如果我們使用「推測語氣」這個用語，那麼就像「現在」與「過去」分別對應「現在完成」與「過去完成」一樣，兩者也對應「現在推測」與「過去推測（條件式）」。另外，「現在完成」與「過去完成」也分別對應「現在完成推測」與「過去完成推測」，呈現出非常有系統的動詞變化模式。
- □ 如果沒有〈推測〉的意味，就不會使用「推測語氣」。所以，和現在、過去時態相比，推測語氣並不是很常使用。

如上所述，如果使用「未來式」或「未來時」的名稱，在教育、學習方面，可能會對概念與形式的理解造成混亂。不僅如此，更重要的是，會使我們難以建構井然有序的文法體系。如果你已經習慣「未來式」的名稱，請參考下面的對照表。「現在推測」如果不會和其他推測語氣混淆的話，也可以簡單稱為「推測」。

一般名稱	本書
□ 未來時／式	□（現在）推測
□ 未來完成時／式	□ 現在完成推測
□（簡單）條件式	□ 過去推測
□ 複合條件式／條件完成式	□ 過去完成推測

◇181　陳述式現在推測（陳述式未來時）的不規則變化

有少數動詞的推測語氣是不規則變化，分為以下三類。

❶ 不定詞字尾的 -e- 消失的動詞

☐ **saber**	☐ 知道
☐ **sabr**-é	☐ **sabr**-emos
☐ **sabr**-ás	☐ **sabr**-éis
☐ **sabr**-á	☐ **sabr**-án

以下動詞的 -e- 也會消失。

☐ haber — habré	☐ 有；完成時態的助動詞
☐ poder — podré	☐ 能夠
☐ querer — querré	☐ 想要
☐ caber — cabré	☐ 放得進去

＊ haber — habré 用於 ◇183 陳述式現在完成推測。

❷ 不定詞字尾的 -e- 或 -i- 變成 -d- 的動詞

☐ **poner**	☐ 放置
☐ **pondr**-é	☐ **pondr**-emos
☐ **pondr**-ás	☐ **pondr**-éis
☐ **pondr**-á	☐ **pondr**-án

以下動詞的 -e- 或 -i- 也會變成 -d-。

☐ salir — saldré	☐ 離開
☐ tener — tendré	☐ 擁有
☐ venir — vendré	☐ 來
☐ valer — valdré	☐ 價值

tener, venir 加上字首而衍生的動詞，變化方式也一樣。

☐ contener — contendré	☐ 包含
☐ detener — detendré	☐ 阻止，停止
☐ entretener — entretendré	☐ 娛樂
☐ mantener — mantendré	☐ 維持

4.4 陳述式現在推測（陳述式未來時）

☐ obtener — obtendré	☐ 獲得
☐ retener — retendré	☐ 留住
☐ sostener — sostendré	☐ 支撐
☐ convenir — convendré	☐ 對於～而言方便
☐ intervenir — intervendré	☐ 介入
☐ prevenir — prevendré	☐ 預防

❸ 字根縮短的動詞

☐ hacer	☐ 做，製作
☐ **har**-é	☐ **har**-emos
☐ **har**-ás	☐ **har**-éis
☐ **har**-á	☐ **har**-án

☐ decir	☐ 說
☐ **dir**-é	☐ **dir**-emos
☐ **dir**-ás	☐ **dir**-éis
☐ **dir**-á	☐ **dir**-án

deshacer「破壞」、contradecir「反駁」等加上字首而衍生的動詞，變化方式也一樣。

參考 推測語氣不規則變化的由來

poner, tener, venir 等動詞的推測語氣變化，在中世紀西班牙語去掉了不定詞結尾的 -e- 和 -i-，形成了子音連綴 -nr-，而在中部的卡斯提亞王國將 -n- 和 -r- 對調，形成了 porné, terné, verné 的形式。在鄰近的亞拉岡王國，則在 -n- 和 -r- 之間插入了 -d-。這裡出現的 -d- 是因為發音機制而產生的。請看下圖。

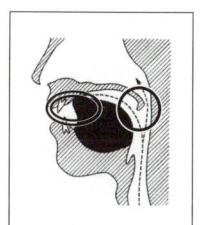

(1) [n] 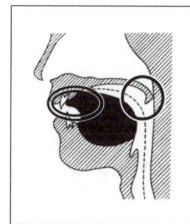　　　　(2) [d] 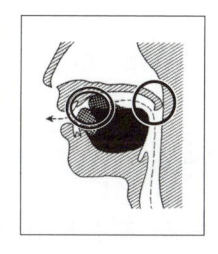　　　　(3) [r]

(1) [n] 發音時，氣流會通過鼻腔（上圖圓形圈出的部分）。而 (3) 的 [r] 發音時，通往鼻腔的空氣通道關閉，發出彈動舌尖的音。在兩個音之間的過渡階段 (2)，舌尖（上圖用兩個圈標示的部分）還沒開始彈動的時候，會停留在 [n] 的發音位置，但通往鼻腔的空氣通道已經關閉了，所以會產生 [d] 音。

211

因為這樣的機制而添加 -d- 的 pondré, tendré, vendré 等形式，在 16 世紀以後從亞拉岡王國傳入卡斯提亞王國。卡斯提亞原本的 porné, terné, verné，形式和不定詞的字根不同，而且 -dr- 這個子音連綴對卡斯提亞人而言是熟悉的發音。或許是因為這些原因，所以很容易就接受了傳入的形式。

　　至於 hacer 和 decir，兩者的字根都有 -c-。-c- 經過有聲化變成 -z-，當時發音為 [ð]。然後母音消失而變成 fazré, dizré，接下來 -r- 前面的 -z- 也消失，結果就變成 haré, diré。

　　中世紀有許多動詞的推測形式去除了母音，但後來又恢復成規則變化。到了現代西班牙語，還保持母音消失形式的基本動詞只剩下 10 個。這些動詞應該是因為很常用才保留了原本的變化形。

◇ 182　陳述式現在推測（陳述式未來時）的意義

❶〈推測〉現在或未來的事情，有「應該～」、「好像～」的意思。

(a) 推測現在的事。

□ ¿Qué hora será ahora? ── Serán las cinco y pico.	□ 現在幾點？ －大概 5 點多吧。
□ ¿Qué título tendrá la película de la que hablan?	□ 他們說的電影名稱是什麼？

(b) 推測未來的事。

□ ¿A qué hora saldrá el próximo tren?	□ 下一班列車幾點出發？
□ Juan está en el váter. Ahora vendrá.	□ 胡安在廁所。他馬上就會來吧。

如果不是〈推測〉而是〈確定〉的事情，即使是未來的事，還是會使用現在時態。

□ Mañana voy al mercado.	□ 明天我會去市場。

(c) 無關乎現在或未來的推測。

□ Juan no sabrá cómo ir a El Escorial.	□ 胡安應該不知道怎麼去埃斯科里亞爾修道院。
□ Isabel tiene una ampolla en el pie y no podrá caminar bien.	□ 伊莎貝爾腳上有個水泡，應該沒辦法好好走路。

4.4 陳述式現在推測 （陳述式未來時）

(d) 在疑問句和感嘆句中，表示〈驚訝、意外性〉。

| □ ¡Qué bruto! Lo rompió todo. ¿<u>Será</u> posible? | □ 真粗魯！他把所有東西都弄壞了。這可能嗎？ |

＊表示「會是～嗎？」的意思，是一種「推測」。

(e) 〈表示歷史事實的推測〉：推測〈過去時間點之後的事情〉。

| □ En 1492 Colón llega al Nuevo Continente, al que después <u>será</u> llamado "América". | □ 1492 年哥倫布抵達後來被稱為「美洲」的新大陸。 |

❷ 表示〈意志〉，有「打算做～」、「要做～」的意思。

☞◇211 《助動詞＋不定詞》❹《ir a ＋不定詞》

| □ ¿Qué <u>harás</u> este fin de semana?
— Voy a ir a esquiar. | □ 這個週末你要做什麼？
－我要去滑雪。 |
| □ No <u>diré</u> nada hasta no tener más información. | □ 在有更多資訊之前，我什麼也不會說。 |

＊〈意志〉也可以用現在時態表示。如果使用推測語氣，因為多了〈推測〉的意味，所以確定性比較弱。

❸ 表示〈命令〉，有「你做～」的意思。

| □ Me <u>esperarás</u> aquí. | □ 你在這裡等我。 |

＊〈命令〉也可以用「命令式」（☞◇4.9 命令式與命令句）或「現在時態」表示。命令式有〈請求〉、〈提議〉的意味，而如果使用現在時態或推測語氣，感覺就有「你會去做～」的必然性。此外，現在時態感覺也有〈不讓對方反對的強制力〉。推測語氣因為多了〈推測〉的意味，所以強制力會變弱。

用於〈規定、規章、法律〉的文句中，表示接近〈命令〉的〈強制力〉。

| □ Se <u>aceptarán</u> documentos escritos en español o en inglés. | □ 接受以西班牙文或英文撰寫之文件。 |

◇ 183　陳述式現在完成推測（陳述式未來完成時）

〈推測〉現在已經完成的事，或者之後會完成的事。有時也表示〈意志〉或〈命令〉。

❶ 形式：《haber 的現在推測變化形＋過去分詞》。haber 的現在推測變化形是不規則變化，不定詞字尾的母音會消失。

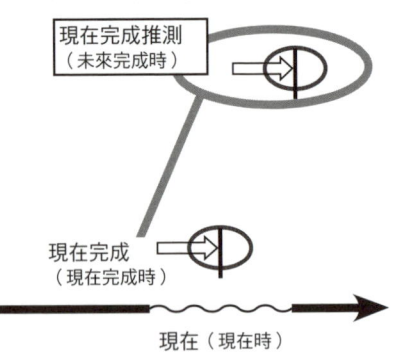

☐ hablar	☐ 說話
☐ habré hablado	☐ habremos hablado
☐ habrás hablado	☐ habréis hablado
☐ habrá hablado	☐ habrán hablado

❷ 意義

(a) 〈推測〉〈現在已經完成的事〉或〈之後會完成的事〉，有「應該已經～」的意思。

☐ Llegaremos tarde y ya habrá empezado la función.	☐ 我們會晚到，到時候演出應該已經開始了。

(b) 表示〈現在完成某件事〉的〈意志〉，或者〈之後完成某件事〉的〈意志〉，有「打算做完～」的意思。

☐ Habré terminado de estudiar a las ocho de la tarde.	☐ 我打算傍晚 8 點讀完書。

＊這句話除了表示〈意志〉，也可以表示〈推測〉，也就是「我傍晚 8 點應該會讀完書」。

(c) 〈命令〉〈現在要完成的事〉或〈之後要完成的事〉，有「你要做完～」的意思。

☐ Ya habrás lavado el coche.	☐ 你應該要把車洗好了。

＊〈命令〉也可以用「命令式」（☞◇4.9 命令式與命令句）表示。命令式有〈請求〉、〈提議〉的意味，而如果使用現在完成推測的形式，就會增加「做完」的意味。

4.5　陳述式過去推測（條件式）

▶「過去推測語氣」表示〈對於過去事情的推測〉與〈對過去而言的未來〉。這裡所說的〈對過去而言的未來〉，可以是現在之前的事、現在的事或者未來的事。另外，也用來表示過去時間點假設的結果。

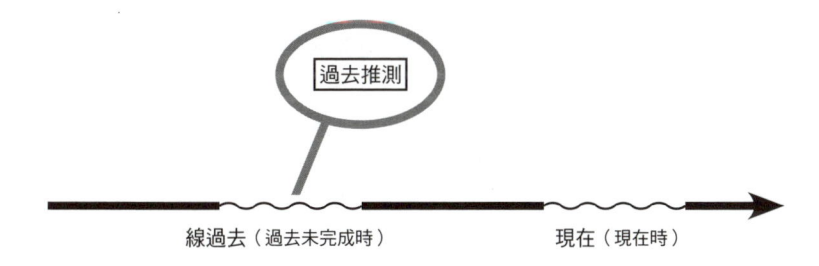

過去推測

線過去（過去未完成時）　　　現在（現在時）

◇184　陳述式過去推測（條件式）的規則變化

過去推測（條件式）的規則變化，是在 AR / ER / IR 動詞的不定詞形後面添加以下字尾。

□ 過去推測形的字尾	
□ -ía	□ -íamos
□ -ías	□ -íais
□ -ía	□ -ían

這些字尾和 ER / IR 動詞的線過去變化形字尾相同。不過，線過去的變化方式是去掉不定詞的字尾，再加上變化形的字尾，而過去推測則是將變化形的字尾直接加在不定詞後面。重音都在變化形的字尾上，不會移動。YO 形和 ÉL 相同。☞◇169 陳述式線過去的規則變化 參考

215

☐ hablar	☐ 說話
☐ hablar-**ía**	☐ hablar-**íamos**
☐ hablar-**ías**	☐ hablar-**íais**
☐ hablar-**ía**	☐ hablar-**ían**

☐ comer	☐ 吃
☐ comer-**ía**	☐ comer-**íamos**
☐ comer-**ías**	☐ comer-**íais**
☐ comer-**ía**	☐ comer-**ían**

☐ vivir	☐ 生活，住
☐ vivir-**ía**	☐ vivir-**íamos**
☐ vivir-**ías**	☐ vivir-**íais**
☐ vivir-**ía**	☐ vivir-**ían**

◇ 185　陳述式過去推測（條件式）的不規則變化

現在推測的不規則變化動詞，它們的過去推測變化形也是不規則的。字根和現在推測的不規則變化形相同。

❶ 不定詞字尾的 -e- 消失的動詞

☐ **saber**	☐ 知道
☐ **sabr**-ía	☐ **sabr**-íamos
☐ **sabr**-ías	☐ **sabr**-íais
☐ **sabr**-ía	☐ **sabr**-ían

以下動詞的 -e- 也會消失。

☐ haber — habría	☐ 有；完成時態的助動詞
☐ poder — podría	☐ 能夠
☐ querer — querría	☐ 想要
☐ caber — cabría	☐ 放得進去

＊ haber — habría 用於 ◇187 陳述式過去完成推測。

❷ 不定詞字尾的 -e- 或 -i- 變成 -d- 的動詞

4.5 陳述式過去推測（條件式）

poner	放置
pondr-ía	**pondr**-íamos
pondr-ías	**pondr**-íais
pondr-ía	**pondr**-ían

以下動詞的 -e- 或 -i- 也會變成 -d-。

salir — saldría	離開
tener — tendría	擁有
venir — vendría	來
valer — valdría	價值

tener, venir 加上字首而衍生的動詞，變化方式也一樣。

contener — contendría	包含
detener — detendría	阻止，停止
entretener — entretendría	娛樂
mantener — mantendría	維持
obtener — obtendría	獲得
retener — retendría	留住
sostener — sostendría	支撐
convenir — convendría	對於～而言方便
intervenir — intervendría	介入
prevenir — prevendría	預防

❸ 字根縮短的動詞

hacer	做，製作
har-ía	**har**-íamos
har-ías	**har**-íais
har-ía	**har**-ían

decir	說
dir-ía	**dir**-íamos
dir-ías	**dir**-íais
dir-ía	**dir**-ían

deshacer「破壞」、contradecir「反駁」等加上字首而衍生的動詞，變化方式也一樣。

> **參考** 現在推測與過去推測的不規則變化

　　現在推測的不規則變化和過去推測的不規則變化，使用相同的字根，是因為兩者都基於不定詞而形成。在中世紀西班牙語，《不定詞＋aver 的現在時態變化》構成現在推測形，《不定詞＋aver 的過去時態變化》構成過去推測形，其中不定詞字尾母音脫落的現象是兩者共通的，所以現在推測與過去推測的不規則變化就使用了相同的字根。

◇ 186　陳述式過去推測（條件式）的意義

❶ 表示〈對於過去事情的推測〉，有「當時應該～」的意思。

| □ Cuando llegué a casa, serían las dos de la tarde. | □ 我到家的時候應該是下午 2 點。 |

❷ 表示〈推測〉〈對過去而言的未來〉。

| □ Yo te dije que a esta hora haría el trabajo. | □ 我當時跟你說，我會在這個時間做那件工作。 |

❸ 表示〈委婉〉的用法：用委婉的語氣表達現在的事。

| □ Estás engordando. Deberías hacer más ejercicio. | □ 你正在發胖。你應該做更多運動。 |

＊使用 deber（debería）、poder（podría）、querer（querría）、decir（diría）等表示說話者態度的動詞。

❹ 在關於現在的假設句中，使用於表示結果的子句。

☞ ◇4.8 條件句與假設句

| □ ¡Qué haría yo sin ti! | □ 沒有你我該怎麼辦！ |

補充-1 過去推測的〈委婉〉意義

　　〈委婉用法〉的意義，和假設句中表示結果的子句很類似。例如：

□ Yo diría la verdad. /（如果是我的話）我會說實話。

這種表達方式避免了直接的說法，呈現出委婉的語氣。其中的原理是，把「要是我處於你的立場的話～」的〈假設〉放在過去的情況裡，表示〈對過去而言的未來會發生的事〉：「要是那樣的話，我會說實話⋯」。

即使沒有像上面句子裡的 Yo 那種表示條件的詞語，同樣可以構成〈假設〉的意義。下面的例句可以想成是「可能的話～」的〈假設〉。

□ Deberías hacer más ejercicio / 你應該做更多運動。

[補充 -2] 過去推測的意義區分

下面的句子是表示〈假設的結果〉還是〈對於過去事情的推測〉呢？

□ Llegaría tarde a la estación. / 他 { 應該會晚到車站 / 當時應該是晚到車站了 }。

這句話的意義取決於前後文。如果有 Saliendo a estas horas（在這個時間出發〔的話〕）這種條件子句，就可以清楚知道是表示〈假設的結果〉。如果是對於過去事情的推測，則可以從表示過去的副詞（片語）或前後文得知是過去的事。例如 Entonces llegaría tarde a la estación. 的 entonces，如果不是「那麼（就）～」的意思，而是「那時候」的話，就表示「當時應該是晚到車站了」。

◇ 187　陳述式過去完成推測（複合條件式／條件完成式）

用來〈推測〉〈過去某個時間點已經完成的事〉，或者〈推測〉〈過去某個時間點之後會完成的事〉。

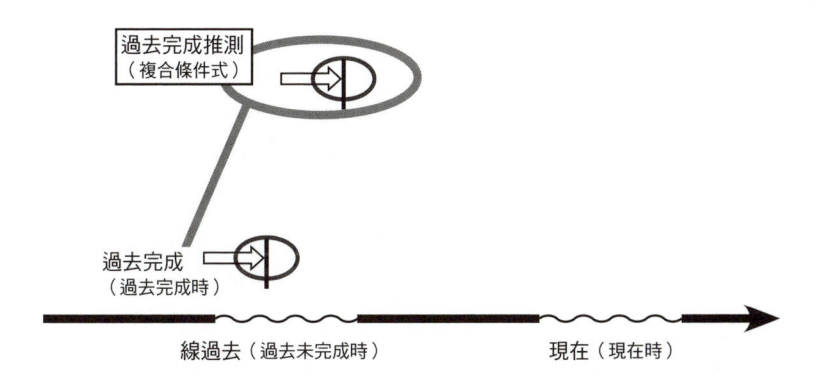

❶ 形式：《haber 的過去推測變化形＋過去分詞》。haber 的過去推測變化形是不規則變化，不定詞字尾的母音會消失，只剩下 -r-。YO 形和 ÉL 形相同。

☞◇169 陳述式線過去的規則變化 [參考]

□ **hablar**	□ 說話
□ **habría** hablado	□ **habríamos** hablado
□ **habrías** hablado	□ **habríais** hablado
□ **habría** hablado	□ **habrían** hablado

❷ 意義

(a)〈推測〉〈過去某個時間點已經完成的事〉。

□ Yo, en tu lugar, habría reservado el hotel.	□ 如果我是你（如果我在你的立場），我當時就會預約好飯店了。

(b)〈推測〉〈過去某個時間點之後會完成的事〉。

□ ¡Tú me dijiste que a esta hora ya habrías hecho la maleta!	□ 你當時跟我說這個時間你就會打包好行李了！

[補充]「過去時態」表示的〈委婉〉意味

如果用「現在時態」直接表達的話，語氣會顯得〈強烈〉，所以經常會用「過去時態」使表達方式變得委婉。

□ Vengo a pedirle a usted un favor. / 我是來請您幫個忙。
□ Venía a pedirle a usted un favor. / 我是來麻煩您幫個忙。

使用現在時態的 Vengo，因為表達的是〈現在〉，所以顯得直接而有〈壓迫感〉。至於使用線過去時態的 Venía，因為口氣上像是過去發生的事，就減少了迫在眉睫的壓迫感，而成為〈委婉的表達方式〉。☞◇4.2 陳述式線過去

□ Deberás estudiar la gramática. / 你應該學文法。
□ Deberías estudiar la gramática. / 你應該學文法的。

4.5 陳述式過去推測（條件式）

現在推測的 Deberás 單純表示說話者〈現在時間點〉所〈推測的命令〉。改用過去推測的 Deberías，則表示〈過去時間點〉的〈推測〉，概念上是「當時應該～」的意思。因為不是現在時間點的推測，所以沒有壓迫感，使表達方式變得委婉。
☞◇186 陳述式過去推測的意義

□ Ella habrá preparado la lección. / 她應該已經預習了。
□ Ella habría preparado la lección. / 她可能已經預習了吧。

現在完成推測的 habré preparado 表示〈對於現在完成的事的推測〉。改成過去完成推測 habría preparado，則表示〈對於過去完成的事的推測〉。這裡的過去時間點假設的是「如果是她的話」，並且基於這個過去時間點的假設而〈推測過去完成的事〉。因為是對於過去的推測，所以語氣上不是那麼確定的說法。
☞◇187 陳述式過去完成推測

因為「現在時態」是直接、確定而強烈的表達方式，所以改用「過去時態」表達就會顯得委婉而禮貌。

参考 陳述式的時態與變化形

前面已經討論了陳述式所有時態的完成與推測形式，所以這裡再複習一次所有的變化形式。我們再看一次整體的體系。

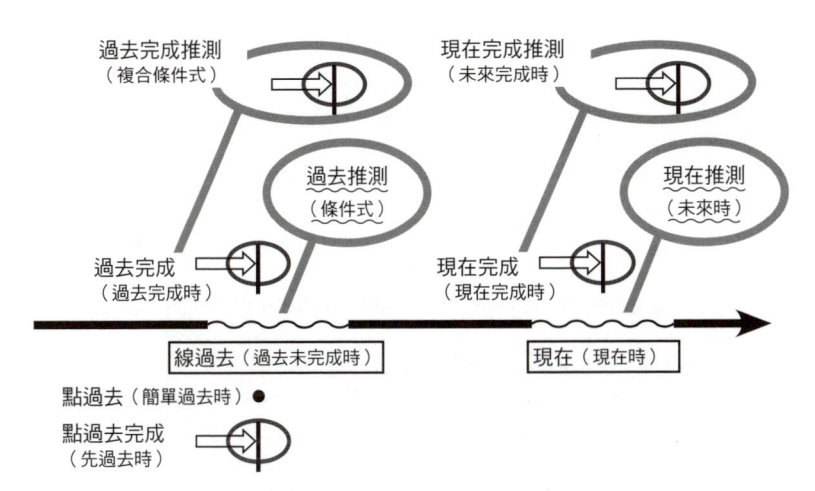

去掉上圖的「點過去」與「點過去完成」之後，可以依照〈過去〉、〈完成〉、〈推測〉三個維度，將動詞變化整理為下圖。

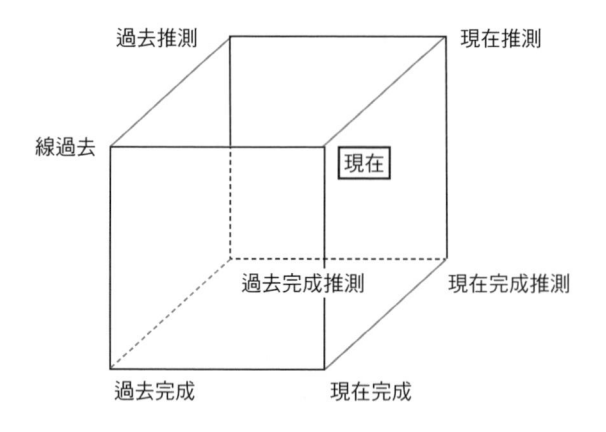

```
           過去推測                現在推測
        ┌────────────────────┐
       /|                   /|
      / |                  / |
     /  |                 /  |
  線過去 |              ┌──┐ |
    |   |              │現在│|
    |   |              └──┘ |
    |   └─────────────────|──┘
    |  / 過去完成推測       | / 現在完成推測
    | /                   |/
    └────────────────────┘
      過去完成              現在完成
```

(1)「線過去」的 AR 動詞特徵是 -aba，ER 動詞和 IR 動詞的特徵是 -ía。
(2)「完成」的特徵是《haber 的變化形＋過去分詞》的結構。
(3)「推測」的特徵是不定詞的字尾（-ar, -er, -ir）或 -r-。

　　人稱與數的變化形字尾，共通的形態（除了點過去以外）是零、-s、零、-mos、-is、-n。
　　變化形的名稱是「過去」、「完成」、「推測」三個要素的組合。當變化形的名稱含有三種要素中的任何一個，就會呈現相應的特徵。例如 hablar 的「過去完成」YO 形是 había hablado，其中有「(線)過去」的特徵 -ía，還有「完成」的特徵《haber 的變化形＋過去分詞》結構。

☐ 現在：como
☐ 現在完成：he comido ←「完成」《haber 的變化形＋過去分詞》
☐ 過去：comía ←「過去」-ía
☐ 過去完成：había comido ←「完成」《haber 的變化形＋過去分詞》＋「過去」-ía
☐ 現在推測：comeré ←「推測」-r-
☐ 現在完成推測：habré comido ←「完成」《haber 的變化形＋過去分詞》＋「推測」-r-
☐ 過去推測：comería ←「推測」-r- ＋「過去」-ía
☐ 過去完成推測：habría comido ←「完成」《haber 的變化形＋過去分詞》＋「推測」-r- ＋「過去」-ía

「點過去」和「點過去完成」的變化形相對特殊。

☐ 點過去：comí ← 點過去形的字尾
☐ 點過去完成：hube comido ←「完成」《haber 的變化形＋過去分詞》＋點過去形的字尾

4.6 虛擬式現在（虛擬式現在時）

▶「虛擬式」用來表示（說話者或主詞）〈假想的事情〉。虛擬式有現在、現在完成、過去、過去完成等時態。在這一節要討論的是現在和現在完成。首先說明虛擬式的基本概念。

❶ 陳述式與虛擬式

「陳述式」用來表示（說話者或主詞）〈認知到的事情〉。相對地，「虛擬式」則是用來表示（說話者或主詞）〈假想的事情〉。下面的句子裡，假想的事情是「胡安說話」，並且用「我不認為」來否定這件事。

| ☐ No creo que hable Juan. | ☐ 我不認為胡安會說。 |

當虛擬式並非從屬於某個主要子句時，表示說話者的認知或假想。如果虛擬式用於某個主要子句的從屬子句，則表示主詞的認知或假想。

| ☐ Ana no cree que hable Juan. | ☐ 安娜不認為胡安會說。 |

❷ 使用虛擬式的位置

虛擬式主要用於從屬子句。從屬子句有名詞子句、關係子句、副詞子句三種。

❸ 虛擬式的時態

虛擬式的時態有「現在」與「過去」兩種，兩者也有各自的「完成」時態。

虛擬式沒有推測語氣的變化。虛擬式的所有時態如下。

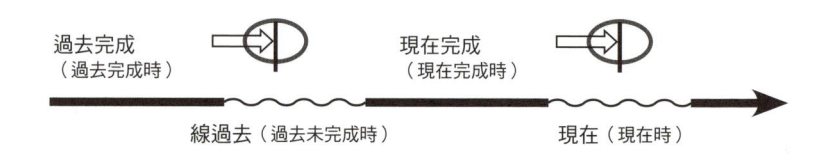

```
過去完成              現在完成
（過去完成時）          （現在完成時）
━━━━━━━━━━━━━━━━━━━━━━━━━━━━▶
       線過去（過去未完成時）    現在（現在時）
```

◇ 188　虛擬式現在時態的規則變化

❶ AR 動詞

字尾變成 -e, -es, -e, -emos, -éis, -en，和 ER 動詞的陳述式現在時態（-o, -es, -e, -emos, -éis, -en）很接近，但 YO 形的字尾不是 -o 而是 -e。

□ **hablar**	□ 說話
□ habl-**e**	□ habl-**e-mos**
□ habl-**e-s**	□ habl-**é-is**
□ habl-**e**	□ habl-**e-n**

❶ ER 動詞和 IR 動詞

ER 動詞和 IR 動詞的字尾變成 -a, -as, -a, -amos, -áis, -an，和 AR 動詞的陳述式現在時態（-o, -as, -a, -amos, -áis, -an）很接近，但 YO 形的字尾不是 -o 而是 -a。

□ **comer**	□ 吃
□ com-**a**	□ com-**a-mos**
□ com-**a-s**	□ com-**á-is**
□ com-**a**	□ com-**a-n**

□ **vivir**	□ 生活，住
□ viv-**a**	□ viv-**a-mos**
□ viv-**a-s**	□ viv-**á-is**
□ viv-**a**	□ viv-**a-n**

AR 動詞的虛擬式現在時態和 ER / IR 動詞的陳述式現在時態很接近，而 ER / IR 動詞的虛擬式現在時態和 AR 動詞的陳述式現在時態很接近。換句話說，虛擬式現在時態的變化形，就像是把陳述式現在時態的變化形對調一樣。

4.6 虛擬式現在（虛擬式現在時）

陳述式現在

☐ hablar	☐ 說話
☐ habl-**o**	☐ habl-**a**-mos
☐ habl-**a**-s	☐ habl-**á**-is
☐ habl-**a**	☐ habl-**a**-n

☐ comer	☐ 吃
☐ com-**o**	☐ com-**e**-mos
☐ com-**e**-s	☐ com-**é**-is
☐ com-**e**	☐ com-**e**-n

☐ vivir	☐ 生活，住
☐ viv-**o**	☐ viv-**i**-mos
☐ viv-**e**-s	☐ viv-**í**-s
☐ viv-**e**	☐ viv-**e**-n

虛擬式現在

☐ hablar	☐ 說話
☐ habl-**e**	☐ habl-**e**-mos
☐ habl-**e**-s	☐ habl-**é**-is
☐ habl-**e**	☐ habl-**e**-n

☐ comer	☐ 吃
☐ com-**a**	☐ com-**a**-mos
☐ com-**a**-s	☐ com-**á**-is
☐ com-**a**	☐ com-**a**-n

☐ vivir	☐ 生活，住
☐ viv-**a**	☐ viv-**a**-mos
☐ viv-**a**-s	☐ viv-**á**-is
☐ viv-**a**	☐ viv-**a**-n

> **參考** 陳述式現在時態、虛擬式現在時態的變化形態對調的理由
>
> 陳述式和虛擬式的字尾變化互相對調，令人感到不可思議。根據對拉丁語歷史的研究，在拉丁語比較古老的形式中，虛擬式的字尾是母音 A。但是，如果把這個字尾直接接在 ARE 動詞（西班牙語的 AR 動詞）上，會和陳述式混淆不清。因此，對於 ARE 動詞，加上的字尾是 E。所以，當時並不是真的「把字尾變化對調」，而是虛擬式有各自對應的統一形式。

◇ 189　虛擬式現在時態的子音拼寫變化

部分動詞因為遵循「子音的拼寫規則」（☞◇31），而有以下變化。

☐ gozar	☐ 享受
☐ go<u>c</u>-e	☐ go<u>c</u>-e-mos
☐ go<u>c</u>-e-s	☐ go<u>c</u>-é-is
☐ go<u>c</u>-e	☐ go<u>c</u>-e-n

☐ tocar	☐ 觸碰
☐ to<u>qu</u>-e	☐ to<u>qu</u>-e-mos
☐ to<u>qu</u>-e-s	☐ to<u>qu</u>-é-is
☐ to<u>qu</u>-e	☐ to<u>qu</u>-e-n

☐ llegar	☐ 抵達
☐ llegu-e	☐ llegu-e-mos
☐ llegu-e-s	☐ llegu-é-is
☐ llegu-e	☐ llegu-e-n

☐ averiguar	☐ 查明
☐ averigü-e	☐ averigü-e-mos
☐ averigü-e-s	☐ averigü-é-is
☐ averigü-e	☐ averigü-e-n

◇ 190　虛擬式現在時態的字根母音變化

陳述式現在時態會發生字根母音變化的動詞，在虛擬式現在時態也會發生字根母音變化。

❶ pensar — pienso 型：YO / TÚ / ÉL / ELLOS 的變化形會發生 e > ie 的變化。

☐ **pensar**	☐ 想
☐ **pi<u>e</u>ns-e**	☐ pens-e-mos
☐ **pi<u>e</u>ns-e-s**	☐ pens-é-is
☐ **pi<u>e</u>ns-e**	☐ **pi<u>e</u>ns-e-n**

(a) pensar — pienso 型的 AR 動詞（例）

☐ apretar — apri<u>e</u>te	☐ 弄緊，壓緊
☐ calentar — cali<u>e</u>nte	☐ 加熱
☐ cerrar — ci<u>e</u>rre	☐ 關閉
☐ comenzar — comi<u>e</u>nce	☐ 開始
☐ confesar — confi<u>e</u>se	☐ 坦白
☐ empezar — empi<u>e</u>ce	☐ 開始
☐ fregar — fri<u>e</u>gue	☐ 擦洗
☐ gobernar — gobi<u>e</u>rne	☐ 統治
☐ merendar — meri<u>e</u>nde	☐ 吃下午茶
☐ negar — ni<u>e</u>gue	☐ 否定
☐ sentar — si<u>e</u>nte	☐ 使坐下
☐ tropezar — tropi<u>e</u>ce	☐ 絆倒

4.6 虛擬式現在 (虛擬式現在時)

＊關於 empiece, tropiece 的 -c- 和 niegue, friegue 的 -gu- ☞◇31 子音的拼寫規則

errar「弄錯」的 YO / TÚ / ÉL / ELLOS 的變化形會發生 e > ye 的變化。

□ errar	□ 弄錯
□ **yerr-e**	□ err-e-mos
□ **yerr-e-s**	□ err-é-is
□ **yerr-e**	□ **yerr-e-n**

(b) pensar ─ pienso 型的 ER 動詞（例）

□ defender ─ defienda	□ 防禦，保護
□ encender ─ encienda	□ 點火
□ perder ─ pierda	□ 失去
□ tender ─ tienda	□ 晾（衣服）
□ verter ─ vierta	□ 倒（液體）

❷ contar ─ cuento 型與 dormir ─ duermo 型

YO / TÚ / ÉL / ELLOS 的變化形會發生 o > ue 的變化。

□ contar	□ 數算
□ **cuent-e**	□ cont-e-mos
□ **cuent-e-s**	□ cont-é-is
□ **cuent-e**	□ **cuent-e-n**

(a) contar ─ cuento 型的 AR 動詞（例）

□ acostar ─ acueste	□ 使睡覺
□ almorzar ─ almuerce	□ 吃午餐
□ apostar ─ apueste	□ 打賭
□ consolar ─ consuele	□ 安慰
□ costar ─ cueste	□ 花費

☐ forzar — f<u>ue</u>rce	☐ 強迫
☐ mostrar — m<u>ue</u>stre	☐ 出示，顯現
☐ probar — pr<u>ue</u>be	☐ 嘗試
☐ recordar — rec<u>ue</u>rde	☐ 記住
☐ rogar — r<u>ue</u>gue	☐ 懇求
☐ soltar — s<u>ue</u>lte	☐ 放開
☐ soñar — s<u>ue</u>ñe	☐ 做夢，夢想
☐ tostar — t<u>ue</u>ste	☐ 烤（麵包）
☐ volar — v<u>ue</u>le	☐ 飛
☐ volcar — v<u>ue</u>lque	☐ 弄翻

＊關於 almuerce, fuerce 的 -c-、ruegue 的 -gu- 和 vuelque 的 -qu- ☞◇31 子音的拼寫規則

(b) contar — cuento 型的 ER 動詞（例）

☐ cocer — c<u>ue</u>za	☐ 煮
☐ morder — m<u>ue</u>rda	☐ 咬
☐ mover — m<u>ue</u>va	☐ 移動
☐ remover — rem<u>ue</u>va	☐ 攪拌
☐ resolver — res<u>ue</u>lva	☐ 解決
☐ soler — s<u>ue</u>la	☐ 習慣～
☐ torcer — t<u>ue</u>rza	☐ 弄彎
☐ volver — v<u>ue</u>lva	☐ 返回

＊關於 cueza 和 tuerza 的 -z- ☞◇31 子音的拼寫規則

jugar — juego「玩」的變化和 contar 很類似。

☐ **jugar**	☐ 玩
☐ **j<u>ue</u>g-ue**	☐ jug-ue-mos
☐ **j<u>ue</u>g-ue-s**	☐ jug-ué-is
☐ **j<u>ue</u>g-ue**	☐ **j<u>ue</u>g-ue-n**

228

4.6 虛擬式現在 （虛擬式現在時）

❸ pedir — pido 型

所有變化形的字根母音都變成 i。

□ pedir	□ 要求，訂購，點（餐）
□ p<u>id</u>-a	□ p<u>id</u>-a-mos
□ p<u>id</u>-a-s	□ p<u>id</u>-áis
□ p<u>id</u>-a	□ p<u>id</u>-a-n

pedir — pido 型的 IR 動詞（例）

□ competir — comp<u>i</u>ta	□ 競爭
□ elegir — el<u>ij</u>a	□ 選擇
□ gemir — g<u>i</u>ma	□ 呻吟
□ medir — m<u>i</u>da	□ 測量
□ regir — r<u>ij</u>a	□ 統治，支配
□ repetir — rep<u>i</u>ta	□ 反覆
□ seguir — s<u>i</u>ga	□ 繼續
□ servir — s<u>i</u>rva	□ 服務
□ vestir — v<u>i</u>sta	□ 給～穿衣服

＊關於 elija, rija 的 -j- 和 siga 的 -g- ☞ ◇31 子音的拼寫規則

❹ sentir — siento 型

如果是變化形的重音位置，會變成雙母音 -ie-。如果沒有重音，會變成母音 i。

□ sentir	□ 感覺
□ s<u>ie</u>nt-a	□ s<u>i</u>nt-a-mos
□ s<u>ie</u>nt-a-s	□ s<u>i</u>nt-áis
□ s<u>ie</u>nt-a	□ s<u>ie</u>nt-a-n

sentir — siento 型的 IR 動詞（例）

□ advertir — adv<u>ie</u>rta	□ 勸告
□ arrepentir — arrep<u>ie</u>nta	□ 使後悔

☐ convertir — conv<u>ie</u>rta	☐ 轉變
☐ diferir — dif<u>ie</u>ra	☐ 不同
☐ digerir — dig<u>ie</u>ra	☐ 消化
☐ herir — h<u>ie</u>ra	☐ 使受傷
☐ mentir — m<u>ie</u>nta	☐ 說謊
☐ preferir — pref<u>ie</u>ra	☐ 偏好
☐ sugerir — sug<u>ie</u>ra	☐ 建議

adquirir — adquiero「獲得」的變化與 sentir 類似。YO / TÚ / ÉL / ELLOS 的變化形是 i > ie。

☐ **adquirir**	☐ 獲得
☐ **adqu<u>ie</u>r-a**	☐ adquir-a-mos
☐ **adqu<u>ie</u>r-a-s**	☐ adquir-áis
☐ **adqu<u>ie</u>r-a**	☐ **adqu<u>ie</u>r-a-n**

❺ dormir — duermo 型

如果是變化形的重音位置，會變成雙母音 -ue-。如果沒有重音，會變成母音 u。

☐ **dormir**	☐ 睡
☐ **d<u>ue</u>rm-a**	☐ **durm-a-mos**
☐ **d<u>ue</u>rm-a-s**	☐ **durm-áis**
☐ **d<u>ue</u>rm-a**	☐ **d<u>ue</u>rm-a-n**

dormir — duermo 型的 IR 動詞

☐ morir — m<u>ue</u>ra	☐ 死

補充-1 字根母音變化的條件（虛擬式現在）

　　字根母音變化動詞，受到「重音的條件」與「字尾 i 的條件」的作用影響。☞◇163 陳述式現在的字根母音變化 補充-1

- □ pensar — pienso 型和 contar — cuento 型的動詞：YO / TÚ / ÉL / ELLOS 的變化形受到「重音的條件」影響。
- □ pedir — pido 型的動詞：全部都受到「字尾 i 的條件」影響。
- □ sentir — siento 型和 dormir — duermo 型的動詞：YO / TÚ / ÉL / ELLOS 的變化形受到「重音的條件」影響，NOSOTROS 和 VOSOTROS 的變化形受到「字尾 i 的條件」影響。

[補充-2] sentar 和 sentir 的變化形

　　sentar「使坐下」和 sentir「感覺」的陳述式現在時態 YO 變化形都是 siento。而在虛擬式現在時態，兩者分別變成 siente 和 sienta，又和 sentir, sentar 的陳述式現在時態 ÉL 變化形相同。雖然看起來很容易搞混，但在大部分的情況下可以用情境中的前後內容與狀況來區分，所以不至於混淆不清。

◇ 191　虛擬式現在時態的不規則變化（1）：陳述式現在時態 YO 變化形是 -o 的動詞

虛擬式現在時態的字根變化，與陳述式現在時態 YO 變化形的字根相同，所以只要把陳述式現在時態 YO 變化形的字尾 -o 去掉，再加上虛擬式現在時態的字尾就行了。除了字根母音變化動詞以外，其他所有動詞都是如此。例如 conocer 的陳述式現在時態 YO 變化形是 conozco，就把字尾的 -o 改成 ER 動詞的虛擬式現在時態字尾 -a, -as, -a, -amos, -áis, -an。

□ conocer	□ 認識，了解
□ conozc-a	□ conozc-a-mos
□ conozc-a-s	□ conozc-á-is
□ conozc-a	□ conozc-a-n

以下的動詞只列出虛擬式現在時態的 YO 變化形。

不定詞	意思	陳述式現在（YO）	虛擬式現在（YO）
□ conocer	□ 認識，了解	□ conozco	□ conozca
□ salir	□ 離開	□ salgo	□ salga
□ hacer	□ 做，製作	□ hago	□ haga
□ caer	□ 掉落	□ caigo	□ caiga

☐ poner	☐ 放置	☐ pongo	☐ **ponga**
☐ decir	☐ 說	☐ digo	☐ **diga**
☐ oír	☐ 聽到	☐ oigo	☐ **oiga**
☐ tener	☐ 擁有	☐ tengo	☐ **tenga**
☐ huir	☐ 逃走	☐ huyo	☐ **huya**
☐ traer	☐ 帶來	☐ traigo	☐ **traiga**
☐ venir	☐ 來	☐ vengo	☐ **venga**
☐ ver	☐ 看	☐ veo	☐ **vea**

◇ 192　虛擬式現在時態的不規則變化（2）：陳述式現在時態 YO 變化形不是 -o 的動詞

陳述式現在時態 YO 變化形不是 -o 的動詞，有以下 6 個。請把每個動詞的虛擬式現在時態 YO 變化形記起來，而另外 5 種變化形只要按照規則加上字尾就行了。

不定詞	意思	陳述式現在（YO）	虛擬式現在（YO）
☐ ser	☐ 是～	☐ soy	☐ sea
☐ estar	☐ 處於～的狀態	☐ estoy	☐ esté
☐ haber	☐ 有；表示完成的助動詞	☐ he	☐ haya
☐ saber	☐ 知道	☐ sé	☐ sepa
☐ ir	☐ 去	☐ voy	☐ vaya
☐ dar	☐ 給	☐ doy	☐ dé

請注意 estar 和 dar 的虛擬式現在時態變化形所加的重音符號。

☐ estar	☐ 在～	☐ dar	☐ 給
☐ est-é	☐ est-e-mos	☐ d-é	☐ d-e-mos
☐ est-é-s	☐ est-é-is	☐ d-e-s	☐ d-e-is
☐ est-é	☐ est-é-n	☐ d-é	☐ d-e-n

estar 的特徵是，重音總是在變化形的字尾上。所以，除了 estemos 以外的變化形都要加上重音符號。

4.6 虛擬式現在 （虛擬式現在時）

dar 因為字根沒有母音，所以重音在變化形的字尾上。des, deis, den 因為是單音節，所以不加重音符號。不過，YO 和 ÉL 變化形 dé 為了要和介系詞 de 有所區分，所以必須加重音符號。☞◇34 重音符號 ❺

補充　陳述式與虛擬式的原則

虛擬式的意義對於剛開始學習的人很難理解，所以建議多接觸實際的例句並逐漸熟悉。學習時請不要忘記下面這個原則。

陳述式表示〈說話者或主詞〉〈認知到的事情〉，虛擬式表示〈說話者或主詞〉〈假想的事情〉。

請比較下面兩個句子。

☐ (1) Me escribes [陳述式] mucho. / 你寫很多信給我。
☐ (2) Quiero que me escribas [虛擬式] mucho. / 我希望你寫很多信給我。

句子 (1) 已經認知到「你寫很多信給我」這件事了，這種情況會使用陳述式。至於句子 (2)，「你寫很多信給我」只是假想，而不是主詞認知到的事實。主詞「我」是「想要、希望」（Quiero）假想的內容發生，這種情況會使用虛擬式。這個句子所表達的心情，與其說強烈希望對方做一件事，不如說更接近「要是你～就好了」〈假想〉的感覺。

接下來，我們來比較看看同樣用於從屬子句的陳述式與虛擬式。

☐ (3) Creo que viven [陳述式] aquí. / 我認為他們住在這裡。
☐ (4) No creo que vivan [虛擬式] aquí. / 我不認為他們住在這裡。

句子 (3) 的名詞子句中使用的 viven 是陳述式的形態，敘述主詞 YO「我」所認為的事實。至於句子 (4) 使用了虛擬式的名詞子句 que vivan aquí，雖然內容同樣表示「他們住在這裡」，但並不是已經認知到的事情。它表示的只是假想的內容，而說話者要說的是 No creo「我不認為」有這樣的事實。

如同以上的例子所顯示的，表達「我認為～」的時候，creo 表示〈認知〉，而表示其內容的子句會使用陳述式，所以句子 (1) 也可以想成是隱藏了動詞 creo，也就是 Creo que me escribes mucho.（〔我認為〕你寫很多信給我）。這樣一來，就能理解為什麼 (1) 這種簡單句是使用陳述式了。原因就在於陳述式表示主詞（或說話者）認知到的事情。

233

◇ 193　虛擬式現在完成（虛擬式現在完成時）

虛擬式現在完成時態的形式，是《haber 的虛擬式現在形＋過去分詞（不變化）》。YO 和 ÉL 的變化形相同。☞◇169 陳述式線過去（陳述式過去未完成時）的規則變化 參考

□ hablar	□ 說話
□ haya hablado	□ hayamos hablado
□ hayas hablado	□ hayáis hablado
□ haya hablado	□ hayan hablado

□ Espero que mi familia me haya escrito ya alguna carta.	□ 我希望我的家人已經寫信給我了。

◇ 194　名詞子句的虛擬式

表示（說話者或主詞）〈假想的事情〉的名詞子句，如「願望」、「評價」、「假設」、「否定的事」等等，會使用虛擬式。

❶ 當主詞的名詞子句

□ Es mejor que tomes un taxi.	□ 你最好搭計程車。

4.6 虛擬式現在 （虛擬式現在時）

☐ Es posible que él necesite ayuda.	☐ 他可能需要幫忙。
☐ Después de aprender una lengua, es lógico que quieras usarla.	☐ 當你學了一種語言之後，會想要使用是理所當然的。
☐ Me alegra que hayas venido.	☐ 我很高興你來了。

當主詞的名詞子句，如果其中的主詞是〈不確定的人〉，則會使用不定詞。

☐ Es mejor tomar un taxi.	☐ 最好搭計程車。
☐ Después de aprender una lengua, es lógico querer usarla.	☐ 學了一種語言之後，會想要使用是理所當然的。

❷ 當受詞的名詞子句

☐ Esperamos que él nos cuente sus experiencias.	☐ 我們期待他跟我們談自己的經驗。
☐ Os aconsejo que visitéis España algún día y que os divirtáis.	☐ 我建議你們有朝一日造訪西班牙並且開心地玩。
☐ No creo que la casa esté bien construida.	☐ 我不認為那棟房子蓋得好。
☐ A decir verdad, no quiero que hagas eso.	☐ 說實話，我不希望你做那件事。

no creer「不認為，不相信」接名詞子句當受詞時，子句使用虛擬式，但 creer「認為，相信」接名詞子句當受詞時，子句使用陳述式。

☐ Creo que no tiene conciencia de lo que está haciendo.	☐ 我認為他沒有意識到自己在做的事。

當受詞的名詞子句，如果其中的主詞和主要子句相同，會使用不定詞。

☐ A decir verdad, no quiero hacer eso.	☐ 說實話，我不想做那件事。

《「允許～做…」句型》：當受詞的名詞子句，可以使用虛擬式，也可以用不定詞。

☐ ¿Me permite que vaya un momento al cuarto de baño?	☐ 我可以（您可以讓我）去一下廁所嗎？
☐ Margarita está desconsolada, porque su padre no le permite ir a la fiesta.	☐ 瑪格麗塔很傷心，因為她爸爸不讓她去派對。

❸ 當介系詞受詞的名詞子句

☐ La madre está contenta de que la ayuden sus hijos.	☐ 那位母親很高興孩子們幫她的忙。
☐ Hablaré despacio para que me entiendan.	☐ 我會慢慢說，讓他們理解我的意思。
☐ Este niño no puede dormirse sin que su madre le cuente algún cuento todas las noches.	☐ 每天晚上，要是媽媽不講故事給他聽，這個孩子就睡不著。

介系詞後面的名詞子句，如果其中的主詞和主要子句相同，會使用不定詞。

☐ Este niño no puede dormirse sin hablar con su madre un rato.	☐ 這個孩子不跟媽媽聊一會兒就睡不著。

❹ 《名詞＋de que》

《名詞＋de que》的名詞表示〈假想的事情〉時，會使用虛擬式。

☐ Mi hermana tiene miedo de que lo sepa papá.	☐ 我姊姊擔心爸爸知道那件事。
☐ En el caso de que llueva mañana, cancelaremos la excursión.	☐ 萬一明天下雨，我們就會取消遠足。

[補充-1] ¿No crees que ...? 的虛擬式

　　¿No crees que ...? 句型的疑問句，可以使用陳述式或虛擬式。陳述式表示問問題的人對後面表達的內容有信心，而要問對方是否也認同。例如下面是使用陳述式的表達方式。

☐ (1) ¿No crees que este libro es interesante? / 你不覺得這本書很有趣嗎？

　另外，也有使用虛擬式的說法。

☐ (2) ¿No crees que este libro sea interesante? / 你不覺得這本書有趣是嗎？

　(1) 的說話者認為這本書很有趣。(2) 的說話者則不確定這本書是否有趣，並且要向對方確認。

　creer 問句的肯定形式也可以使用陳述式或虛擬式。

4.6 虛擬式現在（虛擬式現在時）

☐ (3) ¿Crees que este libro es interesante? / 你覺得這本書有趣嗎？
☐ (4) ¿Crees que este libro sea interesante? / 你覺得這本書會有趣嗎？

　　虛擬式表示對 que 後面假想的內容進行一定程度的「評價／主張」（在這裡是「可以相信／認為～」，表示對方對於「這本書（是否）有趣」這件事的主觀評價。陳述式則是把 que 之後的內容當成客觀事實。

補充-2　表示〈事實〉的虛擬式

　　在下面的句子裡，雖然「你來了」是事實，卻使用虛擬式。

☐ Me alegra que hayas venido. / 我很高興你來了。

　　我們先回顧一下虛擬式的原則。根據前面提到的原則，陳述式用在〈認知到事實〉的時候，而虛擬式用在要表示〈假想的事情〉的時候。在上面的句子裡，雖然「你來了」是事實，但想說的並不是自己認知到這個事實，而是想說在假想這個事實的情況下「我感到很高興」。如果要表達自己認知到「你來了」的事實，然後感到高興，就會使用下面的說法。

☐ Has llegado. Me alegro. / 你來了呀。我好高興。

　　這裡用陳述式 Has llegado. 表達自己認知到事實，然後再說 Me alegro. 表達感想。
　　後面接陳述式名詞子句的動詞通常僅限於 creer, pensar, ver 等表示〈認知〉的動詞，或者 decir, comunicar, informar 等表示〈傳達認知到的事實〉的動詞，從這一點可以看出陳述式表示〈對事實的認知〉這項特徵。這個道理在只有主要子句的簡單句也是一樣的。相對地，如果 decir 像下面的例子一樣，不是表示〈傳達〉，而是表示〈要求〉的話，就會使用虛擬式。

☐ Te he dicho que no toques mis cosas. / 我跟你說過別碰我的東西了。

補充-3　para que / sin que / estar contento de que

　　本書將介系詞後面的 que 子句都視為名詞子句，所以 para que / sin que / estar contento de que 等用法也歸類為「名詞子句的虛擬式」。副詞子句僅限於 cuando, aunque, porque 等固有連接詞所引導的子句。

◇ 195　關係子句的虛擬式

先行詞表示〈不確定的事物〉或〈否定的事物〉時，關係子句使用虛擬式。

□ No hay nadie que sepa la verdad.	□ 沒有人知道真相。
□ Me interesa todo lo que sea de la lengua española.	□ 我對任何關於西班牙語的事都有興趣。

先行詞指特定的人或事物時，使用陳述式。

□ Hay alguien que sabe la verdad.	□ 有人知道真相。

補充　表示〈不確定〉〈否定〉的關係子句使用虛擬式的理由

> 我們比較看看上面三個句子。前兩句的關係子句使用虛擬式。之所以用虛擬式表示「知道真相的人」、「關於西班牙語的事」，是因為目前它們還不是被認知到的事實，而是〈假想的事物〉。對於這些假想的事物，說話者表達了「沒有這樣的人」、「我有興趣」等認知。假想的事物使用虛擬式，認知到的事物使用陳述式。至於第三個句子裡的 sabe la verdad「知道真相」，則表示已經認知到的事實，所以依照原則使用陳述式。

◇ 196　副詞子句的虛擬式

表示〈未來〉〈假設〉〈讓步〉的副詞子句，因為表示〈假想的事情〉，所以使用虛擬式。

□ Cuando haya terminado la tarea, iré a jugar al tenis.	□ 我做完作業的時候，就會去打網球。
□ Aunque Juan haya dicho eso, no lo creo.	□ 就算胡安那麼說，我也不相信。

aunque 表示〈讓步〉的意義「就算～」的時候，使用虛擬式，但單純表示〈轉折〉的意義「雖然～」時則會用陳述式。

□ Aunque sea joven, sabe mucho.	□ 就算他很年輕，但他還是懂得很多。
□ Aunque es joven, sabe mucho.	□ 雖然他很年輕，但他懂得很多。

＊表示〈讓步〉（使用虛擬式）的時候，意味著讓步的內容「不是這裡特別需要在乎的事情」，所以不當成說話者「認知到的內容」。至於表示單純的〈轉折〉（使用陳述式）時，則是已經「認知到這項事實」了。

4.6 虛擬式現在 （虛擬式現在時）

表示〈理由〉的 porque 子句被否定的時候，會使用虛擬式。

| ☐ Juan está ocupado no porque <u>tenga</u> trabajo. | ☐ 胡安不是因為有工作而忙碌。 |

反覆使用虛擬式表示〈讓步〉時，有「不論什麼／多麼～」、「不論是否～」的意思。

| ☐ <u>Pase</u> lo que <u>pase</u>, eres mi mejor amigo del mundo. | ☐ 不論發生什麼事，你都是我在世界上最好的朋友。 |
| ☐ <u>Te guste o no</u>, tienes que asistir a la reunión. | ☐ 不論你喜不喜歡，你都必須出席這場會議。 |

補充 表示〈未來〉的時間副詞子句使用虛擬式的原因

☐ Cuando <u>vayas</u> a la plaza, te gustará.
／你去那個廣場的時候，就會喜歡上它。

在這裡，Cuando... 的部分是「假想的事情」，所以使用虛擬式，而 te gustará 則是說話者「表達認知到的事情」，所以使用陳述式。「推測語氣」的〈推測〉也是一種「認知」的方式。《Cuando ＋推測語氣》的感覺會像是「你應該會做～的時候」，所以不會這樣說。

參考 Si...〈條件〉子句、疑問句、推測語氣不使用虛擬式現在時態的理由

☐ Si <u>queda</u> alguna cerveza en la nevera, estará bien.
／如果冰箱裡還剩一些啤酒的話，那就好了。

這種句子的 Si...〈條件〉子句之所以使用陳述式，是因為 Si...〈條件〉子句暫時把內容當成「對於事實的認知」，而句子的結構是「如果這項認知正確的話（條件子句），就會～（結果子句）」。
下面這種間接問句也使用 si。☞ ◇6.1 疑問詞與疑問句 ❷ (a)

☐ ¿Sabes si <u>queda</u> alguna cerveza en la nevera?
／你知道冰箱裡的啤酒有沒有剩嗎？

這裡談論的同樣是「是否認知到這項事實」，所以使用陳述式。下面的直接問句使用陳述式，也是一樣的原因。

☐ ¿<u>Queda</u> alguna cerveza en la nevera? ／冰箱裡的啤酒還有剩嗎？

推測語氣屬於陳述式。例如下面的句子。

- Pepe vendrá. / 佩佩會來（吧）。（陳述式現在推測）
- Espero que venga Pepe. / 我希望佩佩來。（虛擬式現在）

使用陳述式現在推測形式的句子，表達了對於「佩佩會來」這個事實的推測，而推測是一種認知的方式。虛擬式現在形式的句子則不包含對於這個事實的認知。

◇ 197　主要子句的虛擬式

❶《Ojalá＋虛擬式現在形》表示「願望」的意思。

□ Ojalá haga buen tiempo mañana.	□ 但願明天有好天氣。
□ ¡Ojalá que tengas suerte!	□ 祝你好運！

＊用在有可能實現的情況。關於虛擬式過去時態的願望句，請參考☞ ◇200 虛擬式過去時態的意義

❷《Acaso / Tal vez / Quizá(s)＋虛擬式》表示「猜想」（「也許，或許」）的意思。

□ Tal vez no venga mañana.	□ 或許他明天不會來。
□ Quizá llueva esta tarde.	□ 今天下午或許會下雨。

也會使用陳述式。因為陳述式表示認知到事實，所以實現的可能性比較高。

□ Date prisa. Tal vez vamos a perder el tren.	□ 快點。我們可能會錯過火車。

4.7　虛擬式過去（虛擬式過去時）

▶用虛擬式假想〈過去的事情〉時，會使用「虛擬式過去時態」。這一節會介紹「虛擬式過去」與「虛擬式過去完成」。

◇ 198　虛擬式過去時態的規則變化

4.7 虛擬式過去（虛擬式過去時）

虛擬式過去的 YO 變化形，AR 動詞的形式是 -ara，ER/IR 動詞是 -iera。人稱字尾全部都是「零字尾、-s、零字尾、-mos、-is、-n」。YO 變化形與 ÉL 變化形相同。☞◇169 陳述式線過去（陳述式過去未完成時）的規則變化 参考

重音位置都在字尾。NOSOTROS 變化形必須加上重音符號。

☐ hablar	☐ 說話
☐ habl-**ara**	☐ habl-**ára-mos**
☐ habl-**ara-s**	☐ habl-**ara-is**
☐ habl-**ara**	☐ habl-**ara-n**

☐ comer	☐ 吃
☐ com-**iera**	☐ com-**iéra-mos**
☐ com-**iera-s**	☐ com-**iera-is**
☐ com-**iera**	☐ com-**iera-n**

☐ vivir	☐ 生活，住
☐ viv-**iera**	☐ viv-**iéra-mos**
☐ viv-**iera-s**	☐ viv-**iera-is**
☐ viv-**iera**	☐ viv-**iera-n**

◇ 199　虛擬式過去時態的不規則變化

❶ 虛擬式過去的 YO 變化形，就等於將陳述式點過去（簡單過去時）ELLOS 變化形的 -ron 改成 -ra。

陳述式點過去的 **ELLOS** 變化形	虛擬式過去的 **YO** 變化形
☐ hablaron	☐ hablara
☐ comieron	☐ comiera
☐ vivieron	☐ viviera

不定詞	意思	陳述式點過去的 **ELLOS** 變化形	虛擬式過去的 **YO** 變化形
☐ **pedir**	☐ 要求	☐ pidieron	☐ **pidiera**
☐ **sentir**	☐ 感覺	☐ sintieron	☐ **sintiera**
☐ **dormir**	☐ 睡	☐ durmieron	☐ **durmiera**
☐ **estar**	☐ 處於～的狀態	☐ estuvieron	☐ **estuviera**
☐ **poder**	☐ 能夠	☐ pudieron	☐ **pudiera**
☐ **poner**	☐ 放置	☐ pusieron	☐ **pusiera**

☐ tener	☐ 擁有	☐ tuvieron	☐ **tuviera**
☐ hacer	☐ 做,製作	☐ hicieron	☐ **hiciera**
☐ querer	☐ 想要~	☐ quisieron	☐ **quisiera**
☐ venir	☐ 來	☐ vinieron	☐ **viniera**
☐ dar	☐ 給	☐ dieron	☐ **diera**
☐ ser	☐ 是~	☐ fueron	☐ **fuera**

舉例來說,dormir 和 tener 的變化方式如下。

☐ **dormir**	☐ 睡
☐ **durm-iera**	☐ **durm-iéra-mos**
☐ **durm-iera-s**	☐ **durm-iera-is**
☐ **durm-iera**	☐ **durm-iera-n**

☐ **tener**	☐ 擁有
☐ **tuv-iera**	☐ **tuv-iéra-mos**
☐ **tuv-iera-s**	☐ **tuv-iera-is**
☐ **tuv-iera**	☐ **tuv-iera-n**

❷ 下面的動詞 decir, conducir, traer,陳述式點過去的 ELLOS 變化形不是 ✕ dijieron、✕ condujieron、✕ trajieron,而是 dijeron, condujeron, trajeron。

不定詞	意思	陳述式點過去的 ELLOS 變化形	虛擬式過去的 YO 變化形
☐ **decir**	☐ 說	☐ dijeron	☐ **dijera**
☐ **conducir**	☐ 駕駛	☐ condujeron	☐ **condujera**
☐ **traer**	☐ 帶來	☐ trajeron	☐ **trajera**

☐ **decir**	☐ 說
☐ **dij-era**	☐ **dij-éra-mos**
☐ **dij-era-s**	☐ **dij-era-is**
☐ **dij-era**	☐ **dij-era-n**

☐ **traer**	☐ 帶來
☐ **traj-era**	☐ **traj-éra-mos**
☐ **traj-era-s**	☐ **traj-era-is**
☐ **traj-era**	☐ **traj-era-n**

＊ producir「生產」、contraer「承擔」之類加上字首或替換字首而衍生的動詞,也有同樣的變化模式。

4.7 虛擬式過去（虛擬式過去時）

參考 虛擬式過去與陳述式點過去（簡單過去時）的 ELLOS 變化形

　　只要知道陳述式點過去（簡單過去時）的 ELLOS 變化形，就可以依照規則形成虛擬式過去時態的形式，沒有例外。如果從不定詞或陳述式現在時態開始，就無法推演出正確的不規則變化。從點過去的 YO 變化形開始也不行。例如，沒辦法從 pedir, dar, decir 的點過去 YO 變化形 pedí, di, dije 依照固定規則推知虛擬式過去的 YO 變化形 pidiera, diera, dijera。從點過去 ÉL 變化形 pidió, dio, dijo 也無法順利推知正確的形態。就算假設規則是「去掉字尾的 -o 再加上 -era」也不對，因為 hablar, pensar 要加上的是 -ara。所以，最容易理解的規則是「將陳述式點過去 ELLOS 變化形的 -ron 改成 -ra」。這樣一來，包括規則動詞在內，任何動詞都能符合模式了。

　　為什麼虛擬式過去的形式和陳述式點過去的 ELLOS 變化形共通呢？兩者之所以有共通的形式，是因為西班牙語的虛擬式過去形源自拉丁語的陳述式過去完成形，而陳述式點過去形則源自拉丁語的陳述式完成形。兩者的源頭都屬於拉丁語的完成時態，所以具備共通要素。而之所以必須用 ELLOS 變化形來推斷，是因為 ELLOS 變化形能呈現出 AR / ER / IR 動詞的差別，而且只有這個變化形有 decir — dijeron 這種母音縮減的現象（☞◇176 陳述式點過去（陳述式簡單過去時）的強變化）。如上所述，變化方式只是形式的問題，和 ELLOS「他們」的意思無關。我認為「將字尾的 -ron 改成 -ra」這種變化方式非常簡單易懂。

◇ 200　虛擬式過去時態的意義

虛擬式過去時態，對應陳述式點過去、線過去與過去推測語氣。在下面的第二個句子裡，之所以使用虛擬式過去時態 llegara，是因為主要子句是過去形式的 no creí。

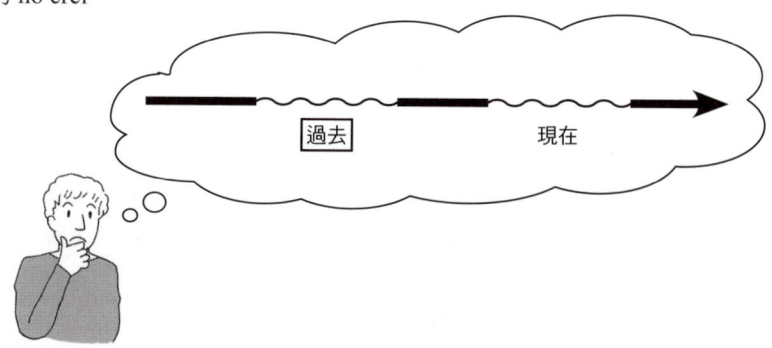

| □ Creí que llegó [llegaba / llegaría] él. | □ （當時）我認為他到了〔會到／應該會到〕。 |

| ☐ No creí que llegara él. | ☐ （當時）我不認為他到了〔會到／應該會到〕。 |

deber / querer 的虛擬式過去形 debiera / quisiera 有表示〈委婉〉的用法。

| ☐ No debieras decir mentiras. | ☐ 你不應該說謊。 |
| ☐ Quisiera trabajar con usted. | ☐ 我希望能和您一起工作。 |

* 也會使用 debería / querría。☞ ◇186 陳述式過去推測（條件式）的意義
* 在中美洲和加勒比海地區，pudiera 也有表示〈委婉〉的用法。

《¡Ojalá que ＋虛擬式過去！》：用於〈願望〉不太可能實現的情況。

| ☐ ¡Ojalá que el profesor pusiera unas preguntas fáciles! | ☐ 但願老師出簡單的題目！ |

* 虛擬式過去時態也用於假設句。☞ ◇204 假設句

◇ 201　虛擬式過去時態的 -se 形

虛擬式過去時態還有字尾是 -se 的另一種形式，稱為 -se 形，而前面介紹的虛擬式過去形態則稱為 -ra 形。-se 形就是將 -ra 形所有變化形的 -ra 都改成 -se。

☐ **hablar**	☐ 說話
☐ habl-**ase**	☐ habl-**áse**-mos
☐ habl-**ase**-s	☐ habl-**ase**-is
☐ habl-**ase**	☐ habl-**ase**-n

☐ **comer**	☐ 吃
☐ com-**iese**	☐ com-**iése**-mos
☐ com-**iese**-s	☐ com-**iese**-is
☐ com-**iese**	☐ com-**iese**-n

☐ **vivir**	☐ 生活，住
☐ viv-**iese**	☐ viv-**iése**-mos
☐ viv-**iese**-s	☐ viv-**iese**-is
☐ viv-**iese**	☐ viv-**iese**-n

虛擬式過去時態的 -se 形，用法幾乎和 -ra 形完全相同。

| ☐ Me gustaría que llevases a cabo tu propósito de estudiar japonés. | ☐ 我希望你實現學習日語的目標。 |

4.7 虛擬式過去 （虛擬式過去時）

| ☐ Desearía que me enseñase usted trajes de invierno. | ☐ 我想請您讓我看看冬裝。 |

＊虛擬式過去時態也用於假設句。☞◇204 假設句

補充-1 虛擬式的時態一致性

☐ (1) Me gustaría que llevases a cabo tu propósito de estudiar japonés.
／我希望你實現學習日語的目標。
☐ (2) Desearía que me enseñase usted trajes de invierno. ／我想請您讓我看看冬裝。
☐ (3) No es cierto que Carlos dijera tal cosa.
／卡洛斯那樣說（的消息）並不是真的。（卡洛斯沒有那樣說。）

在 (1) 和 (2) 的句子裡，為了和主要子句的過去推測語氣一樣使用過去時態，所以從屬子句使用虛擬式過去時態。llevases 和 enseñase 並不是表示〈過去〉的意思，而是表示〈未來〉：「你將會實現學習日語的目標」、「您會讓我看看冬裝」。(3) 的主要子句是現在時態，但從屬子句表示過去的事情，所以使用虛擬式過去時態。

在拉丁美洲，(1) 和 (2) 則會使用虛擬式現在時態，是因為內容被當成〈現在的事〉來表達的關係。

補充-1 虛擬式過去時態 -se 形與 -ra 形的差異

虛擬式過去時態 -ra 形的下面幾種用法，不可以用 -se 形表達。

(1) 虛擬式過去時態 -ra 形有 debiera / quisiera 表示委婉的說法。

☐ Quisiera ir a tu fiesta; el asunto es que no sé si tendré tiempo.
／我想要去你的派對；問題是我不知道我會不會有時間。

(2) 在假設句的結果子句中，西班牙舊文體和拉丁美洲的說法經常以 -ra 形代替過去推測語氣（條件式）。☞◇204 假設句

☐ Si yo fuera rico, no trabajara como profesor. ／假如我有錢，我就不會當老師了。

(3) 在拉丁美洲特別常用來表達陳述式過去完成的意義。

☐ Después de que los Reyes Católicos le dieran el financiamiento, Colón partió desde el puerto de Palos.
／在天主教雙王為他提供資金之後，哥倫布從帕洛斯港出發了。

> **參考** 虛擬式過去時態 -ra 形與 -se 形並存的由來

-ra 形源自拉丁語的陳述式過去完成形，而 -se 形源自拉丁語的虛擬式過去完成形。在西班牙語中，因為陳述式過去完成時態以《haber 的過去形＋過去分詞》表達，-ra 形就漸漸不用來表示陳述式過去完成，而在 15 世紀左右開始當成虛擬式過去時態的形式使用，結果就形成現代西班牙語 -ra 形與 -se 形並存的現象。

◇ 202 虛擬式過去完成（虛擬式過去完成時）

虛擬式過去完成時態是《haber 的虛擬式過去形＋過去分詞》的組合構成的。

haber 的虛擬式過去形是不規則變化。YO 變化形和 ÉL 變化形相同。
☞ ◇169 陳述式線過去（陳述式過去未完成時）的規則變化 **參考**

❶ -ra 形

□ hablar	□ 說話
□ hubiera hablado	□ hubiéramos hablado
□ hubieras hablado	□ hubierais hablado
□ hubiera hablado	□ hubieran hablado

❷ -se 形

□ hablar	□ 說話
□ hubiese hablado	□ hubiésemos hablado
□ hubieses hablado	□ hubieseis hablado
□ hubiese hablado	□ hubiesen hablado

對應的陳述式時態是過去完成，以及過去完成推測語氣。

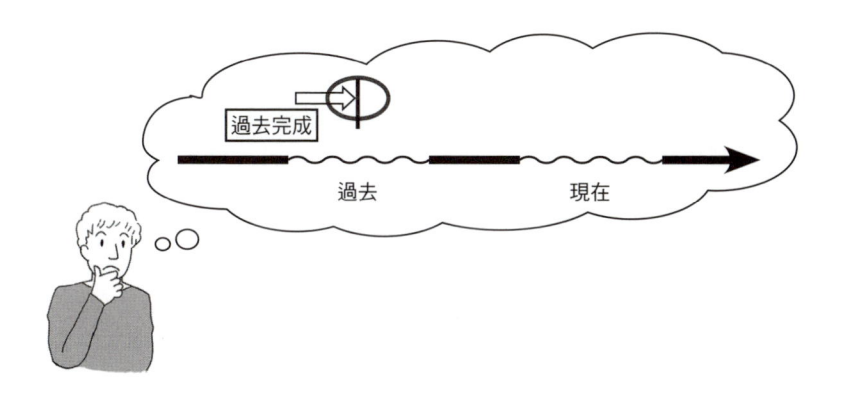

□ Creí que él había llegado [habría llegado].	□ （當時）我認為他已經到了〔應該已經到了〕。
□ No creí que él hubiera llegado.	□ （當時）我不認為他已經到了〔應該已經到了〕。

＊虛擬式過去完成時態也用於假設句。☞ ◇204 假設句

4.8　條件句與假設句

▶條件句與假設句表示「如果～就…」的意思。使用陳述式、基於現實的是條件句，使用虛擬式、表示非現實的是假設句。

◇ 203　條件句

「條件句」的句型由表示「如果～」的陳述式條件子句、表示「就～」的結果子句構成，考量的是現實狀況。

□ Si no viene Juan, voy sola.	□ 如果胡安不來，我就一個人去。

＊條件子句的動詞不能使用推測語氣或虛擬式現在時態。

◇ 204　假設句

❶ 虛擬式過去時態的假設句：與現在事實相異的假設。結果子句使用陳述式過去推測語氣。☞◇186 陳述式過去推測（條件式）的意義

□ Si fueras profesor, ¿cómo enseñarías?	□ 假如你是老師的話，你會怎麼教？

＊在西班牙舊文體和許多拉丁美洲的說法中，經常在結果子句使用虛擬式過去時態的 -ra 形。

《como si ＋虛擬式過去形》：表示「彷彿～一般」的意思。

□ Keiko habla español como si fuera española.	□ 圭子說西班牙語就像是西班牙人一樣。

《aun cuando ＋虛擬式過去形》：表示「就算～也」的意思。

□ Aun cuando hiciera sol, no saldría.	□ 就算是晴天，他也不會出門。

❷ 虛擬式過去完成時態的假設句：與過去事實相異的假設。結果子句使用陳述式過去完成推測語氣，或者虛擬式過去完成時態。

□ Si hubieras estado ahí, te habría invitado a comer.	□ 要是（當時）你在那裡的話，我就請你吃飯了。

結果子句表示現在的情況時，使用陳述式過去推測語氣。

□ ¿Cómo me llamaría si hubiera nacido en España?	□ 要是我出生在西班牙，會叫什麼名字？

《como si ＋虛擬式過去完成形》「（當時）彷彿～一般」

□ Hablaba como si lo hubiera visto.	□ 他（當時）講得好像親眼看到了一樣。

參考　表示〈現在〉的假設句使用虛擬式過去時態的原因

　　一般而言，在條件句使用過去時態，表示「假如～」，現實性比現在時態來得低，在表示願望的句子也是一樣。在下面的句子裡，前半部分是把現在的情況想成過去的時間點，然後問「假如這樣的話，你會做什麼？」。

□ Supón que estuvieras en España, ¿qué harías? / 假設你在西班牙，你會做什麼？

這句話和 si 的假設句非常類似。如上所述，虛擬式過去時態具有將非現實的情況假設成〈過去〉「假如這樣的話」的作用。

4.9 命令式與命令句

▶「命令句」並不一定是用來〈命令〉別人的句子。除了〈命令〉以外，也可以表達〈請求〉、〈邀請〉等意義。肯定命令句與否定命令句的形式不同。

◇ 205　肯定命令句

第二人稱使用命令式，第一、第三人稱使用虛擬式現在形。
（編註：其他教材可能將第一、第三人稱也稱為命令式，但此處說明符合西班牙皇家學院的觀點，也就是命令式獨有的形式只有第二人稱，而第一、第三人稱實際上是與虛擬式現在時態共用相同的形式。）

人稱	單數	複數
第一人稱	無	Hablemos. Comamos. Vivamos.
第二人稱	**Habla. Come. Vive.**	**Hablad. Comed. Vivid.**
第三人稱	Hable. Coma. Viva.	Hablen. Coman. Vivan.

＊ usted / ustedes 使用虛擬式現在形。

❶ **TÚ 的命令式**，形態與陳述式現在時態的第三人稱單數形相同。

□ ¡Habla!	□ 你說！
□ ¡Corre! No hay tiempo.	□ 趕快！沒時間了。

❷ **VOSOTROS 的命令式**，是將不定詞結尾的 **-r** 改為 **-d**。

□ ¡Venid pronto!	□ 你們快點來！

❸ **其他人稱使用虛擬式**。

□ ¿Podemos pasar? — Sí, pasen.	□ 我們可以過去（通過）嗎？ －可以，請過去吧。

[補充] VOS 的命令式

在中美洲各國、智利、拉布拉他地區國家（巴拉圭、烏拉圭、阿根廷），主格人稱代名詞 tú 被 vos 取代。☞◇99 主格人稱代名詞的形式 [補充]
vos 對應的動詞命令式如下所示。

- □ HABLAR : ¡Vos hablá! / 你說！
- □ COMER: ¡Vos comé! / 你吃！
- □ VENIR: ¡Vos vení acá! / 你來這裡！

VOS 的動詞變化中，命令式和陳述式現在時態與 TÚ 變化形不同。其他的式與時態和 TÚ 的變化形一樣。

[參考] 命令式的由來

拉丁語的命令式只有第二人稱，所以不需要加上區分人稱的字尾。命令式幾乎都有近似於〈呼叫〉的功能，而不加上動詞變化的字尾，直接用字根來表達，例如 AMA「愛吧」、AUDI「聽吧」。這就是現代西班牙語 TÚ 命令式的由來。

不過，有必要區分單複數，所以複數形加上了字尾 -TE，變成 AMATE, AUDITE 等等。這個 -TE 就是現代西班牙語的 VOSOTROS 命令式中 -d（hablad, comed, vivid）的由來。

-TE 是第二人稱複數的原形，而拉丁語的陳述式現在時態 AMATIS「你們愛」和 AUDITIS「你們聽」的 -TIS，則可以追溯至 -TE 加上 -S 的形態。-TIS 在現代西班牙語中，變成陳述式現在時態 VOSOTROS 形的人稱字尾 -is（habláis, coméis, vivís）。

到了西班牙語的時代，從一般名詞衍生出了代名詞 usted, ustedes。（☞◇102 usted / ustedes [參考]）因為是第三人稱，所以產生了對於第三人稱命令式的需求，但並沒有因此創造新的形式，而是以虛擬式代替。因為虛擬式用於表示希望的句子「希望／但願…」，所以就當作命令式使用了。同樣地，NOSOTROS 也使用虛擬式的形式。

◇ 206　命令式的不規則變化

以下動詞的 TÚ 命令式會縮短。

□ poner → pon	□ 放置	□ hacer → haz	□ 做，製作
□ tener → ten	□ 擁有	□ decir → di	□ 說
□ venir → ven	□ 來	□ ir → ve	□ 去
□ salir → sal	□ 離開	□ ser → sé	□ 是～

4.9 命令式與命令句

☐ <u>Pon</u> estas cajas sobre la mesa.	☐ 把這些箱子放在桌上。
☐ <u>Ten</u> mucho cuidado.	☐ 你要很小心。
☐ <u>Ven</u> aquí.	☐ 來這裡。

在這些動詞前面加上字首而衍生的其他動詞，命令式也一樣會縮短。例如 mantener「維持」的命令式是 mantén，要加重音符號。

☐ <u>Mantén</u> el contacto con tus amigos.	☐ 你要和你的朋友們保持聯絡。

＊bendecir「祝福」和 maldecir「詛咒」的命令式是規則變化：bendice, maldice。

參考 命令式的不規則形式

從拉丁語第二人稱單數的命令式延續下來，到了中世紀西班牙語，命令式的結尾是 AR 動詞為 a、ER / IR 動詞為 e。其中 ER / IR 動詞命令式結尾的 e 經常會脫落，變成 ten, ven, sal 等等。這是中世紀西班牙語常見的語音現象（☞◇143 形容詞的詞尾脫落形 **參考** ），其他動詞也產生了縮短的形態。在現代西班牙語中，只有使用頻率比較高的動詞保留了這種縮短的形態。

◇ 207　肯定命令句的非重讀人稱代名詞

❶ 直接受詞、間接受詞和反身代名詞，直接加在動詞後面。

☐ ¡<u>Escríbeme</u>!	☐ 寫信給我！

＊請注意肯定命令式的重音符號。如果命令式只有 ¡Escribe! 的話，因為重音在倒數第二個音節，所以不需要加重音符號。但在後面加上 me 之後，重音的位置就變成了倒數第三個音節，所以要加重音符號。

dé（< dar「給」）後面接人稱代名詞時，因為重音在倒數第二個音節，所以會去掉重音符號。

☐ <u>Deme</u>, por favor, un vaso de agua.	☐ 麻煩給我一杯水。

＊在比較舊的文章中，會保留重音符號，寫成 Déme。

不過，如果後面接了兩個人稱代名詞，那麼重音就在倒數第三個音節，所以要標示重音符號。

| ☐ Démelo. | ☐ 給我那個。 |

❷ 在使用反身代名詞的命令句中，NOSOTROS 變化形字尾的 -s 消失，VOSOTROS 變化形字尾的 -d 消失。

| ☐ ○ ¡Levantémonos!　×¡Levantémo<u>s</u>nos! | ☐ 我們起床吧！ |
| ☐ ○ ¡Levantaos!　×¡Levanta<u>d</u>os! | ☐ 你們起床！ |

＊不過，irse 的 NOSOTROS 命令式不會說 × Vayámonos，而是 Vámonos「我們走（離開）吧」；VOSOTROS 命令式不會說 × Íos，而是 Idos「你們走（離開）吧」。

◇ 208　否定命令句

所有人稱都是使用虛擬式現在時態的變化形。代名詞（直接受詞、間接受詞、反身代名詞）置於動詞前，中間加空格。

人稱	單數	複數
第一人稱	無	No hablemos. No comamos. No vivamos.
第二人稱	No hables. No comas. No vivas.	No habléis. No comáis. No viváis.
第三人稱	No hable. No coma. No viva.	No hablen. No coman. No vivan.

☐ No lo <u>pongas</u> aquí.	☐ 你不要把那個放在這裡。
☐ No <u>se</u> quede allí.	☐ 請您不要待在那裡。
☐ No <u>te</u> preocupes.	☐ 你不要擔心。

參考 -1 否定命令句不使用命令式的理由

　　為什麼否定命令句不使用 TÚ 的命令式，而是使用虛擬式呢？拉丁語除了使用《NE +命令式》的形式以外，也使用《NE +虛擬式現在時態》和《NOLI +不定詞》等形式。因為《NE +虛擬式現在時態》是日常使用的說法，所以被認為是後來西班牙語使用《no +虛擬式》的由來。
　　肯定命令之所以仍然使用命令式，可能是因為使用頻率很高。頻率較低的否定句，則是把表示「（希望）不要～」的《NE +虛擬式現在時態》也用來當成否定命令的意思。

參考 -2　否定命令句的代名詞位置

　　為什麼肯定命令句的代名詞接在動詞後面，而否定命令句的代名詞放在動詞前面呢？這是因為否定命令句開頭的「No」是決定代名詞位置的條件。在中世紀西班牙語，代名詞開始變成非重讀詞，而產生連接在重讀詞後面的傾向，使用了《動詞＋代名詞》、《重讀詞＋代名詞＋動詞》等結構（☞◇108 非重讀人稱代名詞的位置 參考 ）。肯定命令句的結構是《動詞（＝重讀詞）＋代名詞》，因為動詞的命令式吸引了代名詞，所以代名詞接在動詞後面。否定命令句的結構則是《No（＝重讀詞）＋代名詞＋動詞》，重讀詞 no 吸引了代名詞。這樣的結構一直延續到現代的西班牙語。

4.10　不定詞

▶不定詞基本上是將動詞當成名詞使用的形式。

◇ 209　不定詞的形式

不定詞的字尾有 -ar, -er, -ir 三種，例如 hablar, comer, vivir。字典條目把這個當成動詞的代表形式。表示「做～這件事」的意思，可以當句子的主詞、補語、動詞或介系詞的受詞。常用於《助動詞（deber, poder, querer 等等）＋不定詞》的結構中。

以下列出基本形與完成形。

種類	AR 動詞	ER 動詞	IR 動詞
☐ 基本形式	☐ hablar	☐ comer	☐ vivir
☐ 完成形式	☐ haber hablado	☐ haber comido	☐ haber vivido

參考　西班牙語的原形不定詞與英語的《to ＋原形》

　　西班牙語的不定詞沒有像是英語 to 的成分，而是直接使用動詞本身。英語的 to 是表示〈方向〉「往～」的介系詞，所以《to ＋原形》一開始是用來表示意義類似〈方向〉的〈目的〉「為了做～」。隨著這個用法逐漸一般化，它也成為了不定詞的標記。西班牙語則是從一開始就只使用原形不定詞。

◇ 210　不定詞的用法

❶ 不定詞可以當句子裡的主詞、補語、受詞。

☐ Me gusta pasear por este parque.	☐ 我喜歡在這座公園散步。
☐ Es bueno tomar mucha agua en verano.	☐ 夏天多喝水很好。

＊當受詞的例子請看 ☞ 接下來的 ❹

❷ 《介系詞＋不定詞》：用在介系詞後面。

☐ Trabajamos todo el día sin descansar.	☐ 我們整天工作而沒有休息。
☐ Hoy te escribo para darte mi nueva dirección.	☐ 我今天會寫信給你，（為了）給你我的新地址。

《al＋不定詞》表示「在做（了）～的時候」。

☐ El euro marca un nuevo récord al llegar a los 1,44 dólares.	☐ 歐元（價格）達到 1.44 美元，創下新紀錄。

不定詞意義上的主詞，有時會出現在後面。

☐ Al salir el sol, salimos de casa.	☐ 太陽一出來，我們就離開家門。

❸ 表示〈命令〉的不定詞

在口語或公告中，表示〈命令〉、〈禁止〉。也會使用《A＋不定詞》的形式。

☐ ¡Callar!	☐ 安靜！
☐ ¡A trabajar!	☐ 去工作！
☐ No molestar.	☐ 請勿打擾。

＊這是語氣強硬的命令句型。☞ 4.9 命令式與命令句

❹ 表示《〈命令〉〈放任〉〈感覺〉的動詞＋不定詞》

(a) 不定詞可以當 hacer「使…做～」、mandar「命令…做～」、dejar「讓…做～」等〈使役、放任〉動詞的受詞。

☐ Juan me hizo esperar una hora.	☐ 胡安讓我等了一個小時。

| ☐ Mis padres no me dejan salir por la noche. | ☐ 我爸媽不讓我晚上出門。 |

＊不定詞和虛擬式的差異，參考 ☞ ◇194 名詞子句的虛擬式 ❷

(b) 不定詞可以當 oír, ver, sentir 等〈感官〉動詞的受詞，分別表示「聽到／看到、感覺到～這件事」。

| ☐ Le veo venir corriendo. | ☐ 我看到他跑過來。 |
| ☐ He oído decir que Carlos vivió en México varios años. | ☐ 我聽說卡洛斯在墨西哥住過幾年。 |

＊不定詞和現在分詞的差異，參考 ☞ ◇213 現在分詞的用法 [補充]

◇211　《助動詞＋不定詞》

助動詞與不定詞連用，表示動詞的意義實現的情態。《助動詞＋不定詞》是很常用的結構。代名詞可以放在《助動詞＋不定詞》前面，或者接在後面。放在前面的時候，和助動詞之間要用空格隔開。而接在後面的時候，會直接接在不定詞之後。在後者的情況下，有時候需要在不定詞上添加重音符號。

❶ 《deber ＋不定詞》

(a)〈義務〉「應該做～」

| ☐ Debemos seguir hasta el final. | ☐ 我們應該持續到最後。 |

(b)〔在否定句〕〈禁止〉「不應該做～」

| ☐ No debes quejarte por tan poca cosa. | ☐ 你不應該因為這麼小的事情而抱怨。 |

(c)〈必然〉「應該～」

| ☐ Su padre debe tener unos cincuenta años. | ☐ 他爸爸應該 50 歲左右。 |

(d)〔過去推測語氣（條件式）〕〈委婉〉〈建議〉「應該／最好做～」

| ☐ Deberías consultar al médico. | ☐ 你最好看醫生。 |

❷ 《deber de ＋不定詞》〈必然〉「應該～」「大概～」

| □ Debió de ser hace tres años cuando nos conocimos, ¿no es eso? | □ 我們應該是三年前認識的，不是嗎？ |

＊也有不加 de 的情況。☞上面的 ❶ (c)

❸ 《haber de ＋不定詞》

(a)〈義務〉「必須做～」

| □ Ha de seguir usted puntualmente las indicaciones del médico. | □ 您必須確實遵循醫生的指示。 |

(b)〈必然〉「應該～」「肯定～」

| □ ¿Cómo había de saberlo yo, si no estaba ahí? | □ 既然我當時不在那裡，我怎麼可能知道呢？ |

❹ 《ir a ＋不定詞》

(a)〈意志〉「會做～」「要做～」

| □ ¿Qué vas a hacer este verano? | □ 今年夏天你要做什麼？ |

(b)〈不久的將來〉「打算～」「即將～」

| □ Creo que va a llover. | □ 我覺得要下雨了。 |

(c)（使用 NOSOTROS 變化形）〈邀約〉「我們～吧」

| □ Vamos a ver una obra de Lorca. | □ 我們去看洛爾卡的劇作吧。 |

補充 -1 《ir a ＋不定詞》與推測語氣的差異

例如，請比較以下兩個句子。

□ (1) Voy a terminar este trabajo. / 我會／要完成這個工作。
□ (2) Terminaré este trabajo. / 我將會完成這個工作。

(1) 可以感覺到堅定的〈意志〉。而且因為是現在時態,所以表示「將在接近現在的時間點完成工作」的意思。至於 (2) 則是推測語氣,所以是在推測「應該會完成工作」的同時表達自己的「意志」。
　　我們把這兩個句子改成疑問句看看。

☐ (3) ¿Voy a terminar este trabajo? / (4) ¿Terminaré este trabajo?

　　(3) 的語感是「我想要完成這個工作?(我才沒有說出那麼離譜的話!)」。至於 (4) 則是「我真的會完成這個工作嗎?(沒問題嗎?)」,表現出〈不確定〉、〈沒自信〉的感覺。所以,(3) 是質疑自己現在堅定的〈意志〉,(4) 是質疑自己推測的內容。

❺《pensar＋不定詞》〈預定計畫〉「考慮、打算做～」

| ☐ ¿Qué piensas hacer en estas vacaciones?
— Pienso ir al extranjero. | ☐ 這次假期你打算做什麼?
－我考慮要出國。 |

❻《poder＋不定詞》

(a)〈能力〉「能夠做～」

| ☐ Con estos zapatos no puedo correr. | ☐ 我穿這雙鞋沒辦法跑步。 |

(b)〈許可〉「可以做～」

| ☐ ¿Puedo usar este diccionario? | ☐ 我可以用這本字典嗎? |

(c)〔在否定句〕〈禁止〉「不可以做～」

| ☐ Aquí dentro no podemos fotografiar. | ☐ 在這座建築物裡面不可以拍照。 |

(d)〔在疑問句〕〈請求〉「可以請你做～嗎」

| ☐ ¿Puede usted decirme qué hora es? | ☐ 您可以告訴我現在幾點嗎? |

(e)〈可能性〉「有可能～」

| ☐ Está muy nublado. Puede llover. | ☐ 現在烏雲密布。可能會下雨。 |

❼ 《querer ＋不定詞》

(a) 〈希望〉「想要做～」

| ☐ ¿Quieres venir con nosotros? | ☐ 你想跟我們一起來嗎？ |

(b) 〔在疑問句〕〈請求〉「可以請你做～嗎」

| ☐ ¿Quiere usted apagar el cigarrillo, por favor? | ☐ 可以麻煩您把香菸熄掉嗎？ |

❽ 《soler ＋不定詞》〈習慣〉「習慣做～」「通常～」

| ☐ En junio suele llover mucho en este país. | ☐ 這個國家六月通常會下很多雨。 |

❾ 《tener que ＋不定詞》

(a) 〈必要〉「必須～」

| ☐ Tenemos que darnos prisa si queremos llegar a tiempo. | ☐ 如果我們想準時抵達，就必須趕快。 |

(b) 〈必然〉「一定～」

| ☐ Tiene que haber alguna razón para ello. | ☐ 那一定有什麼原因。 |

補充 -2 《deber / tener que / haber que ＋不定詞》

這些表達方式都有「應該～」或「必須～」的意思，其間的差別如下所示。

(1) 《deber ＋不定詞》表示〈義務〉。

☐ Debes hacer las tareas. / 你應該做作業。

(2) 《tener que ＋不定詞》表示〈個人的必要性〉。

☐ Tengo que hacer estas tareas. / 我必須做這些作業。

(3)《haber que ＋不定詞》表示「一般的必要性」。

❑ Cuando se conduce hay que estar muy alerta. / 駕駛時必須非常警覺。

　至於否定形式，no deber 表示「不應該～」，no tener que 表示「不必～」，而 no hay que 則有可能是「不可以～」或「不必～」的意思。

❑ No hay que poner el acento en 'ti.' / 不可以在「ti」加上重音。
❑ No hay que trabajar los domingos. / 星期日不必工作。
❑ No pasa nada, no tienes que disculparte. / 沒關係，你不必道歉。

4.11　現在分詞

▶現在分詞形，基本上是將動詞變成副詞性質使用的形式。現在分詞本身沒有變化，沒有陰性或複數形式。

◇ 212　現在分詞的形式

❶ 現在分詞的規則形

現在分詞的字尾，AR 動詞是 -ando，ER 動詞和 IR 動詞是 -iendo。

❑ hablar — hablando	❑ 說話
❑ comer — comiendo	❑ 吃
❑ vivir — viviendo	❑ 生活，住

現在分詞的完成態是《haber 的現在分詞＋過去分詞》。

❑ hablar — habiendo hablado	❑ 說話
❑ comer — habiendo comido	❑ 吃
❑ vivir — habiendo vivido	❑ 生活，住

❷ 現在分詞的不規則形

(a) 字根母音變化動詞的 sentir 型、dormir 型、pedir 型，現在分詞會發生以下的字根母音變化。

❏ pedir — pidiendo	❏ 要求
❏ sentir — sintiendo	❏ 感覺
❏ dormir — durmiendo	❏ 睡

(b) -iendo 在字首或者母音之後，會變成 -yendo。

| ❏ ir — yendo | ❏ 去 |
| ❏ huir — huyendo | ❏ 逃走 |

◇ 213　現在分詞的用法

❶ 修飾動詞的現在分詞：以「一邊做～（在做～的同時）」的意思修飾動詞。

| ❏ Me gusta caminar descalza por la playa sintiendo las caricias de las olas. | ❏ 我喜歡赤腳走在海灘上，一邊感受浪花的撫觸。 |

❷ 修飾名詞的現在分詞

現在分詞通常不會直接修飾名詞，但在下列情況可以修飾名詞。

(a) 《haber ＋名詞＋現在分詞》：「有正在～的…」

| ❏ En la playa hay grupo de jóvenes jugando al fútbol. | ❏ 海灘上有一群正在踢足球的年輕人。 |

(b) 表示「感覺」、「傳達」的名詞（片語）

表示「感覺」、「傳達」的名詞（片語），有時會直接用現在分詞修飾。

| ❏ De la calle llegó un grito pidiendo socorro. | ❏ 街上傳來了求救的叫聲。 |

(c) 《con ＋名詞＋現在分詞》

| ❏ Sacó con las manos temblando una carta. | ❏ 他用顫抖的手拿出了一封信。 |

(d) 繪畫、照片的標題等

| ❏ «Niños tocando el violín» | ❏《拉小提琴的孩子們》 |

❸ 《表示〈感覺〉、〈任由〉的動詞＋現在分詞》

(a) 現在分詞會搭配 ver「看」、oír「聽」、sentir「感覺」和 recordar「記得，想起」等表示〈感覺〉的動詞使用。

☐ Me gusta ver al niño durmiendo con tanta felicidad.	☐ 看到那個孩子那麼幸福地睡著，讓我感到喜悅。
☐ Recuerdo a mi madre escribiendo poesías.	☐ 我想起了我的母親寫詩的時候。

(b) 表示〈任由〉的 dejar「讓～」也可以使用現在分詞。在這種情況下，意思是「讓人（眼看那個人）做～而不插手」，接近〈感覺〉的意思。

☐ Dejé a los niños jugando a su gusto.	☐ 我（當時）讓孩子們隨心所欲地玩。

❹ 《表示〈命令〉、〈禁止〉的現在分詞》

在口語中，可以用現在分詞表示〈命令〉、〈禁止〉，強調動作的〈進行〉。

☐ ¡Andando!	☐ 快走吧！
☐ ¡Trabajando!	☐ 去工作！

＊這是口吻強硬的命令句。☞◇4.9 命令式與命令句

> [補充] 《表示〈感覺〉的動詞＋不定詞／現在分詞》
>
> 表示〈感覺〉的動詞，後面可以接現在分詞或不定詞。
>
> ☐ (1) Oí cantar a Carmen una canción española. / 我聽到卡門唱西班牙歌曲。
> ☐ (2) Oí a Carmen cantando una canción española. / 我聽到卡門在唱西班牙歌曲。
>
> 兩者都有「卡門唱西班牙歌曲」的意義，但使用不定詞的 (1) 只是單純表達「唱歌」的動作，而使用現在分詞的 (2) 則有「唱歌」的動詞正在進行中的意味。
> (1) 的詞序是《感官動詞＋不定詞＋意義上的主詞》或《感官動詞＋意義上的主詞＋不定詞》，而 (2) 的詞序是《感官動詞＋意義上的主詞＋現在分詞》。使用代名詞的時候，代名詞會放在變化過的動詞前面，所以兩者的詞序相同。
>
> ☐ (3) La oí cantar una canción española. / 我聽到她唱西班牙歌曲。
> ☐ (4) La oí cantando una canción española. / 我聽到她在唱西班牙歌曲。

《dejar +現在分詞》的文法類似感官動詞。下面的 (5) 只是表達讓孩子玩，而 (6) 則感覺像是呈現了孩子實際在玩耍的樣子。

- (5) Dejé jugar a los niños a su gusto. / 我（當時）讓孩子們隨心所欲地玩。
- (6) Dejé a los niños jugando a su gusto.
  / 我（當時）讓孩子們隨心所欲地玩耍著。

◇ 214　現在分詞構句

現在分詞放在句首時，作用就像是表示〈時間〉、〈條件〉、〈原因〉、〈理由〉、〈讓步〉、〈情況〉等等的從屬子句。

| ☐ Conversando se soluciona el problema. | ☐ 透過對話，問題就會解決。 |
| ☐ Viviendo tres años en Madrid, todavía no conozco Toledo. | ☐ 我在馬德里住了三年，但還沒去過托雷多。 |

現在分詞的完成態《habiendo +過去分詞》表示〈早於主要子句時態的時間點〉。

| ☐ No habiendo tenido hijos, jamás pude comprender lo que un hijo significaba para una madre. | ☐ 我不曾有過孩子，所以從來無法明白孩子對母親的意義。 |

＊關於《en +現在分詞》☞◇229 en ❺

◇ 215　進行時態（進行式）

《estar +現在分詞》構成進行態（進行式）。因為表示某個動作正在進行的〈狀態〉，所以使用 estar 而不是 ser。

❶ 現在進行時態：《estar 的現在形＋現在分詞》「正在做～」

| ☐ ¿Estás ocupada? — Sí, estoy estudiando. | ☐ 妳現在忙嗎？－是啊，我正在唸書。 |
| ☐ Está siempre corriendo de acá para allá. | ☐ 他總是跑來跑去的。 |

4.11 現在分詞

❷ 過去進行時態：《estar 的過去形（線過去）＋現在分詞》「當時正在做～」

| ☐ Ninguno sabíamos bien qué estábamos haciendo. | ☐ 我們沒有人清楚知道自己當時在做什麼。 |

❸ 現在進行推測語氣：《estar 的現在推測形＋現在分詞》「應該正在做～」

| ☐ Mañana a esta hora estaremos practicando el baile. | ☐ 明天這個時候，我們應該在練舞。 |

❹ ir「去」、andar「走」、seguir「繼續」等等表示〈移動〉、〈繼續〉的動詞，後面接現在分詞時有助動詞的功能。

☐ Ya va anocheciendo.	☐ 已經要天黑了。
☐ ¿Qué andas buscando?	☐ 你在找什麼？
☐ Sigo aprendiendo español.	☐ 我持續學習西班牙語。

相反地，《seguir sin ＋不定詞》則是「仍然沒做～」的意思。

| ☐ Sigo sin entender el significado de esta palabra. | ☐ 我還是不懂這個詞的意思。 |

補充　《estaba / estuve ＋現在分詞》

　　線過去（過去未完成時）的進行時態《estaba ＋現在分詞》，表示不把過去發生的事當成已結束的情況，尤其這件事是另一件事發生的背景的時候。

☐　Cuando yo estaba comiendo, sonó el teléfono. / 我在吃飯的時候，電話響了。

　　在這個例子裡，就算沒把發生的事寫出來，也會感覺線過去的進行時態是那件事情發生的背景。
　　至於點過去（簡單過去時）的進行時態《estuve ＋現在分詞》，則是表示在過去某個時間點結束的進行中狀態。例如，很常像下面這個句子一樣，用時間副詞片語做限定。

☐　Yo estuve trabajando durante cinco horas.
　　/ 我工作了 5 小時（在 5 小時的期間內處於工作中的狀態）。

4.12　過去分詞

▶過去分詞形，基本上是將動詞變成形容詞性質使用的形式。

◇ 216　過去分詞的形式

❶ 過去分詞的規則形

(a) AR 動詞在不定詞的字根加上 -ado。

| ☐ hablar | ☐ habl-ado | ☐ 說話 |

(b) ER 動詞和 IR 動詞在不定詞的字根加上 -ido。

| ☐ comer | ☐ com-ido | ☐ 吃 |
| ☐ vivir | ☐ viv-ido | ☐ 生活，住 |

❷ 過去分詞的不規則形

(a) 以下動詞的過去分詞結尾是 -to。

☐ abrir	☐ abier-to	☐ 打開
☐ cubrir	☐ cubier-to	☐ 覆蓋
☐ escribir	☐ escri-to	☐ 寫
☐ morir	☐ muer-to	☐ 死
☐ poner	☐ pues-to	☐ 放置
☐ resolver	☐ resuel-to	☐ 解決
☐ romper	☐ ro-to	☐ 打破
☐ ver	☐ vis-to	☐ 看
☐ volver	☐ vuel-to	☐ 返回

以上動詞加上字首而衍生的動詞也是一樣。

| ☐ describir | ☐ descri-to | ☐ 描述 |

❏ descubrir	❏ descubier-to	❏ 發現
❏ componer	❏ compues-to	❏ 構成
❏ prever	❏ previs-to	❏ 預見

(b) 以下動詞的過去分詞結尾是 -cho。

❏ decir	❏ di-cho	❏ 說
❏ hacer	❏ he-cho	❏ 做

deshacer「毀壞」、contradecir「反駁」等等加上字首而衍生的動詞，過去分詞的結尾也是 -cho。satisfacer「滿足」的過去分詞 satisfecho 也是一樣。imprimir「印刷」和 proveer「提供」則有兩個過去分詞形式，分別是 imprimido, impreso 和 proveído, provisto。
bendecir 和 maldecir 的過去分詞則是規則的。

❏ bendecir	❏ bendec-ido	❏ 祝福
❏ maldecir	❏ maldec-ido	❏ 咒罵

過去分詞就像以 -o 結尾的形容詞一樣，有性、數的變化。☞◇136 形容詞基本的性變化；☞◇139 形容詞的複數形
但用於完成時態時，沒有性、數的變化，只使用 -o 的形式。☞◇168 陳述式現在完成…等等

參考 過去分詞的規則形與不規則形的由來

　　過去分詞的規則形源自拉丁語的《母音＋TO》。這個 -T- 因為在母音（有聲音）之間而有聲化，變成 -d-。
　　以 -to 結尾的不規則形式源自拉丁語的《子音＋TO》。在這種情況下，因為 -t- 前面是子音，不是在兩個母音之間，所以仍然是 -t-。在現代西班牙語中，過去分詞的 -to 前面幾乎都是子音。例外則是 escrito (descrito) 和 roto。這些例外的 to 前面原本有 p，但後來消失了。如果看英語的同源詞 *script*「劇本」和 *bankrupt*「破產者」，則可以看到還保留著 -p-。
　　decir — dicho 和 hacer — hecho 則是從 -c + -to 產生了 -ct- > -ch- 的音韻變化，而形成 -cho 形式的過去分詞結尾。dictado「口述（使聽寫）」和 dicho、factura「發票」和 hecho 的字源是相同的。

◇ 217　過去分詞的用法

❶ 修飾名詞。

過去分詞是將動詞轉為形容詞功能的用法，通常表示〈被動〉或〈完成〉，也就是「被～的」的意思。性、數與被修飾的名詞一致。

Tengo un cuadro pintado por mi abuelo.	我有一張祖父畫的畫。
Era maravilloso el paisaje visto desde la ventana.	（當時）從窗戶看出去的風景非常棒。

不及物動詞與反身動詞的過去分詞，則不是〈被動〉，而是〈主動〉的意思。

Lloraba sin cesar un niño recién nacido.（＜nacer）	（當時）有個剛出生的孩子哭個不停。
Pepita sentada en un banco leía un periódico.（＜sentarse）	佩碧塔（當時）坐在長椅上看報紙。

❷ 當主詞的補語。

Todo estaba abandonado y cubierto de polvo.	（當時）所有東西都被遺棄而佈滿灰塵。
El Presidente iba seguido de varios guardaespaldas.	（當時）總統有幾名保鏢隨行。

❸ 當直接受詞的補語。

Ya tengo terminada la tesis.	我已經寫完論文了。

《表示〈放任〉〈感覺〉的動詞＋過去分詞》也是相同的句型。

¿Dejamos la ventana un poco abierta para que entre el aire?	我們把窗戶打開一點，讓風進來好嗎？
Encontré a Jorge triste y deprimido.	我遇到了喬治，發現他既悲傷又沮喪。

過去分詞也用於動詞的完成時態。☞ ◇168 陳述式現在完成…等等

◇ 218　過去分詞構句

《過去分詞＋主詞》的作用就像是表示〈時間〉、〈條件〉、〈原因〉、〈理由〉、〈讓步〉、〈情況〉等等的從屬子句。過去分詞構句主要用於書面文章。

☐ Terminadas las vacaciones volvemos a clases.	☐ 假期結束，我們就重新開始上課。
☐ Caído el sol, los niños volvieron a casa.	☐ 太陽下山，孩子們回家了。

過去分詞構句沒有主詞時，主詞與主要子句相同。

☐ Llegados a la terminal, nos dirigimos a la Universidad.	☐ 一抵達終點站，我們就走向大學。

有時過去分詞前面會出現其他詞語。

☐ Una vez hecha la compra, ¿puedo cambiar el libro?	☐ 一旦購買之後，我可以換書嗎？
☐ Al mes de nacido, el bebé ya erguía el cuello.	☐ 出生一個月後，（當時）嬰兒已經會挺起脖子了。

◇ 219　被動句型

❶ 《ser＋過去分詞》可以形成表示「被～」的被動句型。過去分詞與主詞的性、數一致。如果要表達〈行為者〉，會用 por 來表達。

☐ La casa fue construida hace quince años.	☐ 這棟房子是 15 年前（被）建造的。
☐ La noticia fue publicada por una revista.	☐ 這個消息被一家雜誌刊載出來了。

❷ 《ser＋過去分詞》形式的被動句，在現在時態與線過去時態（過去未完成時）不常用。完成時態、點過去時態（簡單過去時）、推測語氣與不定詞的使用情況則相當自由。

☐ Los cuadros fueron donados al museo por un coleccionista anónimo.	☐ 這些畫是（被）一位匿名收藏家捐給博物館的。
☐ Manolo ha venido a la fiesta sin ser invitado.	☐ 馬諾羅沒受邀就來了派對。

《ser＋過去分詞》形式的被動句，用於現在時態或線過去時態（過去未完成時）時，表示〈情況〉〈狀態〉或〈反覆〉〈習慣〉等等。

| □ Hidalgo es considerado el padre de la independencia de México. | □ 伊達爾哥被認為是墨西哥獨立之父。 |
| □ El equipo triunfador era aclamado por el público puesto en pie. | □ 獲勝的隊伍獲得了觀眾的起立鼓掌。 |

❸ 《estar＋過去分詞》是表示〈作為結果的狀態〉的被動句。

| □ La casa estaba totalmente construida cuando la compramos. | □ 在我們買的時候，那棟房子已經完全蓋好了。 |

補充　被動句中過去分詞的性數變化

和英語被動態的過去分詞不同，西班牙語 ser 與 estar 被動句型裡的過去分詞和主詞的性、數一致。例如：

□ La ciudad fue destruida. / 這座城市遭到了破壞。

以及下面的句子

□ Mi casa es pequeña. / 我家很小。

都是《主詞＋ ser ＋主詞補語》的結構。補語可以是形容詞或者過去分詞。因為是主詞的補語，所以要和主詞的性、數一致。
在這樣的情況裡，ser 動詞扮演連接主詞與補語的角色，但即使是沒有 ser 的《名詞＋形容詞／過去分詞》結構，形容詞或過去分詞仍然與名詞的性、數一致，如下：

□ la ciudad destruida / 被破壞的城市
□ la casa pequeña / 小小的家

5. 關係詞類

▶這一章將介系詞、關係詞、連接詞統稱為「關係詞類」。關係詞類在句中的作用，是讓名詞類、形容詞、動詞之間產生關係。將關係詞類標示出來，就很容易掌握複雜句子的結構。例如介系詞用〇標示、關係詞用口標示、連接詞用◇標示的話，結果就像是下面這樣。

◇Como hacía frío, Lucía llevaba un abrigo ○con capucha.

Lucía, □que tenía frío, llevaba un abrigo ○con capucha.

5.1 介系詞

▶介系詞放在詞語前面，表示這個詞在句子裡的角色。雖然同一個介系詞可以表達〈場所〉、〈時間〉、〈概念〉等各種角色，但這些不同的角色都有共通的意象。如果只用單一介系詞意思還不夠清楚的話，就會使用特定的介系詞片語。以下說明個別介系詞的意義與用法。

◇ 220 a 國 to, at

《a + el》會結合變成 al。

❶ 場所

(a) 〈目的地〉〈到達點〉〈方向〉：「到～」、「往～」、「朝著～的方向」
☞◇229 en 補充-1

| ❏ Los niños están tirando piedras al río. | ❏ 孩子們正在往河裡丟石頭。 |

269

(b) 〈場所〉〈位置〉：「在～」、「緊跟著～」

| ❏ Hay un coche blanco a la puerta. | ❏ 在門口有一輛白色的車。 |

(c) 〈距離〉：「在～的距離（的地方）」

| ❏ La estación está a dos kilómetros de aquí. | ❏ 車站在離這裡兩公里的地方。 |

❷ 時間

(a) 〈時間點〉：「在～」、「在～的時候」、「在過了～的時候」、「在～之前的時間點」

| ❏ Me casé a los treinta años. | ❏ 我在 30 歲結了婚。 |

(b) 《al ＋不定詞》：「在做～／做了～的時候」

| ❏ Al salir de la escuela, Marta se encontró con un aguacero. | ❏ 離開學校的時候，瑪爾塔遇到了一場傾盆大雨。 |

❸ 受詞

(a) 〈當直接受詞的人、動物、擬人化的事物〉：「對～」

☞◇301《主詞＋及物動詞＋直接受詞》❷

❏ Invitamos al Sr. Moreno.	❏ 我們邀請莫雷諾先生。
❏ No sé cómo educar a mi perro.	❏ 我不知道怎麼教我的狗。
❏ Quiero a España tanto como a mi país natal.	❏ 我跟愛自己的母國一樣愛西班牙。

(b) 〈當間接受詞的人〉：「給～」、「向～」

| ❏ Elena le regaló un pañuelo a José. | ❏ 艾蓮娜送了一條手帕給荷賽。 |
| ❏ He comprado las flores a esa niña. | ❏ 我向那個女孩買了這些花。（我從女孩那邊買了花） |

❹ 樣態

(a) 〈數量〉〈程度〉〈價格〉〈分配〉：「以～」、「每～」

☐ El tren marchaba a gran velocidad.	☐ （當時）列車以高速行進。
☐ Repasó el libro línea a línea.	☐ 他一行一行地校閱了那本書。

(b) 〈樣式〉：「依照～」、「以～的風格」

☐ A mi modo de ver su tesis ha sido excelente.	☐ 依我看來，他的論文很優秀。
☐ Ella viste a la moda de París.	☐ 她穿的是巴黎時尚風格。

(c) 〈方法〉〈材料〉：「以～」、「用～」

☐ Mi hermana ha bordado este vestido a mano.	☐ 我姊姊親手給這件洋裝刺了繡。

(d) 〈比較〉〈對比〉：「相對於～」、「～比…」

☐ Nuestro equipo ganó al suyo por dos a uno.	☐ 我們的隊伍以 2 比 1 贏了他們的隊伍。

(e) 〈比較〉〈對比〉：「比起～」。搭配 superior, inferior, anterior, posterior 等形容詞或動詞 preferir 使用。

☐ La calidad de la tela azul es inferior a la de esta blanca.	☐ 那塊藍色布料的品質比這塊白色的差。
☐ Prefiero el campo a la ciudad.	☐ 我偏好鄉村勝於城市。

(f) 「～的味道、氣味的」

☐ Este postre tiene sabor a chocolate.	☐ 這個甜點是巧克力口味的。

(g) 《a la ＋形容詞的陰性形》「～風格的」、「～式的」

☐ Me encanta el baño a la japonesa.	☐ 我很喜歡日式浴池。

❺ 《a＋不定詞》

(a) 〈目的〉:「為了做～」

| ❏ Vengo a recoger las fotos. | ❏ 我是來領取照片的。 |

(b) 〈條件〉:「如果做～的話」

| ❏ A decir verdad, no quiero hacer eso. | ❏ 說實話,我不想那麼做。 |

(c) 〈未來〉〈預定事項〉:「要做～的」「應該做～的」

| ❏ Hay muchos temas a tratar. | ❏ 有很多主題要處理。 |

＊也可以用 que 表達。☞◇244 que ❼

(d) 〈命令〉:「去做～」☞◇210 不定詞的用法 ❸

| ❏ ¡A trabajar todos! | ❏ 所有人都去工作! |

＊關於《al＋不定詞》表示〈同時性〉「在做(了)～的時候」的用法 ☞◇210 不定詞的用法 ❷

◇ 221　ante　㊍ before

❶ 〈情況〉:「面臨～」、「面對～」

| ❏ No puedo estar indiferente ante la injusticia. | ❏ 面對不公正,我不能漠不關心。 |
| ❏ Me rendí ante sus razones. | ❏ 我被他的理由說服了。 |

❷ 〈場所〉:「在～前面」、「在～前方」

| ❏ Carmen debe comparecer ante el tribunal. | ❏ 卡門應該到法院出庭。 |

❸ 〈比較〉:「比起～」

| ❏ No somos nada ante la naturaleza. | ❏ 在自然面前,我們微不足道(什麼也不是)。 |

❹ 〈優先〉:「在～之前」、「比～優先」

☐ Ante cualquier otra cosa, lo que yo quiero es hacer un buen trabajo.	☐ 比起其他任何事，我最希望的是把工作做好。

補充 ante / delante de / enfrente de / al frente de

(1) ante 用來表示「在某種〈情況、狀況〉面前」。就算表達的是〈具體的東西〉或〈場所〉，也會帶有事物所代表的工作、功能等意味。

☐ El locutor se sentó ante el micrófono. / 播報員坐在麥克風前面。
☐ Ante nosotros se erguía la figura majestuosa del Monte Fuji.
/ 當時富士山雄偉的樣貌聳立在我們面前。

上面的例句裡，與其說要表達的是「麥克風」和「我們」等〈具體的東西〉，不如說是表達「播報員的工作」、「在我們眼前」的意思。

(2) delante de 表示〈在具體的東西前面〉。

☐ Delante del edificio está aparcado un coche. / 那棟大樓前面停了一輛車。
☐ Se sentaron delante de nosotros. / 當時他們坐在我們前面。

(3) enfrente de 表示〈對面〉。

☐ Enfrente de nuestra casa hay un parque. / 我們家對面有一座公園。

(4) al frente de 表示「在～的最前面」。

☐ El capitán está al frente del equipo. / 隊長在隊伍的最前面。

◇ 222　bajo　囡 under

❶ 〈場所〉:「在～之下」、「在～下方」

☐ Al empezar a llover, me acogí bajo el alero de una casa.	☐ 因為開始下雨，我就在一棟房子的屋簷下躲雨了。

❷ 「受到～的支配、監視、指揮、指導」

| ☐ Bajo el reinado de los Reyes Católicos, se conquistó Granada. | ☐ 在天主教雙王的統治下，格拉納達被征服了。 |

❸ 「依照～」

| ☐ Bajo tu punto de vista, ¿cuál es la diferencia? | ☐ 依你的觀點，差別是什麼？ |

❹〔年齡、時間、數量等等〕「未滿～」、「～以下」

| ☐ La temperatura es tres grados bajo cero. | ☐ 氣溫是零下 3 度。 |

補充 bajo / debajo de

(1) bajo 用來表示〈場所〉，或者抽象的意義。

☐ Los dos niños estaban columpiándose bajo la vigilancia de su madre. / 當時那兩個孩子在媽媽的監看下盪鞦韆。

(2) debajo de 表示具體的〈位置〉。

☐ El gato se metió debajo de la cama. / 那隻貓鑽進了床底下。

◇ 223　como　因 as

❶ 「作為～」、「像是～」

| ☐ Pablo Neruda es conocido como un gran poeta. | ☐ 巴勃羅・聶魯達以偉大詩人的身分為人所知。 |

❷ 「（舉例）像是～」

| ☐ Algunos animales, como los leones, comen carne. | ☐ 有些動物是肉食性的（吃肉），像是獅子。 |

◇ 224　con　因 with

《con + mí, ti, sí》分別會變成 conmigo, contigo, consigo。

| □ Quiero hablar contigo. | □ 我想跟你說話。 |

❶〈伴隨〉〈共同〉〈同伴〉〈衝突〉〈混合〉〈混淆〉：「和～」、「和～一起」

| □ ¿Con quién cenaste anoche? | □ 昨晚你和誰一起吃晚餐？ |

❷〈具有〉〈附屬〉〈內容物〉：「帶有～」、「附有～」、「穿戴著～」

| □ Yo tomaré café con leche. | □ 我要喝牛奶咖啡。 |

❸〈工具、方法、材料〉：「用～」、「使用～」

| □ Con esta medicina, mejorarás pronto. | □ 用這種藥，你很快就會好了。 |

❹〈一致〉：「和～」、「跟～」

| □ Estoy de acuerdo con usted. | □ 我同意您。 |

❺〈情感、態度、動作的對象〉：「對～」、「對於～」

| □ Mi tío Jorge es muy cariñoso con sus sobrinas. | □ 我叔叔喬治對他的姪女們很親切。 |
| □ ¡Cuidado con el frío! | □ 小心寒冷！ |

❻〈狀態〉：「有～」

| □ Lucas no puede venir a clase porque está con fiebre. | □ 盧卡斯因為發燒所以不能來上課。 |

❼〈同時〉：「在～的時候」、「和～同時」

| □ Se despertaron con la luz del día. | □ 他們隨著白天的陽光而醒來了。 |

❽〈原因、理由〉:「因為～」

☐ Con esta lluvia no podemos salir.	☐ 下這樣的雨，我們沒辦法出門。
☐ Me mareo con la bebida.	☐ 我喝酒就會頭暈。

❾〈條件〉:「如果～的話」

☐ Con asistir a clase, aprobarás el curso.	☐ 只要出席聽課，你就會通過這門課。

❿〈讓步〉:「就算～」、「即使～」、「儘管～」

☐ No se pierde nada con ir y preguntar.	☐ 去問問也不會損失什麼。

⓫〈小數點〉:「～點…」

☐ Mido un metro con setenta centímetros.	☐ 我的身高是 1 公尺 70 公分。

◇ 225　contra　英 against

❶〈反對、敵對〉:「對抗～」

☐ Los incas se levantaron varias veces contra los españoles.	☐ 印加人多次起義反抗西班牙人。

❷〈方向、目標〉:「向著～」

☐ La madre estrechó a su hija contra su pecho.	☐ 母親把她的女兒抱進懷裡。

❸〈違反、不服從〉:「違反～」、「不遵循～」

☐ Actuaron contra la ley.	☐ 他們的行為違反了法律。

❹〈防禦〉:「防止～」、「對付～的」

☐ Como creímos que se había intoxicado, le dimos una medicina contra venenos.	☐ 因為我們認為他中毒了，所以給了他解毒藥。

❺〈支撐〉:「靠著～」、「倚靠～」

| ☐ El anciano se apoyaba contra la barandilla. | ☐ 老人倚靠在欄杆上。 |

❻〈面對〉:「在～前面」、「在～對面」、「面對～」

| ☐ El cine está contra el hotel. | ☐ 電影院在飯店對面。 |

❼〈比較、對比〉:「相對於～」

| ☐ Mi experiencia contra la suya es bastante escasa. | ☐ 相對於他的經驗,我的經驗相當缺乏。 |

❽「換取～」

| ☐ Entregamos la mercancía contra reembolso. | ☐（商家）我們是貨到付款。(將貨品送到後,收取顧客的付款) |

◇ 226　de　西 of, from

《de + el》會變成 del。

❶〈關係〉:「～的」西 of

(a)〈所有、所屬、作者〉:「～的」

| ☐ ¿De quién es esta casa?
— Es de mi abuelo. | ☐ 這棟房子是誰的?
－是我祖父的。 |

(b)〈材料、部分〉:「～的」

| ☐ Los bolsos de cuero son los más resistentes. | ☐ 皮革的包包最耐用。 |

(c) 〈時間〉:「～的」

| ☐ Fuimos a la playa en las vacaciones de verano del año pasado. | ☐ 去年暑假我們去了海邊。 |

(d) 〈主題〉:「～的」、「關於～的」☞◇241 sobre 補充-2

| ☐ Hoy tenemos clase de español. | ☐ 我們今天有西班牙語課。 |
| ☐ ¿De qué estáis hablando? | ☐ 你們在講什麼（關於什麼的事）？ |

(e) 〈整體的一部分〉:「～的」、「～之中的」

| ☐ Dos de nuestros profesores son españoles. | ☐ 我們的老師之中有兩位是西班牙人。 |

(f) 〈內容〉:「～的」

| ☐ Un vaso de agua, por favor. | ☐ 麻煩給我一杯水。 |
| ☐ Un grupo de estudiantes hablaba en la calle. | ☐ （當時）有一群學生在街上聊天。 |

(g) 〈同位語〉:「～的」、「叫做～的」

| ☐ Vivo en la calle de Alcalá. | ☐ 我住在阿爾卡拉街。 |

(h) 〈目的地、到達點〉:「往～的」

| ☐ ¿A qué hora sale el autobús de Lima? | ☐ 往利馬的巴士幾點出發？ |

(i) 〈目的、用途〉:「（為了）～的」、「～用的」

| ☐ En el lago hay una barca de pesca. | ☐ 湖中有一艘漁船。 |
| ☐ Como hace mucho sol, ponte las gafas de sol. | ☐ 因為太陽很大，所以你把太陽眼鏡戴上吧。 |

(j) 〈特徵〉:「屬於～特徵的」

| □ Es muy de los niños. | □ 這是小孩很常有的行為。 |

(k) 〈性質的強調〉:「～的」

| □ El imbécil de Julio lo hizo. | □ 是胡立歐那個笨蛋做了那件事。 |

❷ 「從～」因 from

(a) 〈起點〉:「從～」☞◇227 desde 補充

| □ ¿Cuánto cuesta el viaje de Tokio a Madrid? | □ 從東京到馬德里的旅費要花多少錢? |

(b) 〈原因、理由、根據〉:「因為～」

| □ Mi padre se puso enfermo de tanto trabajar. | □ 我的父親因為過勞而生病了。 |

(c) 〈材料〉:「由～」

| □ De los árboles se hace papel. | □ 紙是由樹木製成的。 |

(d) 〈方法、手段〉:「用～」

| □ Laura vive del dinero de su tío. | □ 蘿拉用叔叔的錢生活。 |

(e) 〈出生地〉:「來自～」

| □ ¿De dónde es usted?— Soy de Japón. | □ 您來自哪裡?－我來自日本。 |

❸ 〈話題〉:「關於～」

| □ De eso hablaremos después. | □ 關於那件事,我們之後再說。 |

❹〈部分〉:「把~」、「將~」

| ☐ Francisco me tomó de la mano. | ☐ 法蘭西斯科牽起了我的手。 |

❺〈標準、觀點〉:「~是」、「就~這一點」、「關於~」

| ☐ El lago tiene veinte metros de profundidad. | ☐ 這座湖的深度有 20 公尺。 |

❻〈資格、角色、分類〉:「作為~」、「擔任~的工作」

| ☐ Cuando yo era estudiante, trabajaba de guía turístico. | ☐ 在我的學生時期,我當過導遊(以導遊的身分工作)。 |

❼《表示〈動作、狀態〉的詞語+de》

(a)〈動作的行為者〉:「~的…」

| ☐ Toda la familia se alegró de la llegada de Eduardo. | ☐ 全家人都對愛德華多的抵達感到高興。 |

(b)〈動作的接受者〉:「~的…」

| ☐ Se dedica al estudio de la historia de España. | ☐ 他致力於西班牙歷史的研究。 |

(c)《過去分詞/被動句+de》〈行為者〉:「被~」、「由~」

☞◇237 por 補充-1

| ☐ Raúl vino acompañado de su madre. | ☐ 勞爾在母親陪同下過來了。 |

❽《比較級/最高級+de》

(a)《比較級+de》「比~更」☞◇154 比較級

| ☐ Creo que tiene más de cincuenta años. | ☐ 我認為他超過 50 歲。 |

(b) 《最高級＋de》「在～之中」

| ☐ Rafael es el <u>más aplicado de</u> toda la clase. | ☐ 拉斐爾是全班最勤奮的人。 |

❾ 《de＋不定詞》

(a) 〈假設〉：「要是～」

| ☐ <u>De</u> llover mañana, cancelaremos el viaje. | ☐ 要是明天下雨，我們就會取消旅行。 |

(b) 〈義務〉：「應該～的」

| ☐ Ya es hora <u>de</u> acostarse. | ☐ 已經是睡覺的時間了。 |
| ☐ Esa persona no es <u>de</u> fiar. | ☐ 那個人不可以相信。 |

(c) 〈難易〉：「做～很…」☞◇142 形容詞的功能

| ☐ Esta máquina es fácil <u>de</u> usar. | ☐ 這部機器很容易使用。 |
| ☐ Existen todavía problemas difíciles <u>de</u> resolver. | ☐ 仍然有些難以解決的問題。 |

❿ 會形成下面這種副詞片語。

| ☐ Se bebió el vino <u>de</u> <u>un</u> <u>trago</u>. | ☐ 他把酒一飲而盡了。 |

> **補充** vacaciones de verano 與 *summer vacation*
>
> 　　西班牙語通常不使用《名詞¹＋名詞²》的結構，而會使用《名詞²＋de＋名詞¹》的結構。所以，「暑假」*summer vacation* 會說成「夏天的假期」（vacaciones de verano）。同樣地，「東京車站」*Tokyo Station* 會說成 Estación de Tokio。
> 　　不過，也有 Centro de Arte Reina Sofía「索菲亞王后藝術中心」、Museo Sorolla「索羅亞博物館」這種直接把人名加在後面的名稱。地名也有像 Centro Comercial Puerta de Toledo「托雷多門商業中心」一樣直接接在一起的情況。

◇ 227　desde　因 from

❶ 〈場所〉：「從～」

☐ Desde la cumbre de la montaña la vista es maravillosa.	☐ 從山頂眺望的景色令人驚嘆。
☐ Desde mi casa hasta la universidad tardo veinte minutos.	☐ 從我家到大學，我要花 20 分鐘。

❷ 〈時間〉：「從～」、「自從～以來」

☐ Estoy en Madrid desde el mes pasado.	☐ 我從上個月開始就在馬德里了。
☐ ¿Desde cuándo vives aquí?	☐ 你從什麼時候開始住在這裡的？

❸ 〈數量〉：「～以上」

☐ Desde mil euros se puede comprar un ordenador.	☐ 1000 歐元以上可以買一台電腦。

❹ 〈順序、範圍〉：「從～」

☐ Vamos a empezar de nuevo desde el principio.	☐ 我們從頭重新開始吧。

❺ 《desde hace...》〔介系詞片語〕「已經（多久了）」、「從（一段時間）前開始」

☐ Estudio español desde hace medio año.	☐ 我學西班牙語已經半年了。

❻ 《desde que...》〔連接詞片語〕「自從～」

☐ Desde que Julia se casó no ha tenido tiempo para pintar.	☐ 自從結婚之後，胡莉亞就沒有時間畫畫。

5.1 介系詞

補充 desde ... hasta ～ / de ... a ～

desde 和 de 都能表示〈時間〉、〈場所〉、〈數量〉的〈起點〉，但 desde 比 de 更明確表示〈起點〉。一般而言，desde 對應 hasta，de 對應 a。

□ Voy a estar en Madrid desde el primero de abril hasta el día treinta de junio. / 我從 4 月 1 日到 6 月 30 日會在馬德里。

desde 就算不搭配 hasta 也可以表示〈起點〉，但 de 如果不搭配 a 就不能表示〈起點〉。

□ Hace frío { ○ desde / × de } diciembre. / 從 12 月開始天氣會變冷。

◇ 228　durante　因 during

❶「在～期間（持續）」

| □ Pienso estar en Málaga durante las vacaciones de verano. | □ 暑假期間我考慮待在馬拉加。 |

❷「在（一段時間長度）的期間」 ☞ ◇237 por 補充-2

| □ Viví en Colombia durante dos años. | □ 我在哥倫比亞住了兩年。 |

◇ 229　en　因 in, on

❶〈場所〉

(a)〈裡面的位置〉：「在～」、「在～裡面」

| □ Estudio en la biblioteca. | □ 我在圖書館唸書。 |
| □ La llave está en el bolsillo. | □ 鑰匙在口袋裡。 |

(b)〈上面的位置〉：「在～上面」☞ ◇241 sobre 補充-1

| □ Mi diccionario está en la mesa. | □ 我的字典在桌子上。 |
| □ En la pared cuelga un calendario. | □ 牆上掛著月曆。 |

283

(c) 〈方向〉:「往～裡面」

| ❏ El tren está entrando en la estación. | ❏ 列車正在進站。 |

❷ 〈時間〉

(a) 〈時間〉:「在～」

| ❏ Las clases comienzan en abril. | ❏ 4 月開始上課（課堂在 4 月開始）。 |

(b) 〈期間〉:「在～以內」、「在～的期間」

| ❏ Tengo que terminar este trabajo en cinco meses. | ❏ 我必須在 5 個月內完成這項工作。 |

(c) 〈經過〉:「在～之後」、「過了～之後」

| ❏ Vuelvo en tres días. | ❏ 我 3 天後回來。 |

❸ 〈狀態〉

(a) 〈樣態、狀態〉:「在～的狀態」、「～地」

| ❏ Vivimos en paz. | ❏ 我們平靜地生活。 |
| ❏ La casa está en venta. | ❏ 這間房子待售中。 |

(b) 〈衣著〉:「穿著～」

| ❏ En la playa comimos en bañador. | ❏ 我們穿著泳衣在海灘吃了東西。 |

(c) 〈交通工具〉:「搭乘～」、「駕駛／騎～」

| ❏ Vengo a la universidad en metro. | ❏ 我搭地鐵來大學。 |

(d) 〈領域、範圍、基準〉:「在～」、「在～方面」

| ❏ Es doctora en Química. | ❏ 她是化學博士。 |
| ❏ Nadie la supera en inteligencia. | ❏ 在頭腦（智力）方面，沒有人勝過她。 |

(e) 〈數量差異〉:「以～的差距」

| □ Los precios siguen subiendo en un 5% (cinco por ciento) anual. | □ 物價以每年 5% 的幅度持續上漲。 |

(f) 〈手段、材料、方法〉:「用～」

| □ Hábleme en español, por favor. | □ 請您用西班牙語跟我說。 |

(g) 〈價格〉:「以～的價格」

| □ Me dejaron el precio de esta moto en quinientos euros. | □ 這輛摩托車他們開價 500 歐元（賣）給我。 |

(h) 〈變化、變形的結果〉:「變成～」

| □ El hermoso príncipe fue transformado en una fea rana. | □ 俊美的王子被變成了醜陋的青蛙。 |

❹《表示〈思考、信賴、期待〉的動詞／名詞＋en》「想到～」

| □ Isabel piensa en su novio. | □ 伊莎貝爾在想她的男朋友。 |

❺《en ＋現在分詞》「一～就」

| □ En llegando a Barcelona, te llamaré. | □ 一抵達巴塞隆納，我就會打電話給你。 |

❻《en ＋不定詞》「在～這件事上」

| □ ¿Cuánto tardas en ir de tu casa a la oficina? | □ 從你家到辦公室要花多少（時間）？ |

[補充-1] en / a

基本上，en 表示「位置」，a 表示「方向」。下面的 (1) 是表達西班牙在整個 Europa 中的位置，(2) 則是表達「Valencia 在對中央而言的東邊方向」。

- ☐ (1) España está en el sur de Europa. / 西班牙在歐洲南部。
- ☐ (2) Valencia está al este de la Península Ibérica. / 瓦倫西亞在伊比利半島東部。

補充-2 en / dentro de

(1) en 除了表示 (a)〈時間〉「在～」的意義以外，也表示 (b)〈經過的時間〉〈期間〉「在～期間」。

- ☐ (a) En verano vamos a la playa. / 在夏天我們去海邊。
- ☐ (b) Lo terminé en una semana. / 我在一週之內把那個完成了。

(c) 表示〈期間〉的 en，當動詞表示〈只發生一次〉的動作時，因為動作不會在整個期間一直持續，所以表達的是〈動作結束的時間點〉。接下來的 (d)，如果把 en verano 解釋成〈時間〉（而非期間）的話，那麼「完成」的時間點可以是「夏天」這個〈時間〉範圍的任何時候。而如果解釋成〈期間〉的話，意思則是「整個夏天的期間」，完成的時間點就變成「夏天結束的時候」。

- ☐ (c) Lo terminaré en una semana. / 我會在一週後把那個完成。〈期間〉
- ☐ (d) Lo terminaré en verano.
  / 我會在夏天〔在整個夏天期間〕把那個完成。〈時間〉〈期間〉

(2) dentro de 表示〈動作的期限〉「在～以內」、「～之後」。

- ☐ (e) El autobús sale dentro de media hora. / 巴士半小時之後出發。

dentro de 的〈期限〉雖然和 en 的〈期間〉用法類似，但 dentro de 是「在～以內」、「～之後」的意思，用來表示〈未來的事情〉。至於 en 則可以像 (b) 一樣表示〈過去的事情〉，也可以像 (c), (d) 一樣表示〈未來的事情〉。

◇ 230　entre　圀　between, among

❶〈場所、時間、數量〉：「在～之間」；《entre ... y ...》「在～和～之間」

☐ Entre la hierba vimos un conejo.	☐ 我們在草叢裡看到了一隻兔子。
☐ El restaurante está entre un cine y una cafetería.	☐ 那家餐廳在電影院和咖啡館之間。

❷〈相互關係〉:「~之間(的)」

| □ La conversación entre los dos ministros se prolongó dos horas. | □ 兩位政府部長的會談持續了兩小時。 |

❸〈選擇的對象〉:「在~之間」;《entre ... o ...》「~或者~」

| □ Dudo entre quedarme o irme. | □ 我不確定要留下來還是離開。 |

❹〈比較〉:「在~之中」

| □ La rosa destaca entre las flores. | □ 在花朵之中,玫瑰顯得特別出眾。 |

❺〈內部〉:「在~之內」

| □ Te cuento entre mis amigos. | □ 我把你當成我的朋友(之中的一個)。 |

❻〈共同分擔工作〉:「~一起分擔」;《entre ... y ...》「在~和~之間」

重讀人稱代名詞是使用 yo, tú 等主格形式。

| □ Entre los tres amigos pagaron la cuenta. | □ 那三個朋友分攤付帳了。 |
| □ Esto que te digo, que quede entre tú y yo, ¿eh? | □ 我跟你說的這件事,要保守祕密(讓它留在你我之間),知道嗎? |

❼《entre ... y ...》〈多重的理由〉:「因為~和~等等」

| □ Entre el calor, los ronquidos de Raúl y los mosquitos no pude dormir bien. | □ 因為炎熱、勞爾的鼾聲和蚊子,我沒能睡好。 |

❽《~ entre ...》〈除法〉:「~除以…」

| □ Diez entre cinco igual a dos. | □ 10 除以 5 等於 2。 |

> 補充　entre tú y yo / entre los dos / entre todos

　　下面的句子只有在表示〈共同分擔工作〉時才使用 entre。

- ❏ Entre tú y yo vamos a escribir un artículo. / 你跟我一起寫文章吧。
- ❏ Pagamos la cuenta entre todos. / 我們所有人一起分攤付帳了。

　　下面的句子因為不是表示〈共同分擔工作〉，所以不使用 entre。

- ❏ Tú y yo vamos a Osaka. / 你和我去大阪。
- ❏ Paseamos todos. / 我們所有人都散步了。

◇ 231　excepto　囡 except

〈除外〉：「除了～以外」

❏ El médico tiene consulta todos los días, excepto el jueves.	❏ 除了星期四以外，那位醫師每天看診。

重讀人稱代名詞，使用主格形式。

❏ Todos lo sabían, excepto yo.	❏ 除了我以外，每個人都知道那件事。

> 補充　excepto / menos / salvo ＋ yo, tú

　　excepto / menos / salvo 都有「除了～」的意思，後面接的重讀人稱代名詞不是 mí, ti，而是主格形式的 yo, tú。

- ❏ Todos estamos de acuerdo excepto [menos / salvo] tú. / 除了你以外，我們每個人都同意。

◇ 232　hacia　囡 towards

❶〈方向、目標〉：「向著～」、「往～」

❏ ¡Mira hacia las montañas!	❏ （你）看向那些山！
❏ El barco se dirige hacia el este.	❏ 船朝著東方航行。

❷ 〈大略的場所〉：「在～那邊」

| ☐ Hacia el parque hay varios cines. | ☐ 公園那邊有幾家電影院。 |

❸ 〈對象〉：「對於～」

| ☐ Mi hija muestra poca inclinación hacia el estudio. | ☐ 我女兒對學習沒什麼興趣的樣子（展現很少的愛好）。 |

❹ 〈感情的對象〉：「對於～（的）」

| ☐ Tengo un gran cariño hacia los hijos de Daniel. | ☐ 我非常愛丹尼爾的孩子們。 |

❺ 〈大略的時間〉：「大約在～」

| ☐ El avión aterrizará hacia las cuatro de la tarde. | ☐ 飛機將於下午 4 點左右著陸。 |

◇ 233　hasta　西 *till, upto*

〈場所、時間的到達點〉「到～」

| ☐ ¿Cuántos kilómetros hay desde la ciudad hasta el pueblo? | ☐ 從城市到那個村子（距離）有幾公里？ |
| ☐ Jaime se quedó en casa hasta recibir la llamada. | ☐ 海梅待在家裡，直到接到電話為止。 |

補充　hasta mí / hasta yo

　　一般而言，hasta 後面接重讀人稱代名詞時，不是使用 yo, tú 的形式，而是 mí, ti，例如下面的 (1)。至於 (2) 使用 yo 的情況，則是副詞的意思「就連～也」（incluso）。

☐ (1) Las noticias no llegaron hasta mí. / 通知沒有傳到我這邊。
☐ (2) Hasta yo puedo volar en ala delta. / 就連我也能用滑翔翼飛行。

◇ 234　mediante　囡 by means of

〈手段〉：「藉由～」、「用～」、「透過～」

□ El albañil levantó la piedra mediante una barra.	□ 泥水匠用一根棍子撬起了石頭。
□ Nos entendimos mediante gestos.	□ 我們透過手勢了解了彼此（的想法）。

◇ 235　menos　囡 except

❶ 〈除外〉：「除了～」、「～以外的」☞◇231 excepto 補充

□ Pídeme cualquier cosa menos eso.	□ 除了那個以外，你可以跟我要求任何事。

❷ 〈減法〉：「…減～」

□ Veinte menos cinco son quince.	□ 20 減 5 等於 15。

❸ 〈時間的表達〉：「～分鐘前」

□ Son las diez menos cinco.	□ 現在是 9 點 55 分（10 點減 5 分）。

◇ 236　para　囡 for

❶ 〈目的、用途、適合、利益〉：「為了～（的）」、「～用的」、「對～而言」☞◇237 por 參考

□ No tengo tiempo para ver la televisión.	□ 我沒有時間看電視。
□ Para mí este libro es muy importante.	□ 這本書對我來說非常重要。
□ ¿Para qué quieres tanto dinero?	□ 你為了什麼想要這麼多錢？

❷ 〈目的地、方向〉：「往～」、「朝向～」

□ Esta carta es para usted.	□ 這封信是給您的。

□ El tren para Ávila, ¿de dónde sale?	□ 往阿維拉的列車,在哪裡(哪個月台)發車?
□ Vente para acá.	□ 你過來這邊。

❸〈時間〉:「到〜的時候」

□ No dejes para mañana lo que puedas hacer hoy.	□ 不要把你今天能做的事情留到明天。

❹〈期限〉:「到〜為止」、「到〜之前」

□ Falta sólo una semana para las vacaciones de verano.	□ 距離暑假只剩下一週了。

❺〈期間〉:「為期〜」

□ Me dejaron el libro para un mes.	□ 他們把那本書借給我一個月。

❻〈對比〉:「對於〜」、「就〜而言」

□ Para ser extranjero Taro habla español muy bien.	□ 以一個外國人而言,太郎的西班牙語說得很好。

❼〈結果〉:「…之後(結果)〜」

□ El accionista, nervioso, encendió un cigarrillo para apagarlo enseguida.	□ 那位緊張的股東點了一根香菸,然後又馬上熄掉。

> 補充　hasta / para
>
> (1) hasta 的意思是「直到〜(一直)」,表示〈期間的終點〉。
> (2) para 的意思是「到〜為止」,表示〈預定的日期、時間〉和〈期限〉。
>
> □ Vamos a trabajar hasta las cinco de la tarde. / 我們會工作到下午 5 點。
> □ Vamos a terminar el trabajo para el día 10. / 我們會在 10 日之前完成工作。

◇ **237　por**　因 *for, by*

❶ 「由～」、「依～」

(a) 〈動機、原因、理由、根據〉:「由於～」、「因為～」、「為了～」

| ☐ Cancelaron la excursión por la lluvia. | ☐ 他們因為下雨而取消了遠足。 |
| ☐ Vino sólo por hablar contigo. | ☐ 他只是為了和你說話而來的。 |

(b) 〈手段、方法〉:「藉由～」、「用～」

| ☐ Le conocí por la voz. | ☐ 我從聲音認出了他。 |

(c) 《過去分詞／被動句＋por》〈行為者〉:「由～」、「被～」

| ☐ El cuadro «Guernica» fue pintado por Picasso. | ☐《格爾尼卡》這幅畫是畢卡索畫的。 |

補充 -1　被動句＋ por / de

　　被動句的動作行為者通常用 por 表示，但是當動詞表示精神方面的活動或位置關係時，則通常用 de。

　☐ Era envidiada de todos. /（當時）她受到所有人羨慕。
　☐ El profesor estaba rodeado de sus alumnos. /（當時）老師被他的學生們圍繞著。

(d) 〈基準〉:「依照～」

| ☐ Hemos colocado las palabras por orden alfabético. | ☐ 我們已經把單字依照字母順序排列了。 |

(e) 〈判斷〉:「依照～」、「根據～」

| ☐ Por lo visto no quiere hacerlo. | ☐ 看起來（依照看起來的樣子），他不想做那件事。 |

❷ 〈範圍、經過的點〉:「在～」

(a) 〈時間的範圍、期間〉:「在～」、「在～的期間」

☐ <u>Por</u> la mañana estudio y <u>por</u> la tarde trabajo.	☐ 我上午唸書，下午工作。
☐ Mi abuelo estará con nosotros <u>por</u> una semana.	☐ 我祖父會跟我們一起（住）一個星期。

補充 -2 a lo largo de / a través de / cuando / durante / por

(1) a lo largo de 的意思是「在～的整個期間（一直）」，表示〈持續〉。

☐ No ha llovido <u>a lo largo de</u> este mes de agosto. / 這整個 8 月都沒有下雨。

(2) a través de 的意思是「通過～」、「穿過～」，表示〈通過、經由〉。

☐ Vamos a estudiar la literatura española <u>a través de</u> los siglos XVI y XVII. / 我們會學習從 16 到 17 世紀的西班牙文學。

(3) cuando 的意思是「～的時候」，表示〈時間點〉。

☐ <u>Cuando</u> niña vivía en un país extranjero. / 我小時候在外國生活。

(4) durante 的意思是「在～的期間一直」，表示〈持續的期間〉。

☐ Estoy fuera <u>durante</u> un mes. / 我外出（不在）一個月。

(5) por 的意思是「在～的期間」，表示〈期間〉。

☐ Nos quedamos aquí <u>por</u> una semana. / 我們在這裡待一個禮拜。

(b) 〈空間的範圍、距離〉：「在～（一帶）」

☐ Pasamos un año viajando <u>por</u> Sudamérica.	☐ 我們在南美洲旅行了一年（度過了遊歷南美洲的一年）。
☐ ¿<u>Por</u> dónde empezamos?	☐ 我們從哪裡開始？

(c) 〈經過的點〉：「經過～」、「從～」

☐ Entre usted <u>por</u> la puerta de la derecha.	☐ 請您從右邊的門入場。

❸ 「代替～」、「作為～」

(a) 〈代理〉：「代替～」、「作為～的代理」

| ☐ Fernando jugó por su hermano que estaba enfermo. | ☐ 費爾南多代替他生病的哥哥出場比賽了。 |

(b) 〈代替、價錢〉：「交換～」、「以～的價格」

| ☐ Compré el coche por la mitad de precio. | ☐ 我用半價買了這輛車。 |

(c) 〈資格〉：「當作～」

| ☐ Admitieron este documento por válido. | ☐ 他們認可了這份文件是有效的。 |

(d) 〈關聯、限制〉：「就～而言」、「對～而言」

| ☐ Por ahora, no tengo más que decirte. | ☐ 目前我沒有別的事要告訴你了。 |
| ☐ Por mí, puede usted hacer lo que quiera. | ☐ 就我而言（我不在意），您可以做您想做的事。 |

(e) 〈比率〉：「每～」

| ☐ Federico cobra 15 euros por hora. | ☐ 費德里科每小時賺 15 歐元。 |

(f) 〈分配、單位〉：「每～」

| ☐ Su español progresa día por día. | ☐ 您的西班牙語一天一天地進步。 |

(g) 〈乘法〉：「…乘以～」

| ☐ Seis por tres, dieciocho. | ☐ 6 乘以 3 等於 18。 |

❹ 「對於～」、「為了得到～」

(a) 〈情感的對象〉：「對於～」

□ Si tienes interés por esos zapatos, cómpralos.	□ 如果你對這雙鞋有興趣，就買吧。
□ No te preocupes por eso.	□ 你不要擔心那件事。

(b) 〈目標〉：「為了得到～」、「為了找到～」

□ Mi padre salió por pan.	□ 我爸爸出門買麵包了。
□ Preguntaron por ti.	□ 他們打聽了你的消息。

(c) 〈贊成、支持、選擇〉：「選擇～」、「贊成～」

□ Me inclino por el avión.	□ 我傾向於（搭）飛機。

參考 por / para

　por 和 para 的形式與用法都很相似。這是因為，para 是由 por 和 a（表示方向）這兩個介系詞合併而成的。右邊的照片是中世紀西班牙語手寫文件的一部分，上面寫著 pora sus bodas「為了他的婚禮」。

pora sus bodas

　por 表示作為行為出發點的〈內在〉〈動機、理由〉，而 para 則表示行為之外的〈到達點〉，也就是〈目的、目標、利益〉等等。

□ Voy a España por hablar con el Sr. López.
　／我因為要和羅培茲先生談話而去西班牙。〈動機〉
□ Voy a España para aprender el idioma. ／我為了學語言而去西班牙。〈目的〉

　如果把它們的關係想成 por「理由」＋ a「方向」＝ para「目的」，應該就很容易懂了。

◇ 238　salvo　因 *except*

〈除外〉「除了～以外」☞◇231 excepto **補充**

□ Llegaron todos, salvo Lucas.	□ 他們全都抵達了，除了盧卡斯以外。

◇ 239　según　㉗ according to

後面接重讀人稱代名詞的主格形式。ú 有重音。
☞◇35 重讀詞與非重讀詞

❶〈依據〉:「依照～」、「根據～」

☐ Según tú, todo el mundo es bueno.	☐ 照你的說法，所有人（全世界）都是好人。

❷〈基準〉:「依照～」

☐ Les pagarán según su experiencia.	☐ 他們會按經驗領到薪水。
☐ Según el reglamento, no se permite fumar en esta sala.	☐ 依照規定，這個房間裡禁止吸菸。

❸〈條件〉:「依照～」

☐ Según la carga de trabajo que recibamos hoy, lo terminaremos mañana o pasado mañana.	☐ 依今天收到的工作量而定，我們可能會在明天或後天完成。

◇ 240　sin　㉗ without, with no

❶〈欠缺〉:「沒有～」、「沒做～」

☐ Sin diccionario todavía no puedo leer el español.	☐ 沒有字典的話，我還是沒辦法讀西班牙文。

❷《sin ＋不定詞》

(a)「沒做～」

☐ No comas la fruta sin lavarla bien.	☐ 不要沒洗乾淨就吃水果。

(b) 「沒有～」

| ☐ ¡Oye, sin ofender! | ☐ 嘿，我沒有惡意（沒有冒犯的意思）！ |

◇ 241　sobre　茵 on, upon, over, above

❶ 場所

(a) 〈上面〉：「在～上面」

| ☐ El diccionario está sobre la mesa. | ☐ 字典在桌子上面。 |

(b) 〈（有距離的）上方〉：「在～上方」

| ☐ El avión volaba sobre la ciudad. | ☐ （當時）飛機飛過城市上空。 |

補充 -1　en / sobre

　　sobre 明確意味著「在某物之上」，表示「在～上面」的意思，不管是否接觸這個物體都可以。至於 en 則沒有方位在「上方」的意味，只是表達有接觸的意思。

　　☐ Nos sentamos en el banco. / 我們坐在長凳上。

(c) 〈度數〉：「～上」

| ☐ El termómetro señala seis grados sobre cero. | ☐ 溫度計顯示為零上 6 度。 |

(d) 〈方向〉：「向著～」、「撲向～」

| ☐ Al producirse el incendio, todos se abalanzaban sobre la salida. | ☐ 火災一發生，所有人就衝向出口。 |

(e) 〈旋轉的中心〉：「繞著～」、「以～為中心」

| ☐ La Tierra gira sobre su eje. | ☐ 地球以地軸為中心自轉。 |

❷ 〈話題〉:「關於~(的)」

❏ El conferenciante habló sobre los animales en extinción.	❏ 講者談論了瀕臨絕種的動物。

補充 -2 de / sobre / acerca de / respecto a

> de 和 sobre 都可以表示〈主題〉「關於~」的意思。相較於 de，sobre 更明確表達「話題」的意味。如果還要更明確的話，可以使用 acerca de「關於~」、respecto a「關於~，在~方面」等專用的介系詞片語。
>
> ❏ De eso hablaremos después. / 我們之後會談那件事。
> ❏ Respecto a su opinión, estoy totalmente de acuerdo.
>   / 關於他的意見，我完全同意。

❸ 概念

(a) 〈階級〉:「在~之上」

❏ Sobre él hay dos jefes.	❏ 在他上面有兩位上司。

(b) 〈監視〉:「看守、監視~」

❏ ¡Qué niños estos! Hay que estar siempre sobre ellos para que estudien.	❏ 這些孩子真是的！一定要一直監督，他們才會唸書。

(c) 〈對象〉:「對於~」

❏ Simón tiene mucha influencia sobre sus compañeros.	❏ 西蒙對他的同伴們有很大的影響力。

(d) 〈附加〉:「除了~還有、再加上」

❏ Pagué al dueño 200 euros sobre lo que había pagado ya antes.	❏ 除了之前已經付的錢，我還多付了 200 歐元給房東。

(e) 〈擔保〉:「以~為擔保」、「以~換取」

| ☐ Le hicieron un préstamo <u>sobre</u> la casa que tiene en la ciudad. | ☐ 他們以他在市內的房子為擔保而貸款給了他。 |

(f) 〔副詞性用法〕「大約～」；「～左右」《表示概數》

| ☐ Su abuelo tendrá <u>sobre</u> sesenta años. | ☐ 他的祖父應該 60 歲左右吧。 |

❹ 《名詞＋sobre＋名詞》〈反覆〉:「～接著…」、「一再」

| ☐ Pedro dijo disparate <u>sobre</u> disparate. | ☐ 佩德羅一直胡說八道（說了一句又一句蠢話）。 |

◇ 242　tras　因　behind, after

❶ 〈場所〉:「在～後面」

| ☐ El perro corría <u>tras</u> la bicicleta. | ☐ 那隻狗跑在腳踏車後面。 |
| ☐ Juanito se escondió <u>tras</u> la puerta. | ☐ 小胡安躲在門後面。 |

補充　tras / detrás de

　　tras 用來表示「緊跟在後」或「在～的背後（躲著）」的意思。如果不是這種意思的話，則會用 detrás de。

　　☐ Cuando yo era niño, <u>detrás</u> de la escuela había un descampado donde jugábamos al fútbol. / 在我小的時候，學校後面有一塊空地，我們在那裡踢足球。

❷ 〈時間〉:「在～之後」

| ☐ El presidente francés llegó a esta localidad a la una de la tarde, <u>tras</u> aterrizar en el aeropuerto de Barajas. | ☐ 飛機著陸於巴拉哈斯機場之後，法國總統在下午 1 點抵達了這個地點。 |

❸ 《名詞＋tras＋名詞》「一個接著一個」、「逐漸」

| ☐ Día <u>tras</u> día el enfermo se recuperaba. | ☐ 病人一天一天地逐漸恢復。 |

◇ 243　介系詞片語

兩個以上的單字構成的介系詞功能成分，稱為「介系詞片語」。雖然有些介系詞片語也可以用一般的介系詞表達，但使用介系詞片語可以使意義更精確、更豐富。也有一些介系詞片語的意思無法用一般介系詞表達。以下介紹一些常用的介系詞片語。

● a cambio de「換取～」、「作為～的回報」

| ☐ A cambio de la información que le di, José me prometió su ayuda. | ☐ 為了回報我給他的資訊，荷賽承諾幫我的忙。 |

● a eso de「（時間）在～點左右」

| ☐ Juan llegó a eso de las once. | ☐ 胡安在 11 點左右抵達了。 |

● a fines de「（時間範圍的最後）在～底、末」

| ☐ A fines de este mes salgo de viaje. | ☐ 我這個月底要去旅行。 |

● a mediados de「（時間範圍的中間）在～中、中旬」

| ☐ A mediados de octubre empieza el nuevo curso. | ☐ 新課程 10 月中開始。 |

● a pesar de「儘管～」

| ☐ El vuelo fue cómodo, a pesar de llegar con retraso. | ☐ 儘管延誤抵達，但飛行過程很舒服。 |

● a principios de「（時間範圍的開始）在～初、初期」

| ☐ Tomás cambió de casa a principios de año. | ☐ 托馬斯在年初搬家了。 |

● al lado de「在～旁邊」

| ☐ El despertador está al lado de la cama. | ☐ 鬧鐘在床旁邊。 |

5.1 介系詞

● en cuanto a「關於～」、「至於～」

| □ En cuanto a tus negocios, pronto recibirás buenas noticias. | □ 關於你的交易，你很快就會收到好消息。 |

● de acuerdo con「同意～」

| □ Estoy de acuerdo con usted. | □ 我同意您。 |

● en lugar de「代替～」

| □ Vino Paco en lugar de su padre. | □ 帕可代替他爸爸來了。 |

● en torno a

(1)「在～的周圍」

| □ Voy a presentar a las personalidades que se encuentran reunidas en torno al micrófono. | □ 我要介紹聚在麥克風周圍的人們。 |

(2)「關於～」

| □ Ayer estuve hablando con Manuel en torno al asunto de su viaje. | □ 昨天我在跟曼努埃爾聊他旅行的事。 |

● en vez de「取代～」、「而不是～」

| □ En vez de compadecernos de él, deberíamos ayudarlo. | □ 與其同情他，我們應該幫助他。 |

● por culpa de「因為～（造成負面結果的原因）」

| □ Llegué tarde al trabajo por culpa del retraso del autobús. | □ 因為公車延誤，所以我上班遲到了。 |

● por falta de「因為缺少～」

| ☐ Por falta de información, perdí la beca. | ☐ 因為缺少資訊，所以我沒能得到（失去了）獎學金。 |

● por medio de「藉由～」、「透過～」

| ☐ Esos conocimientos los tiene por medio del periódico. | ☐ 他從報紙得到了那些知識。 |

● gracias a「多虧了～」

| ☐ Gracias a su ayuda, mi estancia ha sido muy agradable. | ☐ 多虧了您的協助，我的逗留非常愉快。 |

> **補充** 介系詞片語的限制
>
> 　　介系詞片語整體的功能相當於一個介系詞。所以，雖然介系詞片語後面接的名詞片語可以是疑問詞，但不能把介系詞片語中的名詞成分（例如下面的 torno）改成疑問詞而形成疑問句。
>
> ☐ Ayer estuve hablando con Manuel en torno al asunto del viaje.
> ／昨天我在跟曼努埃爾聊旅行的事。
> ☐ ¿{ ○ En torno a qué／× En qué } estuviste hablando con Manuel?
> ／你當時在跟曼努埃爾聊什麼？
>
> 　　同樣地，在建構關係子句的時候，必須把《整個介系詞片語＋關係詞》移到前面。
>
> ☐ Este es el asunto de su viaje, en torno al cual estuve hablando ayer con Manuel.
> ／這就是昨天我在跟曼努埃爾聊他旅行的事。

5.2　關係詞

▶關係詞同時具有連接詞、代名詞、形容詞和副詞的功能。關係詞的連接詞功能將主要子句和關係子句連結在一起，而關係詞本身又在關係子句中扮演代名詞、形容詞或副詞的角色。例如下面的關係詞 que，功能上就像是連接詞 y 和代名詞 ella 的結合。

☐ Encontré a una mujer y ella vendía claveles.	☐ 我遇到了一位女士，她當時在賣康乃馨。
☐ Encontré a una mujer que vendía claveles.	☐ 我遇到了一位在賣康乃馨的女士。

具有這種功能的成分，稱為關係代名詞（☞◇244-◇247）。兼具連接詞與副詞功能的稱為「關係副詞」（☞◇248 como；◇249 cuando；◇252 donde），兼具連接詞與形容詞功能的稱為「關係形容詞」（☞◇250 cuanto；◇251 cuyo）。

[補充] 關係代名詞的四種用法

關係代名詞有以下四種用法。

☐ (1) Tengo un hermano que vive en México. / 我有一個住在墨西哥的哥哥。
☐ (2) Mi hermano, que vive en México, me ha enviado este paquete de café.
/ 我的哥哥住在墨西哥，他寄了這包咖啡給我。
☐ (3) En la fiesta hubo 120 participantes, de los cuales el 20% eran extranjeros.
/ 那場派對有 120 名參加者，其中 20% 是外國人。
☐ (4) El que vive en México es mi hermano. / 住在墨西哥的那個人是我的哥哥。

(1) 的 que vive en México 修飾並限定了 un hermano。這個句子談的是限定「住在墨西哥」的「哥哥」。因為談的是限定的「哥哥」，所以說話者或許還有其他兄弟。這種用法稱為「限定用法」。
(2) 在 hermano 用逗號（,）將句子分割，說明 Mi hermano 是 que vive en México 「（哥哥）住在墨西哥」。這個情況中，說話者的兄弟只有哥哥一個人。這種用法稱為「說明用法」。
(3) 是前半的句子已經完成，然後再加上後半的句子，稱為「附加用法」。(2) 和 (3) 在說話時都要停頓，在書寫時要加逗號（,），而且兩者的功能都不是限定先行詞，所以稱為「非限定用法」。
(4) 的用法是將定冠詞與關係詞連用，表示「～的人」、「～的事物」的意思。因為沒有先行詞，而是獨立使用的，所以稱為「獨立用法」。下面的強調句型也歸類為「獨立用法」：

☐ Es mi hermano quien vive en México. / 住在墨西哥的人是我的哥哥。

其他還有《關係詞＋不定詞》的用法，歸類為「限定用法」。

☐ No tengo libros que leer. / 我沒有要讀的書。

◇ 244　que　関　which, that, who, whom

先行詞是〈人〉或〈事物〉。

❶〔限定用法〕表示「～的…」。

□ Los libros que mandé por barco por fin han llegado.	□ 我用船運寄的書終於送到了。
□ Nuestra profesora es la señora que está sentada junto a la puerta.	□ 我們的老師是坐在門旁的女士。

❷〔說明用法〕表示「而他／它～」。

□ El señor López, que es una persona bien informada, sabrá contarte la historia de esta ciudad.	□ 羅培茲先生是知識豐富的人，他能告訴你這座城市的歷史。

❸《介系詞＋que》

□ Estos son los estudios a que dedico mi tiempo libre.	□ 這些是我投注自己空閒時間（所做）的研究。

＊《介系詞＋ que》的介系詞僅限於 a, de, en, con，用於口語。其他情況則使用《介系詞＋ el que》。☞ ◇ 245 el que

＊先行詞是〈人〉的時候，使用《介系詞＋ quien》而不是《介系詞＋ que》。☞ ◇ 247 quien [補充]

《表示〈時間〉的名詞＋ en que》經常省略其中的 en。

□ La primera vez que fui a México, vi una gran pirámide.	□ 我第一次去墨西哥的時候，看到了一座巨大的金字塔。

❹ 先行詞對應的間接受格代名詞，有時候會出現在關係子句中。

□ Hay mucha gente que le gusta la cultura japonesa.	□ 有很多喜歡日本文化的人。

5.2 關係詞

❺《受格代名詞＋動詞＋que》

| ☐ Hoy los vi que jugaban en el parque. | ☐ 今天我看到他們在公園玩。 |
| ☐ Hay palabras que consuelan y las hay que alientan. | ☐ 有安慰的話，也有鼓勵的話。 |

❻《lo＋形容詞變化形、副詞＋que》表示〈強調〉或〈感嘆〉的意思「很～這件事」、「多麼～」。

| ☐ Sé muy bien lo ocupada que estás. | ☐ 我很清楚妳很忙。 |
| ☐ Vamos a ver lo bien que baila mi nieta. | ☐ 我們來看看我的孫女跳舞跳得多好。 |

❼《que＋不定詞》表示「（應該）要～的…」

| ☐ Tenemos mucho trabajo que hacer. | ☐ 我們有很多要做的工作。 |

補充-1　《介系詞＋關係詞》

先行詞是《介系詞＋名詞》的時候，會把《介系詞＋關係詞》移到關係子句的開頭。

☐ Tengo muchas aficiones. Dedico mi tiempo libre a ellas.
／我有許多嗜好。我投注自己的空閒時間在這些嗜好上。

☐ Tengo muchas aficiones. Dedico mi tiempo libre a que.

☐ Tengo muchas aficiones a que dedico mi tiempo libre.
／我有許多投注自己空閒時間在上面的嗜好。
（*I have many hobbies that I dedicate my free time to.*）

西班牙語不像英語一樣能把介系詞留在關係子句裡。

補充-2　關係代名詞不能省略

英語經常省略受格關係代名詞，但西班牙語不能省略。

☐ ¿Dónde está el libro que compré ayer?
／我昨天買的書在哪裡？（*Where is the book I bought yesterday?*）

305

> **參考** qué / que 疑問詞與關係詞

　　疑問詞 qué / cuál / cuándo / dónde / cómo / cuánto 會加上重音符號，發音也比較強。至於關係代名詞，除了 cual 以外，que / el que / cuando / donde / como / cuanto 的發音都比較弱。如果不考慮重音的差別，那麼疑問詞和關係詞的拼字是相同的。
　　拉丁文也一樣，疑問詞和關係詞的形式幾乎都是相同的。這是因為在更早的時期，疑問詞兼具關係詞的功能，情況可能如下所述。
　　在原始印歐語的時代，疑問詞也當作不定代名詞「某個」的意思使用，這個用法變成了關係代名詞。以下面這個句子為例，當時的結構就像是「他有一棟房子，至於是什麼房子，是在河附近（那某棟房子在河附近）。」

□ Tiene una casa, que está cerca del río. / 他有一棟房子，它在河附近。

　　在原始印歐語的早期，詞序和中文的「在河附近的家」類似，當時沒有關係代名詞，而是在名詞前面直接加上修飾子句。後來關係子句變成加在名詞後面，或許是因為開始需要關係詞的標記，就把疑問詞當成關係詞使用了。一開始，關係詞用於說明性的用法，之後漸漸出現了限定性用法。
　　如果了解其中的道理，那麼複雜的長句也會變得容易理解。出現關係詞的時候，可以先想成「至於那是什麼，是⋯」（關於連接詞 que ☞◇269 que **參考**）。

◇245　el que　因 who, whom, which, what

el 的部分是定冠詞，會隨著所指的〈人〉或〈物〉的性與數變化。

❶〔獨立用法〕在沒有先行詞的情況，意思是「做～的人」或「～的事物」。

| □ La que baila es mi prima. | □ 跳舞的女人是我的表妹。 |

❷〔同位語用法〕以同位語的方式，限定或說明先行詞。意思是「～的⋯」。

| □ Ésta es Cecilia, la que ha venido a ayudarme. | □ 這位是塞西莉亞，來幫我的人。 |

❸《lo que...》：可以表示「～的事物」的意思，或者指〈前面句子的內容〉。

| □ ¿Sabes lo que me gusta? | □ 你知道我喜歡的東西嗎？ |

| ☐ El sobre tiene el matasellos del 30 de agosto, lo que indica que la carta fue escrita antes. | ☐ 這個信封有 8 月 30 日的郵戳，這表示這封信是在（那）之前寫的。 |

有時在句首是「說到～」的意思。

| ☐ Lo que es divertirme, me divertí mucho. | ☐ 說到玩得開心，我確實玩得很開心。 |

❸ 《介系詞＋el que...》：當關係子句中的名詞片語前有介系詞時使用。

| ☐ El Sr. Pérez del que todo el mundo habla muy bien va a ser nuestro jefe de departamento. | ☐ 所有人都稱讚的佩雷斯先生，即將擔任我們的部長。 |
| ☐ No pudimos coger el tren, por lo que llegamos tarde a la ciudad. | ☐ 因為我們沒能搭上列車，所以晚到了那個城市。 |

＊ el que 也當連接詞使用，表示「～這件事」。☞◇269 que

◇ 246　el cual　西 who, whom, which

el 的部分是定冠詞，會隨著所指的〈人〉或〈物〉的性與數變化。這個用法一定會和先行詞一起使用，非常接近代名詞。cual 的 a 有重音。

❶〔說明用法〕意思是「而他／它～」、「但他／它～」、「因為他／它～」。

| ☐ He sacado unos libros de la biblioteca, los cuales me están siendo muy útiles. | ☐ 我從圖書館借了一些書，它們對我非常有用。 |
| ☐ Invité a la hermana de Carlos, con la cual estudié historia. | ☐ 我邀請了卡洛斯的妹妹，我跟她一起學過歷史。 |

有時可以藉由改變性與數，而改變所指的先行詞。

| ☐ He sacado unos libros de la biblioteca, la cual está cerca de mi casa. | ☐ 我從圖書館借了一些書，它（圖書館）在我家附近。 |

❷ 《lo cual...》的先行詞是前面句子的整體內容。

| ☐ Tenemos que pasar el examen, lo cual no será fácil. | ☐ 我們必須通過測驗，但這不會是簡單的事。 |

❸ 關係代名詞前面有 durante, mediante, según 或其他較長的詞語時，會改用 el cual... 而不是 el que...。

☐ Esta operación tarda algunos segundos, durante los cuales su pantalla puede parpadear.	☐ 這項操作要花幾秒鐘，在這段時間（這幾秒）您的螢幕可能會閃爍。
☐ El profesor me hizo cinco preguntas, a dos de las cuales no supe responder.	☐ 老師問了我五個問題，對其中兩個我答不出來（不知道怎麼回答）。

◇ 247　quien　因 who

先行詞一定是「人」。複數則使用 quienes。

❶〔限定用法〕意思是「～的…」。

☐ La persona por quien usted pregunta no aparece en la lista.	☐ 您所詢問的人不在名單上（沒有出現在名單上）。

❷〔說明用法〕意思是「而他～」、「但他～」、「因為他～」。

☐ El gerente, quien está muy ocupado, quiere que usted lo espere.	☐ 經理因為很忙，所以要請您等他。

＊像這個句子一樣，當關係詞 quien 是關係子句的主詞時，是作為說明性的用法使用，而沒有限定用法。限定用法會使用 que。☞◇244 que

❸〔獨立用法〕意思是「～的人」。

☐ Quien lo sepa, que haga el favor de decirlo.	☐ 知道那件事的人請說出來。

在強調句型中，表示「～的人是…」的意思。

☐ Fueron mis padres quienes me lo aconsejaron.	☐ 是我父母給我那個建議的。

❹《quien＋不定詞》意思是「要～的…」、「應該～的…」。

☐ Tengo un amigo a quien ver esta noche.	☐ 我有位今晚要見的朋友。

> **補充** que / quien

當先行詞是〈事物〉時，要用 que，而不能用 quien。至於先行詞是〈人〉的時候，依照下面的規則使用 que 或 quien。

(1) 當關係代名詞是限定性關係子句的主詞時，使用 que。

☐ El chico que viene ahora es mi hermano Pepe.
／現在來的那個孩子是我的弟弟佩佩。

(2) 當關係代名詞是關係子句的直接受詞時，可以用 que，也可以用 quien。用 que 的時候不加 a，但用 quien 時會變成 a quien。

☐ El chico que ves ahí es mi hermano Pepe.
／你在那邊看到的孩子是我的弟弟佩佩。
☐ El señor López, a quien visitamos hoy, es profesor de guitarra.
／我們今天要拜訪的羅培茲先生，是吉他老師。

(3) 加上介系詞的時候用 quien。

☐ El señor López, de quien habla usted, es mi profesor de guitarra.
／您談到的羅培茲先生，是我的吉他老師。

(4) 表示獨立用法「～的人」的意思時，使用 quien。

☐ Quien no ha visto Granada, no ha visto nada.
／沒見過格拉納達的人，就等於什麼都沒見過。《諺語》

◇ 248　como　因 how

如以下例句所示，como 這個關係詞是用來構成表示〈方式〉或〈情況〉的副詞片語。先行詞會是 manera 或 modo 等詞語。

☐ Juan ha llegado aquí preguntando el camino.	☐ 胡安一邊問路而抵達了這裡。
☐ No sabemos el modo como Juan ha llegado aquí.	☐ 我不知道胡安抵達這裡的方法。

❶〔限定用法〕意思是「～的…」。

| □ ¿Cuál es la manera como has realizado el experimento? | □ 你進行實驗的方式是什麼？ |

❷〔強調句型〕意思是「～的方式是…」。

| □ Caminando es como llegamos hasta el pueblo. | □ 走路是我們抵達那個村莊的方式。 |

◇ 249　cuando　園 when

關係詞 cuando 是用來構成表示〈時間〉的副詞片語。

❶〔限定用法〕意思是「～的…」。

| □ ¿Por qué es tan corto el tiempo cuando soñamos? | □ 為什麼我們做夢的時間這麼短？ |

＊但一般比較常用 en que 或 que，而不是用 cuando 來表達。

❷〔強調句型〕意思是「～的時間是…」。

| □ Ayer es cuando lo supe por primera vez. | □ 昨天是我第一次知道那件事的日子（時候）。 |

◇ 250　cuanto　園 everything, as many… as

❶〔關係代名詞〕「～的所有事物」

| □ Tengo cuanto necesito. | □ 我有我需要的所有東西。 |

❷〔關係形容詞〕「～的所有…」：會隨後面所接的名詞性、數而變化。

| □ El policía nos dio cuanta información necesitábamos. | □ 警察提供了我們當時需要的所有資訊。 |

◇ 251　cuyo　阌 whose

關係詞 cuyo 當所有形容詞使用，會隨後面所接的名詞性、數而變化。先行詞可以是〈人〉，也可以是〈事物〉。

❶〔限定用法〕「某某的…是～／做～」

□ Quiero que ustedes conozcan el país cuya lengua están aprendiendo.	□ 我希望各位認識自己在學習的語言所屬的國家（〔某個國家〕它的語言是您們正在學習的）。

❷〔說明用法〕「而某某的…是～／做～」

□ Fui a visitar la basílica de la Virgen de Guadalupe, cuya leyenda había leído hacía muchos años.	□ 我去參觀了瓜達盧佩聖母教堂，它的傳說我在多年前讀過。

◇ 252　donde　阌 where

關係詞 donde 是用來構成表示〈場所〉的副詞片語，如下所示。

□ En esta playa el año pasado pasé las vacaciones con mi familia.	□ 去年我跟家人在這座海灘度假。
□ Ésta es la playa donde el año pasado pasé las vacaciones con mi familia.	□ 這是去年我跟家人度假的海灘。

❶〔限定用法〕《表示〈場所〉的先行詞＋donde》「～的…」、「做～這件事的…」

□ Voy al pueblo donde vivía antes.	□ 我會去以前居住的村莊。
□ ¿Quiere usted que demos un paseo por donde fuimos el otro día?	□ 您想要在幾天前我們去過的地方一起散步嗎？

＊在口語中，有時候會使用 en que 代替 donde，例如 lugar en que vivo（我住的地方）。

❷〔獨立用法〕「在／往（做）～的地方」

| ☐ Iré donde quieras. | ☐ 我會去你想去的地方。 |

❸〔在強調句型中〕「（做）～的地方是…」

| ☐ Fue en esta playa donde la conocí. | ☐ 我是在這座海灘認識她的。 |

❹《donde＋不定詞》「（要／應該）～的（場所）」

| ☐ En esta habitación tan desordenada, no hay donde poner un pie. | ☐ 在這麼亂的房間裡，沒有腳可以站的地方。 |

補充　簡單句、並列句、複合句／從屬句、從屬子句

讓我們比較看看下面的四個句子。

☐ (1) Hacía frío. Lucía llevaba un abrigo con capucha.
／當時很冷。露西亞穿著一件連帽大衣。（簡單句＋簡單句）
☐ (2) Hacía frío y Lucía llevaba un abrigo con capucha.
／當時很冷，而露西亞穿著一件連帽大衣。（並列句）
☐ (3) Como hacía frío, Lucía llevaba un abrigo con capucha.
／因為當時很冷，所以露西亞穿著一件連帽大衣。（分離型複合句）
☐ (4) Lucía, que tenía frío, llevaba un abrigo con capucha.
／當時露西亞因為覺得冷，所以穿著一件連帽大衣。（嵌入型複合句）

　(1) 只是把兩個「單句」放在一起，(2) 則是把兩個句子用對等連接詞 y 接在一起，形成「並列句」。(3) 的前半部（Como...,）從屬於後半部（Lucía llevaba...），整體構成了「複合句」。(4) 的主詞（Lucía）後面用關係子句來說明，雖然也是「複合句」，但和 (3) 比起來，可以說句子整體的整合程度更高。所以，我想加以區分，把 (3) 這種分成兩半的複合句稱為「分離型複合句」，(4) 這種嵌入句中的稱為「嵌入型複合句」。(4) 的「嵌入型複合句」不一定是以關係子句構成。請比較下面的 (5) 和 (6)。

☐ (5) Si necesitas este diccionario, puedes usarlo.
／如果你需要這本字典，你可以使用它。（分離型複合句）
☐ (6) Te he traído este diccionario por si lo necesitas.
／我帶了這本字典給你，以備你需要它。（嵌入型複合句）

(5) 的底線部分從屬於主要子句,但也可以是一個獨立的「句子」,所以這裡稱為「從屬句」。而 (6) 的底線部分嵌入在主要子句中,不是獨立的「句子」,所以這裡稱為「從屬子句」。藉由兩種不同的稱呼,可以區分兩者不同的性質。

句子結構隨著「簡單句→並列句→分離型複合句→嵌入型複合句」的順序漸趨複雜。對於複雜的句子,不要一口氣接收所有資訊,而是拆成簡單的句子看看。然後,再觀察整體上這些內容是怎麼組合起來的,這樣就比較容易了解句子的結構與意義了。

5.3 對等連接詞

▶對等連接詞可以連接相同性質的結構,例如名詞與名詞、動詞與動詞、子句與子句、句子與句子等等。結構為《句子+對等連接詞+句子》的長句,稱為「並列句」。對等連接詞通常不重讀,但如果要特別強調的話,有時候也會重讀。

◇ 253　y　因 and

❶「~和~」、「~而~」、「~然後~」

| □ Yo leo revistas y periódicos en español. | □ 我讀西班牙語的雜誌和報紙。 |
| □ Se sentó y se puso a leer. | □ 他坐下並開始閱讀了。 |

在 i- 或 hi- 開頭的單字前面會變成 e。❷ 之後各種意義的情況也一樣。

| □ En verano voy a Francia e Italia. | □ 夏天的時候我會去法國和義大利。 |

在 hia-、hie-、y- 開頭的單字前面,則仍然是 y。

| □ ¿Quiere agua y hielo? | □ 您要水和冰塊嗎? |

❷〈反義〉:「然而」

| □ Está lloviendo y quiere ir a nadar a la playa. Debe de estar loco, ¿eh? | □ 現在在下雨,他還想去海邊游泳。他瘋了吧? |

❸ 《命令句＋y》「那樣做的話就～」

| ☐ Súbete en la silla, y alcanzarás. | ☐ 站上椅子，你就搆得到了。 |

❹ 《連接同一個詞語》〈反覆〉、〈持續〉：「一個接著一個」、「越來越」

| ☐ Pasaron días y días. | ☐ 日子一天一天地過去了。 |

[補充-1] Ａ y Ｂ＋動詞的單數形

以下情況動詞使用單數形。

(a) 《定冠詞＋名詞＋ y ＋名詞》的結構，而且形成一個整體意義的情況。

☐ ¿Cuál es el pro y contra del uso de internet? / 使用網路的優缺點是什麼？

(b) 《不定詞＋不定詞》等中性（非陽性或陰性）成分相連的情況
　☞◇107 第三人稱的非重讀人稱代名詞 [補充-2]

☐ Me gusta cantar y bailar en la fiesta. / 我喜歡在派對上唱歌跳舞。

[補充-2] y/o

西班牙語的 y/o 是書面用語，相當於英語的 and/or。準確地說，A y/o B 的意思是「A 或 B，或者 A B 兩者皆是」。

☐ Vamos a contemplar las obras artísticas y/o culturales.
　/ 讓我們來欣賞藝術、文化作品（藝術和／或文化作品）。

[參考] y / e

y 和 e 的意思一樣。當後面接 i 或 hi 開頭的詞語時，會使用 e 而不是 y，但這裡所說的 i 和 hi 只限於單母音的情況，而不包含 hie、hia 等雙母音。yo, ya 的 y 也不算在內。

西班牙語的 y 源自拉丁語的 ET（ET CETERA 的 ET）。到了中世紀，ET 結尾的 T 脫落而變成 e。到了近代，才變成 i (y) 和 e 併用的情況。

i 是《e + a》>《i + a》之類的情況中，後面的母音造成前面的母音變成閉母音而產生的。而《e + i》則沒有變化，保持了原來的形式，所以 e 在現代西班牙語中仍然保留下來了。這被認為是為了避免產生《i + i》這種同音相連的情況。

◇ 254 o   囡 or

❶ 〈選擇〉：「～或…」、「～還是…」

| □ ¿Qué prefieres, café o té? | □ 你想要（偏好）什麼，咖啡還是茶？ |

主詞是《A o B》的時候，動詞往往會使用複數形。

| □ Mañana Antonio o yo tenemos que trabajar. | □ 明天安東尼奧或我必須工作。 |
| □ A estas horas un café o un té son buenos, ¿eh? | □ 在這個時間，來杯咖啡或茶不錯吧？ |

＊主詞在動詞後面的時候，動詞經常會和比較接近的主詞一致。

在 o- 或 ho- 開頭的單字前面會變成 u。❷ 之後各種意義的情況也一樣。

| □ Para cobrar el cheque le pedirán que se identifique con el pasaporte u otro documento. | □ 要將支票兌現，您會被要求用護照或其他文件驗明自己的身分。 |

連接阿拉伯數字的時候，會加上重音符號，寫成 ó。

| □ El viaje cuesta 20 ó 21 euros. | □ 這趟旅程要花 20 或 21 歐元。 |

＊阿拉伯數字間的 o 加上重音符號而寫成 ó，是為了明確區分 o 和零（0），但隨著印刷字體普及，兩者變得不那麼容易混淆，所以西班牙皇家學院在 2010 年修訂的《正字法》中，表明阿拉伯數字之間的 o 也可以保持原狀、不加重音符號。

❷ 〈說明〉：「～或者說是…」、「～也就是…」

| □ Estudia lingüística o ciencia del lenguaje. | □ 他研究語言學，也就是語言的科學。 |

❸ 「～或…」表示〈大約的範圍〉。

| □ Había allí diez o doce personas. | □ 當時那裡有 10 或 12 人左右。 |

❹ 「無論～還是～」表示〈讓步〉。使用虛擬式。

| ☐ Quieras o no, tienes que ayudar a tu madre. | ☐ 不管你想不想，你都必須幫你媽媽的忙。 |

❺ 《命令句＋o》「做～，不然…」

| ☐ Apresúrate o perderás el avión. | ☐ 你快點，不然會趕不上飛機。 |

◇ 255　pero　𓃰 but

❶ 〈逆接〉：「～但…」

| ☐ Quiero ir, pero no puedo. | ☐ 我想去，但我無法去。 |
| ☐ Mi coche es pequeño, pero cómodo. | ☐ 我的車很小，但很舒適。 |

❷ 《口語》〈強調〉：「可是～」

| ☐ ¡Pero si yo no tengo la culpa! | ☐ 可是那又不是我的錯！ |

◇ 256　mas　𓃰 but

「但是」（＝ pero）

| ☐ Si hubiera tenido la ocasión..., mas ya era imposible. | ☐ 如果當時有機會的話…但是已經不可能了。 |

＊用於比較正式或古風的文體。一般情況下會使用 pero。

◇ 257　ni　𓃰 nor

❶「～和…都不」：當否定詞使用。☞◇294 ni

| ☐ No le desanimaron las amenazas ni los fracasos. | ☐ 威脅和失敗都沒有讓他氣餒。 |

❷ 用《ni ... ni ...》表示「不管～還是～都不…」的意思。

☐ Ni tú ni yo estamos de acuerdo.	☐ 你和我都不同意。
☐ Ni las súplicas ni las lágrimas de su hija enternecieron al padre.	☐ 女兒的懇求和眼淚，都沒有打動父親。

主詞是《ni A ni B》的時候，動詞使用複數形。而當主詞在動詞後面的時候，動詞經常會和比較接近的主詞一致。

◇ 258　對等相關詞片語

連接兩組相關詞語的片語，這裡稱為「相關詞片語」。下面列出功能與對等連接詞相同、連接兩個同性質詞語的相關詞片語，以及它們的例句。

❶ 《bien... bien...》「～也好，～也罷」、「～和～都」、「～或者～」

☐ Bien el sábado, bien el domingo tenemos que terminar el trabajo.	☐ 不管是在星期六還是星期日，我們必須完成工作。

❷ 《o ... o ...》「～或者～」強調只有兩者其中的一個。

☐ ¿O vienes o te quedas aquí?	☐ 你要來還是留在這裡？

也會使用《o bien... o bien...》的形式。

☐ Puedes imprimirlo o bien guardarlo en un disco duro o bien en un disquete.	☐ 你可以把它列印出來、儲存在硬碟或者磁碟片裡。

❸ 《tanto ~ como...》

(a) 「～和…同樣」

☐ Estamos interesados tanto en la cantidad como en la calidad de los productos.	☐ 我們對產品的數量與品質同樣關心。

(b) 「和～程度相同」☞◇156 同等比較級

☐ No tengo tanta suerte como él.	☐ 我沒有他那麼幸運。

❹ 《no ~ sino...》

(a) 〈訂正〉:「不是～而是…」

| ☐ Mi abuelo no está borracho, sino solo un poco alegre. | ☐ 我爺爺不是喝醉了，只是有點微醺。 |

(b) 〈排除〉:「只有／只是～」

| ☐ No deseo sino ayudarte. | ☐ 我只是想幫你。 |

5.4　從屬連接詞

▶從屬連接詞的作用，是將從屬子句連接在主要子句上。有主要子句和從屬子句的句子，稱為「複合句」。從屬連接詞不重讀。

◇ 259　apenas　㈥ as soon as

「一～就（馬上）」

| ☐ Apenas salí, se puso a nevar. | ☐ 我一出門就開始下雪了。 |

＊雖然是連接詞，但這個詞會重讀，是連接詞中的例外。☞◇35 重讀詞與非重讀詞

◇ 260　aunque　㈥ although, though

❶ 〔陳述式〕「雖然～」

| ☐ Aunque es joven, sabe mucho. | ☐ 他雖然年輕，但知識豐富（知道得很多）。 |

❷ 〔陳述式〕〈追加、補充〉:「雖然～」、「然而～」

| ☐ Quizá llueva mañana, aunque no me gustaría. | ☐ 明天或許會下雨，雖然我不喜歡（下雨）。 |

❸〔虛擬式〕〈讓步〉:「就算～」

Aunque no te guste, tienes que aceptarlo.	就算你不喜歡,你也必須接受。
Aunque ayer me lo hubieras dicho, ya habría sido tarde.	就算昨天你跟我說了那件事,也已經太晚了。

◇ 261　como　因 as

❶「按照～」、「依照～」

Haz como te he dicho.	照我跟你說過的去做。

❷〔在主要子句之前〕「因為/由於～」

Como no me he puesto la crema, siento la piel áspera.	因為我沒有擦乳霜,所以我感覺腳很粗糙。

❸〔虛擬式〕「如果～」

Como lo hagas otra vez, te castigaré.	如果你再那麼做,我就會處罰你。

❹《形容詞＋como＋ser/estar 的變化形》「儘管～」

Pobre como es, parece feliz.	儘管貧窮,但他看起來很快樂。

◇ 262　conforme　因 as

❶「按照～」、「遵照～」

Yo lo hice conforme tú me dijiste.	我按照你告訴我的去做了。

❷「隨著～」、「在～的同時」、「一邊～」

El embajador saludaba a los invitados conforme iban llegando.	(當時)大使依照賓客抵達的順序向他們打招呼。

❸ 「一～就」

| ☐ Conforme me den el resultado del examen, te lo avisaré. | ☐ 我一收到測驗的結果，就會通知你。 |

◇ 263　conque　圀 so

❶ 《口語》「所以」、「那就」

| ☐ Tú no estabas allí y no lo sabes; ¡conque cállate! | ☐ 既然你當時不在那裡、不知道那件事，那就別說話！ |

❷ 《口語》〔在句子開頭〕「那麼」

| ☐ Conque, ¿te vienes conmigo o te quedas en casa? | ☐ 那麼，你要跟我來還是待在家裡？ |

◇ 264　cuando　圀 when

❶ 〔陳述式〕「當～的時候」

| ☐ En casa, cuando comemos, nunca vemos la televisión. | ☐ 在家裡，我們吃飯的時候從來不看電視。 |

❷ 〔陳述式〕〈理由〉：「既然～」

| ☐ Cuando todos lo dicen, habrá algo de verdad. | ☐ 既然所有人都這麼說，應該有點真實性吧。 |

❸ 〔陳述式〕〈讓步〉：「即使～」

| ☐ Está enfadado cuando soy yo el que debería enfadarme con él. | ☐ 他很生氣，即使應該是我對他生氣才對。 |

❹ 〔虛擬式〕〈未來的時間〉：「～的時候」

| ☐ Cuando vaya a Madrid, visitaré el Museo del Prado. | ☐ 去馬德里的時候，我會參觀普拉多美術館。 |

5.4 從屬連接詞

◇ 265　donde　囡 where

〈場所〉：「在～」、「在～的地方」

| □ El profesor es muy distraído; donde va olvida el sombrero. | □ 這個老師很心不在焉，去哪裡都會忘記帽子。 |

◇ 266　mientras　囡 while

❶ 〔陳述式〕〈時間〉：「在～的同時」

| □ Mientras nosotros veíamos la televisión, los niños jugaban en el jardín. | □ （當時）在我們看電視的同時，孩子們在花園玩。 |

❷ 〔表示對比〕「…卻～」、「相對於～」

| □ Ella te está ayudando mientras tú la estás ofendiendo. | □ 她在幫你，你卻在惹她生氣。 |

❸ 〔虛擬式〕〈未來的時間〉：「只要～」

| □ Mientras llueva, no saldremos. | □ 只要下雨，我們就不會外出。 |

❹ 《mientras＋比較級＋比較級》「越～越…」

| □ Mientras más lo miro, más me gusta. | □ 我越看越喜歡它。 |

❺ 《mientras que》「…卻～」、「相對於～」

| □ Ella mantuvo su posición, mientras que los otros cambiaron de opinión. | □ 相對於其他人改變了意見，她還是維持自己的立場。 |

◇ 267　porque　囡 because

❶ 〔陳述式〕「因為～」

| □ No aprobó porque no estudió. | □ 我沒及格，因為我沒唸書。 |

❷ 《否定句＋porque》〔虛擬式〕「不因為～就…」

| ☐ No lo hago porque tú me lo digas, sino porque yo quiero. | ☐ 我不會因為你跟我說就做那件事，而是因為我想做才去做。 |

❸ 〔虛擬式〕「因為～」、「好讓～」（＝para que）

| ☐ Llámame a casa porque te diga el resultado. | ☐ 打電話到我家，讓我告訴你結果。 |

補充 -1 porque / por＋形容詞／副詞＋que / por el que / por qué / porqué

(1) porque 是表示〈理由〉的連接詞。

☐ No comió nada porque no tenía hambre. / 他什麼也沒吃，因為他當時不餓。

(2) 《por ＋形容詞／副詞＋ que》表示〈讓步〉的意思「不管多麼～」。

☐ Por lejos que estés, quiero verte. / 不管你在多遠的地方，我都想見到你。

(3) 《por ＋定冠詞＋ que》是關係代名詞。☞◇245 el que

☐ Esta es la razón por la que te necesitamos. / 這就是我們需要你的原因。

(4) 《por qué》是問〈理由〉的疑問詞。☞◇280 por qué

☐ ¿Por qué lo hiciste? ─ ¡Porque sí!
／你為什麼這麼做？─ 因為就是這樣啊！（沒有理由）

(5) porqué 是陽性名詞，表示「理由」。

☐ Nadie comprende el porqué de su conducta. / 沒有人了解他行為的原因。

補充 -2 como / porque / pues / puesto que / ya que

(1) como（因 since）表達〈已經清楚為人所知的事實〉作為理由。通常放在主要子句前面。

☐ Como Pepe llega tarde, vamos a empezar sin él.
／因為佩佩會晚到，所以我們不等他（在沒有他的情況下）就開始吧。

(2) porque（因 *because*）表達〈直接的理由、原因〉，放在主要子句後面。

☐ Ernesto volvió apresuradamente a casa, <u>porque</u> había olvidado la cartera.
／埃爾內斯托匆匆回家，因為他忘了錢包。

(3) pues（因 *for*）用來補充說明〈理由〉。

☐ Guarda bien tu dinero y tu pasaporte, <u>pues</u> por aquí abundan rateros.
／把你的錢和護照看管好，因為這一帶有很多扒手。

(4) puesto que（因 *since*）用來表示對於〈理由〉的說明。

☐ Lo dejaremos para mañana, <u>puesto que</u> hoy no hay tiempo.
／我們把這件事留到明天吧，因為今天沒有時間。

(5) ya que（因 *since, as*）表示〈前提〉「既然〜」、「由於〜」。

☐ Bien, te acompañaré, <u>ya que</u> insistes. ／好，我陪你，既然你堅持。

◇ 268　pues　因 *for, then*

❶ 〈原因、理由〉：「因為〜」因 *for*

☐ Cierra la ventana, <u>pues</u> hace frío.	☐ 把窗戶關上，因為很冷。

❷ 〈結果〉：「那麼」因 *then*

☐ <u>Pues</u>, si quieres venir, tendrás que ir a pie.	☐ 那麼，如果你想來的話，你就得用走的了。

◇ 269　que　因 *that*

❶〔陳述式〕〈事實〉：「〜這件事」

表示自己〈認知到的事〉或〈傳達的內容〉。

☐ El nuevo empleado dice <u>que</u> habla varios idiomas.	☐ 新的員工說他（會）講多種語言。

❷ 〔虛擬式〕〈假設的事情〉:「～這件事」

表示〈否定〉、〈懷疑〉、〈可能性〉、〈願望〉、〈要求〉之類的內容。

☐ Mónica me pidió que la llamara.	☐ 莫妮卡要我打電話給她。
☐ ¡Ojalá que puedas conocer nuestro pueblo algún día!	☐ 但願有一天你能了解我們的城鎮！

❸ 《口語》「因為～」:表示〈理由〉。

☐ Ponte el abrigo, que hace frío.	☐ 穿上大衣吧，因為很冷。
☐ No pude ir al sitio, que me había perdido en el camino.	☐ 我到不了那個地方，因為我當時迷路了。

❹ 《口語》「是說～（嗎）」:重複說過的話。

☐ ¿Cómo has dicho? — Que no.	☐ 你說了什麼？ －我說不要。
☐ ¿Que está nevando? ¿De verdad? Voy a mirar por la ventana...	☐ 你是說在下雪嗎？真的嗎？我去看看窗外…

❺ 《es que》「是～這件事」、「其實是～」

☐ ¿Por qué cerraste la ventana? — Es que tenía frío.	☐ 你為什麼關了窗戶？ －是因為很冷。

❻ 《el que》「～這件事」

☐ Me extraña el que hayan partido sin decirme nada.	☐ 我覺得他們沒跟我說一句話就離開很奇怪。

＊關於關係代名詞的《el que》☞ ◇245 el que

❼ 在口語或拉丁美洲的西班牙語中，經常會省略 de que 中的 de。

☐ Estoy segura que te gustará este regalo.	☐ 我確定你會喜歡這份禮物。

5.4 從屬連接詞

❽ rogar「請求、懇求」等動詞的受詞子句，有時會省略 que。

| ☐ Les ruego me comuniquen el resultado. | ☐ 請您們通知我結果。 |

參考 qué / que 疑問詞、關係詞與連接詞

　　疑問詞 qué、連接詞 que 和關係詞 que 的拼字相同，並不是偶然。據推測，這些詞的根源可能都來自原始印歐語的疑問詞 k^{w}o-。這個疑問詞後來也被當成關係詞使用，然後又拓展出連接詞的用法。☞ ◇244 que

　　如下所示，在現代西班牙語中，疑問詞 qué 和連接詞 que 其實也有類似的功能。

☐ (1) Sé qué [疑問詞] tengo que hacer. / 我知道我必須做什麼。
☐ (2) Sé lo que [關係詞] tengo que hacer. / 我知道我必須做的事。
☐ (3) Sé que [連接詞] tengo que hacerlo. / 我知道我必須做那件事。

　　請注意從 (2) 的關係詞變成 (3) 的連接詞時，去掉了先行詞（lo）。少了先行詞，關係詞就變成連接詞了（可以解釋成獨立用法的關係詞包含了先行詞）。疑問詞 cuándo, dónde, cómo、關係詞 cuando, donde, como、連接詞 cuando, donde, como 的情況也是一樣。例如 el día cuando...「～的那一天」是「先行詞+關係詞」，而沒有先行詞、只有 cuando...「當～的時候」則是連接詞的用法。el lugar donde...「～的地方」和 la manera como...「～的方式」也是一樣。這種幾千年前就存在的語言變化模式，在現代的西班牙語也還看得到。

　　我們用這種模式來理解西班牙語看看。出現 que, cuando, donde, como 等等的時候，可以替換成「疑問詞」qué, cuándo, dónde, cómo 來思考。例如句子 (3) 可以想成「我知道」（「什麼？」）、「至於那是什麼，就是必須做那件事的這回事」。(3) 這種簡單的句子，雖然本來就比較容易解釋，但要是遇到比較複雜的長句，像這樣把句子分解，對於順利解讀句子的意思就很有幫助了。

◇ 270　según　圈 according to what, as

這是連接詞之中的例外，會重讀。

❶〔陳述句〕〈依據〉：「依照～」

| ☐ Según parece, vendrá mucha gente. | ☐ 照這樣看來，應該會有很多人來。 |

❷〈同時進行〉:「隨著～」、「在～的同時」

| □ Según los invitados vayan llegando, les acomodaremos en la sala. | □ 隨著賓客抵達，我們會帶他們到客廳。 |

❸〈樣態〉:「如同～」、「像～一樣」

| □ Todo salió según esperábamos. | □ 一切都如同我們所預期的發展了。 |

❹〔虛擬式〕〈條件〉:「依照～」、「隨著～」

| □ Según sea el tiempo mañana, iremos o no. | □ 依照明天的天氣狀況，我們會決定要不要去。 |

◇271　si　㈠ if

❶〈條件〉:「如果～的話」

| □ Si tienes hambre, entramos en el restaurante. | □ 如果你餓了，我們就進去那間餐廳。 |

＊關於假設句☞◇204 假設句

❷《si bien...》「即使～」、「儘管～」

| □ No respondió, si bien lo sabía. | □ 他沒有回答，即使他知道。 |

◇272　連接詞片語

由兩個以上的單字組成、功能與連接詞相同的片語，這裡稱為「連接詞片語」。以下介紹一些常用的連接詞片語。

● a fin de que...〔虛擬式〕「好讓～」、「以便～」

| □ El profesor se subió al estrado a fin de que todos le vieran mejor. | □ 老師站上了講台，好讓所有人比較容易看見他。 |

● a medida que...「隨著~」

| A medida que el avión va descendiendo, la velocidad se reduce. | 隨著飛機下降,速度也會降低。 |

● a menos que...〔虛擬式〕「除非~」

| A menos que llueva mañana, iremos de excursión. | 除非明天下雨,不然我們就去遠足。 |

● a no ser que...〔虛擬式〕「除非~」

| No quiero comer pescado, a no ser que tenga pocas espinas. | 我不想吃魚,除非魚刺很少(有很少的刺)。 |

● ahora que...「(現在)既然~」

| Ahora que sabes todo, quiero oír tu opinión. | 既然你知道了一切,我想聽聽你的意見。 |

● antes (de) que...〔虛擬式〕「在~之前」

| Hay que comer estas fresas antes que se estropeen. | 必須在這些草莓壞掉之前把它們吃掉。 |

● así que...

(1) 「一~就」

| Así que termine de estudiar, saldré a pasear. | 一唸完書,我就會出門去散步。 |

(2) 「所以~」表示〈結果〉。

| El tren ya se había ido, así que nos sentamos a esperar el siguiente. | (當時)火車已經開走了,所以我們坐下等下一班。 |

(3)〔在句首〕「所以～」、「那麼～」

| □ ¿Así que estás decidido? | □ 所以你決定好了嗎？ |

● con tal de que...〔虛擬式〕「只要～（條件）」

| □ No me importa salir a cualquier hora con tal de que lleguemos a tiempo. | □ 只要我們能準時到，幾點出發我都沒關係。 |

● dado que...〔陳述式〕「既然～」、「由於～」

| □ Dado que no hay hotel, nos iremos a una pensión. | □ 既然沒有飯店，我們就去旅社吧。 |

● de ahí que...〔虛擬式〕「因此～」

| □ Estudió mucho; de ahí que aprobara. | □ 他唸了很多書；因此，他通過測驗了。 |

● de forma que...

(1)〔陳述式〕「所以～」

| □ No estaba en casa, de forma que le dejé una nota en la puerta. | □ 他當時不在家，所以我在門口留了一張便條給他。 |

(2)〔虛擬式〕「好讓～」

| □ Explícaselo de forma que lo entienda. | □ 跟他解釋那個，好讓他明白。 |

(3)〔在句首〕〔陳述式〕「那麼～」

| □ De forma que después de habértelo comprado, no lo quieres, ¿eh? | □ 那麼，你是在已經買了那個之後，又不想要了，對嗎？ |

● de manera que...

(1)〔陳述式〕「所以～」、「因此～」

| Acabo de oír decir que conseguiste el puesto. De manera que estarás muy contento, ¿verdad? | 我剛聽說你得到了那個職位。所以，你應該很滿意對吧？ |

(2) 〔虛擬式〕「好讓～」

| Habla claramente de manera que te entendamos. | 請說清楚，好讓我們了解你的意思。 |

● de tal manera que...「以至於～」、「到～的程度」

| El niño comió de tal manera que se manchó toda la ropa. | 那孩子吃得整身衣服都髒了。 |

● de modo que...

(1) 〔陳述式〕「所以～」、「因此～」

| Lo has leído; de modo que ya lo sabes. | 你讀過了那個，所以你應該已經知道了。 |

(2) 〔虛擬式〕「好讓～」

| El profesor habló despacio de modo que todos le entendieran. | 老師慢慢地說，好讓所有人都了解他的意思。 |

● desde que...「自從～」

| Creo que empecé a amar a Roberto desde que le vi. | 我想，從我見到羅伯特的那一刻，我就開始愛上他了。 |

● después de que...「在～之後」

| Después de que lo dije, me arrepentí. | 在我那麼說之後，我後悔了。 |

＊在口語中經常省略 de。

有時會使用虛擬式過去時態，尤其在書面文章裡。

| □ Después de que se terminara el partido, hubo una pelea de unos jóvenes. | □ 比賽結束後，有一些年輕人打架（有一場年輕人的打架）。 |

● en cuanto...「一～就」

| □ En cuanto dieron las doce, interrumpimos el trabajo. | □ 一到 12 點，我們就暫停（中斷）了工作。 |

● en caso de que...〔虛擬式〕「假如～」

| □ En caso de que no pueda venir, llámeme. | □ 假如您不能來，請打電話給我。 |

● en tanto que...

(1)〔陳述式〕「在～的同時」、「而另一方面～」

| □ Espérame aquí en tanto que regreso. | □ 我回來的時候，在這裡等我。 |

(2)〔虛擬式〕「只要～」

| □ En tanto que sigas con fiebre, no podrás ir al trabajo. | □ 只要你持續發燒，就不能去上班。 |

● hasta que...「直到～」

| □ Mi hermano se quedó en España hasta que se le acabó el dinero. | □ 我哥哥在西班牙待到把錢用完為止。 |
| □ Aguántate el hambre hasta que lleguemos a casa. | □ 在我們到家之前，你要忍住飢餓。 |

● para que...〔虛擬式〕「為了～」

| □ Hablaré despacio para que me entiendan. | □ 我會慢慢說，好讓他們明白我的意思。 |

● por más que...「無論多麼～」

| □ Por más que lo busques, jamás lo encontrarás. | □ 無論你多麼努力找，也絕對找不到它。 |

● por mucho que...「無論再怎麼～」

Por mucho que come, no engorda.	他再怎麼吃都不會胖。
Por mucho que me lo pidas, no lo haré.	不管你怎麼求我，我都不會做那件事。

● puesto que...「既然～」

Puesto que tú lo has visto, nos gustaría que nos lo contaras.	既然你看到了那件事，我們希望你告訴我們。

● salvo que ...〔虛擬式〕「除非～」

Saldremos de excursión salvo que amanezca lloviendo.	我們會出門去郊遊，除非早上下雨。

● siempre que...

(1)〔陳述式〕「～的時候總是」

Siempre que limpio la casa, abro las ventanas.	打掃家裡的時候，我總是會打開窗戶。

(2)〔虛擬式〕「只要～隨時都…」、「只要是～的時候」

Siempre que me llames, vendré en tu ayuda.	只要你打電話給我，我隨時都會來幫你。

● tal como...「如同～一樣」

Te lo cuento tal como me lo contó él.	我把他告訴我的照樣告訴你。

● tan pronto como...「一～就立刻」

Este aparato se activa automáticamente tan pronto como usted pulsa el botón.	這個裝置在您按鈕之後就會立即自動啟動。

● ya que...「既然～」

| ☐ Ya que vas a estar en casa, haz el favor de recibir las llamadas de teléfono. | ☐ 既然你會待在家，就請你幫忙接電話。 |

◇ 273　從屬相關詞片語

在相關詞片語中，有些像從屬連接詞一樣，具有將從屬子句連接到主要子句的作用。

● cuanto más ～ , (tanto) más...「越～就越…」

| ☐ Cuantos más amigos vayamos, más nos divertiremos en la fiesta. | ☐ 越多朋友去的話，我們在派對就會玩得越開心。 |

● no solamente ～ , sino (también)...「不僅～而且（也）…」

| ☐ Tomás no solamente es un buen estudiante, sino también un gran deportista. | ☐ 湯瑪斯不但是個好學生，也是很棒的運動員。 |

solamente 有時會改成 solo。

| ☐ El profesor no solo habla español, sino también portugués. | ☐ 老師不只會說西班牙語，還會說葡萄牙語。 |

● 《tan ＋形容詞／副詞＋ que... ＞「太～而…」

| ☐ La sopa está tan caliente que no se puede tomar. | ☐ 湯太燙而沒辦法喝。 |

● tanto ～ que...「太～而…」

| ☐ Tengo tantos libros que no sé dónde meterlos. | ☐ 我有太多書，而不知道要放在哪裡。 |

6. 句子

Arcos de la Frontera, Cádiz

▶句子由名詞類、形容詞、副詞、動詞等與關係詞類結合而成。在本書的最後，要介紹各種句子的種類與句型，並且了解詞序的問題，為文法學習收尾。句子的核心是動詞，例如下面畫波浪線的部分，而句子的結構就是以動詞為中心來思考的。

En la colina *hay* un pueblo blanco.

6.1 疑問詞與疑問句

▶疑問句可分為「直接疑問句」與「間接疑問句」。這兩種疑問句各自都有「整體疑問句」和使用「疑問詞」的「部分疑問句」兩種類型。

❶ 直接疑問句：使用問號（¿…?）。☞◇43 問號（¿…?）

(a) 整體疑問句：可以回答「是」（Sí.）或「不是」（No.）。

| ☐ ¿Tienes esta noche libre? — Sí. | ☐ 你今晚有空嗎？－有空（是）。 |

第一人稱也用來表達〈提議〉的意思「我來做～好嗎？」。

| ☐ ¿Te acompaño hasta la estación? | ☐ 我陪你到車站好嗎？ |

第二人稱也用來表達〈請求〉的意思「你來做～好嗎？」。

| ☐ ¿Me llamas hoy? | ☐ 你今天打電話給我好嗎？ |

「附加問句」也是一種整體疑問句，是在直述句後面加上 ¿verdad?, ¿no?, ¿sí? 等等。

☐ Sabes conducir, ¿verdad? — ¡Claro!	☐ 你會開車，對嗎？－當然！
☐ Hoy comemos juntos, ¿no? — De acuerdo.	☐ 今天我們一起吃飯好不好？ －好啊。

(b) 部分疑問句：使用疑問詞。☞ ◇274 - ◇283

☐ ¿Qué hay de nuevo?	☐ 最近怎麼樣（有什麼新鮮事嗎）？

❷ 間接疑問句：嵌入句中的疑問句。

(a) 間接疑問句的整體疑問句形式，使用 si，表示「是否～」的意思。

☐ Quiero saber si Francisco nos acompaña.	☐ 我想知道法蘭西斯科是否會跟我們一起。

(b) 間接疑問句的部分疑問句形式，不加問號（¿ ...?）。

☐ No sé por qué mi hermana hizo algo así.	☐ 我不知道為什麼我姊姊做了那樣的事。

以下說明常用疑問詞的使用方法。

◇274　adónde　㈥ to where

〔疑問副詞〕〈方向〉「往哪裡？」：形態不會變化。

☐ ¿Adónde va usted?	☐ 您要去哪裡？

＊也有分開寫成 a dónde 的寫法。

◇275　cómo　㈥ how

〔疑問副詞〕：形態不會變化。

❶〈狀態〉：「怎麼樣？」

☐ ¿Cómo está usted?	☐ 您好嗎（您的狀態怎麼樣）？

6.1 疑問詞與疑問句

❷〈方法〉〈手段〉:「怎麼樣?」、「如何?」

□ ¿Cómo desea los huevos?	□ 您希望怎麼料理蛋?《在餐廳》
□ ¿Cómo va usted a su oficina todos los días?	□ 您每天是怎樣去辦公室的?

❸〈理由〉:「為什麼?」、「怎麼?」

□ ¿Cómo puedes pensar tal cosa?	□ 你怎麼能有這種想法?

☞◇280 por qué 補充-1

❹「什麼?」要求再說一次。

□ ¿Cómo? ¿Puede repetir, por favor?	□ 什麼?能請您再說一次嗎?

❺〈反問〉:「怎麼會～?」

□ ¿Cómo es posible?	□ 這怎麼可能?

◇276 cuál 英 which

〔疑問代名詞〕可以詢問〈人〉,也可以詢問〈事物〉。複數形是 cuáles。
「哪個?」、「哪些?」:從全體之中選擇一部分。　英 which

□ Aquí hay dos camisas. ¿Cuál te gusta más? — La de rayas.	□ 這裡有兩件襯衫。你比較喜歡哪一件?—有條紋的。
□ ¿Cuál de las dos es Carmen?	□ 那兩個女的,哪個是卡門?
□ ¿Cuáles son los países centroamericanos?	□ 中美洲的國家是哪些?

和 ser 動詞連用時,也可以當成「什麼?」的意思使用。　英 what
☞◇281 qué 補充

□ ¿Cuál es su apellido?	□ 您的姓是什麼?

◇ 277　cuándo　英 when

〔疑問副詞〕〈時間〉「什麼時候？」：形態不會變化。

□ ¿Cuándo va usted a España?	□ 您什麼時候去西班牙？
□ Todavía no sé cuándo podré volver.	□ 我還不知道什麼時候能回去。

◇ 278　cuánto　英 how many, how much

(A)〔疑問代名詞〕〔疑問形容詞〕：有性數變化。　英 how many

❶〈數〉「多少？」、「多少人？」、「多少錢？」

□ ¿Cuánto cuesta este cuadro?	□ 這幅畫要多少錢？

❷「多少的～？」詢問〈量〉。

□ ¿Cuántas naranjas quieres?	□ 你想要多少柳橙？

(B)〔疑問副詞〕：沒有性數變化。　英 how much

❶「多麼？」（程度多少）

□ ¿Cuánto dista el lago de aquí?	□ 湖距離這裡有多遠？
□ No puedo decirle cuánto me ha encantado su país.	□ 我說不出自己有多喜歡您的國家。

❷ 在形容詞或副詞之前的形態是 cuán。

□ ¡Cuán feliz es Don Pedro!	□ 佩德羅先生多麼幸福啊！

＊這是詩意的表達方式，一般情況下會用 qué。
☞ ◇284 使用疑問詞的感嘆句

◇ 279　dónde　英 where

〔疑問副詞〕〈場所〉「在哪裡？」：沒有性數變化。

☐ ¿Dónde está la estación?	☐ 車站在哪裡？
☐ ¿De dónde eres?	☐ 你來自哪裡？
☐ ¿Puede usted indicarme dónde se factura el equipaje?	☐ 您可以告訴我在哪裡託運行李嗎？

◇ 280　por qué　図 why

〔疑問副詞〕：沒有性數變化。

❶ 〈理由〉〈原因〉：「為什麼？」

☐ ¿Por qué estudias español?	☐ 你為什麼學西班牙語？
☐ No entiendo por qué Josefina ha dicho tal cosa.	☐ 我不明白為什麼約瑟芬說了那樣的話。

❷〔在否定句〕〈提議〉：「何不～呢？」

☐ ¿Por qué no vas a consultar al médico?	☐ 你何不去看醫生呢？

補充 -1　¿por qué? / ¿cómo?

　　下面這種句子，可以用 ¿por qué?，也可以用 ¿cómo?。

☐ ¿Por qué no dijiste nada? / 你為什麼沒說話呢？
　（Why didn't you say anything?）
☐ ¿Cómo no dijiste nada? / 你怎麼（到底為什麼）沒說話呢？
　（How come you didn't say anything?）

　　¿por qué? 是一般詢問「為什麼？」的表達方式。至於 ¿cómo? 則是口語的說法，有「到底為什麼」的意思，帶有〈不耐〉、〈責備〉、〈生氣〉的語氣。不過，有時兩者的差異可能很細微，而幾乎無法區分。如果改變語調，¿por qué? 其實也可以表現出〈不耐〉、〈責備〉、〈生氣〉的語氣。因無法接受而問〈理由〉的時候，自然會帶有〈不耐〉、〈責備〉、〈生氣〉的語氣。注意說話方式和臉部表情，就可以領會這個層面的意涵。

補充 -2 ¿por qué? / ¿para qué?

¿por qué? 和 ¿para qué? 的差別如下。

- ¿Por qué la llamaste? / 你為什麼打電話給她？（*Why did you call her?*）
- ¿Para qué la llamaste? / 你為了什麼事打電話給她？
  （*What did you call her for?*）

¿por qué? 用來詢問〈理由〉「為什麼？」，¿para qué? 則是詢問〈目的〉「為了什麼事？」的意思。☞ ◇237 por 參考

◇ 281　qué　因 *what*

沒有性數變化。

❶〔疑問代名詞〕「什麼？」、「什麼東西？」、「什麼事情？」

□ ¿Qué es eso?	□ 那是什麼？
□ ¿Qué vas a hacer hoy?	□ 你今天會做什麼？
□ ¿Qué es el padre de Ana?	□ 安娜的爸爸是做什麼工作的？
□ ¿Qué es la democracia?	□ 民主主義是什麼？
□ ¿Qué habrá pensado el profesor?	□ 老師可能是怎麼想的呢？

❷〔疑問形容詞〕「什麼～？」、「怎樣的～？」

□ ¿Qué hora es?	□ 現在幾點？
□ ¿Qué talla tiene usted?	□ 您是什麼尺寸？
□ Voy a decirte qué programa ponen esta noche.	□ 我會告訴你今晚播放什麼節目。

補充 ¿qué? / ¿cuál?

- ¿Qué es la educación? / 教育是什麼？(*What is the education?*)
- ¿Cuál es tu opinión? / 你的意見是什麼？(*What is your opinion?*)

如同上面的例子所顯示的，¿qué es...? 問的是〈本質上的定義〉。¿cuál es...? 問的則是〈識別〉、〈辨認〉，詢問「（在一個類別中的答案）是什麼？」。在這種情況下，cuál 不會解釋成「哪個？」*which?* 的意思。

後面要接名詞的話，會使用 ¿qué...?。

- ¿Qué vino toma? — ¿Cuál me recomienda usted?
 / 您要喝什麼酒？—您推薦我哪一種？
 （*Which wine do you take? — Which do you recommend?*）

在 16 世紀的西班牙文學作品，可以看到 ¿cuál＋名詞？的用法。到了現代，拉丁美洲的許多地區仍然會說 ¿cuál＋名詞？。

◇ 282　qué tal　圐 how

〔疑問副詞〕：沒有性數變化。用於口語。

❶「怎樣？」、「如何？」

☐ ¡Hola! ¿Qué tal?	☐ 哈囉！你好嗎（狀態怎麼樣）？
☐ ¿Qué tal ha pasado usted este fin de semana?	☐ 您週末過得怎樣？

有時會省略動詞。

☐ ¿Qué tal el examen?	☐ 考試怎麼樣？

❷《¿qué tal＋名詞?》「怎樣的～？」

☐ ¿Qué tal tiempo hace hoy?	☐ 今天天氣如何？

◇ 283　quién　圐 who

〔疑問代名詞〕〈人〉「誰？」：複數形是 quiénes。沒有性的變化。

☐ ¿Quién vino?	☐ 誰來了？
☐ ¿Para quién compraría Luis tantas flores?	☐ 路易斯要買這麼多花是為了誰？
☐ Contesta al teléfono a ver quién es.	☐ 你去接電話看看是誰。

補充-1 《疑問詞＋不定詞》

《疑問詞＋不定詞》是結合疑問詞意義的一種表達方式。

- No sé cómo agradecerle tanta cordialidad. / 我不知道如何感謝您那般的親切。
- No sabía cuál camino elegir. / 當時我不知道該選哪條路。
- No sabíamos cuándo empezar. / 當時我們不知道要在什麼時候開始。
- No sabía cuánto pagar por el servicio. / 當時我不知道要為服務付多少錢。
- No sé dónde dirigirme para hacer la solicitud de la beca.
  / 我不知道要去哪裡申請獎學金。
- No supe qué decir. /（過去）我不知道要說什麼。
- Yo no sabía a quién pedir ayuda. / 當時我不知道要向誰求助。

這是一種間接問句。

補充-2 《定冠詞＋疑問詞》

間接問句加上定冠詞，可以轉換成名詞子句。

- El cómo le habían entrado las ganas de leer ese libro no lo sabía.
  / 當時我不知道為什麼他開始想要讀那本書。
- Reflexionaremos sobre el por qué hacemos lo que hacemos.
  / 我們會思考自己所作所為的原因（為什麼做我們所做的事）。

也可以像下面的例子一樣，當成名詞使用。

- Me interesan el qué, el cómo y el para qué de la enseñanza.
  / 我對教育的內容（教什麼）、方式（怎麼教）與目的（為了什麼）有興趣。

下面例句裡的 el porqué「理由，原因」已經完全名詞化了。

- Estudio el porqué de los fenómenos lingüísticos. / 我研究語言現象的原因。

6.2　感嘆詞與感嘆句

▶「感嘆詞」是用來表達說話者情感的詞語，它在句子裡和其他詞語分開使用，或者單獨使用。書寫時會在前後加上驚嘆號（¡...!）。

▶以下將感嘆詞分類為 (1) 表示自己情感的「情緒感嘆詞」、(2) 向對方傳達自己心情的「情感交流感嘆詞」，以及 (3)「擬聲詞、擬態詞」三種。(1) 情緒感嘆詞大多很短，是不多加思考就在瞬間說出的主觀詞語。(2) 情感交流感嘆詞含有向對方表達情感的意味，其中問候語特別重要。(3) 擬聲詞、擬態詞雖然不涉及情感，但因為獨立於句子裡的其他要素，所以從用法來看和感嘆詞類似。

▶感嘆詞大多是口語的說法，其中也包含比較粗俗的用語，所以使用時請注意場合與情況。以下介紹常用的感嘆詞。

◇ 284　使用疑問詞的感嘆句

❶ 感嘆句使用《qué ＋名詞》《qué ＋名詞＋ más/tan ＋形容詞》《qué ＋形容詞》《qué ＋副詞》等形式。

☐ ¡Qué equipo!	☐ 多棒的隊伍呀！
☐ ¡Qué película más aburrida!	☐ 真是一部無聊的電影！
☐ ¡Qué inteligente eres!	☐ 你真是聰明！
☐ ¡Qué bien habla español!	☐ 他講西班牙語講得真好！

❷ 要強調動詞或整個句子時，使用《cómo ＋動詞》的感嘆句型。

☐ ¡Cómo llueve!	☐ 雨下得好大！
☐ ¡Uf! ¡Cómo apesta a perfume!	☐ 噢！香水味好難聞！

❸ 強調數量時，使用《cuánto（＋名詞）》的感嘆句型。

☐ ¡Cuántos kilómetros hemos recorrido en un día!	☐ 我們一天內走過了好多公里呀！

◇ 285　情緒感嘆詞

情緒感嘆詞表示說話者的〈情緒〉。

● ah〈痛苦、感嘆、驚訝〉:「啊」、「呀」、「咦」

□ ¡Ah! ¿Estabas tú aquí?	□ 啊！你之前就在這裡了嗎？
□ ¿Ah, sí? No lo sabía.	□ 啊，是嗎？我（之前）不知道。

● ajá《口語》〈認同、贊成、驚訝、理解〉:「啊哈」、「就是那樣」、「原來如此」、「好啊」

□ ¡Ajá! De acuerdo.	□ 好啊！我同意。

● ajajá《口語》〈接受〉:「啊哈哈」、「原來如此」

□ ¡Ajajá, ya entiendo!	□ 啊哈哈，我懂了！

● anda《口語》（＊有時候會說成 [andá]。）

(1)〈驚訝〉:「哎呀」

□ ¡Anda! ¡Pues no lo sabía!	□ 哎呀！我不知道啊！

(2)〈鼓勵〉:「來吧」

□ ¡Anda, vamos a tomar una copa juntos!	□ 來吧，我們一起去喝一杯！

● ay〈痛苦、悲傷、驚訝〉:「哎呀」、「哎呦」

□ ¡Ay, ay, ay, qué dolor!	□ 哎呀哎呀，好痛啊！
□ ¡Ay!, ¡pero qué divertido!	□ 哎呀，真好玩！

● bah《口語》〈輕蔑、不相信、放棄〉:「呸」、「哼」、「哎」

□ Olvidé traerte tu libro... 　─ ¡Bah!, no importa. Me lo traes otro día.	□ 我忘了帶你的書給你⋯ 　─哎，算了。你改天再帶給我。

- caramba《口語》〈驚訝、憤怒、厭惡〉：「哎呀」、「天啊」、「該死」

| □ ¡Caramba! ¡Cómo has crecido! | □ 哎呀！你長這麼大了！ |

- caray《口語》〈驚訝、憤怒〉：「哎呀」、「天啊」、「該死」

| □ Pero, caray, ¿es que él no se da cuenta de nada? | □ 哎呀，但是他什麼也沒察覺到嗎？ |

- che《南美》《口語》〈呼叫、引起注意〉：「嘿」

| □ ¿Qué pasa, che? | □ 嘿，怎麼了？ |

- coño《西班牙》（＊是粗俗的用語，不能隨便使用）

(1)《俗》〈憤怒〉：「靠」、「操」

| □ ¡Cállate ya, coño! | □ 閉嘴，操！ |

(2)《俗》〈驚訝〉：「啊」、「哇」

| □ Coño! Mira, si ése es que va por allí es Francisco... ¡Francisco! | □ 哇！你看，往那邊走的那個人是不是法蘭西斯科…法蘭西斯科！ |

- ea〈激勵、強調〉：「嘿」、「好」

| □ ¡Ea, a trabajar todos! | □ 嘿，大家都去工作吧！ |

- eh《口語》

(1)〈呼叫〉：「嘿」、「喂」

| □ ¡Eh, tú, ven aquí! | □ 喂，你過來這裡！ |

(2)《口語》〔在句尾〕〈確認〉：「對吧」、「好嗎」

| □ Hace calor, ¿eh? | □ 很熱對吧？ |

(3) 《口語》〈驚訝〉:「什麼?」、「啊?」

| ☐ ¿<u>Eh</u>? ¿Qué has dicho? | ☐ 啊?你說什麼? |

● guay《口語》〈驚訝〉:「真棒」、「太好了」、「酷」

| ☐ ¡<u>Guay</u>! ¡Qué bien lo pasamos ayer en la fiesta! | ☐ 真棒!昨天我們在派對玩得太開心了! |

● híjole《墨西哥》《口語》〈驚訝〉:「哇」、「天啊」

| ☐ ¡<u>Híjole</u>!, se me ha caído el monedero. | ☐ 天啊!我的錢包掉了。 |

● huy《口語》〈驚訝〉:「哇」、「哎呀」(＊女性較常用。)

| ☐ ¡<u>Huy</u>, qué bien! Mañana es sábado. | ☐ 哎呀,太好了!明天是星期六! |

● jo《西班牙》《俗》〈驚訝〉:「哇」、「噢」、「天啊」、「真是的」(＊是比較粗俗的用語,不能隨便使用)

| ☐ ¡<u>Jo</u>, qué tío tan bestia! | ☐ 天啊,那傢伙太猛了! |

● joder《俗》〈憤怒、驚訝、痛苦〉:「操」、「該死」、「靠」(＊是粗俗的用語,不能隨便使用)

| ☐ ¡<u>Joder</u>! Me he equivocado otra vez. | ☐ 該死!我又搞錯了。 |

● oh《口語》〈驚訝、願望、悲傷〉:「噢」

| ☐ ¿Le gusta la música?
— ¿La música? ¡<u>Oh</u>, sí, me gusta mucho! | ☐ 您喜歡音樂嗎?
－音樂嗎?噢,我非常喜歡! |

● olé〈鼓勵〉:「很好」、「加油」

| ☐ El público entusiasmado por el arte y la valentía del torero, empezaba a gritar: ¡<u>olé</u>, <u>olé</u>! | ☐ 對鬥牛士的技巧與勇氣著迷的觀眾,開始大喊「加油、加油!」。 |

344

- puah《口語》〈厭惡、不快〉：「呸」、「真噁心」

| □ ¡Puah, qué mal huele esta habitación! | □ 好噁，這房間味道好臭！ |

- puf〈輕蔑、憎惡、反感〉：「呸」、「噴」

| □ Vendrá Álvaro.
— ¡Puf!
— ¿Qué pasa?¿No te cae bien Álvaro? | □ 阿爾瓦羅會來。
－噴！
－怎麼了？你討厭阿爾瓦羅嗎？ |

- uf〈疲勞、厭倦、煩惱〉：「啊～」、「唉～」

| □ ¡Uf, por fin terminé! | □ 啊～終於做完了！ |

◇ 286　情感交流感嘆詞

情感交流感嘆詞，可以讓說話者向聽者表達自己的心情。

- un abrazo / abrazos〈給親近的人的信件結尾用語〉：「抱一抱」、「祝好」

| □ Bueno, te dejo. Un abrazo. | □ 好了，就這樣吧。抱一下。 |

- adelante「請進」

| □ ¿Se puede? — ¡Adelante! | □ 可以（進去）嗎？－請進！ |

- adiós〈告別〉：「再見」

| □ ¡Adiós, hasta mañana! | □ 再見，明天見！ |

- alo, aló《南美洲》〈電話〉：「哈囉」、「喂」（=《西班牙》oiga）

| □ Aló, con el señor Pérez, por favor. | □ 喂，麻煩找佩雷斯先生。 |

- alto「停下來」、「站住」

| □ ¡Alto, ahí! | □ 站住，在那裡不要動！ |

- ándale / ándele《墨西哥》

(1) 《口語》〈附和〉:「好的」

| ☐ ¡Ándale, pues! | ☐ 好的,那就這樣吧! |

(2) 《口語》〈鼓勵、催促〉:「快點」、「加油」

| ☐ Ándale, apúrate con la tarea. | ☐ 快點,趕快寫作業! |

- ánimo〈鼓勵〉:「加油!」

| ☐ ¡Ánimo, muchacho! Ya nos falta poco. | ☐ 加油,小伙子!我們就差一點了。 |

- atención〈廣播等情況下要引起注意時〉:「請注意」

| ☐ Atención, por favor. Se anuncia la salida del vuelo 701. | ☐ 請注意。這是通知701航班出發的廣播。 |

- bien〈同意〉:「好」

| ☐ ¿Vamos juntos? — Bien. | ☐ 我們一起去好嗎?-好。 |

- bueno

(1) 〈暫時保留回應〉:「嗯」

| ☐ ¿Quiénes son tus compañeros de clase? — Bueno, son muchos. | ☐ 你的同班同學有誰? -嗯,有很多。 |

(2) 〈同意〉:「好」

| ☐ ¿Quieres venir con nosotros? — Bueno. | ☐ 你要和我們一起來嗎?-好。 |

(3) 〈改變話題或心情〉:「那麼」、「好」

| ☐ Bueno, vamos a empezar la clase de hoy, repasando la lección de ayer. | ☐ 好,那我們就開始今天的課堂,先複習昨天的課。 |

6.2 感嘆詞與感嘆句

(4) 〈驚訝〉：「唉呀」、「真是的」、「天啊」

| ☐ ¡Bueno! ¡Qué mentira dice este tío! | ☐ 天啊！這傢伙說那什麼謊話！ |

(5) 《墨西哥》「（電話中）喂」（=《西班牙》¿Oiga?）

| ☐ ¿Bueno? ¿Es la casa del señor López? | ☐ 喂，是羅培茲先生的家嗎？ |

● chao〔源自義大利語〕《南美洲》《口語》「再見」「byebye」

| ☐ ¡Chao! Hasta mañana. | ☐ 再見，明天見！ |

● chis《口語》「噓」

| ☐ ¡Chis! ¡El niño duerme! | ☐ 噓！孩子在睡覺！ |

● claro〈肯定的回答〉：「當然」

| ☐ ¿Vienes a la fiesta? — ¡Claro! | ☐ 你會來派對嗎？－當然！ |

● cuidado「小心！」

| ☐ ¡Cuidado! ¡Un coche! | ☐ 小心！有車！ |

● efectivamente〈肯定的回答〉：「的確」、「真的」

| ☐ ¡Qué temprano viene usted!
— Efectivamente, he venido media hora antes de la convenida. | ☐ 您來得真早！
－真的，我在約定的時間半小時前就來了。 |

● encantado / encantada

(1) 〈初次見面時打招呼〉：「很高興認識你」

| ☐ Luisa, éste es Juan, un amigo.
— Mucho gusto.
— Encantado. | ☐ 路易莎，這是我的朋友胡安。
－很高興認識你。
－很高興認識你。 |

＊說話者自己是男性時，會說 encantado，女性則是 encantada。

(2) 〈同意〉：「我很樂意」

| □ ¿Quiere bailar conmigo esta pieza?
— <u>Encantada</u>. | □ 您要和我一起跳（跳舞）這支曲子嗎？－我很樂意。 |

● enhorabuena〈祝福〉：「恭喜」

| □ ¡Ah! ¿No lo sabías? Me casé hace dos semanas. — ¡Hombre! ¡<u>Enhorabuena</u>! | □ 咦，你不知道嗎？我兩週前結婚了。－哇！恭喜！ |

＊用來恭喜別人達成的事情、榮譽或突然的好運。

● entendido《口語》〈了解〉：「我明白了」、「了解」

| □ Camarero, dos cafés con leche y un té.
— <u>Entendido</u>. | □ 服務生，我要兩杯牛奶咖啡和一杯紅茶。－好的（明白了）。 |

● felicidades〈祝福〉：「恭喜」

| □ Hoy cumplo diecinueve años.
— ¿Ah, sí? ¡<u>Felicidades</u>! | □ 今天是我 19 歲生日。
－啊，真的嗎？恭喜！ |

● fuera「出去！」

| □ ¡Váyase usted!
— ¿Cómo? ¿Me echa usted?
— Sí. ¡<u>Fuera</u>! | □ 請您離開！
－什麼？您是要趕我走嗎？
－是的。出去！ |

● hecho〈同意〉：「成交」、「就這麼決定」、「沒問題」

| □ ¿Me lo compras por veinte euros?
— ¡<u>Hecho</u>! | □ 你要用 20 歐元把我這東西買下來嗎？－成交！ |

● gracias〈感謝〉：「謝謝」

| □ <u>Gracias</u> por el envío de tu libro recién publicado. | □ 謝謝你把你最近出版的書寄給我。 |

● hala《西班牙》

(1)《口語》〈鼓勵〉:「加油」、「快點」

| □ ¡Hala! ¡A trabajar! | □ 快點,去工作! |

(2)《口語》〔在道別語之前〕「好吧」、「那就這樣了」

| □ ¡Hala, hasta luego! ¡Y a seguir bien! | □ 那就這樣了,再見!保重! |

(3)《口語》〈驚訝、憤怒〉:「哇」、「天啊」、「真過分」

| □ ¡Hala, qué bruto! ¡500 euros dice que cuesta esta silla! | □ 哇,太過分了!他說這把椅子要 500 歐元! |

● hale ☞ hala

● hola

(1)《口語》〈打招呼〉:「嗨」、「哈囉」

| □ ¡Buenos días, Laura!
— ¡Hola, Pepe! ¿Qué tal? | □ 早安,蘿拉!
—嗨,佩佩,你好嗎? |

＊這是對親近的人使用的非正式打招呼用語。

(2)《口語》〈驚訝、高興〉:「哎呀」

| □ ¡Hola, pues si aquel que va por allí es Guillermo! | □ 哎呀,那邊走過去的那個人就是吉爾莫啊! |

● hombre《口語》〈驚訝〉:「天啊」、「哎呀」

| □ Conseguí mi beca. La noticia acaba de llegar.
— ¡Hombre! ¡Qué bien! Te felicito. | □ 我取得獎學金了。通知剛到。
—天啊!太好了!恭喜你。 |

＊ hombre 原本是名詞「男性」的意思,但當感嘆詞的時候,也可以對女性這麼說。

- Jesús《口語》

(1) 〈驚訝、放心、失望〉：「天啊」、「謝天謝地」、「唉」

| ☐ ¡Jesús, qué miedo pasé! | ☐ 天啊，我嚇壞了！ |

(2) 《西班牙》〈對打噴嚏的人說〉：「保重」

| ☐ ¡Achís! — ¡Jesús! — ¡Gracias! | ☐ 哈啾！－保重！－謝謝！ |

- largo《口語》「滾開」

| ☐ ¡Largo! ¡He dicho que largo! ¡Fuera! | ☐ 滾開！我說了滾開！出去！ |

- ojalá〈願望〉：「但願」

| ☐ ¿Vendrá Lucía a la fiesta? — ¡Ojalá! | ☐ 露西亞會來派對嗎？－但願會！ |

- ojo《口語》〈提醒〉：「注意」、「小心」

| ☐ ¡Ojo con los coches al cruzar la calle! | ☐ 過馬路時要小心車輛！ |

＊說的時候也會用食指指自己的眼睛。

- paciencia「有耐心點」

| ☐ El autobús todavía no ha llegado. — ¡Paciencia! | ☐ 公車還沒來。－有耐心點！ |

- palabra〈保證〉：「我保證」、「我發誓」、「是真的」

| ☐ Lo que te estoy diciendo es verdad. ¡Palabra! | ☐ 我現在告訴你的事情是真的。我保證！ |

- perdón〈道歉、呼叫〉：「抱歉」、「不好意思」

| ☐ Perdón. ¿Dónde está la caja? | ☐ 不好意思。收銀台在哪裡？ |

- presente〈點名時表示出席〉：「有！」、「我在！」

| ☐ ¡Señor Sergio Cobos! — ¡Presente! | ☐ 塞吉歐・科沃斯先生！－我在！ |

● pst《口語》

(1) 〈呼叫別人〉：「喂」、「嘿」

| ☐ ¡Oiga, pst, pst, camarero! Un café negro, por favor. | ☐ 喂！嘿、嘿，服務生！麻煩給我一杯黑咖啡。 |

(2) 《口語》〈不感興趣〉：「嗯」

| ☐ ¿Te interesa la informática? — Pst, no sé. | ☐ 你對資訊科技有興趣嗎？－嗯，我不知道。 |

● salud

(1)「乾杯」

| ☐ Vamos a brindar por nuestro equipo. ¡Salud! | ☐ 一起來為我們的團隊乾杯吧。乾杯！ |

(2)《拉丁美洲》〈對打噴嚏的人說〉：「保重」《西班牙》¡Jesús!

| ☐ ¡Achís! — ¡Salud! — ¡Gracias! | ☐ 哈啾！－保重！－謝謝！ |

● silencio「安靜」

| ☐ ¡Silencio! El profesor está hablando... | ☐ 安靜！老師正在講話。 |

● socorro「救命！」

| ☐ ¡Socorro! ¡Me ahogo! ¡Ayúdenme! | ☐ 救命！我要溺水了！救我！ |

● suerte「祝好運！」

| ☐ Mañana tengo examen de historia. — ¡Suerte! | ☐ 我明天有歷史考試。－祝好運！ |

- viva / vivan〈慶祝的時候〉：「萬歲」

☐ ¡Viva el rey!	☐ 國王萬歲！
☐ ¡Vivan los novios! — ¡Vivan!	☐ 新郎新娘萬歲！－萬歲！

- ya《口語》〈同意〉：「好」、「是的」

☐ Estaré dos días en Bilbao... — Ya.	☐ 我會在畢爾包待兩天…－好。

◇ 287　擬聲詞、擬態詞

下面列出一些主要的例子，包括表示人聲、動物叫聲與物品聲音的擬聲語，以及表示事物樣態的擬態語。

☐ achís	☐ 哈啾《打噴嚏》
☐ bla, bla, ...	☐ 吧啦吧啦《說話》
☐ cataplum	☐ 砰、啪、咚《掉落、碰撞的聲音》
☐ clac	☐ 啪、喀啦《東西折斷或斷開的聲音》
☐ cloc	☐ 啪嗒、滴答《輕輕敲擊或碰撞的聲音》
☐ crac	☐ 啪、喀啦《東西折斷或斷開的聲音》
☐ ejem	☐ 咳咳《為了引起注意的咳嗽聲》
☐ guau	☐ 汪《狗叫聲》
☐ ja, ja, ...	☐ 哈哈《笑聲》
☐ je, je, ...	☐ 嘿嘿《笑聲》
☐ miau, ...	☐ 喵《貓叫聲》
☐ mu, ...	☐ 哞《牛叫聲》
☐ paf	☐ 啪、砰《人或物體碰撞的聲音》
☐ pío, pío, ...	☐ 啾啾《鳥叫聲》
☐ plaf	☐ 啪啦、砰《輕輕的撞擊聲》
☐ plum	☐ 砰《打擊、撞擊的聲音》
☐ pum	☐ 砰《槍聲、撞擊聲》
☐ quiquiriquí	☐ 咕咕咕《雞的叫聲》

❏ tan, tan, ...	❏ 咚咚《鼓之類的聲音》
❏ tras, tras, ...	❏ 叩叩《敲門的聲音》
❏ zas	❏ 啪嚓、啪嗒《掉落、碰撞的聲音》；唰《突然的動作、樣態》
❏ zis zas	❏ 劈啪、嗖嗖《連續敲擊或揮舞東西時的聲音》

補充 擬聲詞、擬態詞的用法

中文有許多擬聲詞、擬態詞，但在西班牙語則很有限。例如「孜孜不倦地工作」、「雨滴答滴答地下」這種沒有直接對應詞語的情況，可以像下面的例子一樣用副詞或動詞表達接近的意義。

❏ Ha trabajado con vigor. / 他很有幹勁地工作了。
❏ Hoy está lloviznando. / 今天下著細雨。

擬聲詞、擬態詞獨立於句子其他部分之外，所以會用逗號等標點符號隔開。要強調的時候，會在前後加上驚嘆號（¡...!）。

❏ Mi hermana no para de hablar: bla, bla, bla ... / 我的姊姊吧啦吧啦地講個不停。
❏ Intentó subir al árbol, pero, ¡cataplum!, se cayó.
/ 他試圖爬上樹，但「砰！」一聲摔下來了。
❏ Ignacio se le acercó por detrás, la empujó y ¡plaf! la pobre cayó a la piscina!
/ 伊格納修從後面接近她，推了她一下，可憐的她就「啪啦！」一聲摔進游泳池了！
❏ Estábamos viendo la televisión y, ¡zas!, se fue la luz.
/ 我們在看電視的時候，「啪嚓！」一聲停電了。

6.3 否定詞與否定句

▶ no 可以否定各種成分，但除了 no 以外，還有各種帶有否定意義的否定詞。請注意否定詞共通的文法特徵。

◇ 288　no 與否定句

❶〈否定回答〉表示「不」的意思。　囷 *no*

☐ ¿Me oyes bien? — <u>No</u>.	☐ 你聽得清楚我的聲音嗎？ －聽不清楚。
☐ ¿Nevará mañana?— Creo que <u>no</u>.	☐ 明天會下雪嗎？－我想不會。

❷ 否定句是在動詞前面加 no。　囷 *not*

☐ <u>No</u> comprendo. ¿Puede repetir?	☐ 我不懂。您可以再說一次嗎？
☐ Temía que <u>no</u> vinieras.	☐ 我之前擔心你不會來。

動詞和非重讀人稱代名詞相連的情況，否定句的詞序是《no＋非重讀人稱代名詞＋動詞》。

☐ Anoche el calor <u>no me</u> dejó dormir.	☐ 昨晚的炎熱讓我睡不著。
☐ <u>No te</u> vayas.	☐ 你不要走。

英語表示〈否定回答〉的 *no* 和〈否定〉動詞的 *not* 是不同的詞，但在西班牙語都是用 no 表達。

☐ ¿Es usted chino? — <u>No</u>, señor, <u>no</u> soy chino.	☐ 您是中國人嗎？ －不，先生，我不是中國人。

❸ 形成表示「不是嗎？」的附加問句。

☐ Mañana es jueves, ¿<u>no</u>?	☐ 明天是星期四，不是嗎？

對於有 no 的疑問句，如果也回答 No 的話，就相當於中文習慣上回答「是的」的意思。

6.3 否定詞與否定句

□ ¿No lo sabes? — No, no lo sé.	□ 你不知道那件事嗎？ －（是的，）我不知道。

❹ 加在要否定的詞語前面，表示「不～」的意思。

□ Carmen puede no venir hoy.	□ 卡門今天可能不會來。
□ No siempre trabajo los sábados.	□ 我並不是每週六都工作。
□ Paco es un chico no muy fuerte.	□ 帕可是不怎麼強壯的男孩。

否定名詞或形容詞，表示「不～」、「非～」的意思。

□ Juan ha recibido la nota de «no aprobado» en Matemáticas.	□ 胡安在數學得到了「不及格」的成績。

❺ 〔在否定句或比較句中〕當〈虛詞〉使用。就算沒有 no 也是一樣的意思。關於〈虛詞〉☞ ◇293 nadie 補充

□ Prefiero salir a su encuentro que no quedarme esperándole.	□ 我寧願出門去見他，也不要留下來等他。

◇ 289　否定詞

❶ 種類：如下所示，有些代名詞、形容詞、副詞、連接詞帶有否定的意味。

(a) 代名詞

□ nadie	□ 沒有人
□ nada	□ 沒有什麼
□ ninguno, ninguna	□ 沒有一個人，沒有一個東西

(b) 形容詞

□ ninguno [ningún], ninguna	□ 沒有一個／沒有任何～

(c) 副詞

□ apenas	□ 幾乎不～

355

☐ nunca	☐ 從不～
☐ ni	☐ 就連～也不…
☐ jamás	☐ 絕不～
☐ tampoco	☐ 也不～

(d) 連接詞

☐ ni	☐ ～也不…

❷ 特徵：當否定詞在動詞之後，則在動詞前面加上 no 形成否定句，但如果否定詞在動詞前面的話，就不再加 no。否定詞全部都是重讀詞。

☐ No vino nadie. Nadie vino.	☐ 沒有任何人來。沒有任何人來。
☐ No fumo nunca. Nunca fumo.	☐ 我從來不抽菸。我從來不抽菸。

＊一般情況下，比較常用《no ＋動詞＋否定詞》。《否定詞＋動詞》在書面文章比在口語中常見，會更加強調否定的意義。

> **參考**　《no ＋動詞＋否定詞》與《否定詞＋動詞》
>
> 　　在中世紀西班牙語，曾經使用《nunca no ＋動詞》這種連續否定的表達方式。之後這種結構中漸漸不用 no，而變成《nunca ＋動詞》，據推測有以下這些理由。
>
> (1) 否定詞原則上緊接在被否定的詞語前面。
> (2) nunca 和 no 有相同的文法性質（「否定」的副詞），所以被當成一樣的東西。
> (3) 原本不是否定詞的 apenas, jamás, tampoco 等等，是不加 no 使用的。所以，原本就是否定詞的 nunca, nada, nadie 也被那樣的用法同化而變得不加 no 了。

◇ 290　apenas　副 *hardly, scarcely*

〔副詞〕〈否定〉：「幾乎不～」的意思。

☐ Desde hace un año apenas me escribe.	☐ 從一年前開始，他就幾乎不寫信給我了。

〔副詞〕〈肯定〉：在表示數量的詞語前面，有「僅僅～」、「才～」的意思。

☐ Entonces todavía eras una criatura; tenías apenas cinco años.	☐ 當時你還是個小孩，才 5 歲而已。

◇ 291　jamás　西 *never*

❶〔副詞〕「絕不～」

☐ Jamás hago apuestas.	☐ 我從來不打賭。
☐ No podré olvidar jamás todas sus atenciones.	☐ 我絕對忘不了你對我的各種關懷。

❷〔副詞〕「從來不曾～」☞ ◇296 nunca

☐ Jamás he oído cosa semejante.	☐ 我從來沒聽說過那種事。

◇ 292　nada　西 *nothing*

❶〔代名詞〕「沒有什麼」、「什麼也不」：否定〈事物〉。☞ ◇293 nadie

☐ No sé nada.	☐ 我什麼都不知道。
☐ No hay nada que me guste en esta carta.	☐ 這份菜單上沒有我喜歡的東西。

❷〔代名詞〕「沒事」

☐ No es nada.	☐ 沒什麼／沒關係。
☐ Espero que lo de su padre no sea nada. ― Gracias.	☐ 我希望您的父親平安無事。－謝謝。

◇ 293　nadie　西 *nobody*

〔代名詞〕「沒有人」、「誰也不」：否定〈人〉。☞ ◇292 nada

☐ Nadie es perfecto.	☐ 沒有人是完美的。
☐ ¿Hay alguien en la oficina? ― No, no hay nadie.	☐ 辦公室裡有人嗎？－沒有人。
☐ Es un secreto. No se lo digas a nadie.	☐ 這是祕密。不要對任何人說。

補充 作為〈虛詞〉的否定詞

有些情況下，會發現如果仔細思考的話，其實不知道為什麼要加否定詞。

- □ Temo que <u>no</u> vayas a suspender esta vez. / 我擔心你這次會不會不及格。
- □ A veces me es difícil escribirte <u>nada</u>. / 有時候對我而言很難寫點什麼給你。

第一個句子擔心的是「不及格這件事」，其實應該不需要加 no。而第二個句子要表達的「寫點什麼」，應該是 escribirte <u>algo</u> 才對。實際上，雖然在這種情況下，的確也有不使用 no 或者用 algo 的說法，但因為心理上有了〈否定〉的感覺，才會用出這種沒有意義的〈虛詞〉型否定詞。

◇ 294　ni　奧 nor

❶〔副詞〕「而～也不…」：追加否定的詞語或句子。

□ Yolanda no compró el periódico, <u>ni</u> tampoco la revista.	□ 尤蘭達沒買報紙，也沒買雜誌。
□ ¡Qué raro que Manuel no escriba <u>ni</u> llame por teléfono!	□ 曼努埃爾不寫信，也不打電話給我，真是奇怪！

❷〔副詞〕「就連～也不…」：表示〈強調〉。

□ No sé de él <u>ni</u> su nombre.	□ 我連他的名字也不知道。
□ No tengo <u>ni</u> un euro.	□ 我連一歐元也沒有。

❸《ni... ni...》「既不～也不～」：連接兩個否定的詞語或句子。

□ Este niño todavía no sabe <u>ni</u> leer <u>ni</u> escribir.	□ 這個孩子還不會讀，也不會寫。
□ No le gusta el tenis, <u>ni</u> el fútbol, <u>ni</u> nada.	□ 他既不喜歡網球也不喜歡足球，什麼都不喜歡。

❹《ni siquiera...》「連～也不…」

□ No quedaba <u>ni</u> <u>siquiera</u> una gota.	□ 連一滴也沒有剩下。
□ Se fue sin <u>ni</u> <u>siquiera</u> darnos las gracias.	□ 他連對我們道謝也沒有，就走了。

❺ 《sin ～ ni...》「既沒有～也沒有～」

| ☐ El enfermo pasó todo el día <u>sin</u> beber <u>ni</u> comer. | ☐ 病人沒喝也沒吃地過了一整天。 |

◇ 295　ninguno　西 no one; no, not any

❶〔形容詞〕「沒有一個／沒有任何～」：否定〈人〉或〈事物〉。

| ☐ <u>Ningún</u> coche me gustó. | ☐ 每輛車我都不喜歡。 |
| ☐ No he visto <u>ninguna</u> bahía tan hermosa como la de Acapulco. | ☐ 我沒看過任何像阿卡波可一樣美麗的海灣。 |

＊陽性單數名詞前面使用 ningún，陰性名詞前面使用 ninguna。

❷〔代名詞〕「沒有一個人」、「沒有一個東西」

| ☐ No ha venido <u>ninguna</u> de mis amigas. | ☐ 我的（女性）朋友沒有一個人來。 |
| ☐ <u>Ninguno</u> de sus colegas trabaja tanto como él. | ☐ 他的同事沒有一個人像他那麼努力工作。 |

＊表達意識到整體，而其中「沒有一個人～」的意思。如果只是要單純表達「沒有人」的話，則會用 nadie。☞◇293 nadie

◇ 296　nunca　西 never

❶〔副詞〕「從不～」、「永遠不～」

| ☐ Juan no fuma <u>nunca</u>. | ☐ 胡安從不吸菸。 |
| ☐ No quiero verle <u>nunca</u>. | ☐ 我永遠都不想見到他。 |

❷〔副詞〕「從來不曾～」

| ☐ <u>Nunca</u> he estado en Bolivia. | ☐ 我從來沒去過玻利維亞。 |
| ☐ No he conocido <u>nunca</u> a nadie tan inteligente como Luis. | ☐ 我從來沒認識過像路易斯那麼聰明的人。 |

> **參考** nunca / jamás

　　兩者都有「絕不～」的意思，雖然幾乎可以說是同義詞，但 jamás 的意思比較強烈。此外，jamás 稍微帶有書面用語的感覺，使用頻率也比較低。把兩個詞連用，變成 nunca jamás，否定意義就更強烈了。
　　nunca 源自拉丁語的 NE（否定）+ UNQUAM（曾經），意思是「從來不～」。jamás 源自拉丁語的《IAM「已經」+ MAGIS「更加」》。拉丁語的 IAM「已經」在西班牙語的 jamás 中變成 ja...，是因為這個詞是中世紀時經由法語借用而來的，而繼承了當時法語的形式。在現代法語的說法是 jamais [ʒamɛ]。

◇ 297　tampoco　英 neither

❶〔副詞〕「～也不…」

☐ Mamá, ¿has visto a Paco? — No. — ¿Y tú, Ana? — Yo, tampoco.	☐ 媽媽，你有看到帕可嗎？－沒有。－那妳呢，安娜？－我也沒有。

❷〔副詞〕「而且也不～」（＝y, además, no...）

☐ Rosa llegó tarde y tampoco se disculpó.	☐ 羅莎遲到了，也沒有道歉。

補充 -1　《肯定句＋ tampoco》

　　tampoco 是在否定句後面附加否定的內容，但前面的句子也不一定是有 no 的否定句，例如下面的例子。

☐ Si llueve mañana, tampoco pasa nada. / 就算明天下雨也沒有關係。
☐ El Barcelona habrá jugado mal, pero el Real Madrid tampoco ha jugado bien.
　/ 巴塞隆納隊或許在比賽中表現很差，但皇家馬德里隊也表現得不好。

　　這兩個句子前半都不是否定句，但內容是負面的。不過，也有像下面的例子一樣，前半是正面的內容，卻也使用 tampoco 的情況。

☐ Si él quiere hacer las paces, tampoco yo le guardo rencor.
　/ 如果他想要和好，我也不會記恨。

6.3 否定詞與否定句

> **參考** también 與 tampoco 的由來
>
> 　　表示「～也…」的 también 源自《tan + bien》，也就是「～一樣好地…」的意思。這並不是拉丁語的說法，而是從 12 世紀的中世紀西班牙語文獻開始出現的。至於表示「～也不…」的 tampoco，則是源自《tan + poco》，也就是「～一樣少地…」的意思，從 13 世紀的西班牙語文獻開始出現。

補充-2 不定詞語與否定詞

以下是意義相反的不定詞語與否定詞。

☐ alguien ☐ nadie	☐ 某人 ☐ 沒有人
☐ algo ☐ nada	☐ 某物，某事 ☐ 沒有什麼
☐ alguno ☐ ninguno	☐ 某個，某人 ☐ 沒有一個人，沒有一個東西
☐ siempre ☐ nunca, jamás	☐ 總是 ☐ 絕不～
☐ también ☐ tampoco	☐ 也～ ☐ 也不～
☐ casi ☐ apenas	☐ 幾乎～ ☐ 幾乎不～
☐ aun ☐ ni	☐ 即使～也… ☐ 就連～也不…
☐ y ☐ ni	☐ 而且～ ☐ ～也不…
☐ tanto... como... ☐ ni... ni...	☐ ～和～同樣 ☐ 既不～也不～

☐ No conozco a nadie con ese nombre. / 我不認識（任何）那個名字的人。
☐ No ha dejado ningún recado. / 他沒有留下任何訊息。
☐ No hay nada nuevo. / 沒有什麼新鮮事。
☐ ¿A ti no te gusta la física? Pues, a mí tampoco.
　/ 你不喜歡物理嗎？嗯，我也不喜歡。

[補充 -3] 否定詞的數

(1) 否定詞視為單數。

☐ Nada de eso es cierto. / 那（說法、故事等等）沒有一點是真的。

(2) 相關詞片語 ni ... ni ... 通常當成複數。

☐ Ni José ni Juan han venido. / 荷賽和胡安都沒有來。
☐ Ni él ni yo estamos de acuerdo. / 他和我都不同意。

[補充 -4] 雙重否定

「雙重否定」是指兩個否定詞否定同一個詞，反而產生肯定的意義。例如英語的 *I can never do anything without making some mistakes.*，字面上的意思是「我永遠不能做任何事而不犯一些錯」，也就是「我不管做什麼事，總是會犯一些錯」。西班牙語的表達方式如下：

☐ No puedo hacer nada sin cometer algunos errores.
／我沒辦法做事情而不犯一些錯。

英語的 *anything* 通常對應西班牙語的 algo，但是當句子用 no 否定的時候，動詞後面的 algo 就會變成 nada。

6.4　句型

▶句子以動詞為中心，由主詞、動詞、補語、受詞及其他成分構成，隨著組合的方式不同，可以分類成一些句型。了解句型不僅有助於造句，也有助於了解句子的意義。

◇ 298　《主詞＋連繫動詞＋補語》

英語的 *be* 動詞（*am, is, are*）對應西班牙語的動詞 *ser* 和 *estar*，兩者的句型都是「主詞＋連繫動詞＋補語」。當補語是形容詞時，性、數與主詞一致。關於 ser 和 estar 的動詞變化，參見 ☞◇161 ser 與 estar 的變化　等等

[A] ser

❶ 表示主詞的〈本質〉，表達主詞「是什麼」、「是怎樣的人或事物」。

❏ <u>Soy</u> estudiante.	❏ 我是學生。
❏ Mañana <u>es</u> domingo.	❏ 明天是星期日。

❷ 表示主詞的〈性質〉，表達「是什麼性質」。

❏ Juan <u>es</u> inteligente.	❏ 胡安很聰明。
❏ Las casas de mi pueblo <u>son</u> de piedra.	❏ 我的鎮上的房屋是石頭砌成的。

❸ 具有單純連接主詞與補語的功能。

❏ Uno y uno <u>son</u> dos.	❏ 1 加 1 等於 2。
❏ Hoy <u>es</u> 15 (quince) de mayo.	❏ 今天是 5 月 15 日。

在無主詞的句子裡，只會顯示補語。☞◇305 無主詞句 ❸

❏ ¿<u>Es</u> la una? — No, <u>son</u> las dos.	❏ 是 1 點嗎？—不，是 2 點。

❹ 與表示〈事件〉的主詞連用，表示「〜舉行、發生」的意思。

❏ La boda <u>es</u> este sábado.	❏ 婚禮是這個禮拜六（舉行）。
❏ El partido <u>será</u> a las siete.	❏ 比賽是 7 點（開始）。

❺ 《ser de...》「變得〜」

❏ ¿Qué <u>será</u> de mí si te vas?	❏ 如果你走了，我會怎麼樣？

❻ 《ser＋過去分詞》形成被動句。☞◇219 被動句型

❏ La casa <u>fue</u> <u>construida</u> hace treinta años.	❏ 這棟房子是 30 年前蓋的（被建設的）。

[補充-1] 主詞與補語的數不同的情況

(1)《複數主詞＋ser＋單數補語》：當補語是形容詞時，形容詞的性、數與主詞一致。但如果補語是名詞時，則不需要把補語的名詞變成複數。ser 配合主詞使用複數形。

☐ Los jardines del pueblo <u>son</u> una maravilla. / 鎮上的花園非常美。

(2)《單數主詞＋ser＋複數補語》：ser 通常會配合補語使用複數形。如果使用單數形的話，則是把補語當成一個整體來看待。

☐ Mi recuerdo <u>son</u> [es] tus manos pequeñas. / 我回憶的是你那雙小手。
☐ Mi ilusión <u>son</u> [es] los próximos Juegos Olímpicos. / 我的夢想是下一屆奧運會。

(3)《單數主詞＋ser＋第一、第二人稱的補語》：ser 一定會依照補語變化。

☐ El culpable <u>soy</u> yo. / 錯的是我。
☐ El héroe <u>eres</u> tú. / 英雄是你。
☐ Ahora internet <u>somos</u> nosotros, ya no son empresas.
　/ 現在網路是屬於我們的，已經不是屬於企業的了。

這種 ser 和補語一致的情況，雖然也可以想成是主詞和補語的倒裝，但比較好的思考方式或許是：連繫動詞通常只是用來連繫主詞和補語，而不像一般及物動詞、不及物動詞那樣有藉由動詞變化顯示主詞的強烈需要，才產生了和補語一致的現象。

[B] estar

❶ 主詞的〈狀態〉：表示主詞「處於怎樣的狀態」。

☐ Los niños <u>están</u> cansados.	☐ 孩子們很累。
☐ Las ventanas <u>están</u> cerradas.	☐ 那些窗戶關著。

❷ 主詞的〈所在處〉：表示主詞「在哪裡」。

☐ ¿Dónde <u>estás</u>? — <u>Estoy</u> aquí.	☐ 你在哪裡？－我在這裡。

＊使用 estar 時，已經預設主詞所表示的〈人〉或〈事物〉已經〈存在〉，表達這個已經存在的人或事物的〈所在處〉「在哪裡」。如果要表達的是主詞〈人〉或〈事物〉是否〈存在〉，則會使用 haber。☞◇305 無主詞句 ❶

補充-2 表示〈存在〉的 estar

基本上，estar 表示〈所在處〉，而不是〈存在〉這件事，但在比較不正式的文體中，有時也會用 estar 表示〈存在〉。例如和人商討事情的時候，已經提出了各種問題點，然後又要補充的時候，會使用下面的說法。

❏ Luego, está el problema de tiempo. / 然後，還有時間的問題。

這裡的 el problema de tiempo 使用了定冠詞，可以看出說話者所想的是這件事的存在。

❸ 《estar＋de 名詞》「正在做～」、「～中」、「正在從事～工作」

❏ estar de compras	❏ 正在購物
❏ estar de vacaciones	❏ 正在休假
❏ ¿Está el Señor García? — Esta semana está de viaje.	❏ 加西亞先生在嗎？ －他這禮拜在出差（旅行）。

補充-3 《estar de ＋無冠詞名詞》

《estar de ＋名詞》的意思是「（現在）正在做～」。

❏ Ana está de secretaria mía. / 安娜在當我的祕書。

「～是我的祕書」則是用 ser 動詞表達。

❏ Ana es mi secretaria. / 安娜是我的祕書。

❹ 《estar＋en 名詞》「懂得～」、「得知～」

❏ Perdona, no estaba en lo que decías. ¿Puedes repetir?	❏ 抱歉，我沒聽清楚你說什麼。你可以再說一次嗎？

❺ 《estar＋para 不定詞／名詞》「正當要～的時候」、「處於～的狀態／心情」

❏ El concierto está para empezar.	❏ 音樂會即將開始。
❏ Hoy no estoy para bromas.	❏ 我今天沒有心情聽人開玩笑。

❻ 《estar+por 不定詞》「還沒～」

| ☐ Las camas están por hacer. | ☐ 床還沒整理好。 |

❼ 有時會單獨使用,表示「準備好了」的意思。

| ☐ ¿Está la comida? — ¡Ya está! | ☐ 飯菜準備好了嗎?-準備好了! |
| ☐ ¿Para cuándo estarán los zapatos? | ☐ 鞋子什麼時候會準備好? |

❽ 《estar+過去分詞》構成表示〈狀態〉的被動句型。過去分詞和主詞的性、數一致。☞219 被動句型

[補充 -4] 〈不變的性質〉與〈暫時的狀態〉

　　ser 表示〈性質〉,而 estar 表示〈狀態〉。因為有這樣的差別,所以產生了 ser 表示〈不變的性質〉、estar 表示〈暫時的狀態〉的對比。

☐ Adriana está muy guapa. — No, es guapa.
　/ 亞德里安娜(裝扮得)很漂亮。-不,她本來就很漂亮(不是因為裝扮)。

　　不過,儘管 ser 表示〈不變的性質〉,也不代表這個性質絕對不會改變。我們比較看看下面的句子。

☐ Pedro es casado. / 佩德羅是已婚者。
☐ Pedro está casado. / 佩德羅已經結婚了。

　　第一個句子表達的是「佩德羅是什麼」(未婚者還是已婚者?),第二個句子則是表達「佩德羅未婚或已婚的狀態」(未婚還是已婚?)。雖然表達的事情很類似,但理解方式不同。

[參考] ser 和 estar 的由來

　　ser 的變化形大多源自拉丁語的 ESSE,表示主詞的「(基本)性質」或「本質」。ESSE 是 esencia「本質,精華」(*essence*)這個詞的字源。至於 estar 的字源則是拉丁語的 STARE,意思是「站立,站著(繼續存在)」。字源和英語的 *stand* 相同。

[C] 其他連繫動詞

❶ parecer「看起來像～」、「似乎～」

☐ Ana está pálida y <u>parece</u> enferma.	☐ 安娜臉色蒼白，似乎生病了。
☐ Cristóbal tiene un coche tan grande que <u>parece</u> un autobús.	☐ 克里斯多貝爾有一輛大到像是公車的汽車。

❷ ser, estar, parecer 可以用中性代名詞 lo 當補語。

☐ ¿Somos artistas? ¡Sí, <u>lo somos</u> todos!	☐ 我們是藝術家嗎？是的，我們都是！
☐ Ana estaba enferma pero no sabía que <u>lo estaba</u>.	☐ 當時安娜生病，我卻不知道她生病。
☐ Paco es rico, pero no <u>lo parece</u>.	☐ 帕可很有錢，但看起來不像。

❸ resultar, salir 也是連繫動詞，但不能用中性代名詞 lo 當補語。

☐ La razón de su enfado <u>resulta</u> clara por lo que ha dicho.	☐ 從他所說的話來看，他生氣的理由就很清楚了。
☐ Las camas <u>salen</u> baratas en la fábrica.	☐ 床在工廠（買）很便宜。

❹ 有時會使用《間接受詞＋連繫動詞》的結構。

☐ <u>Me es</u> difícil estudiar dos horas seguidas.	☐ 對我來說，連續唸書兩小時很困難。
☐ <u>Nos parece</u> estupenda tu idea.	☐ 在我們看來，你的想法很棒。

◇ 299　《主詞＋不及物動詞》

動詞分為不接直接受詞的「不及物動詞」，以及接直接受詞的「及物動詞」。不及物動詞可以單獨使用，或者搭配副詞（片語）使用。

☐ Cerca de mi casa <u>corre</u> un arroyo.	☐ 我家附近有一條小溪流過。
☐ El atleta <u>corre</u> con el viento a favor.	☐ 那位運動員順風奔跑。

| 補充 | 兩種《介系詞＋名詞》

(1)《主詞＋不及物動詞》的句子大多會有副詞或副詞片語，而副詞片語的一種形式是《介系詞＋名詞》。例如下面這個句子的《介系詞＋名詞》de día, de noche，應該當成副詞片語記起來。

❏ Adrián duerme de día y trabaja de noche. / 亞德里安白天睡覺，晚上工作。

(2) 不過，下面句子裡的《介系詞＋名詞》並不是副詞片語。

❏ El profesor habló de la Revolución Mexicana. / 老師談論了墨西哥革命。
❏ Don Quijote luchó con los molinos de viento. / 唐吉訶德與風車戰鬥。

在上面的句子裡，比起《介系詞＋名詞》的結構，更應該意識到的是 hablar de...「談論～」、luchar con...「和～戰鬥」之中《動詞＋介系詞》的連結。

(1) 的情況中《介系詞＋名詞》所構成的副詞，可以用疑問副詞 cuándo, dónde, cómo 來詢問，而 (2) 這種《動詞＋介系詞》的情況則是用《介系詞＋疑問詞》來詢問受詞是什麼。

❏ ¿Cuándo trabaja Adrián? — Adrián trabaja de noche.
／亞德里安什麼時候工作？－亞德里安晚上工作。
❏ ¿De qué habló el profesor? — El profesor habló de la Revolución Mexicana.
／老師談論了什麼？－老師談論了墨西哥革命。

◇ 300　《間接受詞＋不及物動詞＋主詞》

《間接受詞＋不及物動詞》句型，意思是「對於～來說～」。特別重要的是 gustar, doler, faltar 等日常生活中常用的動詞。它們的句型基本上如下所示。

Me gustan los toros.

間接受格代名詞　　不及物動詞　　主詞

對於我　　　　　　鬥牛　　　　使～喜歡。

我喜歡鬥牛。

6.4 句型

這類動詞的句型結構由主詞、間接受詞和表示「使～」的動詞組成,但在中文則會以有感覺或經歷情況的人作為主詞,對應西班牙語的間接受詞。中文裡相對於主詞的談論對象,在西班牙語反而是主詞。

❶ gustar 茵 like

☐ Me gusta viajar.	☐ 我喜歡旅行。
☐ Me gusta que me visites.	☐ 你來看我,讓我很高興。
☐ ¿Te gusto? — Umm..., sí, me gustas como amigo.	☐ 你喜歡我嗎? —嗯…是當成朋友的喜歡。

雖然主詞通常出現在動詞後面,但在特別想要強調或作為談話主題的情況下,會放在名詞前面。

☐ Eso me gusta.	☐ 那個我喜歡。

當間接受詞不是代名詞,而是一般名詞的時候,要使用《a + 名詞》的形式,放在動詞後面,並且在動詞前面加上對應的代名詞。

☐ Le gusta a mi hermano tocar la guitarra.	☐ 我哥哥喜歡彈吉他。

有時會把《a + 名詞》放在前面作為強調。

☐ A José le gustan los toros.	☐ 荷賽喜歡鬥牛。

也有把《a + 代名詞》放在前面強調的說法。

☐ A mí me gustan los toros.	☐ 我喜歡鬥牛。

> **參考** gustar 的由來
>
> 西班牙語的 gustar,在中世紀西班牙語的意思是「嚐」,當及物動詞使用。漸漸地,這個動詞的受詞開始扮演主詞的角色,原來的主詞則變成了間接受詞。在現代西班牙語中,「嚐」則是用 degustar 來表達。

❷ doler 茵 ache, hurt ＊在變化形中,字根的母音會發生變化。

(a)「使痛」、「痛」

☐ Me duele la cabeza.	☐ 我頭痛。

| ☐ Me duelen las piernas. | ☐ 我腿痛。 |

(b)「使心痛」、「使痛苦」

| ☐ Nos dolieron profundamente sus palabras. | ☐ 他的話語使我們深深感到心痛。 |
| ☐ Me duele tener que pedirle que se vaya. | ☐ 我很遺憾必須請您離開。 |

❸ faltar 因 be missing

(a)「缺少」

| ☐ A esta máquina le falta un tornillo. | ☐ 這台機器缺少一顆螺絲。 |

(b)「需要」

| ☐ ¡Cuánta práctica nos falta todavía para hablar bien español! | ☐ 要說好西班牙語,我們還需要多少練習呀! |

❹ 另外還有許多動詞使用《間接受詞＋不及物動詞＋主詞》的句型。

☐ Esta vez me corresponde a mí pagar.	☐ 這次輪到我付錢了。
☐ ¡Qué le pasa a Pepe?	☐ 佩佩怎麼了（發生了什麼）？
☐ Estos libros no me pertenecen a mí, sino a la universidad.	☐ 這些書不屬於我,而是大學的。

＊這些動詞因為第三人稱代名詞（☞◇107 第三人稱的非重讀人稱代名詞）使用間接受格形式,而且不能構成被動句（☞◇219 被動句型）,所以和《主詞＋及物動詞＋直接受詞》的句型有所區別。

atraer 和 encantar 等動詞雖然也有類似的結構,但它們是及物動詞,接的是直接受詞。☞◇301《主詞＋及物動詞＋直接受詞》

| ☐ La atraen las músicas con mucho ritmo. | ☐ 富有節奏感的音樂很吸引她。 |
| ☐ Me encanta estar sin hacer nada. | ☐ 我喜歡待著什麼也不做。 |

◇ 301　《主詞＋及物動詞＋直接受詞》

❶ 當及物動詞直接受詞的名詞，通常放在動詞後面。

☐ De postre comimos fruta.	☐ 我們吃了水果當甜點。
☐ ¿Puedes atar el perro al árbol?	☐ 你可以把狗拴在樹旁嗎？

❷ 直接受詞是〈人〉的時候會加 a。

☐ El sol de España atrae a muchos turistas del norte de Europa.	☐ 西班牙的陽光吸引許多來自北歐的遊客。

重讀人稱代名詞也加 a。

☐ A mí no me llamaron.	☐ 沒有人打電話給我。

以下的例子中，因為不是表達「對〈人〉做～」的意思，沒有對人產生影響的動作，所以不用 a。

☐ Tengo tres hijos.	☐ 我有三個孩子。
☐ Necesitamos un empleado con experiencia.	☐ 我們需要一名有經驗的員工。

但像下面的例子，明確意識到以〈人〉作為直接受詞的時候，會加上 a。

☐ Afortunadamente, yo tengo a mi madre como estilista.	☐ 幸好我有媽媽當我的造型師。
☐ No necesitamos a nadie.	☐ 我們誰都不需要。

當表示〈人〉的名詞帶有數詞，或者指〈不確定的人〉時，有時不會加 a。

☐ Conozco tres personas con ese nombre.	☐ 我認識三個叫那個名字的人。
☐ Vimos mucha gente en el estadio.	☐ 我們在體育場裡看到了很多人。

當主詞和直接受詞都是〈無生物〉，有時會為了標示直接受詞而加上 a。

☐ La crisis de EEUU afecta a la economía de los países de la UE.	☐ 美國的危機影響到歐盟國家的經濟。

❸ **當直接受詞是非重讀人稱代名詞時，要放在動詞前面。**
☞ ◇2.7 非重讀人稱代名詞

☐ Julio me invitó a dar una vuelta en su nuevo coche.	☐ 胡力歐邀請我坐他的新車去兜風。
☐ Ahora termino esta carta y te ayudo.	☐ 我現在寫完這封信就幫你。

參考　《a ＋表示〈人〉的直接受詞》的理由

　　西班牙語的主詞不一定出現在動詞前面，所以如果不加 a 的話，就不知道是主詞還是受詞了。例如 José conoce a María.，因為有 a，所以可以知道 María 是受詞，而沒有 a 的 José 是主詞。至於〈事物〉，例如 José conoce Madrid.，因為 Madrid 在意義上不會是主詞，所以不加 a。

　　從拉丁語發展出來的西班牙語，從很早的時期就開始對表示〈人〉的直接受詞加 a。在拉丁語，是用名詞的詞尾變化標示主詞、受詞等角色。到了西班牙語，因為少了拉丁語的這種詞尾變化，就改用介系詞 a 來標示受詞。

◇ 302　《主詞＋及物動詞＋直接受詞＋間接受詞》

有「把～給～」意味的句型，會使用直接受詞和間接受詞。間接受詞會加 a。

☐ Juan da unas flores a su novia.	☐ 胡安送一些花給他的女朋友。

當直接受詞或間接受詞是非重讀人稱代名詞時，會放在已變化的動詞前面。
☞ ◇2.7 非重讀人稱代名詞

☐ Os escribiré una carta cuando llegue.	☐ 我到的時候會寫信給你們。

間接受詞是一般名詞的時候，比較自然的說法是在動詞前面加上對應的代名詞，而不會不加代名詞。☞ 110 人稱代名詞與名詞片語的重複

☐ Le envío un libro a Juan.	☐ 我寄了一本書給胡安。
☐ Les preparo una merienda a los niños.	☐ 我準備零食給孩子們。

間接受詞是複數名詞時，有時也會使用對應代名詞的單數形。

☐ Le preparo una merienda a los niños.	☐ 我準備零食給孩子們。

◇ 303　《主詞＋及物動詞＋直接受詞＋受詞補語》

有「使～成為～」或「感知到～是～」意味的句型，直接受詞與受詞補語的性、數一致。

❶《及物動詞＋直接受詞名詞＋受詞補語名詞》

| ☐ Hemos elegido a Jorge capitán del equipo. | ☐ 我們已經選擇喬治作為隊長。 |

❷《及物動詞＋受詞補語形容詞＋直接受詞名詞》

| ☐ En verano tomamos frío el té. | ☐ 在夏天，我們喝茶是喝冰的。 |

❸《直接受格代名詞＋及物動詞＋受詞補語形容詞》

| ☐ La vemos muy feliz. | ☐ 她在我們看來很幸福。 |
| ☐ ¿Qué me dice usted de los actores cómicos? — Los encuentro muy divertidos. | ☐ 您覺得那些喜劇演員怎麼樣？－我覺得他們很有趣。 |

◇ 304　反身句

[A]〈反身〉的意義

和動詞的主詞有相同人稱與數的受格代名詞，稱為「反身代名詞」。搭配反身代名詞使用的動詞是「反身動詞」。使用反身動詞的句子稱為「反身句」。下面先看看使用一般及物動詞的句子。例如 levantar「叫～起床」的用法如下。

☐ Te levanto.	☐ 我叫你起床。
☐ Me levantas.	☐ 你叫我起床。
☐ Las levanto.	☐ 我叫她們起床。

而下面的句型則是反身句。

| ☐ Me levanto. | ☐（我叫醒我自己→）我起床。 |
| ☐ Te levantas. | ☐（你叫醒你自己→）你起床。 |

動詞的主詞與受詞位置代名詞人稱、數一致的這種句型，稱為「反身句」。這時候，原本意思是「叫～起床」的及物動詞就變成了不及物動詞「起床」。除了這種意義上的變化以外，反身動詞還有其他用法。

反身動詞 levantarse 的陳述式現在時態變化如下所示。反身動詞是由《反身代名詞＋動詞》構成的。

☐ levantarse	☐ 起床
☐ me levanto	☐ nos levantamos
☐ te levantas	☐ os levantáis
☐ se levanta	☐ se levantan

YO / TÚ / NOSOTROS / VOSOTROS 的變化形中，反身代名詞與非重讀代名詞（受格代名詞）的形式相同。ÉL 和 ELLOS 的反身代名詞不論單數或複數都是 se。在字典裡，反身動詞的不定詞形式是以 se 作為代表。這個 se 和間接受詞 le / les 與第三人稱直接受詞並列時變成的 se 不同，必須加以區分。
☞◇109 非重讀人稱代名詞的連續

参考 第三人稱反身代名詞是 se 的原因

第一人稱和第二人稱的反身代名詞（me, te, nos, os）形式與一般受詞相同（me levanto, te levantas, nos levantamos, os levantáis），只有第三人稱是特殊的（不是 × lo levanta，而是 ○ se levanta）。

之所以如此，是因為第一人稱（me）和第二人稱（te）用於反身動詞的時候，能夠表示和動詞的主詞一致的「自己」，而第三人稱（lo）則不能表示「自己」，而是指其他第三人稱的人。例如 lo levanta「他叫他起床」是某 A 的「他」叫某 B 的「他」起床。相對地，使用反身代名詞 se 就表示「他（叫自己）起床」的意思。

關於 se 這個方便的代名詞在歷史上的起源，有以下兩種說法。第一種說法是，在原始印歐語中，原本是用 *swe 表示所有人稱的反身，相當於「自己」的意思。之後，對於「我起床」這種句子的第一與第二人稱，因為更加強調「我」而不是「自己」的概念，所以開始使用 me 等等。第二種說法則是為了區分第三人稱的一般及物動詞與反身動詞句，而在後來加入了 *swe 這種代名詞形式。

不論哪種說法，se 都只是表示「反身」的標記，而不需要做人稱變化（me, te, lo...）。由此也能了解 se 之所以沒有複數形的理由：只要使用 se，不必刻意改成複數形，也能正確傳達〈反身〉的意思。複數會顯示在主詞的形式上。

補充-1 sí 與 consigo

反身代名詞 se 在介系詞後面會改為 sí。《con + sí》則會變成一個單字 consigo。

- Mi padre se levanta muy temprano. / 我父親非常早起床。
- Adela siempre habla de sí misma. / 阿黛拉總是談論自己。
- Ana está muy satisfecha consigo misma. / 安娜對自己非常滿意。

在口語中，de sí 和 consigo 也會用《de ＋第三人稱重讀代名詞》（例如 de él）和《con ＋第三人稱重讀代名詞》（例如 con ellos）來代替。

[B] 反身動詞用於所有人稱的用法

反身動詞的一般用法，可以用於所有人稱（第一、第二、第三人稱），而行為者（主詞）具有主體性。

❶ 直接反身與間接反身：反身代名詞保有較強的「自己」的意義。下面是表示「看自己」的直接受詞反身用法。

| Mi hermana se miraba en el espejo. | 當時我的姊姊在看鏡子裡的自己。 |

下面的句子表示「對自己洗臉（洗自己的臉）」，是間接受詞的反身用法。

| ¿Te has lavado la cara? | 你洗臉了嗎？ |

❷ 相互用法：用複數形表示「互相」的意思。

| Últimamente nos comunicamos por correo electrónico. | 最近我們透過電子郵件彼此聯絡。 |

❸ 意義轉變為不及物動詞：及物動詞變成不及物動詞的意思。例如及物動詞 hacer 有「使～成為…」的意思，而反身動詞 hacerse 則變成不及物動詞的意思「成為～」。

| Yo no tengo la menor intención de hacerme político. | 我一點也不想成為政治人物。 |

poner 的意思是「使成為某種狀態」，而反身動詞 ponerse 的意思則是「成為某種狀態」。這也是一種連繫動詞。☞◇298 《主詞＋連繫動詞＋補語》

| ☐ Mi hermana se pone nerviosa fácilmente. | ☐ 我姐姐很容易緊張。 |

❹ **意義改變**：有些動詞加上反身代名詞後意義會改變。例如 marchar 的意思是「行進」，但 marcharse 是「離開」的意思。

☐ ¡Pues me marcharé yo solo!	☐ 那我就一個人離開吧！
☐ Con este calor hay gente que se muere.	☐ 有人在這樣炎熱的情況下死掉。
☐ ¿Os comisteis toda la sandía?	☐ 你們把整個西瓜都吃掉了嗎？

❺ **只使用反身形式的動詞**：有些動詞一定會搭配反身代名詞使用。

☐ abstenerse de...	☐ 不做～
☐ arrepentirse de...	☐ 後悔～
☐ atreverse a ＋不定詞	☐ 敢～
☐ dignarse de...	☐ 屈尊而做～
☐ jactarse de...	☐ 自誇～
☐ quejarse de...	☐ 抱怨～

☐ Me arrepiento de haberlo dicho.	☐ 我後悔說過那句話。
☐ Mi hermana no se atreve a salir sola por la noche.	☐ 我的妹妹不敢在夜裡獨自外出。
☐ ¿De qué te quejas? — De nada.	☐ 你抱怨什麼？－沒什麼。

[補充 -2] **反身代名詞與所有格形容詞**

例如要表達「洗臉」的時候，西班牙語通常不會像英語一樣說 Lavo mi cara（＝ *I wash my face.*），而是採用下面的表達方式。

☐ Me lavo la cara. / 我洗臉。

這個表達方式的概念是對我（me）做 lavar la cara 的行為。如果說 Lavo mi cara. 的話，感覺則是對 mi cara 這個〈東西〉直接做 lavar 的行為。看下面的句子就可以了解其中的語感。

☐ ¿Por qué si lavo mi cara varias veces al día, aún tengo acné?
／為什麼即使我每天洗好幾次臉，卻還是有青春痘？

這裡表達的不止是單純的「洗臉」，具體來說，還帶著有意識地徹底清洗 mi cara 的感覺。但這種說法並不常用。

對別人的身體或所有物做出的行為，通常也是用間接受詞，而不是用所有格形容詞表達。☞◇113 前置所有格形容詞（短縮形）補充-2

☐ ¿Te lavo la cara? / 我幫你洗臉好嗎？

[C] 反身動詞的第三人稱用法

以下用法僅限於第三人稱使用。

❶ 自發性用法：不是由某個行為者發起的動作，而是表示自然發生的現象。

☐ Esta amistad no se rompe fácilmente.	☐ 這份友誼不會輕易破裂。
☐ Las hojas de árboles se caen en otoño.	☐ 樹葉在秋天掉落。

有時會加上間接受詞，表示和誰有關係。這時候的詞序是《se ＋間接受詞＋第三人稱動詞》。

☐ El reloj se me rompió en el viaje.	☐ 我的手錶在旅行途中壞了。
☐ Se me ocurre una idea. ¿Qué te parece si vamos a un restaurante chino?	☐ 我想到一個主意。你覺得我們去中餐廳怎麼樣？

補充-3 《se ＋間接受詞＋第三人稱動詞》

☐ (1) Creo que rompí mi reloj. / 我想我把手錶弄壞了。
☐ (2) Creo que se me rompió el reloj. / 我想我的手錶壞了。

(1) 表示自己把手錶弄壞了，(2) 則是手錶自己壞了，並非說話者的責任。(1) 使用及物動詞，(2) 使用《間接受格代名詞＋反身動詞》的結構。(2) 的從屬子句主詞會加定冠詞。

☐ (3) El móvil se cayó de tu pantalón. / 手機從你的褲子裡掉出來了。
☐ (4) El móvil se te cayó del pantalón. / 手機從你的褲子裡掉出來了。

(3) 可能是手機從掛在衣架上的褲子掉出來，(4) 則是表達手機從對方現在穿著的褲子掉出來了。如上所示，間接受詞是指〈受到動作影響的人〉。這並不僅限於反身動詞第三人稱的情況。下面是反身動詞第二人稱的例子。

☐ (5) Te me marchaste sin decirme adiós. / 你沒對我說再見就離開我了。

❷ 被動態用法：原本應該當及物動詞直接受詞的詞語變成主詞，而成為被動態的意思。主詞限於〈事物〉，而不會是〈人〉。

| □ Aquí no se respetan mucho las reglas de tráfico. | □ 這裡不太遵守交通規則（不太被遵守）。 |

[補充 -4] 《ser ＋過去分詞》的被動句與反身被動句

　　《ser ＋過去分詞》被動句有時候會用 por 表示〈行為者〉，有時候不會。

　□ El restaurante fue diseñado por un arquitecto famoso.
　　／這間餐廳是由一位著名建築師設計的。
　□ La casa fue construida hace quince años. ／這棟房子是 15 年前（被）建設的。

　　上面第二個句子雖然沒有表示〈行為者〉是誰，但房子不會自動蓋好，所以還是有「建設」房子的〈行為者〉存在。
　　相對於 ser 被動句可以表示出《por ＋行為者》，反身被動句則幾乎不會使用《por ＋行為者》的表達方式。反身被動句特別適用於不顯示〈行為者〉的情況。

　□ Al entrar el presidente en la sala, se produjo un silencio absoluto.
　　／總統走進房間時（房間裡）非常安靜。
　□ Los detalles se explicarán más abajo. ／細節會在（文章）下面（被）說明。

　　上面兩個句子，用意都不在於「誰製造了沉默」、「誰說明細節」，只是敘述「沉默的情況產生了」、「細節得到說明」而已。

❸ 不定主詞：se 扮演不定主詞的角色。雖然有時候可以翻譯成「人們〜」，但翻譯成中文時通常不會把動詞的主詞寫出來。這種用法僅限於第三人稱單數。

| □ ¿Cuánto se tarda de aquí a la estación? | □ 從這裡到車站要花多少時間？ |
| □ En términos generales me gusta como se vive en España. | □ 整體而言，我喜歡在西班牙的生活方式。 |

[補充 -5] 反身被動句與不定主詞

　　在第三人稱的反身用法中，當動詞是複數形而與主詞一致時，具有〈自發〉與〈被動〉的意義。

- [ ] Estas revistas se venden mucho. / 這些雜誌被賣出很多（＝賣得很好）。

當動詞是單數形式時，有時很難區分是〈被動〉還是〈不定主詞〉。例如下面的句子，也可以解釋成「『人們』稱這種湯為西班牙冷湯」。

- [ ] Esta sopa se llama gazpacho. / 這種湯（被）稱為西班牙冷湯。〈被動〉

這種〈被動〉與〈不定主詞〉的差異很細微的情況，發生在及物動詞使用反身形式的時候。而不及物動詞的反身形式因為不會是〈被動〉的意思，所以一定是不定主詞。

- [ ] Se trabaja para vivir. / 人們為了生活而工作。

反身動詞會藉由〈不定主詞〉而一般化，所以這種表達方式有時表示「人就是～」這種義務性的意義。

補充 -6 《反身代名詞 se ＋直接受詞 le / les》

當反身代名詞 se 與第三人稱直接受詞相連時，有時候會把直接受詞改成 le / les。

- [ ] (1) A él se le ve venir desde lejos. / 看得到他從遠處過來。
- [ ] (2) Se les ayuda a las familias de escasos recursos. / 對於低收入家庭會提供幫助。

(1) 的 se 和 (2) 的 Se 是不定主詞。(1) 的 le 是指 a él，(2) 的 les 是指 a las familias，兩者都是直接受詞，卻使用 le / les 的形態。這種《se ＋ le / les》的結構和下面〈被動句〉中的《se le》很類似，所以可能是被當成同一種結構了。

- [ ] (3) El muchacho se achicó ante las primeras dificultades que se le presentaron.
  / 面對最初出現在他面前的困難，男孩膽怯了。

在這裡，se... presentaron 是表示〈被動〉的反身動詞，主詞是 que 的先行詞 las primeras dificultades。le 是間接受詞，表示 El muchacho。

這種現象和下面的《間接受詞 se ＋直接受詞 lo / los》有所不同。下面 (4) 的 se 不是反身代名詞，所以後面的 lo 不會變成 le。

- [ ] (4) No se lo cuentes a Javier, que es un cotilla y se lo dirá a todo el mundo.
  / 不要告訴哈維爾那件事，因為他是個愛講八卦的人，會對所有人說（那件事）。

◇ 305　無主詞句

西班牙語可以不說出主詞，所以有很多看起來像是沒有主詞的句子，但從動詞變化的形態還是可以看出主詞是什麼。不過，實際上確實沒有主詞、表達〈存在〉、〈自然現象〉、〈時間〉的「無主詞句」也很常用。無主詞句幾乎都是使用動詞的 ÉL 變化形，不過表達時間的時候也會用到 ELLOS 變化形。即使採用了這兩種變化形，這類句子也沒有「他（們）」、「它（們）」的意思。

❶ 表示〈存在〉的無主詞句

(a) haber 表示「有～」的 ÉL 變化形，是用來表達〈人〉或〈事物〉的存在。在陳述式現在時態使用特殊形式 hay。

□ ¿Cuántas personas hay en este grupo? — Hay cuarenta.	□ 這個團體有多少人？ —有 40 人。
□ ¡Ya no hay tiempo! — Sí, todavía hay tiempo.	□ 已經沒有時間了！ —有，還有時間。

補充-1 haber 的誤用

> 偶爾會看到表示存在的 haber 使用複數形而非單數形，但這被認為是一種誤用。
>
> □ En la discoteca { ○ había / × habían } muchos chicos extranjeros.
> / 當時在舞廳有許多外國年輕人。

參考 詞尾的 y

> haber 的現在時態第三人稱單數形原本是 ha，但在表示「存在」的無人稱句則會使用特殊形 hay。這裡的詞尾 y 源自中世紀西班牙語表示「場所」的 y，它的字源是拉丁語的 IBI。
>
> 同樣地，動詞 ser, estar, ir, dar 的陳述式現在時態 YO 變化形 soy, estoy, voy, doy 也有 y，它們原本的形式是 so, esto, vo, do，伊斯坦堡現存的猶太西班牙語仍然使用這些形式。這些詞尾的 y 也源自中世紀西班牙語表示「場所」的 y 嗎？雖然有些研究者懷疑這個說法，但因為這些詞都是單音節，所以這樣一致的現象應該不是偶然。ser 在中世紀西班牙語用來表示〈所在處〉的意思「在～」，和表示〈存在〉的 hay 很類似。而 estoy, voy, doy 也被認為是〈場所〉的概念造成了影響。

(b) 除了陳述式現在時態以外的其他情況，則使用一般的 ÉL 變化形，沒有特殊形式。

☐ ¿Había mucha gente en la plaza? — Sí, porque era domingo.	☐ 當時廣場有很多人嗎？ －是的，因為是星期日。
☐ ¿Habrá asientos para todos? — No, creo que no.	☐ 所有人都會有座位嗎？ －不，我想不會。

(c) haber 後面的名詞不是主詞，而是受詞，所以改為代名詞的時候使用直接受詞形 lo, los, la, las。

☐ ¿Hay buenas playas en Santander? — Claro que las hay.	☐ 桑坦德有不錯的海灘嗎？ －當然有。

補充 -2 haber / estar

　　haber 表示〈存在〉的意思「有～」。相對地，estar 是已經知道某個人事物已經存在了，而表達〈所在處〉的意思「某個人事物在哪裡」，所以使用 estar 的句子中，作為主詞的名詞經常會加上定冠詞。

☐ (1) No hay cerveza en el frigorífico. / 冰箱裡沒有啤酒。
☐ (2) La cerveza está en la mesa. / 啤酒在桌子上。

❷ 表示〈自然現象〉的無主詞句

(a) 「下雨」、「下雪」在西班牙語的表達方式，使用 llover「下雨」、nevar「下雪」等動詞的 ÉL 變化形。這種表示〈自然現象〉的動詞沒有主詞。

☐ Aquí llueve mucho. ¿Ahí, qué tal?	☐ 這裡很常下雨。你那裡怎麼樣？
☐ Este año ha nevado poco.	☐ 今年下的雪很少。

(b) hacer 的 ÉL 變化形可以構成表示〈天氣〉的無主詞句。

☐ Hoy hace muy buen tiempo.	☐ 今天天氣非常好。
☐ Hace calor, ¿no? — Sí, mucho.	☐ 很熱吧？－是啊，非常熱。

(c) estar 的 ÉL 變化形可以構成表示〈狀況〉的無主詞句。

| ☐ A estas horas ya está oscuro en invierno. | ☐ 在冬天，這個時間（天色）已經很暗了。 |

❸ 表示〈時間、時刻〉的無主詞句

(a) ser 的 ÉL 變化形可以構成表示〈時間〉的無主詞句。

| ☐ Nunca es tarde para aprender. | ☐ 學習永遠不嫌晚。 |
| ☐ Todavía es temprano para preparar la cena. | ☐ 現在準備晚餐還太早。 |

(b) 表示〈時刻〉時，如果補語是「1 點（多）」，使用 ÉL 變化形，而「2 點以後」使用 ELLOS 變化形。加 menos「減～（還有～到幾點）」的情況也是一樣。

| ☐ Ya es la una y media. | ☐ 已經 1 點半了。 |
| ☐ ¿Qué hora es?— Son las dos menos diez. | ☐ 現在幾點？－還有 10 分鐘到 2 點。 |

＊有些地區會使用複數形 ¿Qué horas son?。

❹ 「haber que ＋不定詞」〈義務〉「必須～」：使用 ÉL 變化形的無主詞句。現在時態是 hay que。☞ ◇211《助動詞＋不定詞》 補充-2

| ☐ Hay que darse prisa. | ☐ 必須趕快。 |
| ☐ Había que esperar mucho tiempo. | ☐ 當時必須等很久的時間。 |

❺ 「hacer ～ que...」的結構，可以構成表示「…已經～（多久）了」的無主詞句。

| ☐ Hace cinco años que estudio español. | ☐ 我學西班牙語已經五年了。 |

上面的句子可以換成以下說法。

| ☐ Estudio español desde hace cinco años. | ☐ 我從五年前開始學西班牙語。 |

[補充 -3] Hace frío. / Tengo frío.

下面的 hace ... 是表示〈自然現象〉的無主詞句，而 tener ... 表示主詞的〈狀態〉。

❑ Hoy <u>hace calor</u>. / 今天很熱。
❑ <u>Tengo calor</u> y pongo el aire condicionado. / 我很熱，所以要開冷氣。

hace calor 和 tengo calor 的 calor 是表示「熱，炎熱」的名詞。而 hace frío, tener frío 的 frío 雖然看起來像形容詞，但實際上是表示「冷，寒冷」的名詞。

◇ 306　不定人稱句

不表示〈特定〉的主詞，而是將意義一般化的表達方式，稱為「不定人稱句」。

❶ 使用動詞的 TÚ 變化形，在說明一個話題的同時，讓聽者對話題進行設想。

| ❑ <u>Aprendes</u> mucho mejor con la práctica que con los libros. | ❑ （你）靠實踐會比看書學習效果好得多。 |

❷ 使用動詞的 ELLOS 變化形，不指涉特定的主詞，而是表示一般情況。

| ❑ <u>Dicen</u> que pasar debajo de una escalera trae mala suerte. | ❑ 聽說穿過梯子下面會帶來壞運。 |

❸ 用 uno 或 una 描述〈自己〉的情況，同時將意義一般化。說話者是男性時使用 uno，女性使用 una。

| ❑ A esta edad <u>una</u> no está para esos trotes. | ❑ （我）這個年紀沒辦法那麼忙。 |
| ❑ Hoy día no es tan fácil colocarse donde <u>uno</u> quiere. | ❑ （我）這陣子要在希望的地方就職不是那麼簡單。 |

❹ 〈不定主詞〉的 se ☞◇304 反身句 [C] ❸

| ❑ ¿Qué pasó exactamente?
— De momento, no <u>se sabe</u>. | ❑ 究竟發生了什麼事？
－目前還不知道。 |

補充-1 表示〈謙虛〉、〈共同感〉的 NOSOTROS 變化形

　　書籍或論文的作者有時會帶著〈謙虛〉的意味使用 NOSOTROS 變化形。用 YO 變化形有強烈顯示〈自己〉的感覺，而用 NOSOTROS 變化形就可以在論述時把讀者包含在內。

☐ En este estudio trataremos de analizar el problema del medio ambiental de los últimos años.
 / 在這項研究中，（我們）將試圖分析近年的環境問題。

而如果要表示對自己的意見負責，則有可能使用 YO 變化形。
NOSOTROS 變化形也用於下面的日常對話。這個句子讓人感受到伙伴之間的共同感。

☐ Hola, ¿cómo estamos? / 嗨，過得好嗎？

補充-2 名詞主詞 + NOSOTROS / VOSOTROS 變化形

　　即使主詞是一般名詞，也有可能使用動詞的 NOSOTROS / VOSOTROS 變化形。

☐ Ahora los jugadores españoles sois campeones del mundo.
 / 現在你們西班牙的選手們是世界冠軍。
☐ Los japoneses comemos arroz como vosotros coméis pan.
 / 我們日本人吃米飯就像你們吃麵包一樣。

cada uno「每一個人」和 nadie「沒有人」有時候也會搭配 NOSOTROS / VOSOTROS 變化形使用。

☐ Nadie podemos predecir el futuro. / 我們誰都無法預測未來。
☐ Cada uno sois de una manera diferente. / 你們每個人都是不一樣的。

　　有時候也有關係子句的動詞並非和先行詞一致，而是和意義上的主詞一致的情況，但這種表達方式其實是應該避免的。

☐ Yo soy la que { × he / ○ ha } dicho la verdad. / 說出真相的人是我。

6.5 詞序

▶詞序可以分為句子層面與片語層面的詞序。雖然句子整體的詞序並不是固定的，但基本上遵循「舊資訊（話題、聽者已經知道的內容）＋新資訊」的順序，以及把「強調、對比詞」放在開頭的原則。片語中的詞序則大多是固定的，但經常出現和中文相反的情況。

◇ 307　《舊資訊（話題）＋新資訊》

❶《主詞＋動詞》：一般情況下的順序是《主詞＋動詞》。

| □ El banco está al final de esta calle. | □ 銀行在這條街的盡頭。 |
| □ Este libro abarca numerosos temas. | □ 這本書涵蓋許多主題。 |

❷《動詞＋主詞》：當主詞對聽者而言是新資訊時，會使用「動詞＋主詞」的順序。有以下幾種情況：

(a) 主詞所包含的資訊量很多時，會放在主詞後面。

| □ Murió olvidado y pobre el que un tiempo fue famosísimo poeta. | □ 曾經是頗負盛名的詩人的他，被人遺忘而貧窮地死去。 |

不過，即使是很長的主詞，如果像下面的句子一樣是舊資訊的話，還是會放在句首。

| □ La ceremonia de inauguración de los Juegos Olímpicos fue televisada. | □ 奧運會開幕典禮在電視上播出了。 |

(b) 使用以下動詞時，主詞通常會在後面。

(i) gustar 之類的動詞（☞◇300《間接受詞＋不及物動詞＋主詞》）

| □ Me gusta la comida casera. | □ 我喜歡家常料理。 |
| □ Taro estudia español porque le encanta la música latina. | □ 太郎學西班牙語，因為他喜歡拉丁音樂。 |

385

(ii) faltar, quedar, sobrar 等表示〈存在、不存在〉的動詞

| ☐ Todavía le falta alguna experiencia para poder hacer ese trabajo. | ☐ 他還缺乏能夠做那項工作的經驗。 |

(iii) suceder, surgir 等表示〈出現、事情發生〉的動詞

| ☐ Están sucediendo pequeños temblores estos días y toda la gente está intranquila. | ☐ 最近持續發生小型地震，所有人都感到不安。 |

(iv) 反身動詞的被動態用法（☞◇304 反身句 [C] ❷）

| ☐ Esta tarde se abre la primera sesión del Congreso. | ☐ 今天下午將召開國會的第一次會議。 |

(v) 不過，當主詞是〈話題〉或者要加以〈強調〉的時候，主詞還是會放在動詞前面。

| ☐ La música latina me encanta, sobre todo la argentina. | ☐ 我喜歡拉丁音樂，尤其是阿根廷的。 |

❸ 《副詞（片語）＋動詞》：如果副詞（片語）是舊資訊，會放在前面。

| ☐ En la fiesta de anoche lo pasamos muy bien. | ☐ 在昨晚的派對，我們過得很開心。 |
| ☐ A los veinte años ya era una actriz de fama mundial. | ☐ 20 歲的時候，她已經是世界知名的女演員了。 |

如果副詞（片語）獨立於句子之外，則主詞位置不受影響，放在前面。

| ☐ En España solo las mujeres usan abanico. | ☐ 在西班牙，只有女性使用扇子。 |

❹ 不定詞或 que 子句當主詞的時候，通常含有新資訊，所以放在動詞後面。

| ☐ Es difícil pensar en abstracto. | ☐ 抽象思考很困難。 |
| ☐ Parece que el jefe ha reconocido su error. | ☐ 上司似乎已經承認他的錯誤了。 |

❺ 整體疑問句（☞6.1 疑問詞與疑問句）通常採用《動詞＋主詞》的詞序。

| □ ¿Va a salir usted a estas horas? | □ 您這個時間還要出門嗎？ |
| □ ¿Continúa su hijo guardando cama? | □ 您的兒子還臥病在床嗎？ |

不過，如果主詞是〈話題〉，或者被〈強調〉的時候，就會採用《主詞＋動詞》的詞序。

| □ ¿Usted va a salir a estas horas? | □ 您這個時間還要出門嗎？ |

◇ 308　句首強調

❶ 句中的成分被〈強調〉或〈對比〉的時候，會放在句首。

| □ En la adversidad se conoce a los amigos. | □ 在逆境中才會知道（誰是）真正的朋友。 |
| □ Un coche de segunda mano compró Jorge, no uno nuevo. | □ 喬治買的是二手車，不是新車。 |

❷ 疑問詞放在句首。關係詞放在關係子句的開頭。

(a) 疑問詞

| □ ¿Dónde está la estación de metro más cercana? | □ 最近的地鐵站在哪裡？ |
| □ ¿Qué anchura tiene este río? | □ 這條河有多寬？ |

(b) 感嘆詞

| □ ¡Qué bien ha interpretado el actor su papel! | □ 那位男演員把他的角色詮釋得多好啊！ |

(c) 關係詞

| □ ¿Qué opina usted de esto que dice hoy el periódico? | □ 對於今天報紙上所說的這件事，您的意見是什麼？ |

❸ 表達「說～」的時候，主詞在動詞「說」的後面。

| ☐ "No quiero ir a la reunión", dijo Jorge. | ☐ 「我不想參加會議」，喬治說。 |

補充 句中的詞序與主詞

　　為什麼句中的舊資訊放在前面，而新資訊在後面呢？為什麼比較長的成分要放在句子的後面呢？還有，為什麼主詞大多放在句首呢？我們說話的時候，基本上是「針對某事」（＝「話題」）說些「什麼」（＝「敘述」），也就是把這兩種成分連結起來，而「話題」的部分通常先出現，關於話題的「敘述」則出現在後面。「話題」通常是聽者也了解的內容（＝「舊資訊」）。而和「話題」相比，「敘述」的資訊量較多，所以通常比較長。主詞經常是話題（＝「舊資訊」），這時候主詞會在句首，但如果主詞是新資訊的話，則會放在後面。

　　不符合這個原則的，是「句首強調」。一般的言談結構是「針對某事」（＝「話題」）說些「什麼」（＝「敘述」），但有特別想說或想問的事情時，將這件事放在開頭強調，會是比較直覺而自然的說話方式。

　　上述的句中詞序現象，不僅限於西班牙語，也可以在許多語言中觀察到共通的現象。尤其因為西班牙語的主詞位置不是固定的，所以碰到比較長的句子時，思考什麼是舊資訊、什麼是新資訊，會比較容易理解整體的意思。與其想成「主詞的位置很自由」，不如想成主詞的位置會隨著「敘述的表達方式」而變化，會比較有幫助。

◇ 309　插入、省略、替換說法

❶ 《插入》：句子中間有時會插入其他成分。以下幾種情況特別重要。

(a) 表示〈意見〉的 creer, parecer 等等

| ☐ ¿Quién cree usted que es el jugador más valioso de la liga española? | ☐ 您認為誰是西班牙聯賽最有價值的球員？ |
| ☐ Esto me parece que está buenísimo. | ☐ 這個在我看來非常好。 |

(b) 副詞（片語）

| ☐ A mí, francamente, no me pasa eso. | ☐ 在我身上，老實說，不會發生那種事。 |
| ☐ Es un nuevo material de gran dureza y que, sin embargo, pesa muy poco. | ☐ 那是很堅硬的新材料，不過，重量卻很輕。 |

(c) 關係子句等等

| □ En mi viaje, aparte de ver Tokio y los cerezos (<u>lo</u> <u>que</u> <u>me</u> <u>hace</u> <u>mucha</u> <u>ilusión</u>), podremos seguir estudiando juntos. | □ 在我的旅行中，除了欣賞東京與櫻花（讓我很期待的事），我們還能一起繼續學習。 |

❷ **《省略》**：在所處的上下文或狀況中，即使省略也不會造成誤解的情況下，就會省略。在某些情況下，省略會比刻意重複來得恰當。

(a) 如果不用指明也知道主詞是什麼，就不必刻意重複主詞，也不必使用主格代名詞，只用動詞即可。

| □ Les faltó dinero y <u>tuvieron</u> que abreviar las vacaciones. | □ 他們的錢不夠，而不得不縮短了假期。 |

(b) 相同動詞（片語）重複時可以省略。

| □ ¿Cuántos kilos <u>quiere</u>?
— Un kilo y medio, por favor. | □ 您要幾公斤？
－1公斤半，麻煩了。 |

❸ **《替換說法》**：書面文章尤其傾向於避免重複同樣的語句，而會使用同義詞或指代相同人事物的詞語。

| □ <u>El</u> <u>Real</u> <u>Madrid</u> venció al equipo de Alemania. <u>Los</u> <u>blancos</u> fueron recibidos calurosamente en el aeropuerto. | □ 皇家馬德里擊敗了德國隊。球員們在機場受到熱烈歡迎。（白色是球隊的球衣顏色） |
| □ El autor <u>habla</u> de un problema de la sociedad moderna. <u>Se</u> <u>refiere</u> a la deshumanización de los trabajadores. | □ 作者談論現代社會的一項問題。他所指的是勞工的去人性化。 |

> **補充** 片語中的詞序

在許多情況下，中文的詞序與西班牙語不同，如下表所示。

中文	西班牙語
有趣的₁ 書₂	libro₂ interesante₁
比昨天₁ 冷₂	hace más frío₂ que ayer₁
他來的₁ 時候₂～	Cuando₂ vino₁...
快速地₁ 走₂	caminar₂ rápidamente₁
我讀的₁ 書₂	el libro₂ que leo₁
李₁ 大為₂	Dawei₂ Li₁
李₁ 先生₂	Señor₂ Li₁
畢卡索₁ 美術館₂	Museo₂ Picasso₁
12 月₁ 25 日₂	el día 25₂ de diciembre₁
台北市₁ 大安區₂	Daan₂, Taipei₁

另外，還有各種情況可以觀察到詞序相反的現象。

☐ 我寄給胡安₁ 那本書₂。/ Le envío el libro₂ a Juan₁.
☐ 西班牙語的₁ 歷史性₂ 研究 / Estudio histórico₂ de español₁

雖然以上的詞序可能隨著各種條件而改變（例如前置形容詞 ☞◇145《形容詞＋名詞》、指示形容詞的位置 ☞◇111 指示形容詞），但基本上是很正常的詞序。

我們學習西班牙語的時候，只要多練習它特有的詞序就行了。雖然在各種不同的情況下，西班牙語的詞序有時和中文相同、有時不同，但不必擔心。只要持續練習，就會逐漸習慣，最終即使不刻意思考也能自然地使用。

$$\boxed{\text{Fin}}$$

規則動詞的變化

	規則動詞（AR 動詞）	**hablar**（說話）
	不定詞	hablar
現在分詞	hablando	不定詞完成形	haber hablado
過去分詞	hablado	現在分詞完成形	habiendo hablado
命令（TÚ）〔VOS〕	habla [hablá]		
命令（VOSOTROS）	hablad		

陳述式現在	（YO）	hablo	現在完成	（YO）	he hablado
	（TÚ）〔VOS〕	hablas [hablás]		（TÚ）	has hablado
	（ÉL）	habla		（ÉL）	ha hablado
	（NOSOTROS）	hablamos		（NOSOTROS）	hemos hablado
	（VOSOTROS）	habláis		（VOSOTROS）	habéis hablado
	（ELLOS）	hablan		（ELLOS）	han hablado

點過去（簡單過去時）	（YO）	hablé	點過去完成（先過去時）	（YO）	hube hablado
	（TÚ）	hablaste		（TÚ）	hubiste hablado
	（ÉL）	habló		（ÉL）	hubo hablado
	（NOSOTROS）	hablamos		（NOSOTROS）	hubimos hablado
	（VOSOTROS）	hablasteis		（VOSOTROS）	hubisteis hablado
	（ELLOS）	hablaron		（ELLOS）	hubieron hablado

線過去（過去未完成時）	（YO）	hablaba	線過去完成	（YO）	había hablado
	（TÚ）	hablabas		（TÚ）	habías hablado
	（ÉL）	hablaba		（ÉL）	había hablado
	（NOSOTROS）	hablábamos		（NOSOTROS）	habíamos hablado
	（VOSOTROS）	hablabais		（VOSOTROS）	habíais hablado
	（ELLOS）	hablaban		（ELLOS）	habían hablado

現在推測（未來時）	（YO）	hablaré	現在完成推測（未來完成時）	（YO）	habré hablado
	（TÚ）	hablarás		（TÚ）	habrás hablado
	（ÉL）	hablará		（ÉL）	habrá hablado
	（NOSOTROS）	hablaremos		（NOSOTROS）	habremos hablado
	（VOSOTROS）	hablaréis		（VOSOTROS）	habréis hablado
	（ELLOS）	hablarán		（ELLOS）	habrán hablado

過去推測（條件式）	（YO）	hablaría	過去完成推測（複合條件式）	（YO）	habría hablado
	（TÚ）	hablarías		（TÚ）	habrías hablado
	（ÉL）	hablaría		（ÉL）	habría hablado
	（NOSOTROS）	hablaríamos		（NOSOTROS）	habríamos hablado
	（VOSOTROS）	hablaríais		（VOSOTROS）	habríais hablado
	（ELLOS）	hablarían		（ELLOS）	habrían hablado

虛擬式現在	（YO）	hable	虛擬現在完成	（YO）	haya hablado
	（TÚ）	hables		（TÚ）	hayas hablado
	（ÉL）	hable		（ÉL）	haya hablado
	（NOSOTROS）	hablemos		（NOSOTROS）	hayamos hablado
	（VOSOTROS）	habléis		（VOSOTROS）	hayáis hablado
	（ELLOS）	hablen		（ELLOS）	hayan hablado

虛擬式過去①	（YO）	hablara	虛擬過去完成①	（YO）	hubiera hablado
	（TÚ）	hablaras		（TÚ）	hubieras hablado
	（ÉL）	hablara		（ÉL）	hubiera hablado
	（NOSOTROS）	habláramos		（NOSOTROS）	hubiéramos hablado
	（VOSOTROS）	hablarais		（VOSOTROS）	hubierais hablado
	（ELLOS）	hablaran		（ELLOS）	hubieran hablado

虛擬式過去②	（YO）	hablase	虛擬過去完成②	（YO）	hubiese hablado
	（TÚ）	hablases		（TÚ）	hubieses hablado
	（ÉL）	hablase		（ÉL）	hubiese hablado
	（NOSOTROS）	hablásemos		（NOSOTROS）	hubiésemos hablado
	（VOSOTROS）	hablaseis		（VOSOTROS）	hubieseis hablado
	（ELLOS）	hablasen		（ELLOS）	hubiesen hablado

		規則動詞（ER 動詞）		comer（吃）
		不定詞		comer
現在分詞		comiendo	不定詞完成形	haber comido
過去分詞		comido	現在分詞完成形	habiendo comido
命令（TÚ）〔VOS〕		come [comé]		
命令（VOSOTROS）		comed		
陳述式現在	（YO）	como	現在完成	（YO）	he comido
	（TÚ）〔VOS〕	comes [comés]		（TÚ）	has comido
	（ÉL）	come		（ÉL）	ha comido
	（NOSOTROS）	comemos		（NOSOTROS）	hemos comido
	（VOSOTROS）	coméis		（VOSOTROS）	habéis comido
	（ELLOS）	comen		（ELLOS）	han comido
點過去（簡單過去時）	（YO）	comí	點過去完成（先過去時）	（YO）	hube comido
	（TÚ）	comiste		（TÚ）	hubiste comido
	（ÉL）	comió		（ÉL）	hubo comido
	（NOSOTROS）	comimos		（NOSOTROS）	hubimos comido
	（VOSOTROS）	comisteis		（VOSOTROS）	hubisteis comido
	（ELLOS）	comieron		（ELLOS）	hubieron comido
線過去（過去未完成時）	（YO）	comía	線過去完成	（YO）	había comido
	（TÚ）	comías		（TÚ）	habías comido
	（ÉL）	comía		（ÉL）	había comido
	（NOSOTROS）	comíamos		（NOSOTROS）	habíamos comido
	（VOSOTROS）	comíais		（VOSOTROS）	habíais comido
	（ELLOS）	comían		（ELLOS）	habían comido
現在推測（未來時）	（YO）	comeré	現在完成推測（未來完成時）	（YO）	habré comido
	（TÚ）	comerás		（TÚ）	habrás comido
	（ÉL）	comerá		（ÉL）	habrá comido
	（NOSOTROS）	comeremos		（NOSOTROS）	habremos comido
	（VOSOTROS）	comeréis		（VOSOTROS）	habréis comido
	（ELLOS）	comerán		（ELLOS）	habrán comido
過去推測（條件式）	（YO）	comería	過去完成推測（複合條件式）	（YO）	habría comido
	（TÚ）	comerías		（TÚ）	habrías comido
	（ÉL）	comería		（ÉL）	habría comido
	（NOSOTROS）	comeríamos		（NOSOTROS）	habríamos comido
	（VOSOTROS）	comeríais		（VOSOTROS）	habríais comido
	（ELLOS）	comerían		（ELLOS）	habrían comido
虛擬式現在	（YO）	coma	虛擬式現在完成	（YO）	haya comido
	（TÚ）	comas		（TÚ）	hayas comido
	（ÉL）	coma		（ÉL）	haya comido
	（NOSOTROS）	comamos		（NOSOTROS）	hayamos comido
	（VOSOTROS）	comáis		（VOSOTROS）	hayáis comido
	（ELLOS）	coman		（ELLOS）	hayan comido
虛擬式過去①	（YO）	comiera	虛擬式現在完成①	（YO）	hubiera comido
	（TÚ）	comieras		（TÚ）	hubieras comido
	（ÉL）	comiera		（ÉL）	hubiera comido
	（NOSOTROS）	comiéramos		（NOSOTROS）	hubiéramos comido
	（VOSOTROS）	comierais		（VOSOTROS）	hubierais comido
	（ELLOS）	comieran		（ELLOS）	hubieran comido
虛擬式過去②	（YO）	comiese	虛擬過去完成②	（YO）	hubiese comido
	（TÚ）	comieses		（TÚ）	hubieses comido
	（ÉL）	comiese		（ÉL）	hubiese comido
	（NOSOTROS）	comiésemos		（NOSOTROS）	hubiésemos comido
	（VOSOTROS）	comieseis		（VOSOTROS）	hubieseis comido
	（ELLOS）	comiesen		（ELLOS）	hubiesen comido

	規則動詞（IR 動詞）		vivir（住）
	不定詞		vivir
現在分詞	viviendo	不定詞完成形	haber vivido
過去分詞	vivido	現在分詞完成形	habiendo vivido
命令（TÚ）〔VOS〕	vive [viví]		
命令（VOSOTROS）	vivid		
陳述式現在 （YO）	vivo	現在完成 （YO）	he vivido
（TÚ）〔VOS〕	vives [vivís]	（TÚ）	has vivido
（ÉL）	vive	（ÉL）	ha vivido
（NOSOTROS）	vivimos	（NOSOTROS）	hemos vivido
（VOSOTROS）	vivís	（VOSOTROS）	habéis vivido
（ELLOS）	viven	（ELLOS）	han vivido
點過去（簡單過去時） （YO）	viví	點過去完成（先過去完成） （YO）	hube vivido
（TÚ）	viviste	（TÚ）	hubiste vivido
（ÉL）	vivió	（ÉL）	hubo vivido
（NOSOTROS）	vivimos	（NOSOTROS）	hubimos vivido
（VOSOTROS）	vivisteis	（VOSOTROS）	hubisteis vivido
（ELLOS）	vivieron	（ELLOS）	hubieron vivido
線過去（過去未完成時） （YO）	vivía	線過去完成 （YO）	había vivido
（TÚ）	vivías	（TÚ）	habías vivido
（ÉL）	vivía	（ÉL）	había vivido
（NOSOTROS）	vivíamos	（NOSOTROS）	habíamos vivido
（VOSOTROS）	vivíais	（VOSOTROS）	habíais vivido
（ELLOS）	vivían	（ELLOS）	habían vivido
現在推測（未來時） （YO）	viviré	現在完成推測（未來完成） （YO）	habré vivido
（TÚ）	vivirás	（TÚ）	habrás vivido
（ÉL）	vivirá	（ÉL）	habrá vivido
（NOSOTROS）	viviremos	（NOSOTROS）	habremos vivido
（VOSOTROS）	viviréis	（VOSOTROS）	habréis vivido
（ELLOS）	vivirán	（ELLOS）	habrán vivido
過去推測（條件式） （YO）	viviría	過去完成推測（複合條件式） （YO）	habría vivido
（TÚ）	vivirías	（TÚ）	habrías vivido
（ÉL）	viviría	（ÉL）	habría vivido
（NOSOTROS）	viviríamos	（NOSOTROS）	habríamos vivido
（VOSOTROS）	viviríais	（VOSOTROS）	habríais vivido
（ELLOS）	vivirían	（ELLOS）	habrían vivido
虛擬式現在 （YO）	viva	虛擬現在完成 （YO）	haya vivido
（TÚ）	vivas	（TÚ）	hayas vivido
（ÉL）	viva	（ÉL）	haya vivido
（NOSOTROS）	vivamos	（NOSOTROS）	hayamos vivido
（VOSOTROS）	viváis	（VOSOTROS）	hayáis vivido
（ELLOS）	vivan	（ELLOS）	hayan vivido
虛擬式過去① （YO）	viviera	虛擬過去完成① （YO）	hubiera vivido
（TÚ）	vivieras	（TÚ）	hubieras vivido
（ÉL）	viviera	（ÉL）	hubiera vivido
（NOSOTROS）	viviéramos	（NOSOTROS）	hubiéramos vivido
（VOSOTROS）	vivierais	（VOSOTROS）	hubierais vivido
（ELLOS）	vivieran	（ELLOS）	hubieran vivido
虛擬式過去② （YO）	viviese	虛擬過去完成② （YO）	hubiese vivido
（TÚ）	vivieses	（TÚ）	hubieses vivido
（ÉL）	viviese	（ÉL）	hubiese vivido
（NOSOTROS）	viviésemos	（NOSOTROS）	hubiésemos vivido
（VOSOTROS）	vivieseis	（VOSOTROS）	hubieseis vivido
（ELLOS）	viviesen	（ELLOS）	hubiesen vivido

不規則動詞變化表

動詞以粗體字 **abcd** 的不定詞表示，下面列出現在分詞、過去分詞、命令（TÚ）〔VOS〕、命令〔VOSOTROS〕的形式。之後的每一欄繼續列出動詞的各種變化形：

陳述式現在、陳述式點過去（簡單過去時）、陳述式線過去（過去未完成時）、陳述式現在推測（未來時）、陳述式過去推測（條件式）、虛擬式現在、虛擬式過去 ❶（-ra 形）、虛擬式過去 ❷（-se 形）

		陳述式現在	陳述式點過去 （簡單過去時）	陳述式線過去 （過去未完成時）
adquirir（獲得）		**adquier**o	adquirí	adquiría
		adquieres [adquirís]	adquiriste	adquirías
現在分詞	adquiriendo	**adquier**e	adquirió	adquiría
過去分詞	adquirido	adquirimos	adquirimos	adquiríamos
命令（TÚ）〔VOS〕	**adquier**e [adquirí]	adquirís	adquiristeis	adquiríais
命令（VOSOTROS）	adquirid	**adquier**en	adquirieron	adquirían
andar（走）		ando	**anduv**e	andaba
		andas [andás]	**anduv**iste	andabas
現在分詞	andando	anda	**anduv**o	andaba
過去分詞	andado	andamos	**anduv**imos	andábamos
命令（TÚ）〔VOS〕	anda [andá]	andáis	**anduv**isteis	andabais
命令（VOSOTROS）	andad	andan	**anduv**ieron	andaban
averiguar（查明）		averiguo	**averigü**é	averiguaba
		averiguas [averiguás]	averiguaste	averiguabas
現在分詞	averiguando	averigua	averiguó	averiguaba
過去分詞	averiguado	averiguamos	averiguamos	averiguábamos
命令（TÚ）〔VOS〕	averigua [averiguá]	averiguáis	averiguasteis	averiguabais
命令（VOSOTROS）	averiguad	averiguan	averiguaron	averiguaban
caber（容納）		**quep**o	**cup**e	cabía
		cabes [cabés]	**cup**iste	cabías
現在分詞	cabiendo	cabe	**cup**o	cabía
過去分詞	cabido	cabemos	**cup**imos	cabíamos
命令（TÚ）〔VOS〕	— —	cabéis	**cup**isteis	cabíais
命令（VOSOTROS）	— —	caben	**cup**ieron	cabían
caer（掉落）		**caig**o	caí	caía
		caes [caés]	ca**í**ste	caías
現在分詞	ca**y**endo	cae	ca**y**ó	caía
過去分詞	ca**í**do	caemos	ca**í**mos	ca**í**amos
命令（TÚ）〔VOS〕	cae [caé]	caéis	ca**í**steis	ca**í**ais
命令（VOSOTROS）	caed	caen	ca**y**eron	ca**í**an
coger（抓住）		**coj**o	cogí	cogía
		coges [cogés]	cogiste	cogías
現在分詞	cogiendo	coge	cogió	cogía
過去分詞	cogido	cogemos	cogimos	cogíamos
命令（TÚ）〔VOS〕	coge [cogé]	cogéis	cogisteis	cogíais
命令（VOSOTROS）	coged	cogen	cogieron	cogían

每一欄由上到下，列出 6 個人稱的變化形：

第一人稱單數（YO）、第二人稱單數（TÚ）〔VOS〕、第三人稱單數（ÉL）、第一人稱複數（NOSOTROS）、第二人稱複數（VOSOTROS）、第三人稱複數（ELLOS）

命令（TÚ）這個欄位，除了第二人稱單數（TÚ）以外，也列出了〔VOS〕的形式。這主要是中美洲、智利與拉布拉他地區使用的形式。

所有變化形都以斜體（*abcd*）表示變化詞尾，粗體（**abcd**）表示不規則的字根，粗斜體（***abcd***）表示不規則的詞尾。

陳述式現在推測 （未來時）	陳述式現在推測 （條件式）	虛擬式現在	虛擬式過去 ①	虛擬式過去 ②
adquirir*é*	adquirir*ía*	**adquier***a*	adquir*iera*	adquir*iese*
adquirir*ás*	adquirir*ías*	**adquier***as*	adquir*ieras*	adquir*ieses*
adquirir*á*	adquirir*ía*	**adquier***a*	adquir*iera*	adquir*iese*
adquirir*emos*	adquirir*íamos*	adquir*amos*	adquir*iéramos*	adquir*iésemos*
adquirir*éis*	adquirir*íais*	adquir*áis*	adquir*ierais*	adquir*ieseis*
adquirir*án*	adquirir*ían*	**adquier***an*	adquir*ieran*	adquir*iesen*
andar*é*	andar*ía*	and*e*	**anduv***iera*	**anduv***iese*
andar*ás*	andar*ías*	and*es*	**anduv***ieras*	**anduv***ieses*
andar*á*	andar*ía*	and*e*	**anduv***iera*	**anduv***iese*
andar*emos*	andar*íamos*	and*emos*	**anduv***iéramos*	**anduv***iésemos*
andar*éis*	andar*íais*	and*éis*	**anduv***ierais*	**anduv***ieseis*
andar*án*	andar*ían*	and*en*	**anduv***ieran*	**anduv***iesen*
averiguar*é*	averiguar*ía*	**averigü***e*	averigu*ara*	averigu*ase*
averiguar*ás*	averiguar*ías*	**averigü***es*	averigu*aras*	averigu*ases*
averiguar*á*	averiguar*ía*	**averigü***e*	averigu*ara*	averigu*ase*
averiguar*emos*	averiguar*íamos*	**averigü***emos*	averigu*áramos*	averigu*ásemos*
averiguar*éis*	averiguar*íais*	**averigü***éis*	averigu*arais*	averigu*aseis*
averiguar*án*	averiguar*ían*	**averigü***en*	averigu*aran*	averigu*asen*
cabr*é*	**cabr***ía*	**quep***a*	**cup***iera*	**cup***iese*
cabr*ás*	**cabr***ías*	**quep***as*	**cup***ieras*	**cup***ieses*
cabr*á*	**cabr***ía*	**quep***a*	**cup***iera*	**cup***iese*
cabr*emos*	**cabr***íamos*	**quep***amos*	**cup***iéramos*	**cup***iésemos*
cabr*éis*	**cabr***íais*	**quep***áis*	**cup***ierais*	**cup***ieseis*
cabr*án*	**cabr***ían*	**quep***an*	**cup***ieran*	**cup***iesen*
caer*é*	caer*ía*	**caig***a*	ca*yera*	ca*yese*
caer*ás*	caer*ías*	**caig***as*	ca*yeras*	ca*yeses*
caer*á*	caer*ía*	**caig***a*	ca*yera*	ca*yese*
caer*emos*	caer*íamos*	**caig***amos*	ca*yéramos*	ca*yésemos*
caer*éis*	caer*íais*	**caig***áis*	ca*yerais*	ca*yeseis*
caer*án*	caer*ían*	**caig***an*	ca*yeran*	ca*yesen*
coger*é*	coger*ía*	**coj***a*	cog*iera*	cog*iese*
coger*ás*	coger*ías*	**coj***as*	cog*ieras*	cog*ieses*
coger*á*	coger*ía*	**coj***a*	cog*iera*	cog*iese*
coger*emos*	coger*íamos*	**coj***amos*	cog*iéramos*	cog*iésemos*
coger*éis*	coger*íais*	**coj***áis*	cog*ierais*	cog*ieseis*
coger*án*	coger*ían*	**coj***an*	cog*ieran*	cog*iesen*

	陳述式現在	陳述式點過去 （簡單過去時）	陳述式線過去 （過去未完成時）
conducir（駕駛）	**conduzco**	**conduje**	conducía
	conduces [conducís]	**conduj**iste	conducías
現在分詞　　conduciendo	conduce	**conduj**o	conducía
過去分詞　　conducido	conducimos	**conduj**imos	conducíamos
命令（TÚ）〔VOS〕conduce [conducí]	conducís	**conduj**isteis	conducíais
命令（VOSOTROS）conducid	conducen	**conduj**eron	conducían
conocer（認識）	**conozco**	conocí	conocía
	conoces [conocés]	conociste	conocías
現在分詞　　conociendo	conoce	conoció	conocía
過去分詞　　conocido	conocemos	conocimos	conocíamos
命令（TÚ）〔VOS〕conoce [conocé]	conocéis	conocisteis	conocíais
命令（VOSOTROS）conoced	conocen	conocieron	conocían
contar（數算）	**cuento**	conté	contaba
	cuentas [contás]	contaste	contabas
現在分詞　　contando	**cuenta**	contó	contaba
過去分詞　　contado	contamos	contamos	contábamos
命令（TÚ）〔VOS〕**cuenta** [contá]	contáis	contasteis	contabais
命令（VOSOTROS）contad	**cuentan**	contaron	contaban
continuar（繼續）	**continúo**	continué	continuaba
	continúas [continuás]	continuaste	continuabas
現在分詞　　continuando	**continúa**	continuó	continuaba
過去分詞　　continuado	continuamos	continuamos	continuábamos
命令（TÚ）〔VOS〕**continúa** [continuá]	continuáis	continuasteis	continuabais
命令（VOSOTROS）continuad	**continúan**	continuaron	continuaban
dar（給）	d**oy**	d**i**	daba
	das [das]	d**iste**	dabas
現在分詞　　dando	da	d**io**	daba
過去分詞　　dado	damos	d**imos**	dábamos
命令（TÚ）〔VOS〕da [da]	d**ais**	d**isteis**	dabais
命令（VOSOTROS）dad	dan	d**ieron**	daban
decir（說）	dig**o**	dij**e**	decía
	dic**es** [decís]	dij**iste**	decías
現在分詞　　diciendo	dice	dij**o**	decía
過去分詞　　dicho	decimos	dij**imos**	decíamos
命令（TÚ）〔VOS〕**di** [decí]	decís	dij**isteis**	decíais
命令（VOSOTROS）decid	dicen	**dijeron**	decían
delinquir（犯罪）	**delinco**	delinquí	delinquía
	delinques [delinquís]	delinquiste	delinquías
現在分詞　　delinquiendo	delinque	delinquió	delinquía
過去分詞　　delinquido	delinquimos	delinquimos	delinquíamos
命令（TÚ）〔VOS〕delinque [delinquí]	delinquís	delinquisteis	delinquíais
命令（VOSOTROS）delinquid	delinquen	delinquieron	delinquían
distinguir（區分）	**distingo**	distinguí	distinguía
	distingues [distinguís]	distinguiste	distinguías
現在分詞　　distinguiendo	distingue	distinguió	distinguía
過去分詞　　distinguido	distinguimos	distinguimos	distinguíamos
命令（TÚ）〔VOS〕distingue [distinguí]	distinguís	distinguisteis	distinguíais
命令（VOSOTROS）distinguid	distinguen	distinguieron	distinguían
dormir（睡）	**duermo**	dormí	dormía
	duermes [dormís]	dormiste	dormías
現在分詞　　**durmiendo**	**duerme**	**durmió**	dormía
過去分詞　　dormido	dormimos	dormimos	dormíamos
命令（TÚ）〔VOS〕**duerme** [dormí]	dormís	dormisteis	dormíais
命令（VOSOTROS）dormid	**duermen**	**durmieron**	dormían

陳述式現在推測 （未來時）	陳述式現在推測 （條件式）	虛擬式現在	虛擬式過去 ①	虛擬式過去 ②
conduciré	conduciría	conduzca	condujera	condujese
conducirás	conducirías	conduzcas	condujeras	condujeses
conducirá	conduciría	conduzca	condujera	condujese
conduciremos	conduciríamos	conduzcamos	condujéramos	condujésemos
conduciréis	conduciríais	conduzcáis	condujerais	condujeseis
conducirán	conducirían	conduzcan	condujeran	condujesen
conoceré	conocería	conozca	conociera	conociese
conocerás	conocerías	conozcas	conocieras	conocieses
conocerá	conocería	conozca	conociera	conociese
conoceremos	conoceríamos	conozcamos	conociéramos	conociésemos
conoceréis	conoceríais	conozcáis	conocierais	conocieseis
conocerán	conocerían	conozcan	conocieran	conociesen
contaré	contaría	cuente	contara	contase
contarás	contarías	cuentes	contaras	contases
contará	contaría	cuente	contara	contase
contaremos	contaríamos	contemos	contáramos	contásemos
contaréis	contaríais	contéis	contarais	contaseis
contarán	contarían	cuenten	contaran	contasen
continuaré	continuaría	continúe	continuara	continuase
continuarás	continuarías	continúes	continuaras	continuases
continuará	continuaría	continúe	continuara	continuase
continuaremos	continuaríamos	continuemos	continuáramos	continuásemos
continuaréis	continuaríais	continuéis	continuarais	continuaseis
continuarán	continuarían	continúen	continuaran	continuasen
daré	daría	dé	diera	diese
darás	darías	des	dieras	dieses
dará	daría	dé	diera	diese
daremos	daríamos	demos	diéramos	diésemos
daréis	daríais	deis	dierais	dieseis
darán	darían	den	dieran	diesen
diré	**diría**	**diga**	**dijera**	**dijese**
dirás	**dirías**	**digas**	**dijeras**	**dijeses**
dirá	**diría**	**diga**	**dijera**	**dijese**
diremos	**diríamos**	**digamos**	**dijéramos**	**dijésemos**
diréis	**diríais**	**digáis**	**dijerais**	**dijeseis**
dirán	**dirían**	**digan**	**dijeran**	**dijesen**
delinquiré	delinquiría	delinca	delinquiera	delinquiese
delinquirás	delinquirías	delincas	delinquieras	delinquieses
delinquirá	delinquiría	delinca	delinquiera	delinquiese
delinquiremos	delinquiríamos	delincamos	delinquiéramos	delinquiésemos
delinquiréis	delinquiríais	delincáis	delinquierais	delinquieseis
delinquirán	delinquirían	delincan	delinquieran	delinquiesen
distinguiré	distinguiría	distinga	distinguiera	distinguiese
distinguirás	distinguirías	distingas	distinguieras	distinguieses
distinguirá	distinguiría	distinga	distinguiera	distinguiese
distinguiremos	distinguiríamos	distingamos	distinguiéramos	distinguiésemos
distinguiréis	distinguiríais	distingáis	distinguierais	distinguieseis
distinguirán	distinguirían	distingan	distinguieran	distinguiesen
dormiré	dormiría	duerma	durmiera	durmiese
dormirás	dormirías	duermas	durmieras	durmieses
dormirá	dormiría	duerma	durmiera	durmiese
dormiremos	dormiríamos	durmamos	durmiéramos	durmiésemos
dormiréis	dormiríais	durmáis	durmierais	durmieseis
dormirán	dormirían	duerman	durmieran	durmiesen

		陳述式現在	陳述式點過去 （簡單過去時）	陳述式線過去 （過去未完成時）
enviar（寄送）		env**ío**	envi**é**	envi**aba**
		env**ías** [envi**ás**]	envi**aste**	envi**abas**
現在分詞	envi**ando**	env**ía**	envi**ó**	envi**aba**
過去分詞	envi**ado**	envi**amos**	envi**amos**	envi**ábamos**
命令（TÚ）〔VOS〕	env**ía** [envi**á**]	envi**áis**	envi**asteis**	envi**abais**
命令（VOSOTROS）	envi**ad**	env**ían**	envi**aron**	envi**aban**
errar（弄錯）		y**err**o	err**é**	err**aba**
		y**err**as [err**ás**]	err**aste**	err**abas**
現在分詞	err**ando**	y**err**a	err**ó**	err**aba**
過去分詞	err**ado**	err**amos**	err**amos**	err**ábamos**
命令（TÚ）〔VOS〕	y**err**a [err**á**]	err**áis**	err**asteis**	err**abais**
命令（VOSOTROS）	err**ad**	y**err**an	err**aron**	err**aban**
estar（在～）		est**oy**	**estuve**	est**aba**
		est**ás** [est**ás**]	**estuviste**	est**abas**
現在分詞	est**ando**	est**á**	**estuvo**	est**aba**
過去分詞	est**ado**	est**amos**	**estuvimos**	est**ábamos**
命令（TÚ）〔VOS〕	est**á** [est**á**]	est**áis**	**estuvisteis**	est**abais**
命令（VOSOTROS）	est**ad**	est**án**	**estuvieron**	est**aban**
gozar（享受）		goz**o**	goc**é**	goz**aba**
		goz**as** [goz**ás**]	goz**aste**	goz**abas**
現在分詞	goz**ando**	goz**a**	goz**ó**	goz**aba**
過去分詞	goz**ado**	goz**amos**	goz**amos**	goz**ábamos**
命令（TÚ）〔VOS〕	goz**a** [goz**á**]	goz**áis**	goz**asteis**	goz**abais**
命令（VOSOTROS）	goz**ad**	goz**an**	goz**aron**	goz**aban**
haber（有～）		he	**hube**	hab**ía**
		has [has]	**hubiste**	hab**ías**
現在分詞	hab**iendo**	ha（hay）	**hubo**	hab**ía**
過去分詞	hab**ido**	hemos	**hubimos**	hab**íamos**
命令（TÚ）〔VOS〕	──	hab**éis**	**hubisteis**	hab**íais**
命令（VOSOTROS）	──	han	**hubieron**	hab**ían**
hacer（做）		hag**o**	**hice**	hac**ía**
		hac**es** [hac**és**]	**hiciste**	hac**ías**
現在分詞	hac**iendo**	hac**e**	**hizo**	hac**ía**
過去分詞	**hecho**	hac**emos**	**hicimos**	hac**íamos**
命令（TÚ）〔VOS〕	**haz** [hac**é**]	hac**éis**	**hicisteis**	hac**íais**
命令（VOSOTROS）	hac**ed**	hac**en**	**hicieron**	hac**ían**
huir（逃走）		hu**y**o	hu**i**（hu**í**）	hu**ía**
		hu**y**es [hu**is**（hu**ís**）]	hu**iste**	hu**ías**
現在分詞	hu**yendo**	hu**y**e	hu**yó**	hu**ía**
過去分詞	hu**ido**	hu**imos**	hu**imos**	hu**íamos**
命令（TÚ）〔VOS〕	hu**y**e [hu**i**（hu**í**）]	hu**is**（hu**ís**）	hu**isteis**	hu**íais**
命令（VOSOTROS）	hu**id**	hu**y**en	hu**yeron**	hu**ían**
ir（去）		v**oy**	f**ui**	**iba**
		v**as** [v**as**]	f**uiste**	**ibas**
現在分詞	**yendo**	v**a**	f**ue**	**iba**
過去分詞	**ido**	v**amos**	f**uimos**	**ibamos**
命令（TÚ）〔VOS〕	v**e** [and**á**]	v**ais**	f**uisteis**	**ibais**
命令（VOSOTROS）	**id**	v**an**	f**ueron**	**iban**
jugar（玩）		jueg**o**	jugu**é**	jug**aba**
		jueg**as** [jug**ás**]	jug**aste**	jug**abas**
現在分詞	jug**ando**	jueg**a**	jug**ó**	jug**aba**
過去分詞	jug**ado**	jug**amos**	jug**amos**	jug**ábamos**
命令（TÚ）〔VOS〕	jueg**a** [jug**á**]	jug**áis**	jug**asteis**	jug**abais**
命令（VOSOTROS）	jug**ad**	jueg**an**	jug**aron**	jug**aban**

陳述式現在推測（未來時）	陳述式現在推測（條件式）	虛擬式現在	虛擬式過去 ①	虛擬式過去 ②
enviaré	enviaría	env*í*e	enviara	enviase
enviarás	enviarías	env*í*es	enviaras	enviases
enviará	enviaría	env*í*e	enviara	enviase
enviaremos	enviaríamos	enviemos	enviáramos	enviásemos
enviaréis	enviaríais	enviéis	enviarais	enviaseis
enviarán	enviarían	env*í*en	enviaran	enviasen
erraré	erraría	**y**erre	errara	errase
errarás	errarías	**y**err*e*s	erraras	errases
errará	erraría	**y**erre	errara	errase
erraremos	erraríamos	erremos	erráramos	errásemos
erraréis	errarías	erréis	errarais	erraseis
errarán	errarían	**y**erren	erraran	errasen
estaré	estaría	esté	estuviera	estuviese
estarás	estarías	est*é*s	estuvieras	estuvieses
estará	estaría	esté	estuviera	estuviese
estaremos	estaríamos	estemos	estuviéramos	estuviésemos
estaréis	estaríais	estéis	estuvierais	estuvieseis
estarán	estarían	est*é*n	estuvieran	estuviesen
gozaré	gozaría	goc*e*	gozara	gozase
gozarás	gozarías	goc*e*s	gozaras	gozases
gozará	gozaría	goc*e*	gozara	gozase
gozaremos	gozaríamos	goc*e*mos	gozáramos	gozásemos
gozaréis	gozaríais	goc*é*is	gozarais	gozaseis
gozarán	gozarían	goc*e*n	gozaran	gozasen
habré	**habr**ía	**hay**a	**hub**iera	**hub**iese
habrás	**habr**ías	**hay**as	**hub**ieras	**hub**ieses
habrá	**habr**ía	**hay**a	**hub**iera	**hub**iese
habremos	**habr**íamos	**hay**amos	**hub**iéramos	**hub**iésemos
habréis	**habr**íais	**hay**áis	**hub**ierais	**hub**ieseis
habrán	**habr**ían	**hay**an	**hub**ieran	**hub**iesen
haré	**har**ía	**hag**a	**hic**iera	**hic**iese
harás	**har**ías	**hag**as	**hic**ieras	**hic**ieses
hará	**har**ía	**hag**a	**hic**iera	**hic**iese
haremos	**har**íamos	**hag**amos	**hic**iéramos	**hic**iésemos
haréis	**har**íais	**hag**áis	**hic**ierais	**hic**ieseis
harán	**har**ían	**hag**an	**hic**ieran	**hic**iesen
huiré	huiría	**huy**a	hu**y**era	hu**y**ese
huirás	huirías	**huy**as	hu**y**eras	hu**y**eses
huirá	huiría	**huy**a	hu**y**era	hu**y**ese
huiremos	huiríamos	**huy**amos	hu**y**éramos	hu**y**ésemos
huiréis	huiríais	**huy**áis	hu**y**erais	hu**y**eseis
huirán	huirían	**huy**an	hu**y**eran	hu**y**esen
iré	iría	vaya	fuera	fuese
irás	irías	vayas	fueras	fueses
irá	iría	vaya	fuera	fuese
iremos	iríamos	vayamos	fuéramos	fuésemos
iréis	iríais	vayáis	fuerais	fueseis
irán	irían	vayan	fueran	fuesen
jugaré	jugaría	**jueg**ue	jugara	jugase
jugarás	jugarías	**jueg**ues	jugaras	jugases
jugará	jugaría	**jueg**ue	jugara	jugase
jugaremos	jugaríamos	**jugu**emos	jugáramos	jugásemos
jugaréis	jugaríais	**jugu**éis	jugarais	jugaseis
jugarán	jugarían	**jueg**uen	jugaran	jugasen

		陳述式現在	陳述式點過去 （簡單過去時）	陳述式線過去 （過去未完成時）
llegar（抵達）		lleg*o*	**llegué**	lleg*aba*
		lleg*as* [lleg*ás*]	lleg*aste*	lleg*abas*
現在分詞	lleg*ando*	lleg*a*	lleg*ó*	lleg*aba*
過去分詞	lleg*ado*	lleg*amos*	lleg*amos*	lleg*ábamos*
命令（TÚ）〔VOS〕	lleg*a* [lleg*á*]	lleg*áis*	lleg*asteis*	lleg*abais*
命令（VOSOTROS）	lleg*ad*	lleg*an*	lleg*aron*	lleg*aban*
lucir（發光）		**luzco**	luc*í*	luc*ía*
		luc*es* [luc*ís*]	luc*iste*	luc*ías*
現在分詞	luc*iendo*	luc*e*	luc*ió*	luc*ía*
過去分詞	luc*ido*	luc*imos*	luc*imos*	luc*íamos*
命令（TÚ）〔VOS〕	luc*e* [luc*í*]	luc*ís*	luc*isteis*	luc*íais*
命令（VOSOTROS）	luc*id*	luc*en*	luc*ieron*	luc*ían*
morir（死）		**muer**o	mor*í*	mor*ía*
		mueres [mor*ís*]	mor*iste*	mor*ías*
現在分詞	**mur**iendo	**muer**e	**mur**ió	mor*ía*
過去分詞	**muerto**	mor*imos*	mor*imos*	mor*íamos*
命令（TÚ）〔VOS〕	**muer**e [mor*í*]	mor*ís*	mor*isteis*	mor*íais*
命令（VOSOTROS）	mor*id*	**muer**en	**mur**ieron	mor*ían*
oír（聽到）		**oig**o	o*í*	o*ía*
		o**y**es [o*ís*]	o*íste*	o*ías*
現在分詞	o**y**endo	o**y**e	o**y**ó	o*ía*
過去分詞	o*ído*	o*ímos*	o*ímos*	o*íamos*
命令（TÚ）〔VOS〕	o**y**e [o*í*]	o*ís*	o*ísteis*	o*íais*
命令（VOSOTROS）	o*íd*	o**y**en	o**y**eron	o*ían*
oler（聞）		**huel**o	ol*í*	ol*ía*
		hueles [ol*és*]	ol*iste*	ol*ías*
現在分詞	ol*iendo*	**huel**e	ol*ió*	ol*ía*
過去分詞	ol*ido*	ol*emos*	ol*imos*	ol*íamos*
命令（TÚ）〔VOS〕	**huel**e [ol*é*]	ol*éis*	ol*isteis*	ol*íais*
命令（VOSOTROS）	ol*ed*	**huel**en	ol*ieron*	ol*ían*
pedir（要求）		**pid**o	ped*í*	ped*ía*
		pides [ped*ís*]	ped*iste*	ped*ías*
現在分詞	**pid**iendo	**pid**e	**pid**ió	ped*ía*
過去分詞	ped*ido*	ped*imos*	ped*imos*	ped*íamos*
命令（TÚ）〔VOS〕	**pid**e [ped*í*]	ped*ís*	ped*isteis*	ped*íais*
命令（VOSOTROS）	ped*id*	**pid**en	**pid**ieron	ped*ían*
pensar（想）		**piens**o	pens*é*	pens*aba*
		piensas [pens*ás*]	pens*aste*	pens*abas*
現在分詞	pens*ando*	**piens**a	pens*ó*	pens*aba*
過去分詞	pens*ado*	pens*amos*	pens*amos*	pens*ábamos*
命令（TÚ）〔VOS〕	**piens**a [pens*á*]	pens*áis*	pens*asteis*	pens*abais*
命令（VOSOTROS）	pens*ad*	**piens**an	pens*aron*	pens*aban*
poder（能～）		**pued**o	**pus**e	pod*ía*
		puedes [pod*és*]	**pud**iste	pod*ías*
現在分詞	**pud**iendo	**pued**e	**pud**o	pod*ía*
過去分詞	pod*ido*	pod*emos*	**pud**imos	pod*íamos*
命令（TÚ）〔VOS〕	——	pod*éis*	**pud**isteis	pod*íais*
命令（VOSOTROS）	——	**pued**en	**pud**ieron	pod*ían*
poner（放置）		**pong**o	**pus**e	pon*ía*
		pon*es* [pon*és*]	**pus**iste	pon*ías*
現在分詞	pon*iendo*	pon*e*	**pus**o	pon*ía*
過去分詞	**puesto**	pon*emos*	**pus**imos	pon*íamos*
命令（TÚ）〔VOS〕	**pon** [pon*é*]	pon*éis*	**pus**isteis	pon*íais*
命令（VOSOTROS）	pon*ed*	pon*en*	**pus**ieron	pon*ían*

陳述式現在推測 （未來時）	陳述式現在推測 （條件式）	虛擬式現在	虛擬式過去 ①	虛擬式過去 ②
llegaré	llegaría	llegue	llegara	llegase
llegarás	llegarías	llegues	llegaras	llegases
llegará	llegaría	llegue	llegara	llegase
llegaremos	llegaríamos	lleguemos	llegáramos	llegásemos
llegaréis	llegaríais	lleguéis	llegarais	llegaseis
llegarán	llegarían	lleguen	llegaran	llegasen
luciré	luciría	luzca	luciera	luciese
lucirás	lucirías	luzcas	lucieras	lucieses
lucirá	luciría	luzca	luciera	luciese
luciremos	luciríamos	luzcamos	luciéramos	luciésemos
luciréis	luciríais	luzcáis	lucierais	lucieseis
lucirán	lucirían	luzcan	lucieran	luciesen
moriré	moriría	muera	muriera	muriese
morirás	morirías	mueras	murieras	murieses
morirá	moriría	muera	muriera	muriese
moriremos	moriríamos	muramos	muriéramos	muriésemos
moriréis	moriríais	muráis	murierais	murieseis
morirán	morirían	mueran	murieran	muriesen
oiré	oiría	oiga	oyera	oyese
oirás	oirías	oigas	oyeras	oyeses
oirá	oiría	oiga	oyera	oyese
oiremos	oiríamos	oigamos	oyéramos	oyésemos
oiréis	oiríais	oigáis	oyerais	oyeseis
oirán	oirían	oigan	oyeran	oyesen
oleré	olería	huela	oliera	oliese
olerás	olerías	huelas	olieras	olieses
olerá	olería	huela	oliera	oliese
oleremos	oleríamos	olamos	oliéramos	oliésemos
oleréis	oleríais	oláis	olierais	olieseis
olerán	olerían	huelan	olieran	oliesen
pediré	pediría	pida	pidiera	pidiese
pedirás	pedirías	pidas	pidieras	pidieses
pedirá	pediría	pida	pidiera	pidiese
pediremos	pediríamos	pidamos	pidiéramos	pidiésemos
pediréis	pediríais	pidáis	pidierais	pidieseis
pedirán	pedirían	pidan	pidieran	pidiesen
pensaré	pensaría	piense	pensara	pensase
pensarás	pensarías	pienses	pensaras	pensases
pensará	pensaría	piense	pensara	pensase
pensaremos	pensaríamos	pensemos	pensáramos	pensásemos
pensaréis	pensaríais	penséis	pensarais	pensaseis
pensarán	pensarían	piensen	pensaran	pensasen
podré	podría	pueda	pudiera	pudiese
podrás	podrías	puedas	pudieras	pudieses
podrá	podría	pueda	pudiera	pudiese
podremos	podríamos	podamos	pudiéramos	pudiésemos
podréis	podríais	podáis	pudierais	pudieseis
podrán	podrían	puedan	pudieran	pudiesen
pondré	pondría	ponga	pusiera	pusiese
pondrás	pondrías	pongas	pusieras	pusieses
pondrá	pondría	ponga	pusiera	pusiese
pondremos	pondríamos	pongamos	pusiéramos	pusiésemos
pondréis	pondríais	pongáis	pusierais	pusieseis
pondrán	pondrían	pongan	pusieran	pusiesen

		陳述式現在	陳述式點過去 （簡單過去時）	陳述式線過去 （過去未完成時）
prohibir（禁止）		**prohíb**o	prohibí	prohibía
		prohíbes [prohibís]	prohibiste	prohibías
現在分詞	prohibiendo	**prohíb**e	prohibió	prohibía
過去分詞	prohibido	prohibimos	prohibimos	prohibíamos
命令（TÚ）〔VOS〕	**prohíb**e [prohibí]	prohibís	prohibisteis	prohibíais
命令（VOSOTROS）	prohibid	**prohíb**en	prohibieron	prohibían
querer（想要）		**quier**o	**quis**e	quería
		quieres [querés]	**quis**iste	querías
現在分詞	queriendo	**quier**e	**quis**o	quería
過去分詞	querido	queremos	**quis**imos	queríamos
命令（TÚ）〔VOS〕	**quier**e [queré]	queréis	**quis**isteis	queríais
命令（VOSOTROS）	quered	**quier**en	**quis**ieron	querían
reír（笑）		río	reí	reía
		ríes [reís]	reíste	reías
現在分詞	riendo	ríe	**ri**o (rió)	reía
過去分詞	reído	reímos	reímos	reíamos
命令（TÚ）〔VOS〕	ríe [reí]	reís	reísteis	reíais
命令（VOSOTROS）	reíd	ríen	rieron	reían
reñir（罵）		ri**ñ**o	reñí	reñía
		ri**ñ**es [reñís]	reñiste	reñías
現在分詞	ri**ñ**endo	ri**ñ**e	**riñ**ó	reñía
過去分詞	reñido	reñimos	**riñ**imos	reñíamos
命令（TÚ）〔VOS〕	ri**ñ**e [reñí]	reñís	reñisteis	reñíais
命令（VOSOTROS）	reñid	ri**ñ**en	**riñ**eron	reñían
reunir（收集）		**reún**o	reuní	reunía
		reúnes [reunís]	reuniste	reunías
現在分詞	reuniendo	**reún**e	reunió	reunía
過去分詞	reunido	reunimos	reunimos	reuníamos
命令（TÚ）〔VOS〕	**reún**e [reuní]	reunís	reunisteis	reuníais
命令（VOSOTROS）	reunid	**reún**en	reunieron	reunían
saber（知道）		**sé**	**sup**e	sabía
		sabes [sabés]	**sup**iste	sabías
現在分詞	sabiendo	sabe	**sup**o	sabía
過去分詞	sabido	sabemos	**sup**imos	sabíamos
命令（TÚ）〔VOS〕	sabe [sabé]	sabéis	**sup**isteis	sabíais
命令（VOSOTROS）	sabed	saben	**sup**ieron	sabían
salir（離開）		**salg**o	salí	salía
		sales [salís]	saliste	salías
現在分詞	saliendo	sale	salió	salía
過去分詞	salido	salimos	salimos	salíamos
命令（TÚ）〔VOS〕	**sal** [salí]	salís	salisteis	salíais
命令（VOSOTROS）	salid	salen	salieron	salían
seguir（繼續）		**sig**o	seguí	seguía
		sigues [seguís]	seguiste	seguías
現在分詞	siguiendo	**sigu**e	**sigu**ió	seguía
過去分詞	seguido	seguimos	seguimos	seguíamos
命令（TÚ）〔VOS〕	**sigu**e [seguí]	seguís	seguisteis	seguíais
命令（VOSOTROS）	seguid	**sigu**en	**sigu**ieron	seguían
sentir（感覺）		**sient**o	sentí	sentía
		sientes [sentís]	sentiste	sentías
現在分詞	sintiendo	**sient**e	**sint**ió	sentía
過去分詞	sentido	sentimos	sentimos	sentíamos
命令（TÚ）〔VOS〕	**sient**e [sentí]	sentís	sentisteis	sentíais
命令（VOSOTROS）	sentid	**sient**en	**sint**ieron	sentían

陳述式現在推測 （未來時）	陳述式現在推測 （條件式）	虛擬式現在	虛擬式過去 ①	虛擬式過去 ②
prohibiré	prohibiría	**prohíba**	prohibiera	prohibiese
prohibirás	prohibirías	**prohíbas**	prohibieras	prohibieses
prohibirá	prohibiría	**prohíba**	prohibiera	prohibiese
prohibiremos	prohibiríamos	prohibamos	prohibiéramos	prohibiésemos
prohibiréis	prohibiríais	prohibáis	prohibierais	prohibieseis
prohibirán	prohibirían	**prohíban**	prohibieran	prohibiesen
querré	**querría**	**quiera**	**quisiera**	**quisiese**
querrás	**querrías**	**quieras**	**quisieras**	**quisieses**
querrá	**querría**	**quiera**	**quisiera**	**quisiese**
querremos	**querríamos**	queramos	**quisiéramos**	**quisiésemos**
querréis	**querríais**	queráis	**quisierais**	**quisieseis**
querrán	**querrían**	**quieran**	**quisieran**	**quisiesen**
reiré	reiría	**ría**	**riera**	**riese**
reirás	reirías	**rías**	**rieras**	**rieses**
reirá	reiría	**ría**	**riera**	**riese**
reiremos	reiríamos	riamos	**riéramos**	**riésemos**
reiréis	reiríais	riais (riáis)	**rierais**	**rieseis**
reirán	reirían	**rían**	**rieran**	**riesen**
reñiré	reñiría	**riña**	**riñera**	**riñese**
reñirás	reñirías	**riñas**	**riñeras**	**riñeses**
reñirá	reñiría	**riña**	**riñera**	**riñese**
reñiremos	reñiríamos	riñamos	**riñéramos**	**riñésemos**
reñiréis	reñiríais	riñáis	**riñerais**	**riñeseis**
reñirán	reñirían	**riñan**	**riñeran**	**riñesen**
reuniré	reuniría	**reúna**	reuniera	reuniese
reunirás	reunirías	**reúnas**	reunieras	reunieses
reunirá	reuniría	**reúna**	reuniera	reuniese
reuniremos	reuniríamos	reunamos	reuniéramos	reuniésemos
reuniréis	reuniríais	reunáis	reunierais	reunieseis
reunirán	reunirían	**reúnan**	reunieran	reuniesen
sabré	**sabría**	**sepa**	**supiera**	**supiese**
sabrás	**sabrías**	**sepas**	**supieras**	**supieses**
sabrá	**sabría**	**sepa**	**supiera**	**supiese**
sabremos	**sabríamos**	sepamos	**supiéramos**	**supiésemos**
sabréis	**sabríais**	sepáis	**supierais**	**supieseis**
sabrán	**sabrían**	sepan	**supieran**	**supiesen**
saldré	**saldría**	**salga**	saliera	saliese
saldrás	**saldrías**	**salgas**	salieras	salieses
saldrá	**saldría**	**salga**	saliera	saliese
saldremos	**saldríamos**	salgamos	saliéramos	saliésemos
saldréis	**saldríais**	salgáis	salierais	salieseis
saldrán	**saldrían**	salgan	salieran	saliesen
seguiré	seguiría	**siga**	**siguiera**	**siguiese**
seguirás	seguirías	**sigas**	**siguieras**	**siguieses**
seguirá	seguiría	**siga**	**siguiera**	**siguiese**
seguiremos	seguiríamos	sigamos	**siguiéramos**	**siguiésemos**
seguiréis	seguiríais	sigáis	**siguierais**	**siguieseis**
seguirán	seguirían	sigan	**siguieran**	**siguiesen**
sentiré	sentiría	**sienta**	**sintiera**	**sintiese**
sentirás	sentirías	**sientas**	**sintieras**	**sintieses**
sentirá	sentiría	**sienta**	**sintiera**	**sintiese**
sentiremos	sentiríamos	sintamos	**sintiéramos**	**sintiésemos**
sentiréis	sentiríais	sintáis	**sintierais**	**sintieseis**
sentirán	sentirían	sientan	**sintieran**	**sintiesen**

		陳述式現在	陳述式點過去 （簡單過去時）	陳述式線過去 （過去未完成時）
ser（是～）		soy eres [sos] es somos sois son	fui fuiste fue fuimos fuisteis fueron	era eras era éramos erais eran
現在分詞 過去分詞 命令（TÚ）〔VOS〕 命令（VOSOTROS）	siendo sido sé [sé] sed			
tener（擁有）		tengo tienes [tenés] tiene tenemos tenéis tienen	tuve tuviste tuvo tuvimos tuvisteis tuvieron	tenía tenías tenía teníamos teníais tenían
現在分詞 過去分詞 命令（TÚ）〔VOS〕 命令（VOSOTROS）	teniendo tenido **ten** [tené] tened			
tocar（觸碰）		toco tocas [tocás] toca tocamos tocáis tocan	toqué tocaste tocó tocamos tocasteis tocaron	tocaba tocabas tocaba tocábamos tocabais tocaban
現在分詞 過去分詞 命令（TÚ）〔VOS〕 命令（VOSOTROS）	tocando tocado toca [tocá] tocad			
traer（帶來）		traigo traes [traés] trae traemos traéis traen	traje trajiste trajo trajimos trajisteis trajeron	traía traías traía traíamos traíais traían
現在分詞 過去分詞 命令（TÚ）〔VOS〕 命令（VOSOTROS）	trayendo traído trae [traé] traed			
valer（價值）		valgo vales [valés] vale valemos valéis valen	valí valiste valió valimos valisteis valieron	valía valías valía valíamos valíais valían
現在分詞 過去分詞 命令（TÚ）〔VOS〕 命令（VOSOTROS）	valiendo valido vale [valé] valed			
vencer（打敗）		venzo vences [vencés] vence vencemos vencéis vencen	vencí venciste venció vencimos vencisteis vencieron	vencía vencías vencía vencíamos vencíais vencían
現在分詞 過去分詞 命令（TÚ）〔VOS〕 命令（VOSOTROS）	venciendo vencido vence [vencé] venced			
venir（來）		vengo vienes [venís] viene venimos venís vienen	vine viniste vino vinimos vinisteis vinieron	venía venías venía veníamos veníais venían
現在分詞 過去分詞 命令（TÚ）〔VOS〕 命令（VOSOTROS）	viniendo venido **ven** [vení] venid			
ver（看）		veo ves [ves] ve vemos veis ven	vi viste vio vimos visteis vieron	veía veías veía veíamos veíais veían
現在分詞 過去分詞 命令（TÚ）〔VOS〕 命令（VOSOTROS）	viendo **visto** ve [ve] ved			
volver（返回）		vuelvo vuelves [volvés] vuelve volvemos volvéis vuelven	volví volviste volvió volvimos volvisteis volvieron	volvía volvías volvía volvíamos volvíais volvían
現在分詞 過去分詞 命令（TÚ）〔VOS〕 命令（VOSOTROS）	volviendo **vuelto** vuelve [volvé] volved			

陳述式現在推測 （未來時）	陳述式現在推測 （條件式）	虛擬式現在	虛擬式過去 ①	虛擬式過去 ②
seré	sería	sea	fuera	fuese
serás	serías	seas	fueras	fueses
será	sería	sea	fuera	fuese
seremos	seríamos	seamos	fuéramos	fuésemos
seréis	seríais	seáis	fuerais	fueseis
serán	serían	sean	fueran	fuesen
tendré	tendría	tenga	tuviera	tuviese
tendrás	tendrías	tengas	tuvieras	tuvieses
tendrá	tendría	tenga	tuviera	tuviese
tendremos	tendríamos	tengamos	tuviéramos	tuviésemos
tendréis	tendríais	tengáis	tuvierais	tuvieseis
tendrán	tendrían	tengan	tuvieran	tuviesen
tocaré	tocaría	toque	tocara	tocase
tocarás	tocarías	toques	tocaras	tocases
tocará	tocaría	toque	tocara	tocase
tocaremos	tocaríamos	toquemos	tocáramos	tocásemos
tocaréis	tocaríais	toquéis	tocarais	tocaseis
tocarán	tocarían	toquen	tocaran	tocasen
traeré	traería	traiga	trajera	trajese
traerás	traerías	traigas	trajeras	trajeses
traerá	traería	traiga	trajera	trajese
traeremos	traeríamos	traigamos	trajéramos	trajésemos
traeréis	traeríais	traigáis	trajerais	trajeseis
traerán	traerían	traigan	trajeran	trajesen
valdré	valdría	valga	valiera	valiese
valdrás	valdrías	valgas	valieras	valieses
valdrá	valdría	valga	valiera	valiese
valdremos	valdríamos	valgamos	valiéramos	valiésemos
valdréis	valdríais	valgáis	valierais	valieseis
valdrán	valdrían	valgan	valieran	valiesen
venceré	vencería	venza	venciera	venciese
vencerás	vencerías	venzas	vencieras	vencieses
vencerá	vencería	venza	venciera	venciese
venceremos	venceríamos	venzamos	venciéramos	venciésemos
venceréis	venceríais	venzáis	vencierais	vencieseis
vencerán	vencerían	venzan	vencieran	venciesen
vendré	vendría	venga	viniera	viniese
vendrás	vendrías	vengas	vinieras	vinieses
vendrá	vendría	venga	viniera	viniese
vendremos	vendríamos	vengamos	viniéramos	viniésemos
vendréis	vendríais	vengáis	vinierais	vinieseis
vendrán	vendrían	vengan	vinieran	viniesen
veré	vería	vea	viera	viese
verás	verías	veas	vieras	vieses
verá	vería	vea	viera	viese
veremos	veríamos	veamos	viéramos	viésemos
veréis	veríais	veáis	vierais	vieseis
verán	verían	vean	vieran	viesen
volveré	volvería	vuelva	volviera	volviese
volverás	volverías	vuelvas	volvieras	volvieses
volverá	volvería	vuelva	volviera	volviese
volveremos	volveríamos	volvamos	volviéramos	volviésemos
volveréis	volveríais	volváis	volvierais	volvieseis
volverán	volverían	vuelvan	volvieran	volviesen

索引

* 為方便查詢，少數條目名稱與內文小節標題略有不同

A

a ········· 146, 269, 285, 298
a lo largo de ········· 293
a través de ········· 293
a ＋名詞、代名詞 ········· 111
a ＋表示〈人〉的直接受詞 ········· 372
-a 以外結尾的陰性名詞 ········· 64
adónde ········· 334
al ········· 82, 269
al frente de ········· 273
algo ········· 121, 122
alguien ········· 121, 122
alguno ········· 122
ambos ········· 123
ante ········· 272
apenas ········· 318, 356
AR 動詞的變化表 ········· 391
aunque ········· 318

B

B, b 的發音 ········· 14
bajo ········· 273

C

C, c 的發音 ········· 15
cada ········· 123
comer 的變化 ········· 392
como ········· 274, 309, 319, 322
cómo ········· 334, 337
con ········· 146, 275
conforme ········· 319
conmigo 和 contigo ········· 105
conque ········· 320
contra ········· 276
cual ········· 307
cuál ········· 335, 338
cualquiera ········· 124

cuando ········· 293, 310, 320
cuándo ········· 336
cuanto ········· 310
cuánto ········· 336
cuyo ········· 311

D

D, d 的發音 ········· 16
dar 與 ser / ir ········· 199
de ········· 146, 158, 277, 298
de ... a ～ ········· 283
debajo de ········· 274
deber ＋不定詞 ········· 255, 258
del ········· 82, 277
delante de ········· 273
dentro de ········· 286
desde ········· 282
desde ... hasta ～ ········· 283
doler ········· 369
donde ········· 311, 321
dónde ········· 336
durante ········· 283

E

-e 結尾的名詞 ········· 65
el ········· 82
el cual ········· 307
el que ········· 306, 324
ÉL 變化形 ········· 166
ello ········· 105
ELLOS 變化形 ········· 166
en ········· 146, 283, 297
enfrente de ········· 273
entre ········· 286
ER 動詞的變化表 ········· 392
estar ········· 171, 262, 364, 381
estaba / estuve ＋現在分詞 ········· 263
excepto ········· 288
excepto ＋ yo / tú ········· 288

F

F, f 的發音 ········· 17

faltar ········· 370

G

G, g 的發音 ········· 17
grande ········· 147, 160
gustar ········· 368, 385

H

H, h 的發音 ········· 19
haber ········· 380, 381, 398
haber de ＋不定詞 ········· 256
haber que ＋不定詞 ········· 259
haber 的 he 和 saber 的 sé ········· 187
hablar 的變化 ········· 391
hacia ········· 288
hasta ········· 289, 291

I

ir ········· 185, 191, 199, 398
ir a ＋不定詞 ········· 256
IR 動詞的變化表 ········· 393

J

J, j 的發音 ········· 20
jamás ········· 357, 360

K

K, k 的發音 ········· 20

L

L, l 的發音 ········· 21
la / las ········· 82, 106
la que ········· 306
le / les ········· 107, 379
lo ········· 82, 92, 106
lo que ········· 306
los ········· 82, 106

M

M, m 的發音 ······ 22
macho「雄性」與 hembra「雌性」
······ 62
mas ······ 316
más ······ 157
me ······ 106
mediante ······ 290
menos ······ 157, 290
menos ＋ yo / tú ······ 288
-mente 的副詞 ······ 152
mí ······ 105
mientras ······ 321
mil 不用複數形 ······ 134

N

N, n 的發音 ······ 23
nada ······ 357
nadie ······ 357
ni ······ 316, 358
ninguno ······ 359
¿No crees que ...? 的虛擬式 ······ 236
《no ＋動詞＋否定詞》與《否定詞＋動詞》 ······ 356
no 與否定句 ······ 354
nos ······ 106
NOSOTROS 變化形 ······ 166
nunca ······ 359

Ñ

Ñ, ñ 的發音 ······ 23

O

o ······ 315, 317
-o 以外結尾的陽性名詞 ······ 63
-o 結尾的陰性名詞 ······ 63
-o 和 -a 結尾並非表示相同事物的成對詞語 ······ 73
os ······ 106
otro ······ 124

P

P, p 的發音 ······ 24
para ······ 147, 290, 295
para qué ······ 338
pensar ＋不定詞 ······ 257
pero ······ 316
poder ＋不定詞 ······ 257
por ······ 147, 292
por el que ······ 322
por qué ······ 337
por ＋形容詞 / 副詞＋ que ······ 322
porque ······ 321
pues ······ 323
puesto que ······ 323

Q

Qu, qu 的發音 ······ 24
que ······ 304, 306, 323
que / quien ······ 309
qué ······ 338
qué / que 疑問詞與關係詞 ······ 306
qué / que 疑問詞、關係詞與連接詞 ······ 325
qué tal ······ 339
querer ＋不定詞 ······ 258
quien ······ 308
quién ······ 339

R

R, r 的發音 ······ 25
-ra 形 ······ 245, 246

S

S, s 的發音 ······ 26
-s 結尾的詞的複數形 ······ 76
salvo ······ 295
salvo ＋ yo / tú ······ 288
se（間接受格代名詞）······ 110
se（反身代名詞）······ 374
se ＋間接受詞＋第三人稱動詞 ······ 377

-se 形 ······ 244-246
según ······ 296, 325
sentar 的變化形 ······ 231
sentir 的變化形 ······ 231
ser ······ 171, 199, 267, 363, 366
《ser ＋過去分詞》的被動句與反身被動句 ······ 378
ser ＋無冠詞名詞 ······ 96
si ······ 247, 326, 334
Si...〈條件〉子句、疑問句、推測語氣不使用虛擬式現在時態的理由 ······ 239
sí 與 consigo ······ 375
sin ······ 296, 359
sobre ······ 297
su 的區分與《de ＋名詞 / 代名詞》
······ 118

T

T, t 的發音 ······ 27
también 與 tampoco 的由來 ······ 361
tampoco ······ 360
tan ＋形容詞 / 副詞＋ como ...
······ 160
te ······ 106
tener que ＋不定詞 ······ 258
ti ······ 105
todo ······ 125
tras ······ 299
tú / vosotros 和 usted / ustedes ······ 103
TÚ 變化形 ······ 166

U

-uir 動詞 ······ 185
un / una ······ 93
uno ······ 127, 128
unos / unas 的用法 ······ 94
usted ······ 102
ustedes ······ 102

V

V, v 的發音 ······ 27

407

veo 的形式	184
vivir 的變化	393
vos	100
VOS 變化形	170
VOS 的命令式	250
VOSOTROS 變化形	166

W

W, w 的發音	28

X

X, x 的發音	29

Y

y	313
Y, y 的發音	30
ya que	322
YO 變化形	166
YO 的特殊變化形	183

Z

Z, z 的發音	31

2 畫

人稱	99
人稱代名詞	99, 106
人稱代名詞的陰性複數形	104
人稱代名詞與名詞片語的重複	111

3 畫

三位數與 y	132
三重母音	11
大寫字母	51
女性職業名稱	70
子音的拼寫規則	33
子音的發音	13
小寫字母	52

4 畫

不可數名詞	73, 98
不可數名詞的複數形	78
不言自明的指示	85
不定人稱句	383
不定代名詞與不定形容詞等	120
不定冠詞	93
不定冠詞的用法	94
不定冠詞的形式與位置	93
不定冠詞與不可數名詞	96
不定詞	253, 270, 340
不定詞的用法	254
不定詞的形式	253
不定詞語與否定詞	361
不規則動詞變化表	394-405
中性	101
中性定冠詞 lo	92
中性的定冠詞 lo 與中性的指示代名詞 eso	116
介系詞	269
介系詞+重讀人稱代名詞	104
介系詞+無冠詞名詞	97, 154
介系詞+關係詞	305
介系詞片語	300
分立母音	12
分號	55
分類形容詞	140
反身代名詞 se + 直接受詞 le / les	379
反身代名詞與所有格形容詞	376
反身句	373
反身被動句與不定主詞	378
引號	58
文字	1
比較級	157
比較級的不規則形	159
比較級與最高級	157

5 畫

主要子句的虛擬式	240
主格人稱代名詞的用法	101
主格人稱代名詞的形式	99
主詞+不及物動詞	367
主詞+及物動詞+直接受詞	371
主詞+及物動詞+直接受詞+受詞補語	373
主詞+及物動詞+直接受詞+間接受詞	372
主詞+連繫動詞+補語	145, 362
主詞與補語的數不同的情況	364
代名詞	99, 106, 115, 116
代名詞化	88
句型	362
句首強調	387
句點	52
可數名詞	73
外來語的性	71
外來語的複數形	77
未來式（名稱）	208
母音的發音	7
生物的名詞	61
用來區分詞性的重音符號	44

6 畫

列舉無冠詞名詞	98
同等比較級	160
名詞+形容詞	148
名詞子句的虛擬式	234
名詞主詞+ NOSOTROS / VOSOTROS 變化形	384
名詞的性	61
名詞的數	73
地名的性	72
字母	1
字尾	165
字首和音節	37
字根	165
字根子音變化	179
字根母音變化的兩個條件	177
字根母音變化的條件（虛擬式現在）	230
字根母音變化的條件（點過去）	197
字根有 -e- 或 -o- 的規則動詞	178
「式」與「時態」	167

408

有〈陽性與陰性形式〉的名詞	67

7 畫

作為〈虛詞〉的否定詞	358
刪節號	56
助動詞＋不定詞	255
否定命令句	252
否定詞	355
否定詞的數	362
否定詞與否定句	354
序數詞	136
形容詞＋名詞	149
形容詞和副詞的區別	152
形容詞的分類	139
形容詞的功能	144
形容詞的位置	144, 149
形容詞的性數一致	143
形容詞的性數變化	139, 141
形容詞的詞尾脫落形	147
形容詞的陽性、陰性字尾	142
形容詞的複數形	143

8 畫

並列句	312
使用疑問詞的感嘆句	341
命令	214, 249
命令句的代名詞位置	253
命令式的不規則變化	250
命令式的由來	250
定冠詞	81, 83
《定冠詞＋名詞》的代名詞用法	89
《定冠詞＋名詞》的並列	91
定冠詞＋專有名詞	89
定冠詞＋單數名詞	80
定冠詞＋疑問詞	340
定冠詞＋數詞	87
定冠詞用來進行名詞化	87
定冠詞的代名詞化	88
定冠詞與〈語言名稱〉	86
性不同，意義也隨之改變的名詞	

	71
性不固定的名詞	71
性數一致	143
性數變化	139, 268
性質形容詞	140
所有格	117
直接受詞	106, 110
肯定命令句	249
肯定命令句的非重讀人稱代名詞	251
表示〈一對男女〉的複數形	79
表示〈一對〉無生物的名詞	79
表示〈人〉的單一性別名詞	69
表示〈不確定〉〈否定〉的關係子句使用虛擬式的理由	238
表示〈未來〉的時間副詞子句使用虛擬式的原因	239
表示〈事實〉的虛擬式	237
表示〈時間〉或〈頻率〉的副詞片語	154
表示〈現在〉的假設句使用虛擬式過去時態的原因	248
表示〈謙虛〉、〈共同感〉的 NOSOTROS 變化形	384
非重讀人稱代名詞	106
非重讀人稱代名詞的位置	108
非重讀人稱代名詞的連續	110
非重讀詞	42
非重讀詞＋重讀詞	48

9 畫

冒號	55
冠詞與詞序	81
前置所有格形容詞（短縮形）	117
後置所有格形容詞（完整形）	119
指示代名詞	115
指示形容詞	113
指示詞	113
相關詞片語	317
省略	388
重音和複數形	77

重音的位置	38
重音符號	38, 40
重讀人稱代名詞	99
重讀詞	42
重讀詞組	48
限定形容詞	139
音節	35
音節結尾的子音	37
音節與重音	35

10 畫

時態一致性	245
特徵母音	169

11 畫

假設句	248
副詞子句的虛擬式	238
副詞的功能	154
副詞的位置	155
副詞的形式	151
動詞片語中的無冠詞名詞	97
動詞變化的由來	168
動詞變化與重音的移動	170
問號	53
專有名詞	89
強調和語調	48
強變化動詞	197
從前後內容得知對象的指示	84
從情境得知對象的指示	84
從屬句、從屬子句	312
從屬相關詞片語	332
從屬連接詞	318
情感交流感嘆詞	345
情緒感嘆詞	342
推測（語氣）	207, 208
敘述形容詞	140
條件句	247
現在（時態）	168, 223
現在分詞	259
現在分詞構句	262
現在完成	187, 204, 234
現在完成推測	214

409

現在推測 207, 218
現在推測與過去推測的不規則變化 218
現在進行 262
符號與字體 51
第一人稱的非重讀人稱代名詞 106
第二人稱的非重讀人稱代名詞 106
第三人稱反身代名詞是 se 的原因 374
第三人稱主格代名詞 102
第三人稱的非重讀人稱代名詞 106
被動句＋por / de 292
被動句中過去分詞的性數變化 268
被動句型 267
規則動詞的變化 391-393
逗號 54
連接詞片語 326
連繫動詞 145, 171, 362
閉音節 36
陰性名詞 62-65
陰性字尾（形容詞） 142
陰性形式和其他意義衝突的情況 70
陰性形式的字尾 69
陰陽同形的名詞 66
陳述式的原則 233
陳述式的時態與變化形 221
陳述式的時態體系圖表 167
陳述式現在 168
陳述式現在：-uir 動詞 185
陳述式現在：YO 的特殊變化形 183
陳述式現在完成 187, 204
陳述式現在完成推測 214
陳述式現在的子音拼寫與母音重音變化 172
陳述式現在的字根子音變化 179
陳述式現在的字根母音變化 173
陳述式現在的規則變化 168
陳述式現在時態的意義 186

陳述式現在推測 207
陳述式現在推測的不規則變化 209
陳述式現在推測的規則變化 207
陳述式現在推測的意義 212
陳述式過去完成 193
陳述式過去完成推測 219
陳述式過去推測 215
陳述式過去推測的不規則變化 216
陳述式過去推測的規則變化 215
陳述式過去推測的意義 218
陳述式線過去 189
陳述式線過去的不規則變化 191
陳述式線過去的規則變化 189
陳述式線過去的意義 192
陳述式點過去 194
陳述式點過去：dar 與 ser / ir 199
陳述式點過去完成 206
陳述式點過去的子音拼寫變化 195
陳述式點過去的字根母音變化 196
陳述式點過去的強變化 197
陳述式點過去的規則變化 194
陳述式點過去時態的意義 203

12 畫

單母音 7
單字間的連接和語調 46
單數與複數 74
插入 388
替換說法 388
最高級（形容詞） 161
最高級（副詞） 161
無主詞句 380
〈無生物〉名詞 62
無冠詞 96
絕對最高級 162
虛擬式的原則 233
虛擬式的時態一致性 245
虛擬式現在 223
虛擬式現在完成 234

虛擬式現在時態的子音拼寫變化 225
虛擬式現在時態的不規則變化 231, 232
虛擬式現在時態的字根母音變化 226
虛擬式現在時態的規則變化 224
虛擬式過去 240
虛擬式過去完成 246
虛擬式過去時態 -se 形與 -ra 形的差異 245
虛擬式過去時態的 -se 形 244
虛擬式過去時態的不規則變化 241
虛擬式過去時態的規則變化 240
虛擬式過去時態的意義 243
虛擬式過去與陳述式點過去的 ELLOS 變化形 243
詞序 385, 388
進行時態 262
開音節 36
間接受詞 106, 110
間接受詞＋不及物動詞＋主詞 368
陽性名詞 62-65
陽性字尾（形容詞） 142

13 畫

感嘆詞與感嘆句 340
〈感覺〉的動詞＋不定詞 / 現在分詞 261
新詞彙的性別 73
源自地名的形容詞 141
源自希臘語的衍生形容詞 66
過去→陳述式點過去、陳述式線過去、虛擬式過去
過去分詞 187, 264
過去分詞的用法 266
過去分詞的性數變化 268
過去分詞構句 267
過去完成 193, 246
過去完成推測 219
「過去時態」表示的〈委婉〉意

味 ……………………………………… 220	複合句 ……………………………………… 312	雙字母 ……………………………………… 6
過去推測 ……………………………………… 215	複合數量形容詞的重音 …… 133	雙重子音 ……………………………………… 31
過去推測的〈委婉〉意義 ……… 218	複數形 ……………………………………… 75	雙重否定 ……………………………………… 362
過去推測的意義區分 …………… 219	複數形的地名 ……………………………………… 80	
過去進行 ……………………………………… 263	複數形的性 ……………………………………… 79	**19 畫**
零 ……………………………………… 128	複數形表示不同意義的名詞 …… 80	關係子句的虛擬式 …………… 238
	複數形與重音符號 …………… 75	關係代名詞的四種用法 …… 303
14 畫		關係詞 ……………………………………… 302
對等相關詞片語 ………………… 317	**17 畫**	關係詞類 ……………………………………… 269
對等連接詞 ………………………… 313	點過去 ……………………… 194, 200, 204, 206	
疑問詞＋不定詞 ………………… 340	點過去完成 …………………… 200, 206	**23 畫**
疑問詞與疑問句 ………………… 333	點過去的強變化 …………… 197, 200	
語調 ……………………………………… 46, 48		驚嘆號 ……………………………………… 53
	18 畫	
15 畫	簡單句 ……………………………………… 312	
數詞 ……………………………………… 128	舊資訊（話題）＋新資訊 …… 385	
線過去 ……………………… 189, 200, 204, 206	雙母音 ……………………………………… 9	

411

台灣廣廈 國際出版集團
TAIWAN MANSION INTERNATIONAL GROUP

國家圖書館出版品預行編目（CIP）資料

西班牙語文法大全／上田博人著.-- 初版.-- 新北市：國際學村出版社，2025.02
面； 公分
ISBN 978-986-454-404-2(平裝)

1.CST: 西班牙語 2.CST: 語法

804.76   113018394

國際學村

西班牙語文法大全
從初學到進階，最快速建構完整文法體系！

作　　　者／上田博人	編輯中心編輯長／伍峻宏・編輯／賴敬宗
譯　　　者／程麗娟	封面設計／陳沛涓・內頁排版／菩薩蠻數位文化有限公司
	製版・印刷・裝訂／皇甫、秉成

行企研發中心總監／陳冠蒨　　　　線上學習中心總監／陳冠蒨
媒體公關組／陳柔彣　　　　　　　企製開發組／江季珊、張哲剛
綜合業務組／何欣穎

發　行　人／江媛珍
法 律 顧 問／第一國際法律事務所 余淑杏律師・北辰著作權事務所 蕭雄淋律師
出　　　版／國際學村
發　　　行／台灣廣廈有聲圖書有限公司
　　　　　　地址：新北市235中和區中山路二段359巷7號2樓
　　　　　　電話：（886）2-2225-5777・傳真：（886）2-2225-8052
讀者服務信箱／cs@booknews.com.tw

代理印務・全球總經銷／知遠文化事業有限公司
　　　　　　地址：新北市222深坑區北深路三段155巷25號5樓
　　　　　　電話：（886）2-2664-8800・傳真：（886）2-2664-8801
郵 政 劃 撥／劃撥帳號：18836722
　　　　　　劃撥戶名：知遠文化事業有限公司（※單次購書金額未達1000元，請另付70元郵資。）

■出版日期：2025年02月　　ISBN：978-986-454-404-2
　　　　　　　　　　　　　　版權所有，未經同意不得重製、轉載、翻印。

Supeingo Bunpo Handbook
Copyright © Ueda Hiroto, 2011
Originally published in Japan in 2011 by Kenkyusha Co., Ltd.
Complex Chinese translation rights arranged with Kenkyusha Co., Ltd., through jia-xi books co., ltd., Taiwan, R.O.C.
Complex Chinese Translation copyright © 2025 by Taiwan Mansion Books Group